CATHERINE COOKSON

DAS ERTROTZTE GLÜCK

Roman

Aus dem Englischen
von Katharina Jonas

Deutsche Erstausgabe

WILHELM HEYNE VERLAG
MÜNCHEN

HEYNE ALLGEMEINE REIHE
Nr. 01/9089

Titel der Originalausgabe
THE GILLYVORS

Redaktion: Werner Bauer

Copyright © 1990 Catherine Cookson
Copyright © 1994 der deutschen Ausgabe
by Wilhelm Heyne Verlag GmbH & Co. KG, München
Printed in Germany 1994
Umschlagillustration: Enno Kleinert, München
Umschlaggestaltung: Atelier Ingrid Schütz, München
Gesamtherstellung: Ebner Ulm

ISBN 3-453-07540-4

Für Jack mit herzlichem Dank,
daß er den geraden Weg mit mir beschritten
hat – ganz legal. Mögest du weiterhin
morgens für Kathleen singen.

Wenn du das uneheliche Kind eines Königs, eines Grafen oder Lords bist, wirst du, trotz aller Scham, doch ein wenig abbekommen von den Gütern der Welt, und auch deine Mutter wird nicht leer ausgehen.

Aber wenn du aus den Lenden der Armen stammst, wird man deine Mutter als Hure einstufen, als liederliches Frauenzimmer, ›Liebstöckel‹* oder Dirne, und sie wird es schwer haben, ihr Brot zu verdienen.

Und du selber bist nichts als ein Schandfleck, gerade noch gut genug für das Bett jedes beliebigen Mannes. Aber wenn du dich abseits halten solltest und eine jungfräuliche Braut werden willst, dann sei darauf gefaßt, daß man dich der Lächerlichkeit preisgeben wird.

Niedriger Herkunft bist du, ein Kind von Kain, ein Bastard. Und das wirst du auch bleiben.

---

* Im Englischen wurde und wird das Wort als verächtliche Bezeichnung für eine unverheiratete Mutter verwendet, aber auch für ihre Kinder. *Anm. d. Übers.*

Die schönsten Blumen der Saison,
Blutnelken und gestreifte Liebstöckel,
nennt man gern Bastarde der Natur.

Aus ›Das Wintermärchen‹
von William Shakespeare

Inhalt

1. Teil

Die Familie

1

»Ich sag' dir, Dada, so ist es. Genau so.«

Das junge Mädchen strahlte vor Vergnügen, als es die folgenden Sätze aus einer Illustrierten vorlas: »Damen der Gesellschaft und Bäuerinnen werden gleichermaßen die Duftbeutel auf ihren Kopfkissen genießen, den Duft nach Rosenblättern, süßen, wilden Rosen . . .« An dieser Stelle schaute sie mit ihren dunklen, glänzenden Augen auf und warf einen Blick in die Familienrunde, bevor sie kichernd fortfuhr: »Nach Kuhfladen, gut abgelagert, wie in den Ställen von Farmer Cox, die pfundweise verkauft werden als Heilmittel gegen Pickel und Furunkel, egal, ob man welche hat oder nicht . . .«

Sie brach ab und stimmte in das allgemeine Gelächter ein. Die Illustrierte flog auf den niedrigen Eichentisch; sie wandte sich um und umarmte ihre Schwester, während ihre beiden älteren Brüder mit vorgebeugten Oberkörpern gutturale Glückslaute von sich gaben. Ihr jüngerer Bruder Jimmy lag auf dem Rücken auf der Matte vor dem offenen Kaminfeuer und strampelte mit den Beinen, als ob er in einer Tretmühle wäre. Der Jüngste von ihnen, ein neun Jahre alter Junge, lehnte sich an die Mutter. Sie legte ihre Wange auf seinen Kopf, und beide schüttelten sich vor Lachen.

Der Vater hatte nicht in das allgemeine Gelächter eingestimmt, aber als er sich von seinem Platz am Feuer erhob, gab er seiner Tochter einen spielerischen Klaps auf den gesenkten Kopf und sagte: »Eines schönen Tages, Miß Neunmalklug, wird deine flinke Zunge dir noch viel Ärger einbringen. Und jetzt kommt, es ist halb neun. Schlafenszeit.«

Langsam verstummte das Gelächter, als einer nach dem anderen aufstand und der Mutter gute Nacht sagte. Die ersten waren die achtzehn Jahre alten Zwillingsbrüder Oswald und Olan. Beide waren dunkelhaarig wie sie, unterschieden sich aber voneinander im Körperbau. Oswald war breitschultrig und fast einen halben Kopf größer als sein Bruder. Er beugte sich hinab, küßte seine Mutter auf die Wange und sagte: »Du brauchst wirklich nicht unseretwegen morgen so früh aufzustehen, Ma. Wir sind groß genug, um uns eine Schleimsuppe zu kochen und ein wenig Milch zu wärmen.«

»Du kümmerst dich um deine Arbeit, mein Junge, und ich kümmere mich um meine«, erwiderte Maria Dagshaw. »Also, ab mit euch beiden.« Aber als ihr Sohn Olan sich zu ihr herunterbeugte, packte sie ihn am Arm und sagte noch: »Meinst du, daß du diese Fahrten durchhalten kannst, wenn der Winter kommt?«

»Mach dir keine Sorgen, Ma, alles ist besser als die Arbeit im Bergwerk. Lieber würde ich zweimal am Tag den Teufel in die Hölle fahren, als wieder dorthin zu gehen. Und der Geruch nach frischem Brot hält mich wach. Eine großartige Idee ist das, nicht wahr, Ma? Brot ins Haus zu liefern?«

»Nun, mit Tee machen sie es ja auch, warum nicht mit Brot«, meinte Nathaniel.

Die beiden jungen Männer drehten sich um und schauten ihren Vater an. Oswald entgegnete: »Du hast recht, Dada. Und Mr. Green sagt, es wird nicht mehr lange dauern, bis auch andere Waren ins Haus geliefert werden. Wenn sie die Sachen am Samstag zum Markt fahren können, weshalb dann nicht auch direkt an die Haustüren – am Montag, Dienstag, Mittwoch, Donnerstag und Freitag.«

»Nun, da ist was dran.« Nathaniel lächelte seinen Söhnen zu, in seinem Gesicht spiegelte sich ein gewisser Stolz. »Gute Nacht«, sagte er dann. Und die beiden Jungen antworteten: »Gute Nacht, Dada.«

Jetzt wandte Nathaniel sich seinen Töchtern zu: »Ihr beiden Lachtauben, ab mit euch ins Bett, bevor ihr Ärger bekommt.«

»Oh, du wirst uns doch nicht verprügeln, Dada, nicht wahr? Nein, bestimmt nicht. Bestimmt nicht.«

»Hör auf mit deinen Mätzchen, Cherry, sonst wirst du bald sehen, ob ich es tue oder nicht. Und du, Anna, fang nicht wieder an zu plappern, wenn du im Bett liegst. Und ruf nicht den Jungen wieder über die Treppe etwas zu, sonst komm ich mit der Pferdepeitsche. Ihr seid noch nicht zu alt, um ein paar übergezogen zu bekommen. Habt ihr mich verstanden?«

»Ja, Sir. Ja, Sir. Laut und deutlich.« Die beiden Mädchen faßten einander an der Hand und waren schon im Begriff, durch den langgestreckten Raum zu eilen, als sie sich noch einmal umdrehten und zu ihrer Mutter hinabbeugten, um sie auf beide Wangen zu küssen, während sie ihnen jeweils einen leichten Klaps aufs Hinterteil gab.

Als die Tür sich hinter ihnen geschlossen hatte, wandte Nathaniel sich mit ernstem Gesicht an seine Frau und sagte: »Die beiden stecken so voller Lebensfreude, daß ich manchmal Angst bekomme.«

»Oh, sag das nicht«, bat Maria, und ihr fünfzehnjähriger Sohn Jimmy schaute seinen Vater an und fragte: »Warum bekommst du Angst, Dada? Weil sie lachen und singen und weil Anna lustige Reime und Geschichten erfinden kann? Was macht dir daran angst?«

Nathaniel ging zu dem blonden Jungen hinüber, der eine jüngere Ausgabe seiner selbst war. »Ich habe immer Angst, daß sie einmal verletzt werden könnten«, sagte er. »Und du weißt doch warum, nicht wahr? Ich habe es dir ja erklärt.«

»Ja, Dada, ich weiß warum. Aber es ist so, wie du gesagt hast. Die Jungen härten sich ab, und die Mädchen tun auf ihre Weise dasselbe, und ich tue es auf meine Weise. Ich habe gelernt zu kämpfen, so wie Ossie es mir beigebracht hat. Niemand beleidigt Ossie, weder im Dorf noch auf dem Markt. Und mich werden sie bald auch nicht mehr beleidigen, weil ich stärker werde und wachse. Immerhin kann ich schon jetzt meine Fäuste und Füße so gebrauchen, daß ich mit zweien fertig werde . . .«

»Jimmy, Jimmy, hör auf. Du hast doch gehört, wie ich gesagt habe, daß die Feder mächtiger ist als das Schwert. Und daraus kannst du ableiten, daß die Zunge mächtiger ist als die Faust oder der Fuß.«

»Nein, Dada, das stimmt nicht. Nicht, wenn es um Arthur Lennon geht oder um Dirk Melton.«

»Dann solltest du dich von ihnen fernhalten.«

Der Junge wandte sich jetzt an seine Mutter: »Wie soll ich das machen, Ma, wenn ich durchs ganze Dorf gehen muß, um zur Farm zu gelangen?«

»Gut, im Fall von Arthur Lennon nehme ich es zurück.« Sein

Vater lächelte. »Als Sohn eines Grobschmieds ist er ein harter Brocken. Aber trotzdem ist es so, wie ich immer schon gesagt habe, auf Dauer ist es besser, die Zunge zu gebrauchen. Du weißt doch, daß man Leute mit Worten ins Unrecht setzen kann. Allerdings«, und jetzt lächelte er wieder, »mußt du genau wissen, was du sagst, und deiner Zunge nicht freien Lauf lassen, wie meine Töchter es tun.« Bei den letzten Worten hatte er die Stimme erhoben.

»O Nat.«

»Laß nur, sie lauschen sowieso hinter der Tür.«

»Nein, sie sind ins Bett gegangen.«

»Ich kenne sie.« Dann wandte er sich wieder an seinen Sohn: »Und dich kenne ich auch, junger Mann. Geh jetzt und nimm Ben mit, wenn du ihn aus den Armen seiner Mutter lösen kannst.« Er beugte sich hinunter und fuhr dem Jungen durch das braune Haar; dieser wandte den Kopf und schaute ihn an. Es gab ihm einen Stich, und wieder einmal fragte er sich, wie er zu einem solchen Jungen gekommen war, der aussah wie ein Engel auf einem Kirchenfenster, der das Benehmen und die Sanftmut eines Mädchens besaß und den Wissensdurst eines Schülers, der doppelt so alt war wie er. Er war das siebente Kind, und das siebente Kind ist immer etwas Besonderes. Aber Ben war so völlig anders – jedesmal, wenn er ihm in die Augen blickte, dachte er, daß die Götter eifersüchtig auf ihn sein müßten. Und dann fürchtete er sich vor ihrem unbegreiflichen Ratschluß, daß die Besten jung sterben müssen.

Der Junge küßte seine Mutter auf die Wange und entzog sich ihren Armen, dann legte er die Arme um die Taille seines Vaters und lehnte seinen Kopf an ihn. Für einen Augenblick entstand eine seltsame Stille in der Küche, die andauerte, während Nathaniel seinen Sohn durch den Raum zu der Leiter führte, die sich in der einen Ecke befand. Und als er seinem Sohn hinaufhalf, sagte er sanft: »Paß auf, daß die Jungen dich nicht zum Geschichtenerzählen verführen; sie müssen morgen früh aufstehen. Verstehst du das?«

»Ja, Dada. Gute Nacht, Dada.«

Der Junge drehte sich auf der untersten Sprosse um und berührte für einen Augenblick die Wange seines Vaters mit den

Lippen. Dann beobachtete Nathaniel, wie er nach oben kletterte und durch die Falltür verschwand, hinauf zu dem weiträumigen Dachboden, auf dem vier Betten standen.

Nathaniel wandte sich um und sah, daß Maria am Ende des langen Tapeziertisches stand, der bereits zum Essen gedeckt war mit Holzschalen, Holztellern und einem hölzernen Löffel neben jedem Teller. In der Mitte des Tisches stand eine Porzellanschale mit braunem Zucker, an dem einen Ende ein Brotbrett mit einem Messer, auf dem anderen ein Holzgestell mit acht Porzellanbechern.

Maria schaute genau dorthin und seufzte: »Wir werden vorsichtig haushalten müssen mit der Milch, bis Minny alles überstanden hat. Was glaubst du, was es diesmal sein wird?«

»Nun, wenn William seine Pflicht getan hat, könnten es Zwillinge sein. Vielleicht sogar Drillinge, aber das ist zu hoch gegriffen. Wir wollen dankbar sein, wenn sie ein gesundes Junges zur Welt bringt. Komm, setz dich wieder hin.«

Er ging um den Tisch herum, legte seinen Arm um ihre Schultern und führte sie quer durch den Raum zurück zum Kamin. Dort drückte er sie sanft auf den Platz, den sie erst vor kurzem verlassen hatte. Mit der Geschmeidigkeit eines Mannes, der keine vierundvierzig war, sondern höchstens halb so alt, setzte er sich zu ihren Füßen nieder und legte den Kopf auf ihre Knie. So blieb er eine Zeitlang schweigend sitzen, bevor er sie fragte: »Was meinst du, wie lange es noch so bleiben wird? Die Zwillinge sind schon fast Männer, die Mädchen schon fast Frauen.«

»O Nat. Du meinst – unser Leben?«

»Ja, Maria, genau das. Genau das. Unser jetziges Leben und dieses fast greifbare Glück, das trotz allem nur gewachsen und reifer geworden ist.«

»Es wird so lange dauern, wie wir zusammen sind – und nichts anderes als der Tod kann uns trennen. Wenn du dann einmal gehen mußt, werde ich dir bald folgen, und ich weiß, daß es umgekehrt genauso sein wird.«

Er legte seine Hand auf ihre, die auf seinem Kopf ruhte, und sagte mit leiser Stimme: »Es ist schon ein seltsames Leben, nicht wahr?«

»Und es wird weiterhin seltsam bleiben«, erwiderte sie. »Es ist so, wie wir es uns zurechtgemacht haben.«

»Ja. Ja, du hast recht. Und als Folge davon werden sie alle sich ihren Weg bahnen müssen, jeder einzelne. Aber sie wissen, wo sie stehen – auch Jimmy. Er ist ein kluger Junge. Und dann Ben. Man mußte es ihm gar nicht erst erzählen, er wußte es irgendwie von selber. Er hat es mitbekommen, vielleicht von den anderen, vielleicht von der Atmosphäre bei uns im Haus. Jedenfalls weiß er, daß er aus einer Familie stammt, die anders lebt . . . Weißt du, was morgen für ein Tag ist?«

»Ja, mein Lieber, das weiß ich. Es ist der siebente September 1880, der Jahrestag unserer ersten Begegnung. Wie könnte ich das je vergessen?«

Wieder entstand eine Pause, dann fuhr er fort: »Ich kann dich vor mir sehen, als wäre es gestern – wie du vor der Tür des Schulhauses gestanden hast. Du hattest eine Laterne dabei und hast sie so hoch gehalten, daß ich dein Gesicht erkennen konnte, als du fragtest: ›Kann ich hereinkommen? Ich möchte schreiben lernen . . .‹«

Wieder schwiegen sie, und Maria sah er bildlich vor sich – wie sie damals ins Schulzimmer gegangen war. Es war ein kahler, schmuckloser Raum gewesen, aber in der Mitte hatte ein Tisch gestanden, auf dem Bücher und Papier lagen. Sie hatte sie angestarrt, als ob es sich um Brot und Wasser gehandelt hätte und sie am Verhungern und Verdursten gewesen wäre.

Er hatte sie aufgefordert, sie solle sich hinsetzen, und als er sie dann gefragt hatte, ob sie in diese Schule gegangen wäre, hatte sie den Kopf geschüttelt und gesagt: »Nein. Ich durfte nicht einmal in die Sonntagsschule gehen, wo ich wenigstens gelernt hätte, meinen eigenen Namen zu schreiben.« Tiefe Bitterkeit schwang in ihrer Stimme mit.

Als er sie gefragt hatte, warum das so war, spannten sich die Muskeln um ihr Kinn, und sie biß die Zähne zusammen, bevor sie antwortete. »Weil ich am Tag vierzehn oder fünfzehn Stunden für meinen Vater arbeiten muß. Ich komme von der Dagshaw-Farm, unten im Tal.«

»Haben Sie keine Brüder?« hatte er sie gefragt.

»Nein. Ich bin die einzige, und ich erspare meinem Vater den

Lohn für einen Landarbeiter, vielleicht für zwei, denn die würden nicht länger als zwölf Stunden am Tag arbeiten. Manche gehen lieber ins Bergwerk, als für ihn zu schuften.«

»Können Sie nicht mit ihm reden oder sich gegen ihn auflehnen?«

»Reden kann man nicht mit ihm, er ist ein völlig ungebildeter Mann. Aufgelehnt habe ich mich gegen ihn, vor kurzem, mit einer Schaufel in der Hand. Es kann so nicht weitergehen. Meine Mutter hat mir geraten, zu Ihnen zu gehen. Sie hat gesagt, wenn ich meinen Namen schreiben und vielleicht lesen kann, würde ich eine gute Stellung im Haushalt finden, und zwar nicht nur in der Spülküche. Sie kommt aus einem besseren Haus als mein Vater, aber ihre Leute sind an der Cholera gestorben, und so hat sie weder lesen noch schreiben gelernt.«

»Sie hätten zur Schule gehen sollen.«

Da war sie abrupt aufgesprungen und hatte gerufen: »Wenn ich die Schule hätte besuchen können, wäre ich jetzt nicht hier, oder? Und wenn mein Vater wüßte, daß ich hier bin, würde er kommen und mich den ganzen Weg zurück verprügeln. Gott mag wissen, was ich dann mit ihm mache – denn ich hasse ihn! Wahrscheinlich würde ich in der Erziehungsanstalt landen, solche Mordlust spüre ich manchmal in meinem Herzen. Und meine Mutter empfindet dasselbe.«

»Auf jeden Fall ist es gefährlich für Sie, den Weg in der Dunkelheit zurückzulegen. Und nicht nur das. Ihr Ruf . . . Wenn es herauskommt, daß Sie mich so spät noch besuchen . . . Verstehen Sie?«

»Ja, ja, ich verstehe. Ich werde vorsichtig sein. Aber Sie haben Angst, nicht wahr? Sie haben Angst und so . . . Dabei sind Sie doch ein angesehener Mann.«

Er hatte sie angelächelt und gesagt: »Nicht ganz so angesehen.« Und sie hatte ihn daraufhin forschend angeschaut im Schein der Laterne und geantwortet: »O ja, Sie müssen der Lehrer mit der betrunkenen Frau sein, die im Dorf diesen Aufruhr angezettelt hat.«

Es dauerte ein paar Sekunden, bevor er antwortete. »Ja. Ich bin der Lehrer mit der betrunkenen Frau.«

»Oh, das tut mir leid. Mir fiel nur das Geschwätz dieser Fuhrleute ein. Ich dachte, dieser Mann würde weit weg in Gateshead Fell oder dort irgendwo wohnen – Sie selbst sollen doch ein so freundlicher junger Mann sein.«

Er lächelte matt, als er erwiderte: »Neuigkeiten verbreiten sich in Afrika nicht halb so rasch wie in dieser Gegend.«

»Ich will Ihnen nicht noch mehr Ärger machen«, hatte sie schnell geantwortet, »Sie haben sicher schon genug am Hals.«

Und er hatte mit einem Lächeln erwidert: »Wir wollen es riskieren. Zweimal in der Woche, am Dienstag und Donnerstag, um diese Zeit. Wenn aber irgend jemand bei mir sein sollte, werde ich die Vorhänge zur Seite ziehen, dann können Sie den Lampendocht da oben sehen.«

Als sie schon aus der Tür gegangen war, drehte sie sich zu ihm um und sagte: »Diese Nacht werde ich nie vergessen . . .«

Jetzt, vor dem Kamin, wandte Nathaniel den Kopf so, daß er ihr in die dunklen Augen blicken konnte, und als ob er ihre Gedanken lesen könne, flüsterte er: »Hast du jene Nacht je vergessen? Damals hast du zu mir gesagt: ›Diese Nacht werde ich nie vergessen.‹«

»Du weißt es doch – wie könnte ich das?«

»Es ist lange her, seit wir zuletzt darüber gesprochen haben. Am Anfang haben wir es kaum getan, erinnerst du dich? Weil das, was darauf folgte, so schmerzlich war.«

Er legte den Kopf wieder auf ihren Schoß und schaute auf das Feuer. In der dunkelroten Glut des schon weit heruntergebrannten Holzes schien sich alles widerzuspiegeln, was im Anschluß an den späten Abend gefolgt war, an dem sie zum erstenmal bei ihm aufgetaucht war.

Innerhalb eines Monats konnte sie ihren Namen schreiben und ganze Sätze abschreiben und laut vorlesen. Und während dieses Monats war Nathaniels Frau wieder von dem Haus ihrer Mutter in South Shields zu ihm zu Besuch gekommen. Mit der Absicht, an seiner Seite zu bleiben, wie sie es genannt hatte. Aber er hatte sie gewarnt. Wenn sie bleiben sollte, würde er seine Sachen packen und gehen, wie er es vor zwei Jahren schon einmal gemacht hatte. Aber dieses Mal würde er ihr keine Adresse hinterlassen. Und dann würde sie keine Unterstützung mehr von ihm bekommen. Das war sein Ultimatum, und sie war wieder heimgefahren und hatte ihn verflucht.

Doch dieser Besuch brachte ihm eine Vorladung ein zur Schulbehörde im Rathaus von Fellburn. Man teilte ihm mit, daß seine Frau wieder die Ruhe auf dem Marktplatz gestört hätte, daß es ein Skandal sei und daß er seine Stellung verlieren würde, wenn noch ein einziger solcher Vorfall auftreten sollte. Derart unerfreuliche Vorkommnisse könnten nicht geduldet werden, wenn ein Mann in seiner Position darin verwickelt sei. Zu einem Schullehrer sollten alle aufblicken, nicht nur die Kinder in der Gemeinde, sondern auch die Ältesten, aufblicken wie zu einem Muster an Tugend und Wissen, zu einem Mann, der ebenso ehrenwert sei wie ein Geistlicher. Ob er verstanden habe?

Ja, er hatte verstanden. Und er hatte einen Brief an seine Frau geschrieben, den ihr, wie er wußte, derselbe Briefeschreiber vorlesen würde, der auch ihre Briefe an ihn verfaßte. Er schilderte ihr die Situation und betonte besonders die Tatsache, daß er seine Stellung verlieren würde, wenn sie sich noch einmal in der Stadt oder in dem benachbarten Dorf zeigte. Und dann würde sie auch ihre Unterstützung verlieren, weil er, seiner früheren Warnung entsprechend, fortgehen und sie ihn nie wiederfinden würde.

Aber an dem Tag, an dem er aus dem Rathaus kam, hatte er gewußt, daß er seine Stellung schon längst eingebüßt hätte, wenn Miß Netherton nicht gewesen wäre. Augenscheinlich war die Frage seiner Entlassung Gegenstand einer Abstimmung gewesen, und nur Miß Nethertons Stimme hatte ihn gerettet.

Miß Netherton war eine mächtige Institution, nicht nur in Fellburn, sondern in der ganzen Umgebung. Es war allgemein bekannt, daß ihrer Familie ein großer Teil der Stadt gehört hatte. Und auch jetzt noch besaß sie eine ganze Anzahl von Grundstücken, sowohl in Fellburn als auch im Dorf, obwohl sie in Brindle House wohnte, was im Vergleich zu Ribshaw Manor, wo sie vorher gelebt hatte, klein wirkte. Außerdem hatte sie mächtige Verwandte in Newcastle und anderswo.

Er hatte Maria drei Monate lang unterrichtet, als ihre Hände sich eines Nachts zufällig berührten und nicht sofort wieder voneinander lösen konnten. Langsam nur wollten die Finger sich wieder zurückziehen, während ihre Blicke aneinander hingen. Obwohl beide wußten, was mit ihnen geschehen war, fiel kein einziges Wort.

Der Dezember kam, und in diesem Monat geschah etwas, das ihr Leben von Grund auf veränderte. Der Unterricht fand immer am Dienstag- und am Donnerstagabend statt. Aber in dieser Woche suchte sie ihn am Freitagabend auf. Er kam von einem Treffen mit den Kirchenältesten. Er hatte vorgeschlagen, ein Weihnachtsspiel vorzuführen, an dem alle Kinder teilnehmen sollten. Die Ältesten waren bereit, das zu billigen, hatten aber darauf bestanden, daß nur Hymnen gesungen werden durften. Es war fast zehn Uhr, als er frustriert und gereizt nach Hause kam und die Lampe anzündete. Dann hörte er ein Klopfen an der Tür, und als er öffnete, stand sie davor, zitternd vor Kälte.

Er hatte sie rasch ins Zimmer gezogen und gesagt: »Sie sind ja ein richtiger Eiszapfen. Was ist los?«

»Ich . . . ich muß Sie sehen. Meine . . . meine Mutter braucht Ihren – Rat«, hatte sie gestammelt.

Er hatte sie auf einen Stuhl gedrückt, die Vorhänge zugezogen, den Blasebalg betätigt und das Feuer neu entfacht. Dann war er in das andere Zimmer geeilt und hatte seine Bettdecke geholt. Und als er sie darin einhüllte, hatte er die Arme um sie gelegt, ihr ins Gesicht geschaut und gefragt: »Wie . . . Wie lange haben Sie gewartet?«

»Eine . . . eine Stunde. Aber das macht nichts.«

»Und warum sind Sie gekommen?«

Sie hatte ihn sanft von sich weggeschoben, für einen Augenblick nur, um mit der Hand etwas aus ihrer Manteltasche zu holen. Es war ein gelblicher Beutel aus steifem Material. Mit vor Aufregung zitternder Stimme hatte sie gesagt: »Wir haben Holz geschlagen, Mutter und ich. Da war ein schräg geneigter Baum, der Wind hatte ihn halb umgerissen. Er war nicht sehr hoch, vielleicht zehn Jahre alt, aber groß genug, um Holzscheite daraus zu machen, wissen Sie, deshalb zogen wir daran und holten ihn auf den Boden, und . . . und als ich die Zweige herunterschlug, fing meine Mutter an, die Wurzel zu zerhacken. Es war ein Loch entstanden, da, wo die Wurzeln vorher gesteckt hatten, und als sie sich hinunterbeugte, sah sie diesen Beutel, er steckte ganz unten in dem Loch. Und sie zog daran. Sie mußte fest ziehen, weil das Ende wie festgeklebt war, es ist ein sehr fester Lehmboden. Auf jeden Fall rief sie mich und sagte: ›Schau!‹ Und ich sagte: ›Was ist das? Mach ihn auf.‹ Und einen Augenblick lang schien sie Angst zu haben. Sehen Sie, er war oben mit einer Kordel zugezogen, aber die ist kaputt. Sie fiel auseinander, als meine Mutter sie nur berührte. Auch der Beutel ist steif und brüchig. Fühlen Sie selbst.«

Er betastete ihn. Dann leuchtete ihr Gesicht auf, und sie sagte: »Raten Sie, was wir darin gefunden haben.« Er schüttelte den Kopf und erwiderte scherzhaft: »Ein Vermögen?« Vor Überraschung war ihm der Mund offen stehengeblieben, als sie rasch gekontert hatte: »Schon möglich. Ich weiß es nicht. Aber sehen Sie selbst!« Und sie hatte ein Kreuz aus dem Beutel gezogen, kein gewöhnliches Kreuz in Gold oder Silber oder Messing, sondern ein mit vielen bunten Steinen besetztes.

Als er einen Blick darauf geworfen hatte, hatte er die Lampe näher herangezogen und den Kopf über den Fund gebeugt. Und dann hatte er gesagt: »Mein Gott!«

»Genau das hat meine Mutter gesagt: mein Gott! Sie meint, es ist vielleicht etwas wert.«

»Etwas wert? O ja, ja.«

Dann hatte sie den Beutel fest umklammert, er schien unter ihrem Griff zu knistern, und gesagt: »Wenn er es wüßte . . . mein Vater, dann würden wir ihn nie wiedersehen. Deshalb hat Mutter gesagt, ich sollte ihn zu Ihnen bringen und Sie fragen, was wir damit tun sollen.«

Er hatte sich zurückgelehnt und einen Augenblick später gesagt: »Nun, das Kreuz könnte als Schatzfund eingestuft werden, der, wie Sie wissen, der Krone gehört. Ein Priester oder Mönch muß den Beutel vor vielen, vielen Jahren vergraben haben, wahrscheinlich während der Reformation.«

»Der was?«

»Der Reformation. Der Zeit, in der die Klöster niedergerissen wurden. Darüber müssen wir ein andermal reden. Aber dies hier – ich weiß wirklich nicht . . . Wenn Sie es aus der Hand geben, ist es wahrscheinlich, daß Sie nie wieder etwas davon sehen werden. Ich meine, von dem Geld, das es bringen könnte. So etwas ist schon vorgekommen. Oder es geht durch so viele Hände, daß der Preis dafür, wenn Sie ihn endlich bekommen, kaum noch etwas wert ist. Und außerdem kann es Jahre dauern.« Nach einer Pause fügte er hinzu: »Aber es muß doch in dieser Stadt jemanden geben, der solche Sachen kauft. Passen Sie auf, wollen Sie es hier bei mir lassen? Ich will versuchen, mich beraten zu lassen. Ich glaube, am besten wende ich mich an Miß Netherton.«

»Oh, Sie meinen Miß Netherton von Brindle House? Man sagt, daß sie eine nette Dame ist.«

»Ja, sie hat mir schon einmal geholfen. Aber fürs erste werde ich ihr nicht sagen, wer Sie sind. Nur, daß Sie etwas unter der Hand verkaufen möchten, und sie fragen, ob sie Sie beraten könnte. Ist das in Ordnung?«

»Ja, ich weiß, daß Sie Ihr Bestes tun werden. Oh!« Sie hatte die Hände ausgestreckt und seine Wangen berührt. In der nächsten Minute hatte sie die Arme um ihn geschlungen, und er hielt sie mit dem freien Arm fest, während er den anderen von sich streckte und das kostbare Fundstück festhielt. Und so standen sie einige Zeit beieinander, dann legte er vorsichtig das Kreuz auf den Tisch, streifte ihr die Decke ab und drückte ihren Körper eng an sich, so fest, daß sie kaum noch Luft holen konnte. Als er sie schließlich ein wenig von sich wegschob, schauten sie einander in die Augen, bevor ihre Lippen sich trafen. So blieben sie lange stehen.

Anschließend lehnte sie sich an ihn, als er murmelte: »O du mein Liebes, Liebes, Liebes.« Und sie sagte: »Ich liebe dich, seit ich dich zum erstenmal gesehen habe. Ich wußte, daß es für mich nur dich gibt. Selbst wenn deine Frau nicht so gewesen wäre, wie sie ist, hätte es keinen Unterschied gemacht. Ich würde dich mein ganzes Leben lang geliebt haben, ohne je darüber zu sprechen. Aber jetzt bin ich dein und du bist mein für immer.«

Und so war es ...

Er wandte den Blick von dem Feuer im Kamin ab, schaute wieder in ihr Gesicht und sagte: »Man hat Feinde in dieser Welt, aber Gott sei Dank auch Freunde. Und wenn es jemals einen Freund gegeben hat, dann war es für uns all die Jahre hindurch Miß Netherton.«

»Wie alt ist sie jetzt wohl?«

»Nun, ich denke, Anfang Sechzig, aber sie ist immer noch voller Leben, und in ihrem zierlichen Körper steckt viel Energie. Sie muß gerade Anfang Vierzig gewesen sein, als ich ihr zum erstenmal begegnet bin, weil sie zum Schuldirektorium gehörte. Aber nie werde ich den Abend vergessen, an dem ich zu ihr ging mit dem Kreuz . . .«

Wieder wandte er sich ab und schaute in das Feuer. Die Glut war jetzt schon fast erloschen, fahlgrau mit ein wenig Dunkelrosa, aber in ihr konnte er sich wieder vor sich sehen, wie er in dem Salon von Brindle House stand. Ethel Mead hatte ihn hineingeführt, und Miß Netherton hatte ihn beim Betreten des Raumes herzlich begrüßt. »Es ist ein bitterkalter Abend. Was führt Sie bei diesem Wetter zu mir? Aber bevor Sie mir das erzählen, möchten Sie einen Drink? Ich kann Ihnen Portwein anbieten, Whisky oder Brandy, natürlich auch eine Tasse Kaffee oder Tee.«

Er hatte gesagt: »Ich würde mich über eine Tasse Kaffee freuen, Miß Netherton. Vielen Dank.«

Er hatte beobachtet, wie sie an der Quaste einer Kordel seitlich vom Kaminplatz gezogen hatte. Und als Ethel Mead hereingekommen war, hatte sie gesagt: »Ein Kaffeetablett, bitte, Ethel.« Dann hatte sie sich wieder an ihn gewandt: »Kommen Sie, setzen Sie sich an den Kamin. Aber geben Sie mir erst Ihren Mantel.«

Er hatte seinen Mantel ausgezogen, und sie hatte ihn auf die Lehne eines Polsterstuhls gelegt, dann hatte sie sich gegenüber von ihm hingesetzt und gesagt: »Ich hoffe, Sie sind nicht wieder in Schwierigkeiten.«

»Nein, diesmal nicht, Gott sei Dank.« Sie hatten beide gelacht, und sie hatte rasch erwidert: »Sie müssen Parson Mason beibringen, wie man so etwas sagt. Er macht mich jedesmal nervös, wenn er solche Worte so schrecklich gedehnt ausspricht. Und ich glaube, daß nicht nur ich das langsam satt habe, sondern sein Schöpfer ebenso.«

Wieder lachten sie miteinander, und dann hatte sie darauf gewartet, daß er zur Sache kam, aber seine ersten Worte waren eine Überraschung für sie gewesen. »Würde es Ihnen etwas ausmachen, wenn ich erst über die Angelegenheit, die mich herführt, spreche, wenn der Kaffee gebracht worden ist?«

Nach einer kurzen Pause hatte sie ein wenig gekichert und gesagt: »Überhaupt nichts. Überhaupt nichts.«

Bis der Kaffee gekommen war, hatten sie über die Schule geredet und über das Weihnachtskonzert, und sie hatte gesagt: »All diese Aufregung wegen der Hymnen. Wir bekommen genug Hymnen zu hören, die Erwachsenen zweimal und die Kinder dreimal an einem Sonntag. Wir haben ein Überangebot an Hymnen. Aber diesmal stand es sechs zu eins, da habe ich mir gedacht, ich lasse sie besser gewinnen, nicht wahr?«

Er hatte sie angeschaut und gedacht, was für eine wunderbare Frau sie war, und sich darüber gewundert, daß sie nicht geheiratet hatte. Irgendein Mann hätte das Leben zumindest fröhlicher gefunden, wenn er mit einer solchen Frau verheiratet gewesen wäre.

Der Kaffee kam, und sie tranken eine Tasse davon, bevor er sagte: »Es handelt sich um eine sehr private Angelegenheit. Ich möchte mit Ihnen darüber sprechen, weil ich glaube, daß es sich in gewisser Weise um etwas Ungesetzliches handeln könnte.«

»Meine Güte! Meine Güte! Erzählen Sie schon. Es wird eine willkommene Abwechslung sein für mich, wenn ich mich mit etwas Ungesetzlichem beschäftigen kann, statt mit all diesen lächerlichen Kleinigkeiten, die mir begegnen.«

»Eine Freundin von mir befindet sich in schrecklicher Armut, genauer gesagt, beide, sie und ihre Mutter, leben in entsetzlicher Armut und müssen sehr hart arbeiten. Sie haben einen umgestürzten Baum gefunden und wollten Brennholz daraus machen, und die Mutter hat unterhalb der Wurzeln etwas entdeckt, was Sie gewiß für sehr wertvoll halten werden.« Jetzt zog er aus der inneren Jackentasche den steifen Lederbeutel hervor, gab ihn ihr und sagte: »Schauen Sie nach, was darin steckt.«

Eine Minute später starrte sie fassungslos auf das Kreuz auf ihrer Handfläche. Seltsamerweise rief auch sie als erstes Gott an. »Lieber Gott im Himmel!« sagte sie. »Wie schön. Wie wunder-, wunderschön.« Dann schaute sie ihn an und fragte: »Wo hat sie es gefunden?«

»In einem Wald, der zu einer Farm gehört. Sie sind die Besitzer der Farm, wenigstens der Ehemann ist es. Unglücklicherweise werden Mutter und Tochter von ihm wie Dienstboten behandelt.«

»Oh, oh. Ich könnte Ihnen die Farm auf der Karte zeigen. Ist es die Dagshaw Farm? Unterhalb der Meadow Farm?«

Als er den Kopf zur Bestätigung leicht geneigt hatte, sagte sie: »O ja, er ist ein furchtbarer Mann, der Besitzer. Ich frage mich, wie er zu einem so angesehenen Namen gekommen ist, denn es gibt noch andere Dagshaws, wissen Sie.«

»Ja. Ja, das weiß ich.«

»Und die Mutter hat es also gefunden? Nun, es ist ein sehr kostbares Stück.« Dann ruckte sie mit dem Kopf und fragte: »Und was soll ich Ihrer Meinung nach nun machen?«

»Ich dachte, Sie wären vielleicht in der Lage, sie zu beraten. Ihnen zu sagen, was sie tun könnten. Wenn es sich um den Fund eines Schatzes handelt, gehört er der Krone, nicht wahr?«

»Ja, ich denke schon. Und wahrscheinlich sieht dann niemand je wieder etwas davon.«

»Ich . . . ich habe mir schon so etwas gedacht.«

»Das heißt, bevor das Stück nach Jahren in irgendeinem Museum auftaucht, wahrscheinlicher aber ist, daß es in irgendeiner Privatsammlung landet. Aber wenn sie Geld dafür bekommen sollten, was würden sie damit anfangen?«

»Fliehen, denke ich. Ich weiß, daß die Tochter das vorhat, und ich nehme an, die Mutter auch. Die Mutter stammt aus Cornwall. Soviel ich weiß, war ihr Vater Spanier, und es leben immer noch Angehörige dort.«

»Aber was wird die Tochter tun?«

Er zögerte ein paar Augenblicke, bevor er antwortete. »Sie wird zu mir kommen. Wir haben entdeckt, daß wir uns lieben.«

Miß Netherton richtete sich kerzengerade auf und reagierte ein wenig ungehalten. »Aber Sie sind ein verheirateter Mann, und Ihre Frau ist . . . Nun, Sie wissen, was sie ist. Wird sie damit einverstanden sein?«

»Alles, was sie interessiert, Ma'am, ist, daß sie genügend Geld für ihre Drinks bekommt. Mein Gehalt als Schullehrer reicht kaum dafür aus. Aber so kann ich sie mir vom Leibe halten.«

»Sie wollen sagen, daß Sie den ganzen Tag lang arbeiten würden, nur um sich Ihre Frau vom Leibe zu halten?«

»Ja, wenn es nötig ist. Ich habe zwei Jahre lang buchstäblich die Hölle gehabt, als ich mit ihr zusammenlebte. Mehr konnte ich nicht ertragen. Ich habe alles getan, was in meiner Macht stand, um ihr zu helfen. Als wir geheiratet haben, wußte ich nicht, daß sie trunksüchtig war. Sie und ihre Mutter haben das sehr geschickt vor mir verborgen. Ich habe eine Zeitlang bei ihnen gewohnt damals.«

»Nun ja, so geht es oft. Zimmersuchende sollten gewarnt werden vor Vermieterinnen und ihren Töchtern. Darüber habe ich schon so manches gehört. Trotzdem, wissen Sie, was passieren wird, wenn Sie dieses Mädchen in Ihr Haus nehmen? Sie ist doch ein junges Mädchen, oder?«

»Ja. Aber die Sache ist die, ich werde kein Haus mehr haben, in das ich sie nehmen könnte. Falls sie trotzdem bei mir bleiben will, werden wir wahrscheinlich die Straße als unser Haus betrachten müssen, bis ich irgendeine Arbeit finde.«

»Oh!« Sie sprang auf, jetzt deutlich ungehalten. »Reden Sie doch nicht so einen Unsinn! Sie mit Ihrem Kopf und Ihrer Begabung. Und lassen Sie sich von mir sagen, daß Sie nicht in dieser kleinen Schule unterrichten sollten, sondern zur Universität gehen sollten, um sich weiterzubilden. Ich habe Ihnen zugehört. O ja, Sie haben es gar nicht bemerkt. Und ich habe Ihre Methode des Unterrichts kennengelernt. Sie sind nicht dafür geschaffen worden, als Dorfschullehrer zu enden. Vielleicht sollte ich das nicht sagen, da ich ja hinter dieser Schule stehe, aber Ihre Schüler ... Was sind sie schon? Welchen Intelligenzgrad besitzen sie? Wird irgendeiner von ihnen irgend etwas erreichen? Sie werden in der Lage sein, ihre Namen zu schreiben und das Alphabet herzusagen, vielleicht lernen sie ein wenig lesen und singen. Aber Sie versuchen, ihnen kleine Ausschnitte von Shakespeare und Pope beizubringen. Ich muß Ihnen dazu eine lustige Geschichte erzählen. Als ich zu dem Vorsitzenden des Schulverwaltungsrates sagte, daß Sie ein kluger junger Mann seien und sogar Pope erwähnten, sprang er auf und rief: ›Das fehlt uns noch! Wir haben keine Päpstlichen hier.‹ Und ich konnte es mir nicht verkneifen, ihm zuzurufen: ›Zeigen Sie doch nicht so deutlich Ihren Mangel an Bildung, Mr. Swindle. Pope ist ein großer Schriftsteller. Alexander Pope, nicht Papst Alexander.‹ Gott helfe uns. Ein paar von den Männern aus dem Verwaltungsrat sollten ganz unten in Ihrer Schulklasse sitzen. Aber nun zurück zu diesem Juwel.«

Sie strich vorsichtig mit den Fingern über das Kreuz und flüsterte: »Rubine, Diamanten, Saphire. Meine Güte! Das ist ein Vermögen wert. Aber wer könnte hier so etwas entsprechend bezahlen? Wenn Sie es zu einem Juwelier bringen, zu einem der weniger angesehenen in Newcastle, wieviel wird er Ihnen dafür bieten? Hundert Pfund, höchstens zweihundert, und dann wird er es für tausend verkaufen, vielleicht sogar für zehntausend. Ich glaube nicht, daß Sie einen vernünftigen Preis für so etwas hier erzielen können. Andererseits landet es sonst unwiderruflich bei der Krone. Und das könnte ich nicht ertragen. Ich wünschte mir, ich wäre eine sehr reiche Frau.«

Als er die Brauen hob, sagte sie: »Es überrascht Sie, daß ich es nicht bin. Verglichen mit einigen Leuten bin ich es, verglichen mit anderen aber nicht. Früher, als meine Familie noch das Gutshaus und all die Häuser in der Umgebung besaß und überall die Finger drin hatte, war das anders, aber damals war ich noch sehr jung. Mein Vater liebte es, in großem Stil zu reisen und in jeder Stadt, in die er kam, zu spielen. Die Verwaltung seines Besitzes und die Arbeit überließ er anderen. Ist es da überraschend, daß er eines Tages mit meiner Mutter heimkehrte und feststellen mußte, daß er rundherum bestohlen worden war? Und daß diejenigen, denen er das Recht gegeben hatte, vorteilhafte Verkäufe für ihn zu tätigen, Verkäufe zu seinem Nachteil abgeschlossen und ihre eigenen Nester ausgepolstert hatten? Aber als das Gutshaus mit allem Drum und Dran abgestoßen werden mußte, blieb doch dieses Haus hier übrig, dieses kleine Haus mit zehn Zimmern, zusammen mit der Fox Farm, einer Anzahl von Häusern im Dorf und einigen wertvolleren in den Hauptstraßen von Fellburn und Newcastle. Ich lebe von den Mieten und bin im Vergleich zu vielen anderen

Leuten reich. Aber ...«, sie senkte die Stimme, »ich bin nicht reich genug, um dies Juwel zu kaufen. Ich wünschte mir, ich wäre es. Was meinen Sie, könnten Sie es mir wohl bis morgen überlassen? Ich kann Ihnen versprechen, daß ich es nicht heimlich veräußern werde in der Zwischenzeit.« Sie lachte, und es klang fast wie das Lachen eines jungen Mädchens, dann sagte sie: »Mir ist da eine Idee gekommen, aber ich muß noch darüber nachdenken und alles so planen, daß es auch das Richtige ist für die beiden Frauen und für Sie. Wenn Sie die Absicht haben, dieses Mädchen zu sich zu nehmen, werden Sie Geld brauchen, ob es nun Ihr eigenes ist oder ihres. Würden Sie das tun?«

»Ja, Miß Netherton.«

Zum Abschied hatten sie sich die Hände geschüttelt wie alte Freunde.

Maria war an diesem Abend nicht ins Schulhaus gekommen, und deshalb sah er Miß Netherton wieder, bevor er ihr die Neuigkeiten berichten konnte. Am folgenden Tag schlug Miß Netherton vor, daß sie das Kreuz kaufen wolle, auf Abzahlung. Wenn sie eine so große Summe von der Bank abheben würde, könnte der Verwalter, der sich um den Nachlaß kümmerte, sich fragen, warum. Andererseits aber wäre es völlig in Ordnung und würde zu ihrer impulsiven Art passen, wenn sie ihnen das Heap Hollow Cottage zusammen mit anderthalb Morgen Land überließe. Diese Transaktion könnte ordnungsgemäß als Schenkung eingetragen werden. Außerdem wäre sie in der Lage, wöchentlich zwei Pfund von ihrem privaten Einkommen zu erübrigen, die gleichermaßen zwischen Mutter und Tochter aufgeteilt werden sollten. Auch könnte sie der Mutter sofort in bar zwanzig Pfund zur Verfügung stellen, damit sie in der Lage wäre, zu ihren Angehörigen in Cornwall zu reisen. Diese Vereinbarung sollte gültig bleiben, bis sie ihnen insgesamt fünfhundert Pfund ausgezahlt hätte, das dürfte ziemlich genau fünf Jahre dauern. Natürlich handelte es sich um eine ganz private Übereinkunft, und sie müßten Vertrauen zu ihr haben. Es wäre unklug, ein Schriftstück darüber aufzusetzen, obwohl sie grundsätzlich dazu bereit wäre, denn das könnte möglicherweise unbequeme Fragen hervorrufen eines Tages.

Glaubte er, daß Mrs. Dagshaw und ihre Tochter damit einverstanden sein würden?

Würden sie zustimmen?

Als er am selben Abend Maria davon erzählte, brach sie in Tränen aus, ihr Schluchzen klang beinah hysterisch. Aber er sagte ihr nicht, was Miß Netherton hinsichtlich ihrer Verbindung befürchtete. Wenn er sich klarmachte, wie sie die Reaktion der Leute in diesem Dorf und in der Umgebung darauf einschätzte, zweifelte er daran, ob sie es wirklich wagen sollten, zusammen in dem Cottage zu wohnen. Konnten sie sich nicht sehr viel Kummer und Ärger ersparen, wenn er als Lehrer im Amt blieb und das Mädchen allein in dem Cottage wohnte und das Land bestellte? Sie könnten einander jederzeit besuchen. Aber das, was er ihr vorschlagen wollte, würde ihnen beiden viele Schwierigkeiten einbringen. Aber komme, was da mag, er war nun einmal fest entschlossen, mit ihr zusammenzuleben, und für den Rest seines Lebens würde er sie als seine wahre Frau ansehen.

Es war dann Maria selber, die sagte: »Was würden sie mit uns machen, wenn wir dorthin ziehen und zusammenleben würden?« Und er hatte geantwortet: »Das wird sich dann schon herausstellen, nicht wahr?«

Und so war es auch.

Er sprang auf, nahm ihre Hände und zog sie zu sich hoch. »Komm, wir wollen schlafen gehen«, sagte er. »Du hast morgen viel Arbeit mit dem Kochen für den großen Tee am Nachmittag, und ich muß das Land umgraben, bevor der Frost einsetzt. Und morgen früh kommen die beiden Fowlerjungen aus Fellburn her. Sie sind beide so dick wie ein Faß, aber trotzdem sehr nett. Sie werden einiges tun müssen und ich auch, wenn sie in diese hochgestochene Schule aufgenommen werden wollen. Doch ich mache mir deshalb keine Sorgen. Ihr Vater wird halt mit Geld nachhelfen, wenn ihr Wissen nicht ausreicht. Aber dieser junge Grubenarbeiter Bobby Crane interessiert mich wirklich. Ich hoffe, er kann morgen nach seiner Schicht unbemerkt herkommen.«

»Es ist riskant für den Jungen, meinst du nicht auch?«

»Ja, aber er will vorankommen, und das ist das Wichtigste. Er hat eine Menge auf dem Kasten, dieser Junge, und er will heraus aus der Grube, möge Gott ihm helfen! Sie werden ihn schnell genug hinauswerfen, wenn sie merken, daß er Lesen und Schreiben lernt. Und er muß außerdem mit einer gehörigen Abreibung rechnen. Es sind ein paar Burschen dabei, die dafür sorgen werden, sie sind ebenso böse wie Praggett und die Besitzer der Mine. Sie glauben, wenn ein Mann einmal lesen und schreiben kann, wird er nie wieder in den Schacht gehen, und in gewisser Weise stimmt das auch, denn wer sonst als ein Verrückter, der Frau und Kinder zu ernähren hat, würde das schon machen? Hier«, er gab ihr einen Holzspan, »schau, ob du ihn an der glühenden Asche entflammen und die Kerze damit anzünden kannst. Ich werde abschließen und die Lampe löschen.«

Zusammen gingen sie zum anderen Ende des Raums, wo die Leiter zur Falltür hinaufführte. Seitlich davon befand sich eine Tür, die in den Schlafraum der beiden Mädchen führte, gegenüber lag die Tür zu ihrem eigenen Schlafzimmer.

Zehn Minuten nachdem sie den Raum betreten hatten, lagen sie Seite an Seite im Bett und hielten sich, wie üblich, an den Händen. »Schlaf jetzt«, sagte er zu ihr. »Ich kann es spüren, wenn du nachdenkst. Wir haben genug nachgedacht heute abend. Gute Nacht, mein Liebes.« Er wandte sich ein wenig zur Seite und küßte sie. Dann wiederholte er: »Schlaf jetzt.« Und sie erwiderte: »Ja, ich bin schon sehr müde.« Aber in Wirklichkeit war sie überhaupt noch nicht schläfrig, denn sie wußte, daß er an die Vergangenheit gedacht hatte, genau wie sie. Mit weit geöffneten Augen starrte sie in die Dunkelheit und erlebte in Gedanken noch einmal den Tag, an dem sie dieses Haus zum erstenmal gesehen hatte. Sie sah es jetzt als Haus an, nicht mehr als eine Hütte, denn es war doppelt so groß wie an jenem Tag.

Sie konnte wieder das Gras vor sich sehen, das bis zu den Fensterbrettern des niedrigen, langgestreckten einstöckigen Gebäudes hochgewachsen war, und roch wieder die abgestandene, feuchte Luft, die ihnen entgegengeschlagen war, als sie die Tür aufgestoßen hatten. Und sie hörte Nats Stimme, der zum Dach hochgeblickt und gesagt hatte: »Das ist noch dicht. Da fehlt keine einzige Schieferplatte. Und schau nur, wie groß der Raum ist, er muß fünfzehn Fuß lang sein. Und der andere«, er hatte ihre Hand losgelassen, war durch eine weitere Tür geeilt und hatte ihr zugerufen, »der ist fast genauso groß.« Er war die Leiter hinaufgeklettert, und sie hatte gehört, wie er oben umherging. Dann hatte er heruntergerufen: »Er ist ganz leer, und hier ist jede Menge Platz.«

Als er wieder unten war, hatte er sie an der Hand genommen und war mit ihr durch die beiden großen Räume gelaufen. Am anderen Ende befanden sich zwei Türen. Die eine führte in eine Spülküche, einen quadratischen Raum, etwa sieben Fuß lang an jeder Seite. Durch die andere Tür gelangten sie in den Hof. Zwischen dem Kopfsteinpflaster wuchs Gras; an den Seiten schlossen sich ein Stall an, ein Kohlenschuppen und ein weiteres kleines Gebäude. Viel bemerkenswerter aber war die große Scheune, ein sehr alter Bau. Obwohl das Dach einige Lücken aufwies, waren die Balken alle noch intakt.

Sie hörte, wie er sagte: »Es ist wundervoll, wundervoll.« Und sie hatte das auch gedacht, aber sie war sprachlos bei dem Gedanken an die Freude, die auf sie zukam. Als sie ins Haus zurückkehrten, sagte sie zu ihm: »Wäre es nicht wundervoll, wenn wir hier einen einzigen großen Raum hätten? Kannst du die Zwischenwand abreißen?«

»Warum nicht, Liebes«, hatte er erwidert. »Warum nicht? Wir reißen die Wand ab, und aus der Spülküche machen wir eine hübsche Küche. Und diesen kleinen Kamin«, er hatte mit der Hand darauf gezeigt, »nehmen wir heraus, damit wir ein großes, offenes Feuer haben können.«

»Aber wo soll ich kochen?« hatte sie gefragt.

»Du wirst einen tollen Herd bekommen, Liebes«, hatte er geantwortet. »In einer Gießerei in Gateshead Fell haben sie einen Ausstellungsraum, den ich schon oft besucht habe. Wir werden uns einen Herd mit einem Backofen, einer Kochmulde und einem Rauchabzug aussuchen, der den Kochdunst nach oben ableitet, zu dem großen Schornstein. Oh, wir werden hier wahre Wunder vollbringen, Liebes.« Und sie hatten sich geküßt, und er hatte einen Walzer mit ihr getanzt auf dem unebenen Boden.

Als sie schließlich wieder hinausgegangen waren, hatte er gesagt: »Miß Netherton hat mir erzählt, daß hier ein großartiger Gemüsegarten war, früher, und so wird es wieder werden. Und wir werden uns eine Kuh anschaffen.«

»Ich hätte lieber Ziegen«, hatte sie sofort eingeworfen.

»Dann wollen wir Ziegen anschaffen, Liebling.«

Was für ein wundervoller Tag das gewesen war, aber was für einen hohen Preis sie dafür hatten bezahlen müssen, wie entsetzlich hatten sie dafür bezahlen müssen.

Drei Tage später hatte ihre Mutter die Farm verlassen und einen Brief für ihren Mann hinterlassen, den Nathaniel für sie geschrieben hatte. Die Ironie dabei war, daß Mr. Dagshaw wütend zum Schulhaus gelaufen war damit und ihn gebeten hatte, ihm den Brief vorzulesen. Mit Vergnügen hatte Nathaniel ihm diesen Wunsch erfüllt.

»Ich verlasse Dich und kehre zu meiner Familie zurück. Seit ich mit Dir verheiratet bin, habe ich von Dir nichts anderes als Grausamkeit erfahren. Ich habe Dir ein Kind geboren, auch sie wird Dich verlassen. Es hat keinen Zweck, daß Du mir nachkommst, um mich zu zwingen, zu Dir zurückzukehren, denn meine Angehörigen werden mich beschützen. Vielleicht erinnerst Du Dich daran, daß sie Dich noch nie gemocht haben. Wir sind uns zufällig begegnet, an einem für mich beklagenswerten Tag, als ich eine entfernte Kusine in Gateshead Fell besucht habe. Aber jetzt ist es vorbei, und zukünftig wirst Du Deine Sklaven bezahlen müssen. Ich unterzeichne nicht als Deine Ehefrau, denn ich bin für Dich nichts anderes gewesen als ein Dienstbote. Ich unterzeichne als Mary Clark, die ich einst war.«

Nathaniel hatte berichtet, daß der Mann einen Augenblick lang wie vom Donner gerührt dagestanden hatte. Dann hatte er gefragt: »Wollen Sie eine Bezahlung fürs Vorlesen?« Und Nathaniel hatte geantwortet: »Ich nehme kein Geld dafür, daß ich Briefe vorlese, und dieser hier hat mir großes Vergnügen bereitet.« Ihr Vater hatte den Kopf gehoben und Nathaniel angestarrt, als wäre seine Antwort ein Rätsel für ihn. Und es dauerte noch volle zwei Wochen, bevor er die Lösung dieses Rätsels fand. Und auch das nur, weil er auf den Markt fuhr, wo ein paar Leute ihm ihr Mitgefühl aussprachen, weil seine Tochter Schande über sich brachte und mit dem Schullehrer zusammen im Heap Hollow Cottage leben wollte. Und wußte er denn nicht, daß das ganze Dorf außer sich war und daß der Schulmeister entlassen worden war und daß der Vikar die beiden verflucht hatte?

Vielleicht war es ein Glück gewesen, daß an diesem Tag der Besitzer des Trödlerladens in Fellburn mit seinem offenen Wagen voller Möbel zu ihnen gekommen war – ein Bett, eine Kommode mit Schubladen, ein Holztisch, zwei Stühle und eine große Matte, abgesehen von den Küchenutensilien. Ihr Vater war so außer sich gewesen vor Wut, daß ihm der Speichel übers Kinn lief und seine Hände wie Klauen durch die Luft fuhren, als er sie anbrüllte. Als der Händler sah, daß der Farmer mit dem dunkelroten Gesicht die Hände gegen das nette junge Mädchen erhob, die neben ihm auf dem Wagen gesessen und die ganze Zeit über fröhlich geplaudert hatte, warf er sich zwischen die beiden und sagte: »Passen Sie auf, Mister! Wenn Sie sich nicht auf dem Rücken am Boden wiederfinden wollen, dann nehmen Sie die Hände herunter, und senken Sie die Stimme.« Und ihr Vater hatte mit gellender Stimme erwidert: »Sie ist meine Tochter, und sie ist eine Hure geworden!« Und der Mann hatte erwidert: »Nun, wenn das so ist, dann wollen Sie doch sicher nichts mehr mit ihr zu tun haben, oder? Also fort mit Ihnen, denn ich werde hier bei ihr bleiben, bis ihr Mann aus Fellburn zurückkommt, wo er etwas Geschäftliches zu erledigen hat, wie er mir sagte.«

Daraufhin hatte ihr Vater gebrüllt: »Er ist nicht ihr Mann, er ist ein Schullehrer, den sie hinausgeschmissen haben. Er ist ein verheirateter Mann.«

»Nun, wenn das der Fall ist, gut, mir hat er gefallen, als ich ihn gestern gesehen habe. Und deshalb sage ich Ihnen noch einmal: Verschwinden Sie!«

Und ihr Vater hatte seinen Kopf vorgestoßen und geknurrt: »In der Gosse wirst du landen, hörst du? Ich habe das Dorf hinter mir. Sie machen kurzen Prozeß mit solchen wie du, steinigen werden sie dich. Du bist nicht länger mehr verwandt mit mir, und die Brut, die du zur Welt bringst, auch nicht. Du wirst auch nicht einen Pfennig von mir kriegen, niemals. Du bist von Grund auf verdorben, hörst du? Innerlich verfault. Du schäbige Hure, du!«

Und jetzt hatte sie auch angefangen zu schreien: »Ja, und als eine schäbige Hure habe ich für dich gearbeitet, seit ich mich gerade auf den Beinen halten konnte, nie weniger als vierzehn Stunden am Tage, und keinen Pfennig habe ich dafür bekommen. Und das Zeug auf meinem Leib, ebenso wie das meiner Mutter, mußte erst völlig verschlissen sein, bevor wir es durchsetzen konnten, einen neuen Fetzen zu bekommen. Und neu waren sie auch dann nicht, oder? Du hast uns höchstens irgend etwas von einem Stand am Markt gebracht. Selbst das Essen hast du uns mißgönnt, wir haben nur das bekommen, was du nicht verkaufen konntest. Ja, und jetzt hast du dein Geld in der verschlossenen Box oben in der Dachkammer. Ich hoffe, es ist ein Trost für dich, einen anderen wirst du nie mehr haben.«

Sie war sicher gewesen, daß er einen Anfall bekommen würde. Und als sie sah, wie er den anderen Mann mit seinen kalten Augen anstarrte, wußte sie genau, was er dachte. Sie hatte vor einem Fremden von der verschlossenen Box in der Dachkammer gesprochen. Er würde jetzt nach Hause gehen und sie an einem anderen Platz unterbringen, vielleicht würde er sie vergraben, so wie auch das Kreuz vergraben gewesen war. Beim Gedanken an das Kreuz lachte sie still in sich hinein. Wenn er nur einen blassen Schimmer hätte von dem, was sie gefunden hatten, wäre er verrückt geworden, wirklich verrückt.

Sie hatte beobachtet, wie er fortgegangen war, wie ein Betrunkener. Aber als er verschwunden war hinter dem Hügel, der die Bodensenke rechts vom Haus begrenzte, fingen ihre Knie so zu zittern an, daß sie Angst hatte, umzufallen. Nur die freundlichen Worte des Händlers hatten ihr wieder Kraft gegeben. »Nun, wenn ich die Wahl hätte, wer mein Vater sein sollte«, hatte er gesagt, »er oder der Teufel persönlich, wüßte ich, auf wessen Seite ich mich schlagen müßte. Denken Sie nicht mehr daran, Mädchen. Gehen Sie ins Haus, und schauen Sie, ob Sie irgend etwas Warmes zu trinken machen können, egal, ob es Met ist oder Tee, meinetwegen auch ein kleines Glas Bier oder was Sie sonst da haben. Ich wäre dankbar dafür, denn ich bin ebenso durchgefroren wie Sie. In der Zwischenzeit lade ich das Zeug hier ab, dann können wir es dort hinstellen, wo Sie es haben wollen.«

Sie hatte das Feuer in dem kleinen Kamin angeblasen, einen Topf mit Wasser daraufgestellt und Tee zubereitet.

Eine Stunde später, nachdem der Händler sich verabschiedet hatte, verriegelte sie die Tür und kauerte sich fröstelnd vor das Feuer, um auf Nathaniels Heimkehr zu warten. Und als er kam, hatte sie sich in seine Arme geworfen und geweint, während sie ihm von dem Besuch ihres Vaters und seinen letzten Worten zu ihr erzählt hatte. Und dann hatte er geantwortet: »Nun, damit haben wir gerechnet. Wir müssen das durchstehen . . .«

Die eigentlichen Angriffe fingen eine Woche später damit an, daß die Scheune angezündet wurde. Sie erinnerte sich daran, als wäre es gestern gewesen. Sie war aus dem Bett gesprungen, als sie entdeckt hatte, daß ein roter Schein in das dunkle Zimmer gedrungen war, und sie hatte das Krachen und Prasseln von brennendem Holz gehört. Sie waren beide nach draußen geeilt, direkt auf den Brunnen zu, aber dann hatte Nathaniel, beide Hände am Wassereimer, gesagt: »Ein ganzer Fluß wäre nötig, um das hier zu löschen. Ein Eimer nützt da gar nichts.« Aber sie hatte ihm zugerufen: »Die Funken! Sie greifen auf das Gras über. Wenn sie sich ausbreiten, ist das Haus in Gefahr.«

Die Wassermengen, die sie aus dem Brunnen holen konnten, hätten wenig ausrichten können, wenn nicht das Gras noch naß gewesen wäre, weil es tagsüber geregnet hatte.

Im flackernden Lichtschein sahen sie schemenhafte Gestalten, die sich aus dem Schatten zu lösen schienen, und dann drang eine Stimme durch die Nacht, so hoch und laut, daß sie einen Augenblick lang sogar das Prasseln der brennenden Scheune übertönte: »Das nächste Mal wird es euer Haus sein, das Hurenhaus.« Voller Zorn wollte Nathaniel in die Richtung laufen, aus der die Stimme zu kommen schien, aber im gleichen Augenblick erklang ein Geheul und Gekreisch aus ganz verschiedenen Richtungen.

Am nächsten Tag sagte Miß Netherton, nachdem sie traurig das ausgebrannte Gebäude betrachtet hatte: »Nun, ich habe et-

35

was Derartiges erwartet. Aber jetzt muß der Sache auf irgendeine Weise ein Ende gesetzt werden, bevor Sie in Lebensgefahr geraten.« Und Maria erinnerte sich daran, daß sie gedacht hatte, ihr Leben wäre bereits in Gefahr.

In der folgenden Woche hatten sie die erste Ziege gekauft. Es war ein liebes Tier, gab sogar schon Milch, und sie tranken dankbar davon – zumindest in den nächsten drei Tagen, bevor sie mit gebrochenen Vorderbeinen dalag.

Sie dachte daran, wie sie das arme, leidende Tier in ihren Armen gehalten und geweint hatte, als ob es sich um ein Kind handelte, ihr erstes Kind. Nathaniel war zu Miß Netherton gegangen, um sie zu bitten, ob Rob Stoddart, ihr Kutscher, oder der Laufbursche, Peter Tollis, kommen könnten, um das Tier zu erschießen und von seinen Schmerzen zu befreien, weil er selber noch nie ein Gewehr in der Hand gehalten hatte. Aber jetzt, sagte er, würde er es lernen.

Die Sache mit der Ziege hatte Miß Netherton in helle Empörung versetzt, und sie hatte sich von ihrem Kutscher ins Dorf und zum Pfarrhaus fahren lassen. Sie hatte dem Vikar gesagt, wenn er nicht damit aufhörte, seine Gemeindemitglieder gegen ihre Mieter, wie sie sie genannt hatte, aufzuhetzen, würde sie ihn in Zukunft nicht mehr unterstützen. Aber er hatte offensichtlich geantwortet, er würde weiterhin Gottes Willen ausführen, was immer sie tun mochte. Daraufhin war sie tollkühn in die Bar *The Swan* gegangen, ein Schritt, der schon für sich allein gesehen viele Kommentare auslöste, weil noch nie eine Frau in die Bar dieser öffentlichen Wirtschaft gegangen war. Dort hatte sie sich nicht nur an den Besitzer Reg Morgan gewandt, sondern auch an Robert Lennon, den Grobschmied, und seinen ältesten Sohn Jack, ebenso an Willie Melton und seinen Sohn Dirk, die von Beruf Maler und Tapezierer waren, und sie hatte sie daran erinnert, daß ihr von den zweiunddreißig Häusern im Dorf siebzehn gehörten.

Dann war sie zum *King's Head* gegangen und hatte auch dort sofort die Bar aufgesucht, wo sie Morris Bergen und seine Frau May angetroffen hatte, John Fenton, den Lebensmittelhändler, sowie zwei Bergwerkarbeiter aus der nahe gelegenen Grube, Sam Taylor und Davy Fuller, die bekannt waren als Rüpel und alles taten für ein Glas Ale. Diesen beiden hatte sie erklärt, daß der Besitzer des Bergwerkes ein Freund von ihr war. Die nächsten vier Wochen hatte man sie in Ruhe gelassen. Miß Netherton hatte sie davor gewarnt, sich im Dorf sehen zu lassen. Das bedeutete, daß sie ungefähr eine Meile zurücklegen mußten, quer über die Felder und über den Rand des Steinbruches, um nach Fellburn zu kommen und dort einzukaufen. Das machten sie in der Mitte der Woche, wenn kein Markttag war.

Dann aber kam der Gipfel. Es passierte, als sie gerade das Wäldchen betreten hatten, das vor dem Hügel lag, vor dem *Heap*, wie er genannt wurde, woher das Haus seinen Namen erhalten hatte. Maria stieß einen so angstvollen Schrei aus, bevor sie Nathaniel »Beweg dich nicht!« zurief, daß er so abrupt und unvermittelt stehen blieb, daß er fast aufs Gesicht gefallen wäre. Dann zeigte sie auf einen Punkt, nicht zwei Schritte von ihm entfernt, und zischte: »Eine Falle! Eine Menschenfalle!«

»Nein!« Stocksteif und keuchend hatte er dagestanden. »Das nicht. Das würden sie nicht wagen.«

»O doch, sie würden es wagen. Sieh nur hin.«

»Das wird die Angelegenheit in Ordnung bringen«, meinte Nathaniel dann. »Ich habe das Gesetz auf meiner Seite. Fallen sind verboten, selbst für Tiere. Wer auch immer sie gestellt haben mag, hat vielleicht in diesem Augenblick seine Blicke auf uns gerichtet und wartet auf unsere Schmerzensschreie. Willst du hierbleiben?« fragte er sie, änderte aber sofort seine Meinung. »Nein, ich bleibe hier«, sagte er. »Du läufst zu Miß Netherton und berichtest ihr alles. Bitte sie, herzukommen und sich mit eigenen Augen davon zu überzeugen. Dann werde ich diesen Fall vor Gericht bringen. Ein Polizist wird herkommen und jemand, der die Falle unschädlich machen kann, ohne dabei zu Schaden zu kommen.«

Sie hatte ihre Röcke gehoben und war losgelaufen. Ohne Umschweife war sie in die Küche von Miß Netherton eingedrungen, und als sie dort niemanden angetroffen hatte, war sie in die Eingangshalle gerannt, wo die Dame des Hauses mit zwei Herren sprach. Sie hatten zusammen gelacht, aber bei ihrem Anblick sofort aufgehört damit, und Miß Netherton war schnell auf sie zugegangen und hatte gefragt: »Was ist los? Was ist los,

Maria?« Und sie hatte gestottert: »Sie haben eine Menschenfalle aufgestellt. Nat ist fast hineingeraten, er . . . er bewacht sie jetzt. Würden . . . würden Sie kommen und sich selber davon überzeugen?«

»Eine Menschenfalle?« Einer der Herren war näher gekommen. »Wo befindet sie sich?«

Sie gab ihm keine Antwort, weil Miß Netherton bereits sagte: »Es handelt sich um einen Streitfall zwischen zwei von meinen Freunden und den Dorfbewohnern. Erinnerst du dich an den Schullehrer, über den wir gesprochen haben? Ich habe ihm ein Haus vermietet, aber die Leute im Dorf haben ihm die Scheune niedergebrannt, sie haben seine Ziege zum Krüppel gemacht, und jetzt haben sie versucht, ihn selber oder sein Mädchen zum Krüppel zu machen.«

»Nun, wir können der Sache ein Ende setzen, denke ich.« Der Mann hatte ihr zugenickt, und Miß Netherton hatte ihr erklärt: »Mr. Raeburn ist Friedensrichter. Er wird die Angelegenheit ein für allemal bereinigen.«

Das Ergebnis war gewesen, soweit Miß Netherton von ihrem Kutscher und von dem Zimmermann des Dorfes, Roland Watts, erfahren hatte, der mit dem Mann verwandt war, welcher die Falle gestellt hatte, daß der Besitzer von *The Swan* Besuch bekommen hatte von Vertretern des Gesetzes. Und am 17. Mai hatte Reg Morgan vor Gericht erscheinen müssen und war befragt worden bezüglich des gesetzwidrigen Errichtens einer Menschenfalle, einer Gefahr für menschliches Leben und Gesundheit.

Darüber hinaus hatte jeder Mieter von Miß Netherton im Dorf einen auf dickem Papier geschriebenen Brief von einer Anwaltskanzlei in Newcastle erhalten. Darin stand, daß bei der geringsten Belästigung von Miß Nethertons Mietern in Heap Hollow Cottage die Empfänger des Briefes sofort davon Mitteilung zu machen hätten und daß es ihre Aufgabe wäre, dafür zu sorgen, daß die fürchterlichen Anschläge auf die Mieter von Miß Netherton sofort beendet würden.

Seit dieser Zeit ließ man sie in Ruhe. Aber sie waren vollständig isoliert. Sie konnten mit niemandem sprechen, ausgenommen Miß Netherton, ihre Angestellten und Roland Watts im

Dorf. Später kam die Schneiderin Miß Penelope Smythe gelegentlich zu ihnen.

Als die Zwillingsbrüder geboren wurden, gingen sie nicht zum Pfarrer, um ihn zu bitten, die Kinder zu taufen. Aber er hatte seinen großen Tag auf der Kanzel am folgenden Sonntag, wo er seinen längsten Sermon hielt, eine Stunde und zwanzig Minuten lang. Und Miß Netherton hatte ihnen später lachend erzählt: »Am Ende hatte er gar keine Stimme mehr, aber er hat immerhin erreicht, daß einige Mitglieder der Kongregation eingeschlafen waren.«

Ein freundlicher Pfarrer in Fellburn hatte die Kinder getauft, aber die Eintragung im Register lautete wie folgt:

24. September 1862. Oswald und Olan,
natürliche Söhne von Maria Dagshaw,
gezeugt von Nathaniel Martell.
Getauft am 20. Oktober 1862.

Diese Eintragung ins Kirchenregister hatte sie auf seltsame Weise verletzt, hatte sie doch gedacht, nichts könnte sie mehr verletzen. Aber sie war Pfarrer Mason und seiner Frau Bertha dankbar gewesen, die freundlich zu ihnen gewesen waren und lachend gesagt hatten: »Da Ihre Kinder hier bei uns getauft worden sind, haben sie Anspruch auf soziale Unterstützung durch die Gemeinde. Wir wollen hoffen, daß sie sie niemals benötigen werden.«

Und Nathaniel hatte erwidert: »Das wird bestimmt nicht der Fall sein.«

Aber mit der Geburt ihrer Söhne hatte das Spucken eingesetzt; die Frauen hatten damit angefangen. Sie war durch die Stadt gegangen. Es konnte ein Mittwoch oder ein Donnerstag gewesen sein, jeder andere Tag als der Samstag, wenn in der Stadt der Markt abgehalten wurde. Bei zwei von drei Besuchen in der Stadt hörte sie jetzt das Zischen hinter sich und mußte zur Seite springen, jedesmal zu spät, denn über ihren Rock rann bereits der schleimige Speichel, und sie sah nur noch die Rückfront von einer oder mehreren Frauen, die sich entfernten. Ab diesem Zeitpunkt gingen sie nie mehr durchs Dorf.

Auf die Jungen war Annabel gefolgt. Sie war schon bei der Geburt wunderschön gewesen, schöner noch als sie selber. Aber sie hatte einen seltsamen Charakter, so seltsam, daß es so wirkte, als würde sie innerlich zwischen zwei Polen hin- und hergerissen. Auf der einen Seite war da eine tiefe Ruhe und ernste Nachdenklichkeit, auf der anderen Lachen, Fröhlichkeit, Gesichterschneiden und schnell wechselnde Stimmungen. Es war traurig, dachte Maria, daß ihre so intelligente und auf vielen Gebieten so bewanderte Tochter immer noch eine Art Dienstmädchen bei Miß Netherton war. Allerdings schien sie auch so etwas wie eine Gesellschafterin der älteren Dame zu sein, denn nahm Miß Netherton sie nicht mit zum Einkaufsbummel, wenn sie nach Newcastle fuhr, zu Besuchen ins Museum, und hatte sie sie nicht zweimal ins Theater begleiten dürfen? Sie wußte, daß sie dankbar sein sollte dafür, daß ihre Tochter einiges abtragen durfte von der Schuld gegenüber dieser sehr feundlichen Dame, aber, so leid es ihr tat, sie hatte ihre eigenen Pläne für ihre Tochter.

Dann war Cherry gekommen. Sie war so blond wie ihr Vater, hatte fröhliche blaue Augen und stotterte leicht. Sie war das Ebenbild ihres Vaters, ganz seine Tochter. Die beiden Mädchen hatten Fröhlichkeit und Gelächter ins Haus gebracht. Das hatte sonst gefehlt, denn die Zwillinge waren nüchterne junge Männer, und Jimmy, der Fünfzehnjährige, war ein nachdenklicher Junge, der viele Fragen stellte und alles ganz genau wissen wollte. Aber in gewisser Weise war er auch ein Lausbub. Und dann hatte sie ein totes Kind zur Welt gebracht.

Ihr Letztgeborener war Ben. Warum hatten sie ihn nur Benjamin genannt? Der Name paßte nicht zu ihm, aber zufällig war es der Name von Miß Nethertons Vater. Miß Netherton hatte ihnen erlaubt, ihn zu verwenden. Aber wieso hatten sie dann nicht eines der Mädchen Maria genannt? Doch sie hielt nichts davon, Namen weiter zu vererben, das war nur eine Behinderung für den Empfänger. Auch von der Rolle von Paten hielt sie nichts. Die Aufgabe der Paten war es, so sagte sie, die spirituelle Entwicklung des Kindes zu überwachen. Aber wie viele Paten wagen es schon, ihrer Autorität Nachdruck zu verleihen? Sie konnte nichts Spirituelles darin erblicken, wenn man für ein

Kind Paten auswählte, nur die Hoffnung der Eltern, daß es eines Tages irgendeinen Nutzen daraus ziehen möge.

Miß Netherton dachte sehr nüchtern und fortschrittlich über solche Dinge. Aber sie war immer der Schutzengel für sie alle gewesen und war es noch.

Die Zahlungen für das Kreuz waren beendet gewesen, als Jimmy ein Jahr alt war. Doch zu diesem Zeitpunkt standen sie bereits fest auf ihren eigenen Füßen, wie man so sagt. Die Scheune war wieder aufgebaut worden, die Wand zwischen den beiden Räumen niedergerissen worden. An der einen Seite des Hauses hatten sie ein Schlafzimmer für die beiden Mädchen angebaut, an der anderen eins für sie selbst. Der Garten brachte alles an Gemüse und Obst hervor, was sie für den größten Teil des Jahres brauchten. Die Apfel-, Birnen-, Pflaumen- und Kirschbäume, die sie im zweiten Jahr gepflanzt hatten, trugen jetzt reiche Frucht. Die vier Ziegen versorgten sie mit Milch und Käse, die zwanzig Hennen mit Eiern und, hier und da einmal, mit einem Hühnerbraten. Die Enten, die auf dem künstlichen Teich herumschwammen, den die Jungen an der tiefsten Stelle des Geländes angelegt hatten, legten große, grünliche Eier im Überfluß und zogen Jahr für Jahr etwa ein Dutzend kleiner Entchen auf.

Sie drehte sich auf die Seite, hörte Nathaniel ruhig atmen und sagte sich wieder einmal, wie sehr sie diesen Mann liebte, sie liebte ihn nicht nur, sie betete ihn an. Wäre sie eine kirchentreue Christin gewesen, so hätte allein dieser Gedanke schon eine Sünde bedeutet. Man durfte niemanden anbeten außer Gott. Aber was für Leute waren diese kirchentreuen Christen? Frauen, die auf einen spuckten, Männer, die mit ihren Wagen mitten auf engen Wegen fuhren und unseren in den Straßengraben drückten. Als das zahllose Male der Fall gewesen war, hatte Nathaniel einen Beschluß gefaßt: »In Zukunft werden wir durch das Dorf fahren«, hatte er gesagt. »Genau durch die Mitte.« Und das hatten sie getan. Der Anblick von Dagshaws *Liebstöckel*, wie sie genannt wurde – und sie wußte das –, ließ die Leute an die Türen rennen und die Männer aus den Kneipen kommen.

Aber im Laufe der Jahre schien es so, als ob die Dorfbewohner keine Notiz mehr von ihnen nähmen, besonders dann nicht, wenn die ganze Familie auf dem offenen Wagen saß, während Nathaniel hochaufgerichtet vorn auf dem hohen Kutschbock thronte. Sie achtete darauf, daß bei diesen Gelegenheiten alle ihre besten Sachen trugen. Und Nathaniel fuhr immer direkt auf der Straßenmitte durch das Dorf. Eines Tages begegneten sie der Kutsche vom Gutshaus. Als der Kutscher ihnen aus einiger Entfernung zuwinkte, damit sie zur Seite auswichen, erwiderte Nathaniel den Gruß auf dieselbe Weise und fuhr stur weiter geradeaus, bis der Kutscher in letzter Minute die Pferde scharf zur Seite lenkte, auf die breite, grasbewachsene Bankette.

Als jemand den Kopf aus dem Kutschenfenster streckte und ihm mit gellender Stimme zurief: »Was zum Teufel fällt dir ein, Mann?«, hatte Nathaniel zurückgerufen: »Die öffentliche Straße ist für alle da, und sie führt durch dieses Dorf.«

Man berichtete Miß Netherton natürlich von diesem Vorfall, und sie hatte zu Nathaniel gesagt: »Wie ich höre, richten Sie Ihren Speer jetzt auf das Burgtor. Nun, da sollten Sie Ihr Visier besser fest zuklappen. Aber ich mache mir keine Sorgen deshalb, der Arm dieser Leute reicht hier nicht allzuweit. Derjenige, der Sie angeblafft hat, ist wahrscheinlich der, den ich den Karpfen im Lachsteich nennen würde. Aber sein Vater ist in Ordnung, ein wirklich angenehmer Mann, und der jüngere Sohn ebenfalls. Allerdings würde ich das nicht von seiner Frau sagen wollen. Das ist eine Füchsin, wenn es je eine gegeben hat. Warum lassen nette Männer sich nur von solchen Frauen einfangen?«

Was hätten sie nur getan ohne Miß Netherton? Aber trotzdem wünschte sie sich, daß sie etwas für Anna tun würde, ihr eine Stellung verschaffen würde, die ihren Fähigkeiten und ihrer Intelligenz entsprach. Sie hatte diesen Gedanken mehr als einmal leise angedeutet, aber ohne Erfolg. Immer noch war das Mädchen hier, siebzehn Jahre alt, bald achtzehn, und weder das eine noch das andere: nicht wirklich ein Dienstmädchen und nicht wirklich eine Gesellschafterin. Aber sie mußte endlich schlafen, bald schon würde es vier Uhr früh sein.

2. Teil

Anna

1

Maria hatte den ganzen Tag über in der Küche gestanden, der Tisch war mit dem Ertrag ihrer Arbeit beladen. Da gab es ein Korinthenbrot, Reiskuchen und Kümmelkekse, außerdem ein Feingebäck in der Art, wie man es auch zur Weihnachtszeit ißt, mit Stücken von reifen Kirschen dekoriert. In einer großen Terrine aus Ton lagen zwei bereits von den Knochen befreite Hühner, eine Schale enthielt Preßkopf vom Schwein. Über den Tisch verteilt befanden sich kleinere Schalen mit mildem Ziegenkäse, und an den beiden Tischenden standen Platten mit ungesalzener Butter neben zwei knusprigen Brotlaiben. Es war ein Festmahl, das auch in einer Bankethalle Ehre eingelegt hätte, und Maria betrachtete es mit Stolz.

Sie war jetzt sechsunddreißig Jahre alt, und der kleine Spiegel im Schlafzimmer zeigte ihr, daß sie ihrem Alter entsprechend aussah, aber immer noch eine schöne Frau war. Sie hatte trotz der Geburten ihre Figur und ihre aufrechte Haltung nicht verloren. Aber in ihren Augen spiegelte sich das Alter. Wie konnte es auch anders sein nach neunzehn Lebensjahren voller ekstatischer Liebe, vermischt mit Furcht und Demütigungen, nicht nur für sie selber, sondern auch für ihre Kinder. Jedes einzelne von ihnen trug das Stigma der unehelichen Geburt, und so würde es bleiben, bis zum Tode. Aber hätte sie es deshalb anders haben wollen? Ja, o ja. Wenn sie die gesetzliche Ehefrau von Nathaniel gewesen wäre, würden ihre Augen nicht diesen tiefen Schmerz verraten, denn dann wäre sie die Frau eines Schullehrers gewesen. Und ihre Kinder hätten hingehen können, wohin sie wollten, von den ersten taumelnden Schritten an, während sie so auf das Wäldchen, den Hügel und den Garten beschränkt gewesen waren. Und sie hatten keine Freunde, abgesehen von Miß Netherton.

Sie wandte sich vom Tisch ab, als sie aus der Küche zwei Stimmen hörte. »Wir sind zu Hause, Ma«, rief die eine. Und die andere sagte: »Was rieche ich da?« Schnell ging sie durch den

Raum und antwortete: »Ich rieche verschmutzte Schuhe und verschwitzte Strümpfe. Habt ihr sie draußen gelassen?«

An der Küchentür begegnete sie ihren beiden ältesten Söhnen. Beide waren in Socken, und Oswald sagte lachend: »O Ma, laß uns ans Feuer gehen und unsere Hausschuhe anziehen. Eine eiskalte Luft kommt vom Hügel herüber. Ich könnte wetten, daß wir bald die erste Frostnacht bekommen.«

Während die beiden jungen Männer sich vor den offenen Kamin setzten, ging sie zu dem Kasten, der neben der Feuerstelle stand, und nahm zwei Paar Mokassins heraus. Sie warf sie auf die Matte zwischen den beiden und sagte: »Ihr seid ein bißchen früh dran, nicht wahr?«

»Ja, Ma, wir sind brav gewesen, und Mr. Green ließ uns gehen. Und außerdem haben wir ein paar Neuigkeiten für dich, jeder von uns.«

»Oh! Gute Neuigkeiten?«

»Ja. Natürlich, was denn sonst?« Olan lächelte ihr zu.

»Gut, wir wollen damit warten, bis die anderen kommen, ja?« Die Zwillinge schauten einander an, lächelten, und dann sagte Oswald: »Ja, Ma, wir warten so lange. Wo ist Dada?«

»Er ist in der Scheune mit dem Jungen aus dem Bergwerk.«

»Oh, der Junge aus dem Bergwerk.« Oswald stand auf, dann fügte er hinzu: »Der arme Bettler. Wir haben in der Stadt gehört, daß es Ärger gibt bei der Beulah-Mine. Sie haben ein paar Leute aus ihren Hütten geworfen, sie einfach auf die Straße gesetzt, weil sie angeblich Agitation betrieben haben.«

»Ich dachte, das könnten sie jetzt nicht mehr machen«, sagte Maria.

»Oh, das können sie machen, Ma. Die Männer haben nur die Gewerkschaft erwähnt, soviel ich verstanden habe, und daß sie dafür sind.«

»Gott helfe ihnen, wenn sie in diesem Winter draußen im Hochmoor leben müssen. Erinnerst du dich noch, wie es vor drei Jahren war? Da haben sechs Familien dort draußen gehaust. Vier Kinder sind gestorben, außerdem noch ein alter Mann und eine Frau. Die jungen Leute sind, glaube ich, schließlich nach Australien gegangen. Aber jetzt«, ihre Stimme klang heiterer, »kommt und seht euch den Tisch an.«

»Ich konnte es schon draußen auf der Straße riechen, Ma.« Oswald gab seinem schlanken Bruder einen freundschaftlichen Stoß und sagte: »Du kannst Essen von Land's End bis hin zu John O'Groat's riechen. Aber schau dir das an.« Er blickte auf den Tisch, dann wandte er sich an seine Mutter und sagte: »Meine Güte! Du bist aber fleißig gewesen, Ma. Und wo hast du all diese Sachen in den letzten Tagen versteckt gehalten? In der Küche war gestern nichts davon. Wenn es anders gewesen wäre, könnte es jetzt nicht hier sein, oder?«

Sie lachten jetzt alle drei und wandten sich um, als die Tür am anderen Ende sich öffnete. Nathaniel kam mit seinem jüngsten Sohn ins Zimmer, und während der Junge mit offenem Mund dastand und die Tafel anstarrte, warf Nathaniel nur einen Blick darauf und sagte dann ruhig zu Maria: »Du hast in den vergangenen Jahren schon einige Festessen auf diesem Tisch angerichtet, aber ich denke, dieses ist das beste.«

Maria schürzte die Lippen, als sie das Kompliment hörte, und ihre Augen glänzten vor Freude. »Wie war dein Schüler?« fragte sie dann.

»Er macht seine Sache gut. Ausgezeichnet. Oh, wenn ich diesen Burschen jeden Tag hier haben könnte, würde er bald weit über das hinauswachsen, was ich ihm beibringen kann. Er saugt das Wissen nur so in sich ein. Ich habe so etwas noch nie erlebt.«

»Ich habe dein Wissen auch eingesaugt, Dada.«

Nathaniel warf den Kopf zurück und lachte. Dann schaute er Olan an und sagte: »Alles, was du je eingesaugt hast, mein Sohn, war Futter. Und wie hat es angeschlagen? Du bist so dünn wie eine Bohnenstange.«

»Aye, aber ich bin stark. Das kannst du nicht ableugnen.«

»Nein, du hast recht, das kann ich nicht.« Nathaniel gab seinem Sohn einen Klaps auf den Rücken, dann wandte er sich wieder an Maria und sagte: »Wir wollen warten, bis alle da sind, nicht wahr, egal, wie lange es dauert?«

»Natürlich, natürlich«, erwiderte sie und nickte eifrig. »Aber wir wollen hoffen, daß Mrs. Praggett Cherry heute abend nicht zu lange dabehält.«

»Sie wird ihre Zeit abarbeiten müssen. Schließlich wird sie von acht bis sechs bezahlt«, sagte Oswald. Dann lachte er.

»Selbst wenn Mr. Praggett auf die Idee kommen sollte, seine Kinder in den Fluß zu werfen oder den Minenschacht hinunter. Das war lustig, nicht wahr, als sie uns den letzten Krach zwischen ihm und seiner Frau beschrieben hat, als diese das ganze Abendessen auf ihn gekippt hat? Es ist gut, daß sie die lustige Seite dabei im Auge behält, sonst würde sie es keine fünf Minuten dort aushalten.«

Wieder lachten sie, bis die Tür sich öffnete und Anna ins Zimmer kam. Es war ihr Gang, der die übrige Familie dazu veranlaßte, sich auf ihren Anblick zu konzentrieren, ohne sie auch nur zu begrüßen. Ihre Schritte waren langsam, sie hielt sich sehr gerade und reckte den Kopf hoch. Aber als sie das eine Ende des Tisches erreicht hatte und einen Blick darüber warf, veränderte sich ihre feierliche Haltung ein wenig, aber nur vorübergehend. Sie wandte sich an ihren Vater und sagte: »Mr. Martell, ich habe Neuigkeiten für Sie, und auch für Sie, Maria Dagshaw.«

»Neuigkeiten, die einen Aufstieg für dich bedeuten, Tochter, einen großen Aufstieg, vielleicht bis in die Aristokratie?«

»Das könnte sein, Mr. Martell. Das könnte sein.«

»Hört auf, ihr zwei.« Oswald schlug mit der Hand nach ihnen.

»Auf jeden Fall bist du nicht die einzige hier, die gute Neuigkeiten bringt. Wir beide, Olan und ich, haben auch welche, aber wir halten sie zurück bis zum Tee.«

»Oh, oh«, rief sie und lachte. Dann kehrte sie zu ihrer normalen Verhaltensweise zurück, schaute Oswald an und sagte: »Habt ihr wirklich gute Neuigkeiten?«

»Ja, die haben wir.«

»Das freut mich. Gut, ich werde meine auch erst beim Tee verkünden. Dada, als der Postbote Miß Nethertons Post brachte, sagte er zu mir, daß er auch einen Brief für dich hätte. Hier ist er.« Sie steckte die Hand in die Tasche ihres kurzen Mantels und überreichte ihm einen Umschlag.

Als er einen Blick darauf geworfen hatte, schaute Nathaniel Maria an. Dann wandte er sich ab, ging zu einem kleinen Schreibtisch, der in einer Zimmerecke stand, nahm das Papiermesser in die Hand, öffnete den Brief und las ihn.

Als Maria, die ihn beobachtete, sah, daß er eine Hand auf den

Schreibtisch legte, als wollte er sich stützen, ging sie rasch zu ihm und fragte ruhig: »Was ist es?« Er antwortete nicht, drehte ihr aber den Kopf zu und schaute ihr in die Augen. Dann schob er sie sanft zur Seite und ging durch das Zimmer, bis zu der Tür, die in ihr Schlafzimmer führte. Sie folgte ihm.

»Nat, Nat.« Sie setzte sich auf die Ecke des Betts neben ihn. »Was ist los? Was steht in dem Brief? Von wem kommt er?«

Langsam reichte er ihr den Brief, und sie las ihn. Es dauerte eine Weile, bevor sie mit schmerzerfüllter Stimme sagte: »O nein. Das hätte sie nicht tun dürfen. Fünf ganze Jahre! O Nat.«

Er drückte sie fest an sich und murmelte: »Es hätte die Situation nicht verändert, nicht ihren Status. Sie wären auch dann als – als Liebstöckel eingestuft worden.«

Sie konnte sich diesem Argument nicht anschließen. Sie hätte weinen können. Nein, dachte sie, aber es hätte meine Situation verändert, und auch in anderer Beziehung hätte es eine Erleichterung sein können.

Sie hob den Kopf von seiner Schulter und sagte: »Sollen wir es ihnen erzählen?«

Er dachte einen Augenblick nach, dann sagte er: »Nein. Nicht, bevor sie uns ihre Neuigkeiten mitgeteilt haben. Sie sind ganz erfüllt davon, was immer es sein mag, und es scheinen gute Neuigkeiten zu sein. Aber nach dem Essen will ich es ihnen erzählen.«

Das Essen war beendet. Alle waren satt und zufrieden und brachten es in verschiedener Weise zum Ausdruck. Sie gratulierten ihrer Mutter zu dem Festmahl.

»Nun, wer fängt an? Ich denke, man sollte den Damen die Wahl überlassen, was meinst du, Oswald?«

Als Oswald über den Tisch hinweg seinem Vater zunickte, sagte Anna: »Laß Oswald und Olan zuerst ihre Neuigkeiten berichten, meine kann warten.«

»Wie du willst. Wie du willst.«

»Gut. Also los, Oswald.«

Alle Blicke waren auf den Ältesten mit seinem hellen Gesicht und dem bulligen Körper gerichtet. Er schaute direkt seinen Vater an und sagte: »Mr. Green hat mich gefragt, ob ich seinen zweiten Laden in Gateshead Fell übernehmen möchte.«

»Oh! Wunderbar!«

»Einen Laden führen!«

»Ganz allein?«

»Wirst du mehr Geld bekommen? Das doppelte?«

»Seid still. Seid still.« Nathaniel winkte ab. »Und hört zu. Fahr fort, Oswald.«

Oswald holte tief Luft, bevor er sagte: »Natürlich ist er nicht so groß wie der in Fellburn, und er liegt in einem recht ärmlichen Viertel, nahe beim Fluß, aber er läuft nicht schlecht. Ich werde einen Teil der Bäckerei übernehmen müssen, das mal zuerst, nichts Aufregendes, wißt ihr, nicht so wie in unserem Laden hier, nur einfaches Brot, Roggenbrot, braunes und weißes, und Teekuchen und Hefekuchen. Der Nachteil dabei ist natürlich, daß ich einen weiteren Weg haben werde. Aber ich fange morgens zur gleichen Zeit an wie jetzt. Und dreimal in der Woche soll Olan mich mitnehmen, wenn er seine Runde macht.«

»Wieviel Geld wirst du bekommen? Doppelt soviel?«

»Nein. Nein, Mr. Geldbeutel.« Oswald lachte Jimmy zu. »Aber ich bekomme sieben Shilling in der Woche, und abends darf ich so viel altbackenes Brot mitnehmen, wie ich will.«

»Altbackenes Brot?« Cherrys Stimme klang ärgerlich. »In dem Viertel wird nicht viel altbackenes Brot übrigbleiben, die Leute dort sind arm. Sag ihm auf jeden Fall, daß wir sein altbackenes Brot nicht haben wollen.«

»Du wirst ihm nichts Derartiges sagen.« Maria brachte Cherry mit einer Handbewegung zum Schweigen, dann fuhr sie fort: »Es gibt viele, die froh sein werden, wenn ich von dem altbackenen Brot Pudding mache, besonders wenn wir auf dem Hochmoor wieder Gesellschaft bekommen sollten, wie du vorhin gemeint hast, Oswald.«

Oswald stieß seinen Bruder an und sagte: »Nun erzähl ihnen deine Neuigkeit.«

»Nun ...« Olan fuhr sich mit den Fingern durchs Haar und dann über die Wangen, als wollte er einen nicht vorhandenen Schnurrbart glätten. Anschließend steckte er die Daumen hinter seine Hosenträger und verkündete feierlich: »Ich werde auf Kommission arbeiten.«

»Kommission? Was heißt das?« Diese Frage wurde gleichzeitig von verschiedenen Seiten gestellt. Olan erklärte: »Ich soll den Wagen mit Tabletts voller Gebäckwaren beladen und, wie Mr. Green sagt, Neuland erobern. Ich werde bei Privathaushalten, Gasthäusern und so weiter anfragen, ob sie bereit sind, der Süßwarenfirma George Green, gegründet 1850, einen Auftrag zu erteilen. Und für jeden Auftrag, der über einem Pfund liegt, bekomme ich einen Penny.«

»Einen Penny? Wie kann man mit einem Penny prahlen?« warf Jimmy ein. »Zwölf davon machen einen Shilling«, entgegnete Olan. »Und damit kann man schon prahlen.«

»Ja, Olan hat recht.« Sein Vater wandte sich an Jimmy. »Mit einem Shilling kann man durchaus prahlen.«

»Mag sein, Dada. Aber wie lange braucht er, bis er ihn verdient hat?« fragte Jimmy.

»Nun, das bleibt abzuwarten«, erwiderte sein Vater. Dann schaute er den ein wenig entmutigten Olan an. »Ist es nicht so?«

»Wenn das Wetter gut bleibt, kann ich ihn in einer Woche hereinholen. Außerdem wird Mr. Green mich mit einem Mantel und einer Mütze aus Ölzeug versorgen und auch für die Tabletts entsprechende Überzüge beschaffen. So hat er sich das mit dem Wetter vorgestellt.«

Lachend warf Jimmy ein: »Aber was ist mit dem armen Pferd?«

Und als Anna ihm spontan einen Klaps aufs Ohr versetzte, lachte er noch lauter, und alle stimmten ein.

»Also gut, das waren unsere Neuigkeiten.« Oswald schaute seine Schwester an. »Nun kommt deine.«

Alle Blicke konzentrierten sich jetzt auf Anna. Sie schaute über den Tisch hinweg ihren Vater und ihre Mutter an und sagte mit leiser Stimme, ohne jedes Getue: »Dada, Ma, ich werde Schullehrerin.«

Im ersten Augenblick erfolgte keinerlei Reaktion auf diese Mitteilung, aber dann sprangen alle zugleich auf und drängten sich um Annas Stuhl. Von allen Seiten wurde sie mit Fragen überschüttet, bis Maria energisch rief: »Hört auf damit, alle. Seid still und hört ihr zu.«

Als der Trubel sich gelegt hatte, stand Nathaniel auf, zog seine Tochter an der Hand vom Stuhl hoch und sagte: »Wir wollen uns alle ans Feuer setzen. Gute Nachrichten sollte man immer an einem guten Feuer bereden.«

Einen Augenblick später saßen oder kauerten sie alle um die Matte herum und blickten erwartungsvoll ihre schöne Schwester an. Mit einer Stimme, die seltsamerweise tränenerstickt klang, sagte sie: »Miß Netherton hat es mir heute nachmittag anvertraut. Offensichtlich hat sie schon seit einiger Zeit deswegen verhandelt. Ich soll in der nächsten Woche meine Stellung antreten in Miß Benfields Akademie für junge Damen.«

»In der Akademie für junge Damen. Anna!« Cherry schlang ihre Arme um sie, und die Schwestern umarmten sich.

»Sie hat vorher nie etwas anklingen lassen?«

Anna schaute Maria an und sagte: »Nein, Ma, kein einziges Wort. Das einzige ist, daß sie mich in den letzten Wochen mit Büchern überschüttet hat, nicht nur Englisch und Geschichte, sondern . . . nun, Bücher, die über meinen Horizont hinausgingen.« Sie wandte sich um, schaute ihren Vater an und sagte: »Nicht, daß sie über deinen Horizont hinausgegangen wären, Dada. Philosophie und solche Sachen. Aber sie hat gesagt, daß ich in der Akademie nichts davon brauchen würde, was ich in letzter Zeit gelesen habe, doch es könnte mir vielleicht helfen, den Wirrköpfen Englisch und Geschichte zu vermitteln, die Miß Benfields verrottetes Institut besuchen.«

»Ist es eine Villa?«

»Nein, nein.« Sie schüttelte den Kopf. »Es ist ein zweistöckiges Terrassenhaus. Das Souterrain ist mit Eisengittern versehen.«

Sie schaute ihren Vater an und sagte: »Es sieht so aus, als ob die Waschküche im Souterrain liegt, denn durch das Eisengitter drang Dampf, und man konnte Seifenlauge riechen. Aber oben war alles natürlich ganz anders. Miß Benfield trug schwarzen Satin. Sie ist sehr groß und . . .« Sie fuhr mit den Händen über ihre Brust, sah Cherry an und sagte: »Ich hätte fast angefangen zu kichern, als ich sie zum erstenmal sah. Erinnerst du dich an das Gedicht ›Der Busen der Welt‹? Wo die freie Natur . . .?«

»Komm, komm, bleib ernst.« Ihr Vater nickte ihr zu. »Erzähl mir, was sie gesagt hat.«

»Nun, es ging nicht um das, was sie gesagt hätte, sie erwartete vielmehr, daß ich redete. Sie hat ausschließlich Fragen gestellt, und zwar meistens über dich.«

»Über mich?«

»Ja. Ob deine Eltern noch am Leben wären, was sie gewesen wären. Ich habe gesagt, daß dein Vater Ingenieur gewesen sei und daß deine Eltern beide an der Cholera gestorben wären.«

»Wie sah es im Haus aus, in den Klassenzimmern?«

»O Dada, trostlos. Der einzige Raum, den ich oben gesehen habe, war zweigeteilt, und in der einen Hälfte standen acht Pulte. Was ich für den Salon gehalten hatte, ist das eigentliche Klassenzimmer. Auch das Eßzimmer wurde in zwei Teile geteilt, die eine Hälfte ist das sogenannte Musikzimmer.«

»Wie viele Lehrerinnen gibt es dort?«

»Ich glaube, nur zwei: Miß Benfield und noch eine andere.«

»Es klingt nicht gerade wie ein sehr nobles Institut, finde ich.«

Anna schaute Olan an und sagte: »Ich finde das auch nicht und Miß Netherton bestimmt ebensowenig. Aber sie hat gesagt, irgendwo muß ich halt anfangen. Wenn ich ein Jahr lang oder so Erfahrungen gesammelt habe, kann ich gehen und eine andere Stellung annehmen. Ich bin . . . ich bin sicher, Dada, daß es das Beste ist, was sie im Augenblick für mich finden konnte.« Sie machten jetzt beide ein ernstes Gesicht, Vater und Tochter, denn sie wußten beide, weshalb es das Beste war, was Miß Netherton im Augenblick für sie finden konnte. Einen Bastard, der aus einer Familie von Bastarden kam, würde man nicht unbedingt für die geeignete Person halten, um junge Damen zu unterrichten.

»Gut, gibt es noch weitere Neuigkeiten? Hält sonst noch irgend jemand eine Überraschung bereit?« Anna warf einen Blick in die Runde.

Noch immer verkündete Nathaniel nicht: ›Auch ich habe überraschende Neuigkeiten für euch.‹ Statt dessen meldete Jimmy sich zu Wort. »Nun, auf einer Farm geschieht nichts, was man als Neuigkeiten bezeichnen könnte, abgesehen davon vielleicht, daß Daisy heute einen Eimer voll Milch umgestoßen hat. Und Farmer Billings fing wütend an zu fluchen. Er hat ein paar Ausdrücke benutzt, die ich noch nie zuvor gehört hatte. Und Mrs. Billings hielt ihm mit dieser frömmelnden Stimme, ihr wißt schon, eine kleine Strafpredigt. ›Genug! Genug, Mr. Billings‹, rief sie. ›Sei dankbar, daß du Milch zu verschütten hast, in der Hölle wirst du keine vorfinden.‹ Und wißt ihr, was er zurückbrüllte?« Er mußte so lachen, daß er fast keine Luft mehr bekam. »›Geh und laß deinen Kopf einkochen, Frau! Geh und laß deinen Kopf einkochen!‹«

Nathaniel wartete, bis das Gelächter abebbte, dann schaute er zu Jimmy hinüber und sagte: »So etwas hat er bestimmt nicht gesagt. Nicht Farmer Billings.«

»Doch, Dada, bestimmt. So wahr Gott mir helfe.«

Wieder mußten alle lauthals lachen, denn Jimmy hatte die Stimme Billings' sehr treffend nachgeahmt.

Aber jetzt griff Maria ein. Sie schaute Cherry an und fragte sie: »Und was war bei euch los?«

Cherry, noch ganz erschöpft vom vielen Lachen, erwiderte: »Ihr werdet es kaum glauben, aber ich höre nur noch ›Meine liebe Florence‹ und ›Mein lieber Mr. Praggett‹. In den letzten Tagen gurren sie wie zwei Turteltauben. Ich hätte am liebsten zu ihr gesagt: ›Paß auf, Frau, laß dich nicht hinters Licht führen. Er ist keine Taube. Du solltest das langsam wissen.‹ Er ist ein furchtbarer Mann, wirklich. Manchmal wird er so wild, daß er tatsächlich in die Luft geht. Wirklich. Wie an dem Tag, an dem ich gerade die nasse Wäsche draußen aufgehängt hatte. Er kam in Eile angerast und lief direkt in die Wäscheleine hinein und verwickelte sich in seine nassen Bettlaken. Erinnert ihr euch? Ich habe euch doch davon erzählt.«

Sie erinnerten sich, und wieder füllte der Raum sich mit hellem Gelächter.

Als wieder Ruhe eingetreten war, wandten sie einer nach dem anderen ihre Aufmerksamkeit dem Jüngsten zu, der ruhig sagte: »Ich werde Arzt werden, wenn ich groß bin.«

Diese mit großem Nachdruck vorgetragene Feststellung ließ einen Augenblick lang alle verstummen. Dann fragte sein Vater ihn freundlich: »Woher kommt dieser plötzliche Beschluß, Arzt zu werden, Ben?« Und der Junge erwiderte ernst: »Weil ich heilen will, Sachen wie Wunden an den Beinen, Dada.«

»Wunden an den Beinen? Wer hat Wunden an den Beinen?«

»Die Kinder, die heute morgen in den Wald kamen.«

»Sie hatten Wunden an den Beinen? Was haben sie denn getan im Wald?«

»Sie haben Blaubeeren gesammelt, Dada. Sie waren sehr klein, nicht so groß wie ich. Sie hatten keine Schuhe an, und ihre Füße waren schmutzig, und sie hatten Wunden an den Beinen.«

Nathaniel stand von seinem Stuhl auf, zog seinen Sohn vom Boden auf und nahm ihn in die Arme. Er blickte ihm ins Gesicht und sagte: »Eines Tages wirst du Arzt werden, mein Sohn, und Wunden an Beinen heilen. Wenn Gott es will.«

»Und wenn er es nicht will, Dada?«

»Wenn wer es nicht will?«

»Gott. Wenn Gott es nicht will. Du hast gestern gesagt, du wolltest dem Burschen aus dem Bergwerk oder auch jedem sonst helfen, Lesen und Schreiben zu lernen. Aber was ist, wenn Gott es nicht will?«

Ein Schauer rann Nathaniel über den Rücken, und er wiederholte für sich selbst: Ja, was ist, wenn Gott es nicht will? Dieses letzte seiner Kinder, dieser kleine, seltsame und immer heitere Junge erfüllte ihn mit bösen Vorahnungen, manchmal sogar mit Furcht.

Er leistete keinen Widerstand, als Anna ihm den Jungen aus den Armen nahm und ihn auf den Boden stellte. Er hatte es gar nicht bemerkt, daß sie aufgestanden war, aber er wußte, daß er immer auf sie zählen konnte in Augenblicken wie diesen, wenn das Leben ihn so ängstigte, daß er wie gelähmt war. Maria stand jetzt direkt neben ihm und sagte: »Erzähl ihnen unsere Neuigkeiten.«

»O ja, ja, unsere Neuigkeiten. Wir haben eine ganz besondere Neuigkeit für euch. Aber zuerst muß ich eurer Mutter etwas sagen, was ich schon seit neunzehn Jahren loswerden wollte.« Er packte Maria an den Schultern und drückte sie auf seinen Stuhl. Dann kniete er vor ihr nieder, blickte ihr ins Gesicht und sagte: »Maria Dagshaw, ich liebe dich. Willst du mich heiraten?«

»Oh! Nat, Nat.« Maria bedeckte das Gesicht mit ihren Händen. Einen Augenblick später standen alle ihre Kinder um sie herum und riefen: »O Ma, Ma. O Dada, Dada.«

»Trockne dir die Tränen ab, Liebes.« Nathaniel hob den Zipfel ihrer weißen Schürze an und wischte ihr sanft damit die Wangen ab. Dann setzte er sich zu ihren Füßen nieder und wandte sich an die übrige Familie: »Ich habe nie etwas vor euch geheimgehalten. Ihr seid alle so aufgezogen worden, daß ihr die Situation kanntet, in die wir euch aus Liebe zueinander gebracht haben. Und ich glaube, trotz der sogenannten Schande gibt es im ganzen Land keine glücklichere Familie. Und jetzt will ich euch die Neuigkeiten mitteilen, die in dem Brief standen, den Anna mir heute abend mitgebracht hat, die Neuigkeiten, die ich schon fünf Jahre früher hätte erfahren sollen. Folgendes ist geschehen: Meine Frau war, wie ihr wißt, eine Trinkerin. Um sie mir vom Leibe zu halten, mußte ich es irgendwie fertig bringen, ihr fünf Shilling in der Woche zu schicken, solange sie lebte. Ich habe ihr in der Regel einmal in vierzehn Tagen eine Zehn-Shilling-Note übersandt, an die Adresse des Briefeschreibers, von dem ich euch erzählt habe. Nun, in diesem Brief teilt er mir mit, daß er nur durch Zufall entdeckt hat, daß meine Frau vor fünf Jahren verstorben ist. Als ihre alte Mutter zweimal nicht gekommen war, um das Geld abzuholen, hatte er gedacht, daß er es besser direkt zu der Adresse brachte, die er kannte. Es war eine Art Pension, und die Wirtin begrüßte ihn, als wäre er ein Verwandter der armen alten Dame. Wahrscheinlich hat er durch Fragen an sie erfahren, daß meine Frau tot war. Der Mann, dieser Briefeschreiber, will nicht in irgendeine unrechtmäßige Sache hineingezogen werden, deshalb hielt er es für besser, diese Erklärung abzugeben.«

Er legte eine Pause ein, bevor er hinzufügte: »So hätte ich also schon vor fünf Jahren die Worte aussprechen können, die ich jetzt an eure Mutter gerichtet habe: Maria Dagshaw, willst du mich heiraten? Aber auch dann . . .«, er bewegte leicht den Kopf hin und her, »hätten wir nicht glücklicher sein können, als wir es sind. Und unglücklicherweise kann auch unsere Heirat den Makel, den wir euch allen auferlegt haben, nicht von euch nehmen.«

»O Dada, Dada.« Die beiden Mädchen knieten sich rechts und links neben ihn hin und legten die Arme um seinen Hals, während Maria die Hände ihren Söhnen entgegenstreckte, die sich um sie scharten. Es war Olan, der sagte: »Was immer auch im Leben geschehen mag, Ma und Dada, ich werde Gott immer dafür danken, daß ich euer Sohn bin. Und Oswald, der ein Teil von mir ist, denkt ebenso, nicht wahr, Oswald?«

»Ja, Ma, Dada.«

»Und Jimmy ist auch stolz auf euch, nicht wahr, Junge?«

Jimmy murmelte mit erstickter Stimme: »Ich weiß, daß die Tatsache, zu euch zu gehören, nichts ist, was man laut hinausrufen sollte. Aber wenn ich meine eigene Farm kaufe, werde ich euch wohl nicht verleugnen können.«

Das führte zu einem wilden Gerangel mit den Zwillingen auf der Matte, bis Anna rief: »Hört auf damit, ihr Rüpel! Paßt auf, ihr werft ihn noch ins Feuer.«

Als wieder Ruhe eingetreten war, fragte Oswald seine Mutter ruhig: »Wo willst du getraut werden, Ma?«

Maria schaute Nathaniel an und sagte: »Darüber haben wir noch nicht nachgedacht. Aber bestimmt nicht von Reverend Fawcett hier im Dorf. Ich denke, Parson Mason wird es mit Freuden tun. Er hat euch alle getauft.«

»Ja, eure Mutter hat recht.« Nathaniel erhob sich und zog auch Maria hoch. »Eure Mutter und ich werden jetzt unsere Mäntel anziehen und einen Spaziergang zum Wald unternehmen. Der Mond scheint, und wenn man beschlossen hat zu heiraten, soll man mit der Liebsten einen Spaziergang im Mondenschein machen.« Er umarmte Maria kurz, dann wandte er sich noch einmal an die anderen und fügte hinzu: »Und ihr räumt inzwischen den Tisch ab, wascht das Geschirr und schafft Ordnung hier. Dann ab ins Bett. Wenn wir heimkommen, wollen wir niemanden mehr hier vorfinden.«

»Sklaverei ist das, reine Sklaverei.«

Als Jimmy wieder einen Klaps hinter die Ohren bekam, diesmal von Cherry, verließen Nathaniel und Maria den Raum.

Die Zurückgebliebenen machten sich an die Arbeit, jeder von ihnen kannte genau seine Aufgaben. Oswald hob den großen, schwarzen Wasserkessel hoch, der halb vergraben war in der Glut des Feuers, trug ihn in die Spülküche und goß das Wasser in die Zinnschale, die Anna bereits zur Hälfte mit kaltem Wasser gefüllt hatte.

Danach erst sagte sie zu ihm: »Wie denkst du über ihre Neuigkeiten?«

»Für uns wird es keinen großen Unterschied machen, oder?«

Sie schaute Oswald scharf an, und das flackernde Kerzenlicht schien ihn für einen Augenblick in einen erwachsenen Mann zu verwandeln. Sanft fragte sie: »Macht es dir ... macht es dir etwas aus?«

»Ich wäre wohl kein menschliches Wesen, wenn es mir nichts ausmachte.«

»Und Olan?«

»Bei ihm ist es genauso, aber nicht ganz so arg. Du hast ja gehört, was er gesagt hat. Und du?«

»Oh.« Sie zögerte einen Augenblick und schaute auf ihre Hände, in denen sie ein Stück blaugesprenkelter Seife im Wasser hin und her gleiten ließ. Dann sagte sie ruhig: »Nur hier und da, wenn ich das Wort höre.«

»Das Wort. Ja, das verrenkt dir den Magen, ist es nicht so? Wenn sie wenigstens nur das eine Worte gebrauchen würden, Bastarde, daran könnte man sich noch gewöhnen, aber dauernd kommen sie mit neuen an wie Liebstöckel, natürliche Kinder ... natürliche Söhne von Maria Dagshaw, gezeugt von Nathaniel Martell, so steht es in unseren Papieren.«

Sie zog die Hände aus dem Wasser, schüttelte sie und trocknete sie dann an einem rauhen Handtuch ab, das an einem Nagel an dem Küchenschrank neben ihr hing. Dann wendete sie sich wieder ihrem Bruder zu und sagte: »Es tut mir leid, Ossie, aber sie hätten gar nicht anders handeln können, so wie sie füreinander empfinden. Und sie sind großartige Menschen. Verstehst du das?« Sie hatte den Kosenamen für ihn benutzt, den ihr Vater nicht hören wollte.

»O ja.« Er streckte die Hand aus und strich ihr über die Wange. »Zerbrich dir nicht den Kopf über das, was ich gesagt habe, Anna. Natürlich sind sie großartige Menschen. Aber all die anderen Scheißkerle sind es nicht.«

»Hey, Ossie ...« Sie gab ihm einen leichten Stoß, als er anfing zu kichern. »Laß sie bloß nicht hören, daß du fluchst. Kennst du übrigens die wirkliche Bedeutung des Wortes Liebstöckel?«

»Ja, damit sind wir gemeint. Was sonst sollte noch dahinterstecken?«

»Nun, wenn du das Wort teilst, so bedeutet ›Lieb‹ ein leichtes Mädchen, und ›Stöckel‹ ist ihr Nachwuchs, und so entstehen Liebstöckel.«

»Ja, wirklich? Ma ist aber kein leichtes Mädchen. Nun ja, wir sind bisher damit irgendwie fertig geworden, deshalb glaube ich, daß wir es auch weiterhin schaffen werden. Wenn Gott es will. Oh«, Oswald lachte leise, »wenn Gott es will. Was hältst du von Ben und seiner Frage? Sie hat Dada ganz schön zugesetzt, das habe ich gesehen.«

Mit ernster Stimme antwortete sie: »Bens Fragen setzen jedem zu. Manchmal scheint er zu gut zu sein für diese Welt. Pst. Schau nach draußen. Da kommen sie.«

Nun drängten auch die anderen sich in die Küche, und zwischen schmutzigem Geschirr und Töpfen verstummte jedes ernste Gespräch unter Scherzen und Gelächter. Die fröhliche Fassade wirkte vollkommen überzeugend, für alle.

2

»Ich kann es noch gar nicht glauben, daß du morgen früh nicht zur Tür hereinkommen wirst, meine Liebe. Ich werde dich vermissen.«

»Auch ich werde Sie vermissen, Miß Netherton. O ja. Aber«, Anna lächelte, »ich gehe ja nicht ans Ende der Welt, nicht einmal nach Newcastle, nur nach Fellburn – zu Miß Benfields Akademie für junge Damen.« Sie lachten gemeinsam, und Miß Netherton legte ihre Hände auf Annas Schultern, schob sie von sich ab und schaute sie aufmerksam von oben bis unten an. Dann sagte sie: »Du siehst sehr schick aus, Anna. Deine Mutter kann recht geschickt mit der Nadel umgehen, sie ist übrigens in jeder Hinsicht sehr geschickt. Weißt du, daß ich sie immer ein wenig beneidet habe? Ja, selbst während der schlimmsten Not und der ärgsten Kämpfe, die sie durchstehen mußte. Was hätte ich nicht dafür gegeben, eine Familie zu haben, eine Tochter zu haben, genauso eine wie dich. Aber so ist es, der Mensch denkt und Gott lenkt. Doch nun komm, wir müssen aufbrechen, wenn du pünktlich deine neue Stellung antreten willst.« Ihr Blick fiel auf

Annas Kopfbedeckung, und sie sagte: »Wie hübsch du aussiehst mit einem Hut. Warum müssen die Jungen und die Alten unbedingt Hauben tragen? Ich konnte sie noch nie ausstehen.«

Jetzt wandte sie sich an Ethel Mead, die neben ihnen stand, und rief ihr zu: »Sieht sie nicht hübsch aus, Ethel?«

Ethel zog ihre geschwungene, gestärkte Kappe zurecht, dann die Schulterbänder ihrer weißen Latzschürze. Schließlich sagte sie: »Ich habe immer gelernt, daß schön ist, wer Schönes tut. Deshalb nehme ich an, das gleiche gilt auch fürs Hübschsein.«

»O Ethel, brich dir nur keine Verzierungen ab«, rief Miß Netherton lachend. »Ist das alles, was du Anna zu sagen hast?«

Die ältere Frau wandte sich jetzt Anna zu und schaute das junge Mädchen an. Ihr Gesichtsausdruck wurde weicher, und sie sagte: »Ich hoffe, es ist ein guter Start ins Leben für Sie. Ich wünsche es Ihnen.«

»Danke, Ethel, vielen herzlichen Dank.« Anna wußte aber genau, daß es Miß Netherton zwar leid tat, sie zu verlieren, daß Ethel jedoch froh darüber war, daß sie ging, denn sie war ihrer Herrin sehr ergeben und natürlich eifersüchtig auf jeden, der sie möglicherweise von ihrem Platz verdrängen und Miß Nethertons Zuneigung gewinnen könnte.

Robert Stoddart aber, der im Hof auf sie wartete, begegnete ihr mit aufrichtiger Herzlichkeit. Als er ihr in die Kutsche half, sagte er: »Also dann auf in diese Schule, damit Sie den Kindern dort etwas Vernünftiges beibringen können. Was meinen Sie, Ma'am?«

»Ich sage dasselbe wie Sie, Rob. Auf in die Schule. Aber wir werden dort nicht rechtzeitig eintreffen, wenn Sie hier noch lange herumstehen, plaudern und die Teppiche zurechtrücken. Wir können uns selber um alles kümmern. Fahren Sie los!« Anna lächelte der nett und ordentlich gekleideten kleinen Dame zu, die ihr jetzt gegenübersaß, und wieder einmal dachte sie, was für eine wunderbare Frau sie war. Wie sie mit ihren Dienstboten reden und plaudern konnte, die von anderen als tief unter ihnen Stehende betrachtet wurden, nicht wert, daß man ihnen auch nur die geringste Beachtung schenkte, und wie sie trotzdem von ihnen bedingungslos respektiert wurde.

Natürlich gab es auch Leute, die nicht zum Haushalt gehörten und ausgesprochene Furcht vor ihr hatten. War sie denn nicht eine wohlhabende Frau?

Als sie ins Dorf kamen, gab sie sich einen Ruck, setzte sich aufrecht hin und hielt den Kopf hoch, denn niemand konnte ihr etwas anhaben, wenn sie mit Miß Netherton zusammen war. Vor kurzem erst hatte sie es gewagt, allein durch das Dorf zu gehen. Es hatte damit geendet, daß sie in den Wald geflohen war, sich fast die Augen ausgeweint und mit beiden Fäusten auf einen Baumstamm eingeschlagen hatte, wobei sie sich vorstellte, es wäre das Gesicht des jüngeren Sohnes vom Grobschmied, der ihr gegenüber eine Geste gemacht hatte, die sie niemals wieder vergessen würde und von der sie wußte, daß sie mit ihrem Dada oder ihrer Ma nie darüber würde reden können. So friedliebend ihr Vater auch war, in diesem Fall wäre er ins Dorf gelaufen und hätte seine Peitsche mitgenommen, das wußte sie, denn mit den Fäusten konnte er gegen Arthur Lennon nichts ausrichten.

Miß Netherton beugte sich gerade zu ihr herüber und sagte mit erhobener Stimme, um das Geräusch der Räder auf der holprigen Straße und das Klappern der Pferdehufe zu übertönen: »In einem Punkt bin ich mir nicht sicher. Wie wird Miß Benfield dein hübsches Kleid aufnehmen?«

»Warum?« Anna öffnete ihr Cape und schaute hinunter auf ihr graues Wollkleid. »Es ist ganz schlicht.«

»Ja, meine Liebe, es paßt zu vielen Gelegenheiten, aber die Taille endet in einer Spitze und der Halsausschnitt ebenso. Ich habe leider nie daran gedacht, sie zu fragen, ob es irgendwelche Kleidungsvorschriften gibt. Aber . . .«, sie warf die Arme hoch, »was spielt das schon für eine Rolle? Den Kindern wird es gefallen, und sie werden dich mögen. Du wirst für sie eine interessante Person sein. O ja, bestimmt, verglichen mit den beiden anderen Lehrerinnen, die ich gesehen habe.« Jetzt kicherte sie. »Ich habe sie auch nicht gefragt, ob sie eine anständige Köchin hat, aber ich denke, du wirst genug zu essen bekommen, um bis zum Abendessen durchzuhalten. Es gehört zu den Arbeitsbedingungen, daß du dort eine Mahlzeit bekommst. Ich weiß, daß die Kinder um vier nach Hause gehen, aber die Lehrerinnen müssen noch die Klassenzimmer aufräumen und die Schularbeiten durchsehen, die im Laufe des Tages gemacht worden sind. Du wirst dich rasch an den Ablauf gewöhnen. Allerdings wird es ein wenig problematisch werden, wenn der Winter kommt. Es wird dunkel sein, wenn du frei hast, und selbst im Sommer kannst du die zwei Meilen kaum zu Fuß zurücklegen, im Winter aber wird es noch schwieriger werden. Und die Abende werden jetzt bereits immer kürzer. Hast du schon darüber nachgedacht?«

»Es gibt einen Wagen für Fahrgäste, der um zehn Minuten nach fünf vom Markt abfährt. Den werde ich nehmen.«

»Gut, das klingt gar nicht schlecht. Aber dann mußt du immer noch über die Felder gehen.«

»Mein Vater oder die Jungen werden mich abholen, irgend jemand kommt bestimmt.«

»Ah!« Miß Netherton lehnte sich wieder zurück an die gepolsterte Lehne. »Wir kommen jetzt in die Unterwelt. Sitz gerade. Aber das tust du ja schon, du sitzt ja immer gerade. Schau nicht mich an, schau mal auf diese Seite, dann auf die andere. Sprich mit mir, plaudere über irgend etwas, mach ein heiteres Gesicht, als wäre es für dich völlig normal, zu dieser frühen Stunde hier vorbeizufahren. Du weißt ja, daß sie alle an der Tür und den Pforten sein werden, bevor wir das Dorf wieder verlassen. John Fenton wird aufhören, seinen Schinken zu zerschneiden, er wird seine Frau und seine Mutter rufen, damit sie uns auch sehen, und sie werden sagen: ›Wohin fahren sie nur so früh am Morgen?‹«

Miß Netherton fuhr fort, zu plaudern und sich nach allen Seiten umzublicken, so wie sie es Anna geboten hatte, und das Mädchen nahm all ihren Mut zusammen und sagte leise: »Mr. Cole lädt gerade Fleisch von seinem Handkarren. Ein junger Mann ist bei ihm, ich vermute, sein Sohn.«

»Das wird Stan sein. Ja, das muß Stan sein, der Liebling seiner Mutter – die Orange im Mund des Schweinekopfes.«

Anna brachte es gerade noch fertig, nicht den Kopf zurückzuwerfen und laut loszulachen. Dann murmelte sie: »Mrs. Fawcett, die Frau des Pfarrers, kommt aus der Vicarage Lane.«

»Oh, ich muß sie grüßen. Wo befindet sie sich gerade?«

»Sie werden sie gleich sehen, in den nächsten . . .« Sie legte eine Pause ein: »In den nächsten zehn Sekunden, denke ich.« Die Frau des Pfarrers war auf dem Rasensaum stehengeblieben, der die Dorfpumpe umgab, und Miß Netherton schaute hinaus, neigte ihren Kopf und lächelte, während sie Anne zuflüsterte: »Wende ihr ein wenig den Kopf zu. Lächle nicht, schau sie einfach nur an, dann wende dich wieder mir zu und sprich weiter.«

Es war wie eine Szene in einem der kleinen Theaterstücke, die sie für die Weihnachtsaufführungen schrieb, in denen alle mitwirken konnten.

Miß Netherton sagte: »Sie hat ausgesehen, als ob sie gleich einen Anfall bekommt. Sie werden Dr. Snell rufen müssen, fürchte ich. Weißt du, ich glaube, meine Fahrten durch das Dorf sind die einzige Abwechslung für sie.«

Am Ende des Dorfes, wo nur noch verstreut einzelne Häuser lagen, wurde die Straße so schmal wie ein Pfad. Hier kam ihnen ein leichter Wagen entgegen. Miß Netherton stand auf und schaute Rod Stoddart über die Schulter. Dann sagte sie: »Lenk den Wagen zur Seite, Rob, und halt an.«

Der offene Wagen hatte sich ihnen im Schrittempo genähert, aber jetzt verfielen die Pferde in leichteren Trab, um dann neben der Kutsche zu halten. Zwei Männer saßen vorn. Derjenige, der die Zügel in der Hand hielt, legte die Finger an seine Mütze, beugte sich vor und sagte: »Guten Morgen, Miß Netherton. Sie sind schon früh unterwegs.«

»Da bin ich offensichtlich nicht die einzige, Simon und Raymond.« Sie wandte sich dem anderen Mann zu, und dieser erwiderte: »Ich glaube, da habe ich einen Vorsprung von zwei Stunden oder mehr, Miß Netherton. Ich habe schon einen kleinen Galoppritt hinter mir.«

»Du meine Güte! Sie haben ja schon Ihr Tageswerk vollbracht.« Leichter Sarkasmus schwang in ihrer Stimme mit. Dann wandte sie sich wieder dem Mann, den sie als Simon angeredet hatte, und sagte: »Simon, ich möchte Ihnen meine Begleiterin vorstellen, Miß Dagshaw. Miß Daghsaw, Mr. Broderick.«

Die Augen des Mannes wurden vielleicht ein wenig schmäler, er zögerte kurz, fast unmerklich, bevor er wieder die Hand an seiner Mütze führte und sagte: »Erfreut, Ihre Bekanntschaft zu machen, Miß Dagshaw.«

Anna erwiderte nichts, neigte aber zustimmend den Kopf. Dann blickte sie den anderen Mann an. Er musterte sie mit zusammengekniffenen Augen, ohne die Vorstellung zur Kenntnis zu nehmen.

Als Miß Netherton das bemerkte, griff sie rasch ein und sagte: »Wir müssen uns beeilen, sonst kommen wir zu spät zu unserer Verabredung. Auf Wiedersehen, Simon. Auf Wiedersehen, Raymond.« Die beiden Männer legten wieder grüßend die Hände an ihre Mützen, und Rob Stoddart rief den Pferden zu: »Vorwärts. Es geht weiter.«

Es dauerte ein paar Minuten, bis Miß Netherton wieder zu reden anfing. Als erstes stellte sie Anna eine Frage: »Weißt du, wer diese beiden Herren waren?«

»Ja.«

»Oh, du bist ihnen schon begegnet?«

»Nein. Aber ich habe sie aus der Entfernung gesehen, wenn eine Jagd begann, oder früh am Morgen, wenn der eine oder andere von ihnen über das Land ritt in Richtung auf das Hochmoor. Ich . . . ich wußte nicht, wer sie waren, bis mein Dada es mir erklärte.«

»Nun, wenn du jemals diese Geschichte schreiben solltest, von der du immer sprichst, wäre es nicht so übel, wenn du sie in meinem früheren Zuhause spielen ließest. Du könntest sogar meine Familienmitglieder auftreten lassen, da würdest du gutes Material finden. Vielleicht wäre es nicht so aufreged wie die Familie, die jetzt dort lebt, aber bei uns gab es dafür keine Boshaftigkeit.«

»Unter ihnen herrscht also Boshaftigkeit?«

»O ja, ja. Es gibt sehr wenige Heilige auf der Welt, Anna, wir sind alle mehr oder weniger eine Mischung aus Gutem und Bösem. Nun, so ist es auch bei diesen beiden Brüdern. In Simon überwiegt das Gute das Böse, bei Raymond aber ist es genau umgekehrt. So sehe ich es wenigstens. Und nach meiner Erfahrung ist es immer der Gute, der das Nachsehen hat. Simon ist ein Jahr jünger als sein Bruder, deshalb hat Raymond die Leitung des Gutes, der Farmen und ihrer anderen Geschäftsbeziehungen, wozu auch die Beulah-Mine gehört. Sie gehört ihnen nicht, aber sie besitzen einen guten Anteil daran, und nach allem, was man hört, ist er ein sehr strenger Vorgesetzter. Die Brüder sind so verschieden wie Tag und Nacht, wie es bei Brüdern ja oft der Fall ist. Der gute alte Simon ist jedenfalls fest verbunden mit dem Haus durch seine Mutter, seine Frau und sein Kind.« An dieser Stelle zückte sie einen langstieligen Regenschirm und versetzte Rob einen leichten Stoß in den Rücken damit. »Hältst du mit Absicht Ausschau nach den Löchern auf der Straße, Mann? Ich möchte nicht, daß mir ein Zahn fehlt, wenn ich wieder heimkomme.«

Rob antwortete nur mit einem Grunzlaut und fuhr fort, den Pferden gut zuzureden, als er sie über den rauhen Schotterweg vorantrieb.

Anna fragte: »Seine Mutter ist behindert, wenn ich es richtig verstanden habe?«

»Ja. Sie hat sich vor Jahren eine Rückenverletzung zugezogen, als sie Ferien in der Schweiz machte. Seither sitzt sie im Rollstuhl, wenn sie nicht im Bett liegen muß. Aber in diesem Rollstuhl kann sie herumgefahren werden, weißt du. Und das ist meistens Simons Aufgabe, sie möchte ihn am liebsten immer um sich haben. Aber ich muß zugeben, daß auch er ihr sehr zugetan ist.«

»Und der Vater? Ist er nicht hier?«

»Nein. Arnold Brodrick ständig auf Reisen. Mein eigener Papa und er hätten Brüder sein können, was ihre Reiselust betrifft. Allerdings liegt der Fall bei Arnold Brodrick ein wenig anders, er entzieht sich dadurch seiner Verantwortung für seine kranke Frau und seine Füchsin von Schwiegertochter. Auf jeden Fall würde diese Familie genügend Stoff abgeben für eine interessante Geschichte. O ja. Übrigens, hast du in letzter Zeit eigentlich wieder etwas geschrieben, abgesehen von diesen kleinen Versen?«

»Ich . . . ich habe es versucht, aber das einzige Thema, über das ich wirklich etwas schreiben kann, ist meine Familie, weil ich darüber hinaus ja keinerlei Erfahrungen besitze. Damit muß ich mich halt abfinden. Das geht uns schließlich allen so, nicht wahr?«

»Also, das würde ich nun nicht sagen. Ich denke, ihr habt alle Erfahrungen gemacht mit einigen Mitgliedern der menschlichen Gesellschaft – und mit der Gewalt. Es ist dir doch klar, Anna«, sie beugte sich vor und legte Anna die Hand aufs Knie, »daß das Theater weitergehen wird? Besonders in deinem Fall und vielleicht auch in dem von Cherry fängt es gerade erst richtig an. Männer haben es leichter, mit so einem Makel der Geburt fertig zu werden, dagegen zu kämpfen. Sie empfinden ihn natürlich genauso tief, aber das männliche Prinzip in ihnen läßt es nicht zu, daß sie das zugeben. Ich kenne sogar ein paar, die weidlich damit angegeben haben, allerdings handelte es sich um Leute, die mit einigem Recht annehmen konnten, daß sie von einflußreichen Familien abstammten. Weißt du, deine Mutter und dein Vater haben sich über jede Konvention hinweggesetzt. Natürlich weißt du das. Sie haben darauf gespuckt. Aber sie haben sich leider den falschen Ort dafür ausgesucht, innerhalb der eng gezogenen Grenzen eines Dorfes. Wenn sie sich entschlossen hätten, in der Stadt zu wohnen, am besten in einer Großstadt, hätte man wahrscheinlich kaum Notiz von ihnen genommen. Aber wenn jemand unbedingt bei lebendigem Leib verbrannt werden will, dann würde ich ihm den Rat geben, sich in einem Dorf niederzulassen und irgend etwas zu tun, was die Hälfte der Dorfbewohner selber gern täte, wenn sie den Mut dazu hätte. Es ist schon faszinierend, wie verdrängte Wünsche unter dem Mäntelchen der Rechtschaffenheit aufscheinen können. Aber so ist es schon seit eh und je gewesen. Ich glaube, ich habe dir das schon mal erzählt. Bestimmt habe ich das getan ...« Sie warf den Kopf zurück und lachte. »Ich habe dir so vieles erzählt. Du weißt doch, daß du die einzige bist, zu der ich frei und offen reden kann, ohne meine Zunge hüten zu müssen. Aber jetzt will ich dir noch einen Rat geben: Du mußt unbedingt die griechischen Philosophen lesen, Platon, Aristoteles. Dein Vater wird dir nicht viel darüber erzählt haben, er interessiert sich mehr für die spätrömische Zeit, stimmt's? Aber bei Aristoteles wirst du Weisheit finden. Du kannst es auch anders nennen, einfach gesunden Menschenverstand. Und du wirst feststellen, daß diese Philosophen ganz normale Menschen gewesen sind, die sich hier und da wiedersprechen, und vor allem natürlich ihren Kollegen. Aber du wirst sehen, daß es gar nicht so schwer ist, die

Spreu vom Weizen zu trennen und ganz persönlichen Nutzen aus ihren Büchern zu ziehen.«

Bevor Anna etwas erwidern konnte, rief Miß Netherton: »Oh, jetzt sind wir gleich am Ziel.« Wieder beugte sie sich vor. »Es ist dir doch klar, mein Kind, wieviel lieber es mir gewesen wäre, dir eine bessere Stellung für deinen Start ins Berufsleben zu verschaffen, aber du kennst ja auch die Gründe, weshalb das leider unmöglich war. Es geht darum, daß du dort etwa ein Jahr lang Erfahrungen sammeln mußt, dann kann ich mit ein oder zwei ehemaligen Schulfreundinnen reden und versuchen, an ihre Vernunft und an ihre Hilfsbereitschaft zu appellieren, damit du eine bessere Stellung bekommst. Ich hoffe, daß ich Erfolg damit haben werde. Weißt du, es ist wesentlich schwieriger, mit Frauen zu verhandeln als mit Männern. Ich jedenfalls ziehe Männer bei weitem vor als Geschäftspartner. Frauen mag ich eigentlich überhaupt nicht. Wußtest du das? Nein, ich mag sie einfach nicht. In deiner Lage wirst du natürlich versuchen müssen, mit beiden auszukommen. Und so, wie du aussiehst, wirst du unweigerlich mit beiden Schwierigkeiten bekommen, mit den Frauen in einer Beziehung, mit den Männern aber in mehr als nur einer Beziehung.«

Es war schon eigenartig, dachte Anna, daß diese freundliche Beschützerin sie keine Sekunde lang vergessen ließ, daß sie unter einem schweren Makel litt, den sie überwinden mußte, obwohl sie doch beide wußten, daß der Makel ihrer Geburt etwas war, das sie auf keine Weise überwinden konnte. Trotzdem streckte sie ihre Hände aus und berührte die der Älteren: »Was immer mir auch jetzt und in Zukunft zustoßen mag, ich werde in keinem Augenblick meines Lebens aufhören, Ihnen für das zu danken, was Sie für mich getan haben, und nicht nur für mich allein, sondern auch für meine Familie. Von heute an werde ich auf mich gestellt sein, aber ich werde heute abend zu Ihnen kommen und Ihnen alles genau berichten, was ich erlebt habe, natürlich auch, wie ich den Fünf- und Sechsjährigen Weisheit und Wissen vermittelt habe, vielleicht sogar den Neun- oder Zehnjährigen, aber bestimmt nicht den Vierzehnjährigen. Ich glaube, es wird geraume Zeit dauern, bevor man mir in Miß Benfields Akademie die Vierzehnjährigen anvertraut.«

»Auf Wiedersehen. Meine besten Wünsche werden Sie begleiten. Das wissen Sie doch.«

Miß Netherton schob Anna zum Wagenschlag hin, wo Rob bereits den Tritt aufgeklappt hatte. Als er ihr aus dem Wagen half, sagte er:»Viel Glück für Sie, Miß. Viel Glück.« Dann beugte er sich vor und flüsterte ihr zu:»Prügeln Sie ihnen das Wissen ein. Ich möchte wetten, daß es bei einigen sehr nötig ist.«

»Still jetzt. Wir wollen weiterfahren.«

Anna warf ihrer Gönnerin noch einen letzten Blick zu, dann ging sie auf die grünangestrichene Tür zu und zog an dem eisernen Griff der Hausglocke.

Die Kutsche war schon ein gutes Stück weitergerollt, als die Tür von einem kleinen, unordentlich gekleideten Dienstmädchen geöffnet wurde. Die Kleine konnte kaum älter sein als zwölf. Sie ließ Anna eintreten, schloß die Tür hinter ihr, zeigte mit dem Finger, der nicht übermäßig sauber war, auf eine Tür und sagte:»Wenn Sie kommen, soll ich Sie zum Eßzimmer führen. Es ist dort vorn.« Sie überquerte die enge Eingangshalle und machte eine Tür auf, von der steinerne Stufen hinunterführten ins Kellergeschoß.

Anna folgte ihr, blieb aber dann auf der untersten Stufe einen Augenblick lang stehen und blickte einigermaßen verblüfft in die Küche. Sie registrierte den unebenen Steinboden, einen schwarzen Kochherd, einen Holztisch und daneben ein ebenfalls steinernes Spülbecken. Am anderen Ende des Raumes entdeckte sie ein Gitter. Durch dieses Gitter war der Wäschedunst entwichen, als sie zum erstenmal in dieses Haus gekommen war. Und durch dieses Gitter drang ein wenig Tageslicht in die Küche.

Dann klopfte das kleine Dienstmädchen an eine Tür. Von drinnen rief jemand »Herein«, woraufhin das Mädchen die Tür aufstieß und beiseite trat. Anna ging an ihr vorbei in das sogenannte Eßzimmer und sah auf den ersten Blick, daß es in Wirklichkeit nichts anderes war als ein Teil der Küche, der nachträglich abgetrennt worden war. An der gegenüberliegenden Wand befand sich ein breites Fenster, das eigentlich dazu hätte dienen sollen, den ganzen Raum zu beleuchten.

Miß Benfield saß an einem Tisch, auf dem sich noch die Reste des Frühstücks befanden. Vor ihr stand ein fettiger Teller mit deutlichen Spuren von Eigelb. Außer Miß Benfield war noch eine weitere Frau anwesend, sie stand hinter einem Stuhl. Schweigend musterte Miß Benfield Anna, es dauerte fast eine geschlagene Minute lang. Dann erst räusperte sie sich und drehte sich zu der anderen Frau um. »Das ist Miß Kate Benfield«, sagte sie. »Eine Verwandte von mir und zugleich meine erste Assistentin.«

Anna blickte die Frau über den Tisch hinweg an, neigte den Kopf und lächelte, die andere antwortete, ohne zu lächeln, nur mit einer knappen Kopfbewegung.

Anna hatte das Gefühl, noch nie jemanden mit einer so schlechten Haltung gesehen zu haben. Diese andere Miß Benfield schien ihr bei der ersten Begegnung das genaue Gegenteil ihrer Verwandten zu sein. Die einzige Ähnlichkeit zwischen den beiden bestand darin, daß sie beide hochgewachsen waren, aber die Assistentin war dünn, so dünn, daß sie ganz ausgemergelt wirkte.

»Sie sind nicht passend gekleidet.«

»Was! Wieso?«

»Wenn Sie mit mir sprechen, müssen Sie mich mit Miß Benfield anreden.«

»Warum meinen Sie, daß ich nicht passend gekleidet bin, Miß Benfield?« Es kam ihr so vor, als ob die dünne Frau einen kaum hörbaren Seufzer ausgestoßen hätte, und sie warf ihr rasch einen Blick zu. Dann konzentrierte sie sich wieder auf ihre Arbeitgeberin, die zu einer Erklärung ansetzte: »Wenn Sie Schullehrerin werden wollen, sollten Sie auch eine klare Vorstellung davon haben, wie eine Lehrerin vor der Klasse zu erscheinen hat, nämlich so wie Miß Kate, in einer weißen Bluse und einem schwarzen Rock, der genau bis zu den Schuhspitzen reichen muß.« Sie neigte den Kopf zur Seite und betrachtete mißbilligend Annas grauen Rock, dessen Saum ein paar Zentimeter oberhalb der schwarzen Schuhe endete und ein wenig Strumpf sehen ließ.

»Es tut mir leid, Miß Benfield, daß ich weder einen schwarzen Rock besitze noch eine weiße Bluse, wenigstens jetzt noch nicht. Aber ich habe ein dunkelblaues Kleid, das will ich morgen anziehen und so lange tragen, bis ich mir die passende Kleidung kaufen kann.«

Miß Benfield sprang auf, ihr ausladender Busen wogte, als würde er von einer Pumpe bewegt. »Das ist ein sehr schlechter Start für Sie, junge Frau. Zu Ihrer Information: Es gibt eine Art und Weise, mich anzureden, und eine, mich nicht anzureden. Wenn Sie hierbleiben und in diesem Institut vorankommen wollen, sollten Sie das lernen, und zwar schnell. Ihr Ton ist keinesfalls respektvoll genug. Ich wünsche, daß sich das sofort ändert – und für alle Zukunft. Habe ich mich verständlich ausgedrückt?«

»Sehr verständlich, Miß Benfield.«

Der Busen hob sich bedrohlich und drohte die Knöpfe der schwarzen Satinbluse zu sprengen. Dann wandte die erboste Dame sich an ihre erste Assistentin und sagte: »Übernimm Miß Dagshaw und weise sie in die Pflichten des heutigen Tages ein.«

Die erste Assistentin schien nur auf ihr Stichwort gewartet zu haben. Sie marschierte sofort auf die Tür zu. Anna starrte einen Augenblick lang verwundert auf den Rücken der dünnen Frau, dann wandte sie sich abrupt um und folgte ihr. Sie durchquerte die Küche und gingen an dem kleinen Dienstmädchen vorbei, das Asche aus dem Herd schaufelte, dann die dunkle Steintreppe hinauf in die Halle und durch einen Flur in einen Raum, der gleichfalls in zwei Zimmer aufgeteilt worden war. Hier befanden sich keine Pulte, sondern zwei lange, schmale Tische mit Bänken, die keine Lehne besaßen und so aufgestellt worden waren, daß die Kinder, die darauf Platz nehmen sollten, auf die Tafel blicken konnten, die an einer Wand befestigt war. Der Tür gegenüber stand ein Schrank, auf den Miß Benfield zusteuerte. Sie öffnete ihn und nahm zwei Kästen heraus, deutete auf die Karten, die darin steckten, und sagte kurz angebunden: »Das Alphabet. Sie wissen doch sicher, wie das durchgenommen wird? Sie halten die Karten hoch, so wie ich jetzt.« Sie nahm eine heraus. »Dann fragen sie die Kinder, was das für ein Buchstabe ist. Danach lassen sie ihn alle zusammen zehnmal wiederholen. Wenn alle das begriffen haben, gehen Sie zu diesen einfachen Worten hier über: Hund, Mund, rund, Pfund. Das haben Sie doch sicher schon gemacht, nicht wahr?«

Anna antwortete nicht darauf, und die andere Frau stellte die Kästen in den Schrank zurück und sagte: »Das ist der Lehrstoff für die erste Stunde.« Dann zeigte sie auf das zweite Bord, in dem eine Reihe von ziemlich mitgenommenen Büchern aufgereiht war. »Kinderreime. Sie werden einige davon bereits kennen, weil sie sie zu Hause gelernt haben.« Nun kam das dritte Bord an die Reihe. »Hier finden Sie die Kreiden«, erklärte sie und deutete auf zwei Zinndosen. »Aber die werden Sie erst am Nachmittag benötigen.« Dann nahm sie einige Bilderbücher aus dem untersten Fach. »Aber die hier sind für die letzte Stunde am Vormittag bestimmt. Sie können sie austeilen, wenn die Kinder unruhig werden, und sie auffordern, Geschichten zu erzählen über die abgebildeten Vögel und anderen Tiere. Meinen Sie, daß Sie das schaffen?«

»Ich möchte es annehmen.« Annas Stimme klang kalt. Die andere schien das zu bemerken und erwiderte: »Nun, Sie wissen ja, für welche Aufgabe Sie hier eingestellt worden sind und daß Sie ganz unten anfangen müssen.«

In ihrer Stimme schwang ein Unterton mit, der nicht so recht zu ihrer sonstigen Art passen wollte. Überrascht erwiderte Anna: »Ich danke Ihnen für Ihre Hilfe. Sie haben recht. Ich werde ganz unten anfangen. Übrigens, darf ich Sie fragen, in welcher verwandtschaftlichen Beziehung Sie zu Miß Benfield stehen?«

»Ich bin ihre Kusine.«

»Oh.«

»Ja, ihre Kusine.« Sie nickte mit dem Kopf, und Anna hatte den Eindruck, daß sie noch mehr sagen wollte, aber als die Uhr in der Eingangshalle neun schlug, meinte sie nur: »Sie geht vor. Es ist zehn Minuten vor neun. Die Horde wird jeden Augenblick ankommen.« Mit diesen Worten verließ sie rasch den Raum. Anna drehte sich um und schaute sich in dem kleinen Zimmer mit den Bänken und dem Schrank um. Sie dachte nicht daran, daß sie zum erstenmal kleine Kinder unterrichten sollte, sondern nur daran, daß sie den ganzen Tag in diesem muffigen, staubigen kleinen Viereck verbringen mußte. Ihre Gedanken eilten nach Hause, und sie schloß für einen Augenblick die Augen. Dann flüsterte sie: »O lieber Gott! Ich glaube nicht, daß ich das aushalte.«

»Ruhe! Ruhe! Geht in eure Klassenzimmer.« Als sie die

Stimme hörte, riß sie die Augen weit auf und fuhr sich mit der Hand an die Kehle. Sie war nun einmal hier und mußte damit fertig werden. Sie mußte an Miß Netherton denken und natürlich auch an ihre Eltern.

»Miß Dagshaw.«

Als sie ihren Namen hörte, fuhr sie herum. Die Stimme kam von der Halle her. Sie lief schnell in den Korridor hinaus und sah Miß Benfield, die von acht Kindern umgeben war, während andere dabei waren, die Treppe hinaufzugehen. Aber auf den Stufen schien es irgendein unsichtbares Hindernis zu geben, denn einige blieben stehen und versperrten so den anderen den Weg, während alle sich umdrehten und zu ihr herunterschauten.

Miß Benfield ließ die kleineren Kinder stehen, eilte in den Korridor und fauchte Anna an: »Sind Sie noch nicht auf die Idee gekommen, Hut und Mantel abzulegen? Wollen Sie die Kinder etwa so unterrichten?«

Aufgebracht erwiderte Anna: »Würden Sie mir bitte freundlicherweise mitteilen, wo ich Mantel und Hut ablegen kann?«

Miß Benfield schluckte, dann lief sie zu den Kindern zurück und sagte: »Margaret, zeig Miß Dagshaw, wo sich das Lehrerzimmer befindet.«

Das kleine Mädchen lief, die Augen fest auf die neue Lehrerin gerichtet, auf Anna zu, schlüpfte an ihr vorbei und rannte den Korridor hinunter, um eine Ecke herum und stieß eine Tür auf.

»Danke«, sagte Anna.

Das sogenannte Lehrerzimmer bestand lediglich aus zwei engen Kabinen. In der ersten standen drei hölzerne Stühle und ein kleiner viereckiger Holztisch. An der Wand waren ein paar Haken angebracht. Es wurde von einem halben Fenster beleuchtet, ohne Gardine oder Vorhang. Als sie die Tür zu der anderen Hälfte des Raumes aufstieß, sah sie, daß die andere Hälfte des Fensters innen von einer Rolle gelben Papiers verdeckt wurde. Darunter befand sich ein Holzgestell mit einem Loch in der Mitte, und direkt darunter stand ein Zinneimer.

Sie schloß die Tür rasch wieder und holte tief Luft. Dann hing sie Hut und Mantel schnell auf einen der Haken. Ihre Stofftasche, in der sich ihre Geldbörse befand, behielt sie bei sich. Dann öffnete sie die Tür und ging in das Klassenzimmer, das nur wenige Schritte entfernt war.

Die Kinder hatten sich bereits hingesetzt. Acht glänzende Gesichter blickten ihr erwartungsvoll entgegen, alle gut gewaschen und gut genährt. Sie fragte sich, was für Eltern das sein mochten, die ihre Kinder ausgerechnet in einer Schule wie dieser unterrichten ließen.

»Guten Morgen, Kinder.«

»Guten Morgen, Miß.« Eine Kinderstimme nach der anderen antwortete ihr. Dann folgte Stille, und sie überlegte verzweifelt, was sie nun sagen sollte. Schließlich erklärte sie: »Ich bin eure neue Lehrerin, und ich hoffe, ihr werdet mir am ersten Tag ein bißchen helfen. Wollt ihr das tun?« Es dauerte einen Augenblick, aber dann riefen alle durcheinander: »Ja, Miß. Ja, Miß. Ja, Miß.« Sie schaute die vier kleinen Mädchen an, die aufrecht in der ersten Bank saßen, und sagte: »Jetzt möchte ich wissen, wie ihr heißt.« Sie zeigte mit dem Finger auf die, die ganz am Ende saß. »Du fängst an, ja. Wie ist dein Name?« – »Mary, Sarah, Kathleen«, sagte eine nach der anderen, die eine flüsternd, die andere laut und deutlich. Anna lächelte der vierten zu und sagte: »Und du bist Margaret, ja?«

»Ja, Miß.«

Als auch die Kinder auf der hinteren Bank ihre Namen genannt hatten, meinte sie: »Wollen wir jetzt mit dem Alphabet anfangen? Ihr fangt doch immer mit dem Alphabet an, ja?«

»Nein, Miß. Erst werden wir nach dem Klassenbuch aufgerufen.« Das war wieder Margaret.

Sie warf einen hilflosen Blick in den geöffneten Schrank. Da war kein Klassenbuch. Niemand hatte ihr ein Wort gesagt von einem Klassenbuch.

»Oh. Gut, das können wir auch noch später erledigen . . .«

Alles verlief reibungslos und ohne Unterbrechung bis zwölf Uhr, abgesehen davon, daß ein paar Kinder fragten: »Darf ich das Zimmer verlassen, Miß?« Und ein kleiner Schlaumeier brachte die anderen zum Lachen. Als sie zurückkehrte von ihrem Ausflug, erklärte sie: »Es stinkt.«

Um zwanzig nach zwölf, als die Uhr in der Halle halb eins schlug, fingen ein oder zwei Kinder an, verstohlen zu gähnen.

Um die Klasse wieder aufzumuntern, ging Anna jetzt zu den Kinderreimen über. Sie forderte die Kinder auf, mit den Armen und Händen zu zeigen, was die Figuren in den Versen taten. Sie blätterte das Buch durch und wählte den bekannten Kinderreim von *Jack* und *Jill*. »Also, Kinder, wir sind jetzt alle Jack und Jill, ja? Was haben sie zuerst gemacht?«

»Sie sind auf den Hügel gestiegen, Miß.«

»Gut, steigen wir also alle auf den Hügel.«

Sechzehn Arme folgten ihrem Beispiel und bahnten sich den Weg auf den Hügel hinauf.

In dem zerfledderten Buch fand sie insgesamt nur sechs Kinderreime. Als sie mit dem letzten fertig waren, sagte Anna: »Das war's, Kinder.« Eines der Mädchen rief: »Kennen Sie nicht noch einen neuen Reim, Miß?« Und die anderen Kinder fielen ein: »Ja, bitte, Miß, einen neuen!«

Sie legte den Kopf in den Nacken und dachte nach, an all die vielen Kinderreime, die ihr Vater ihnen beigebracht hatte, und an die lustigen kleinen Reime, die sie selbst sich ausgedacht hatte. Dutzende mußten es gewesen sein. Aber sie sollte sich besser an die allgemein bekannten Verse halten. Welcher war wohl am besten geeignet?

›Es war einmal ein kleiner Mann?‹ Ja, ja, den wollte sie nehmen. Laut erklärte sie: »Ich kenne einen Kinderreim, bei dem ihr alle mitmachen könnt. Er heißt: ›Es war einmal ein kleiner Mann.‹«

Sie sprach den Kindern die ersten Zeilen vor.

>»Es war einmal ein kleiner Mann,
> der hatte ein kleines Gewehr . . .«

Sie legte eine Pause ein und schaute die Kinder an. »So, und jetzt machen wir ein Gewehr. Ihr kennt doch alle ein Gewehr?« Sie streckte den einen Arm aus, als drückte sie ein Gewehr an ihre Schulter, das sie mit dem anderen Arm abstützte. Dann fuhr sie fort.

>»Und seine Kugeln waren alle
> aus Blei, aus Blei, aus Blei.«

»Und seine Kugeln waren alle aus Blei, aus Blei, aus Blei« wiederholten die Kinder im Chor, und dann machten sie: »Peng! Peng!« Dann lachten sie fröhlich und riefen: »Noch einmal, Miß! Noch einmal!« Lächelnd fing Anna noch einmal von vorn an und trug diesmal alle Zeilen vor. Das Echo der Kinder wurde lauter, ihr Lachen heller. Aber plötzlich wurde die Tür aufgerissen, die erste Assistentin erschien auf der Schwelle, mit hochrotem Gesicht.

»Was um Himmels willen geht hier vor?«

»Wir nehmen gerade einen Kinderreim durch.«

»Das hab' ich gehört.« Dann flüsterte sie Anna leise zu: »Kommen Sie bitte einen Augenblick in den Korridor hinaus.«

Dort erklärte die Frau ihr: »Wenn *sie* das gehört hätte, wären Sie schon jetzt gefeuert worden. Kugeln durch den Kopf schießen – so was habe ich noch nie gehört.«

»Es ist ein Kinderreim. Da ist ein kleiner Mann, der schoß auf eine kleine Ente und . . .«

»Schon gut, das habe ich mitbekommen. Ich unterrichte ja im Nebenraum. Ich wollte zunächst meinen Ohren nicht trauen.« Sie senkte die Stimme. »Wenn Sie hierbleiben wollen, müssen Sie sich an die Regeln halten.«

»Ich bin gar nicht so sicher, daß ich hierbleiben möchte.«

»Nun, das ist Ihre Angelegenheit. Ich möchte nur soviel dazu sagen: Ich habe den Eindruck, daß Sie Ihre Sache gut machen. Sie sind die beste Lehrerin, die wir seit langem hier gehabt haben. Deshalb nehmen Sie meinen guten Rat an. Gehen Sie wieder ins Klassenzimmer und sagen Sie den Kindern, sie sollen diesen Vers nicht mehr wiederholen, wenn sie möchten, daß Sie wiederkommen. Ich überlasse es natürlich ganz Ihnen, wie Sie diese Sache in Ordnung bringen wollen. Nach allem, was ich gehört habe, sind Sie durchaus in der Lage, mit fast allem fertig zu werden.«

Wieder hatte Anna das Bedürfnis, dieser so unglücklich aussehenden Frau herzlich zu danken. Gleichzeitig wäre sie am liebsten um die Ecke gegangen, in die übelriechende Kabine, um ihren Mantel und Hut zu nehmen und heimzugehen.

Und ihre Niederlage zugeben?

Sie holte tief Luft und kehrte in das Klassenzimmer zurück.

Um fünf Uhr rief Miß Benfield Anna zu sich und erklärte ihr erneut, wie unzufrieden sie mit ihrem äußeren Erscheinungsbild sei. Außerdem ließe die Disziplin in ihrer Klasse sehr zu wünschen übrig nach dem, was sie mitgehört hätte. Und wenn ihr das Essen hier nicht gut genug wäre, dann sollte sie gefälligst in Zukunft ihr eigenes mitbringen.

Vermutlich zur Überraschung Miß Benfields erwiderte Anna auf all die Anwürfe kein einziges Wort. Sie war müde und erschöpft. Außerdem war ihr kalt. Im ganzen Haus war es kalt. Und sie hatte Hunger...

Als sie auf den Marktplatz kam, war der Wagen bereits abgefahren. Noch nie zuvor war sie den Tränen so nahe gewesen. Sie mußte zu Fuß gehen. Die Dämmerung nahte, und wenn sie sich nicht sehr beeilte, würde es dunkel sein, bevor sie noch den Feldrand erreicht hatte. Der schnellste Weg nach Hause führte an einer Stelle ganz nah am Steinbruch vorbei. Obwohl er nicht sehr tief war, wollte sie doch lieber nicht im Dunkeln hineinfallen. Aber wahrscheinlich würde ihr Vater schon auf sie warten. Wenn er sah, daß sie nicht mit dem Wagen gekommen war, würde er doch bestimmt dorthin gehen, oder? Nein, es war viel wahrscheinlicher, daß er nach Hause zurückkehrte und seinen eigenen Wagen holte.

Sie hatte fast den ganzen Tag über stehen müssen, deshalb ging sie unwillkürlich langsamer, als sie die Stadt hinter sich gelassen und die Landstraße erreicht hatte. Und als sie am Feldrand angekommen war, war sie gar nicht besonders überrascht, daß dort niemand auf sie wartete.

Ein schmaler Pfad verlief zwischen den grünen Feldern und führte dann auf einen Hügel bis an die Kante des Steinbruchs, der an seiner tiefsten Stelle etwa zehn Meter unter ihr lag und insgesamt eine Fläche von knapp einem achtel Morgen einnahm. Man sagte, daß das Interesse an den Steinen, die er barg, bereits nachgelassen hatte, als er erst zur Hälfte ausgebeutet worden war. Schon nach wenigen Metern führte der Pfad wieder vom Steinbruch weg, erneut durch offene Felder, und dann hinunter ins Moor. An einer Stelle kreuzte er den Weg ins Dorf. Am Rande des Hochmoors traf er auf einen anderen, kaum erkennbaren Pfad, der zu ihrem eigenen kleinen Waldstückchen führte, das bald einem Hügel Platz machte. Und dort, in seinem Schutz, war sie endlich zu Hause.

Als sie den Hügel umrundet hatte, erblickte sie in einiger Entfernung die Lichter des Wagens. Sie ging schneller, taumelnd und unsicher, und rief: »Dada! Hier bin ich!«

Jimmy war der erste, der ihre Stimme hörte. Erleichtert vernahm sie, wie er seinem Vater zurief: »Dada, sie ist da.« Auf dem Hof fielen alle über sie her und bestürmten sie mit Fragen. Aber die Stimme ihres Vaters übertönte die anderen. Barsch fragte er: »Wo bist du gewesen? Warum bist du nicht mit dem Wagen vom Markt gekommen?«

»O Dada, laß mich erst mal hineingehen und mich hinsetzen. Ich bin völlig erledigt, in jeder Beziehung. Völlig erledigt!«

Als sie in der Küche war, sagte Maria: »Wir haben uns Sorgen um dich gemacht, Liebe. Weißt du, du bist doch nicht an das Leben und Treiben in der Stadt gewöhnt, und da dachten wir . . .«

»Ma, ich muß unbedingt erst mal meine Schuhe ausziehen.«

»Ja, mein Liebes, natürlich.« Geschickt zog ihre Mutter ihr die Schuhe von den eiskalten Füßen und rieb ihr die Sohlen vor dem warmen Feuer.

»Kann ich irgend etwas Heißes haben, Ma?«

»Sofort, Anna. Die Brühe ist schon fertig.«

»Was ist passiert?« Das war Oswalds Stimme; ihr Bruder beugte sich über sie.

Sie drehte sich um und warf einen Blick über die Schulter.

»Warte, bis Dada hereinkommt«, sagte sie und lächelte matt. »Dann erzähle ich euch alles von Anfang an, von neun Uhr am Morgen. Nein, von zehn Minuten vor neun.«

Sie hatte die heiße Brühe getrunken und zwei große Brotschnitten mit Schmalz dazu gegessen, als Nathaniel kam. Er hatte in der Zwischenzeit anscheinend das Pferd ausgespannt und wieder im Stall untergebracht. Maria schaute ihn ein wenig ängstlich an und gab ihm ein Zeichen mit einer kurzen Kopfbewegung. Dann baute er sich vor Anna auf und fragte: »So, Mädchen, was war eigentlich los? Was hat dich aufgehalten? Wir hatten doch fest vereinbart, daß du mit dem Wagen heimkommst.«

Anna seufzte laut und vernehmlich, dann sagte sie: »Willst du die ganze Geschichte vor dem Essen hören oder danach?« Daraufhin ertönte Gelächter ringsum, aber als er erwiderte: »Wenn es nach mir geht, dann vor dem Essen«, wurden unterdrückte Proteste laut. Sie fing an, ihnen genau zu berichten, was sie erlebt hatte, angefangen von der Begegnung mit der Schulleiterin in dem sogenannten Eßzimmer, dem Zustand der Küche, der Einführung in ihren Arbeitsbereich, dem wäßrigen Eintopf beim Mittagessen, auf dem eine Fettschicht schwamm und den sie nicht hinunterbekommen hatte, der ersten Assistentin, die ihr leid tat, bis hin zu dem, was sie daran gehindert hatte, den Wagen zu benutzen, der letzten Lektion von Miß Benfield.

»Sie kann doch dort nicht wieder hingehen, nicht wahr?« Maria wandte sich mit ihrem Einwurf an Nathaniel. Er dachte einen Augenblick lang nach, dann schaute er seine Tochter an und sagte: »Nun, die Entscheidung liegt bei dir. Wir wollen jetzt erst richtig essen zusammen, und dann wirst du mir sagen, was du tun willst. Anschließend werde ich zu Miß Netherton gehen und ihr Bericht erstatten, denn wie ich sehe, bist du heute kaum noch dazu in der Lage.«

»Dada.« Sie schaute zu ihm hoch und sagte mit leiser Stimme: »Weißt du, es ist deine Schuld. Du hast es mir zu leicht gemacht in all den vergangenen Jahren.«

3

Anna unterrichtete weiter in der Akademie von Miß Benfield, im September, im Oktober und im November und sammelte Erfahrungen mit den Kindern aller dort vertretenen Altersstufen, von den Fünfjährigen bis zu den vierzehn Jahre alten Mädchen, die als junge Damen eingestuft wurden.

Miß Benfield, die erste Assistentin, die normalerweise in den Klassen der Neun- bis Elfjährigen und der Zwölf- bis Vierzehnjährigen unterrichtete, zog sich eine schwere Kopfgrippe zu. Sie nieste, schniefte und hustete fürchterlich und konnte sich kaum noch auf den Beinen halten, bis die ältere Miß Benfield ihr endlich erlaubte, sich in ihr Zimmer zurückzuziehen. Wo das sich befand, bekam Anna nie heraus.

Und dann mußte Anne die eine oder andere dieser Klassen übernehmen, abwechselnd am Vor- oder Nachmittag. Von allen Klassen bei Miß Benfield war ihr die der ältesten Mädchen am liebsten, und sie wußte, daß auch die ›jungen Damen‹ Freude hatten an ihrem Unterricht, obwohl Miß Benfield sie zweimal streng rügte, weil sie allzu frei über Shakespeare gesprochen hatte vor der Klasse. Miß Benfield bestand darauf, daß sie selber Ausschnitte auswählte, die die Mädchen auswendig lernen mußten und von denen Anna nicht abweichen durfte.

Auf dem Lehrplan stand natürlich auch Religion. Aber in keinem einzigen Klassenraum gab es eine Bibel. Statt dessen übergab Miß Benfield, deren Steckenpferd Religion war, ihr vor dem Unterricht eine Abschrift aus der Heiligen Schrift, einen bestimmten Psalm oder einen anderen Vers, den Anna der Klasse vorlesen mußte. Dann hatte sie Fragen dazu zu stellen, und zum Schluß mußte jedes Mädchen einen kurzen Aufsatz darüber verfassen.

An diesem Tag hatte sie den 36. Psalm ausgesucht: »Spruch für den Frevler: In seinem Herzen ist Sünde, keine Gottesfurcht hat er vor Augen.« Der Psalm bestand aus zwölf kurzen Versen, aber das war Miß Benfield natürlich noch nicht genug gewesen, deshalb hatte sie zusätzlich den ersten Teil der Sprüche angemerkt, der Sprüche von Salomo, dem Sohn Davids, König von Israel. Und sie erteilte Anna den Auftrag, ihre Schülerinnen einen kurzen Aufsatz über das Wort ›Weisheit‹ schreiben zu lassen.

Da stand sie nun also vor neun sogenannten jungen Damen, von denen fünf vierzehn Jahre und vier dreizehn Jahre alt waren. Alle schauten sie aufmerksam und voller Interesse an. Sie spürte, daß die Mädchen sie mochten, und mit Ausnahme einer einzigen mochte sie die Kinder auch. Aber dieses eine Mädchen war ausgerechnet die Intelligenteste von allen. Tatsächlich, dachte Anna, war Miß Lilian Burrows schon zu weit fortgeschritten für ihr Alter, und insgeheim zweifelte sie daran, daß sie alles, war sie wußte, in Miß Benfields Akademie gelernt hatte.

Dann fing sie mit dem Unterricht an.

»Also, Sie wissen alle, welchen Tag wir heute haben«, sagte

sie. »Und Sie wissen auch, welches Fach wir am Freitag immer durchnehmen.«

»O ja, Miß, ja.«

Alle stimmten lebhaft zu. Sie mußten sie weiterhin ›Miß‹ nennen, obwohl sie ihnen schon gesagt hatte, daß sie ›Miß Dagshaw‹ zu ihr sagen sollten. Aber damit hatte sie Miß Benfield wieder einmal auf die Palme gebracht. Nur sie allein besaß das Recht, mit ihrem Familienname angesprochen zu werden. Anna möge das gefälligst berücksichtigen.

Sie hatte der erregten Schulleiterin bei dieser Gelegenheit geantwortet, sie wolle sich bemühen, daran zu denken, und der Busen der älteren Dame war bedrohlich angeschwollen. An vielen Abenden daheim brachte sie ihre Geschwister dazu, sich vor Lachen auf dem Boden zu wälzen, wenn sie ihre Arbeitgeberin imitierte, mit einem Kissen, das sie sich unter die hochgebundene Schürze stopfte, das dichte dunkle Haar hochgekämmt und oben auf dem Kopf zusammengebunden, die Füße nach außen gestellt . . .

»Nicht wieder die Sprüche, Miß!«

Sie blickte hinunter zu einem hübschen Mädchen, das an dem ersten Pult in der Reihe saß.

»Es tut mir leid, Rosalie, aber zuerst kommen die Psalmen an die Reihe.«

Alle stöhnten so laut, daß sie sich unwillkürlich zur Tür umwandte und ›Pst! Pst!‹ machte. Als die Ruhe wieder hergestellt war, erklärte sie: »Jetzt hört gut zu. Dies ist der 36. Psalm. Er trägt die Überschrift: Dem Chormeister. Von David, dem Knecht Gottes. Notiert euch folgendes: Ein Psalm von David.«

Sie wartete einen Augenblick, dann sagte sie: »Er handelt von der Boshaftigkeit, die sich gegen Gottes Liebe stellt.« Sie warf einen Blick auf ihre Schülerinnen, dann fing sie an vorzulesen.

»Für den Frevler: In seinem Herzen ist Sünde,
keine Gottesfurcht hat er vor Augen.

Trügerisch wähnt er in seinem Innern,
keiner wird entdecken seine Schuld und verdammen.

Seines Mundes Worte sind Bosheit und Trug,
aufgehört hat er, weise zu denken und Gutes zu tun.«

Sie las weiter, einen Vers nach dem anderen, bis sie den zwölf-
ten erreicht hatte. Als sie fertig war, sagte sie: »Wie Sie schon
wissen, müssen Sie einen kurzen Aufsatz schreiben über die
Boshaftigkeit, die Boshaftigkeit, die sich gegen Gottes Liebe
stellt. Soll ich den Psalm noch einmal vorlesen?«

»Nein, Miß. Nein. Wir haben den Psalm doch schon vor einigen Wochen durchgenommen.«

Eine helle Stimme rief: »Miß Pinkerton hat ihn uns vorgelesen, an ihrem letzten Tag hier. Sie hat ein bißchen gestottert.«

»Hat sie nicht.«

»Doch.«

»Nein, sie hat nur etwas gelispelt.«

Die beiden Kampfhähne drehten sich zu einem dritten Mädchen um, das erklärte: »Sie war nicht lange hier.« Dann schaute
sie Anna an und fuhr fort: »Sie wissen doch, Miß, daß Sie es bisher am längsten ausgehalten haben. Auf jeden Fall hoffe ich, daß
Sie hierbleiben, bis ich abgehe. Ostern komme ich nach
Newcastle.«

»Na so was. Du meine Güte. Sie geht Ostern nach Newcastle.«

Jetzt klopfte Anna energisch mit dem Lineal auf ihr Pult.
»Schluß jetzt! Hören Sie auf zu schwatzen. Fahren wir fort. Sie
wollen nicht, daß ich den Psalm noch einmal vorlese. Dann
kommen wir also jetzt zu dem Aufsatz.«

In diesem Augenblick hob Miß Lilian Burrows, der hellste
Kopf der Klasse, die Hand und bat mit hoher, affektierter
Stimme: »Bitte lesen Sie uns etwas vor aus dem Hohelied Salo-
mos, Miß.«

Anna machte große Augen. Sie schaute Lilian an und fragte
leise: »Wie viele dieser Lieder hast du schon gelesen, Lilian?«

»Oh«, das Mädchen zuckte mit den Schultern, »ich kenne
schon alle, denke ich. Ein paar davon kann ich sogar auswendig.
Kennen Sie sie auch, Miß?«

»Ja. Ja, ich kenne sie.«

»Wo haben Sie sie gelernt? In der Kirche? In der Sonntagsschule?«

»Nein. Ich bin nie in der Sonntagsschule gewesen. Mein Vater hat mich unterrichtet, er ist Lehrer von Beruf. Als ich sie zum erstenmal gelesen habe, war ich noch sehr jung. Sie sind am Anfang nicht leicht zu verstehen, aber sie sind wirklich sehr schön.«

Lilian starrte Anna an und stand langsam auf. Mit einer Stimme, die ganz und gar nicht wie die einer Vierzehnjährigen klang, zitierte sie:

> »Horch! Mein Geliebter! Sieh da,
> er kommt,
> springend über die Berge, hüpfend
> über die Hügel!
> Mein Geliebter gleicht der Gazelle
> oder dem Junghirsch.«

Anna stand da wie verzaubert, mit den Lippen formte sie lautlos jedes Wort mit. Und als Lilian fortfuhr, fiel sie mit ein, ohne es zu wollen, ohne es zu merken.

> »Sieh da, nun steht er hinter unserer
> Hauswand.
> Er schaut zum Fenster herein, er
> lugt durch das Gitter.«

Anna hielt erschrocken inne, konnte aber nicht verhindern, daß das junge Mädchen weitersprach. Lilian hatte den Kopf zurückgeworfen und offensichtlich völlig vergessen, wo sie sich befand. Ihre Stimme wurde immer lauter.

> »Dann sprach mein Geliebter und
> sagte zu mir:
> Mach dich auf, meine Freundin,
> meine Schönste, so komm doch!«

»Das reicht! Das reicht!«

Die anderen Mädchen starrten ihre Gefährtin verwundert an und beobachteten, wie sie einen tiefen Seufzer ausstieß und sich langsam wieder hinsetzte.

Dann richteten sie ihre Aufmerksamkeit auf Anna und warteten offensichtlich auf eine Strafpredigt von ihr. Aber es war ihr nicht möglich, das Mädchen auszuschelten, obwohl sie genau wußte, daß es ihre Pflicht gewesen wäre, denn das Gefühl, das sie in die Verse gelegt hatte, hatte mit Religion nicht das geringste zu tun. Sie schaute sie nur an und fragte: »Betet ihr zu Hause zusammen?«

Statt einer Antwort machte Lilian nur laut »Pah!«. Aber dann erklärte sie langsam: »Nein, wir beten nicht zusammen.«

In der Klasse kam Unruhe auf. Die Mädchen fingen an, auf ihren Plätzen herumzuzappeln, blickten aber weiterhin ihre Lehrerin unverwandt an. Anna riß sich zusammen und sagte: »Mit dem Hohelied von Salomo werden wir uns später beschäftigen. Jetzt müßt ihr die Aufsätze schreiben . . .«

An diesem Tag schien einfach nichts richtig klappen zu wollen. Bei der unbequemen Heimfahrt hinten auf dem Wagen entdeckte Anna in einiger Entfernung den Lichtschein von der Laterne ihres Vaters. Am liebsten wäre sie sofort vom Wagen gesprungen und zu ihm gelaufen, um sich in seine Arme zu kuscheln und sich von seiner ruhigen Stimme trösten zu lassen.

Als der Wagen dann anhielt, mußte Nathaniel ihr herunterhelfen, weil sie von der eisigen Kälte ganz steifgefroren war. Der Fahrer rief ihrem Vater zu: »Es liegt Schnee in der Luft. Die ersten Flocken sind schon gefallen. Bin froh, daß ich endlich heimfahren kann. Bis Montag, Mädchen.«

»Ja, danke. Bis Montag.«

»Du frierst, komm, leg meinen Schal um.«

»Nein, nein. Ich komm' schon zurecht. Wir laufen uns warm.«

»Du wirst das nicht durchhalten können, wenn das schlechte Wetter einsetzt, Anna. Du zitterst wie Espenlaub. Nun, wie war der Tag?«

»Schrecklich. Ich erzähl's dir später.«

»Übrigens, wir haben Besuch bekommen.«

»Besuch?« Als sie unwillkürlich stehenblieb, zog er sie weiter. »Komm, komm.«

»Wer ist es?«

»Zwei Familien von Grubenarbeitern. Sie waren draußen auf dem Hochmoor, ich habe sich dort schon gesehen. Offensichtlich sind sie am Abend in den Wald gegangen, um Schutz vor dem Wind zu finden. Sie haben sich dort eine Art Zelt gebaut. Aber sie müssen schon beim ersten Tageslicht aufgestanden sein. Ben hat sie zu uns geführt. Plötzlich stand er mit fünf Kindern vor der Tür.«

»Fünf?«

»Ja, fünf, der Älteste ist vielleicht sieben. Sie tragen Lumpen um die Füße gewickelt, auch die übrige Kleidung besteht praktisch aus Lumpen. Deine Mutter ließ sie hereinkommen und gab ihnen heiße Brühe zu trinken, aber sie erklärte, daß sie nicht im Haus bleiben könnten, womit sie natürlich vollkommen recht hatte. Dann kam der Vater von zweien und entschuldigte sich. Ein anständiger Mann, der sich gut auszudrükken verstand. Ich fragte ihn, wie lange er schon da draußen wäre, und er meinte, eine Woche oder länger, aber jetzt müßten sie ins Armenhaus gehen, denn er könnte nicht länger zuschauen, wie seine Frau und die Kinder sich da draußen in der bitteren Kälte den Tod holten. Ich redete ein Wort mit deiner Ma, und sie schloß sich meiner Meinung an, wie ich es von ihr nicht anders erwartet hatte. Ich sagte dem Mann, sie sollten mit ihren Habseligkeiten herunterkommen zu uns. Sie hatten nicht viel, denn alles, was sie an Hausrat besessen hatten, mußten sie schon verkaufen für Nahrungsmittel. Ein paar Bettsachen waren noch übriggeblieben und etwas Küchenzubehör. In der Scheune finden sie eine Menge trockenes Heu vor, und ich habe den Boiler in dem kleinen Raum angezündet, wo ich mein Handwerkszeug aufbewahre. Zur Zeit ist nicht viel dort untergebracht, nur Neddys Geschirr und ein paar Kleinigkeiten. Die Männer haben dort eine Art Kochherd gebaut, damit sie essen können und es warm haben. Und deine Ma schlug vor, daß sie sich dort auch waschen könnten.« Anna lachte, das konnte sie sich lebhaft vorstellen, und Nathaniel stimmte ein. »Sie ist besorgt um Ben und fürchtete, daß er Läuse von ihnen bekommt. Ich habe ihr erklärt, daß Ben schon seit Tagen Verbindung mit ihnen hat. Deshalb will sie ihn heute abend kahlscheren, um sicherzugehen.«

»Das Leben ist sehr unfair, Dada, nicht wahr?«

»In manchen Fällen schon, Liebes, aber ich muß zugeben,

daß viele Leute mehr als ihren normalen Anteil von Not und Elend erhalten.«

»Du zum Beispiel.«

»Ich? O nein, ich nicht. Ich bin sehr glücklich, mein Liebes. Deine Ma hat viel leiden müssen und du ebenfalls, ihr alle. Und es wird noch einiges auf euch zukommen, das weißt du. Aber ich nicht. Es gibt viele Männer, die mich um meine wohlgeratenen sechs Kinder beneiden.« Er legte den Arm um ihre Schulter und drückte sie an sich.

»Dada?«

»Ja, mein Liebes?«

»Glaubst du, daß an dem Hohelied Salomos irgend etwas Schlechtes ist?«

»Etwas Schlechtes an dem Hohelied von Salomo? Es gehört zu den schönsten Stellen in der Bibel.«

»Ja, das glaube ich auch.«

»Wie kommst du auf so eine Frage?«

»Oh, heute ist etwas passiert. Ich erzähle es dir später. Im Augenblick habe ich nur den Wunsch, meine Füße vor dem Feuer auszustrecken, mir die Hände an einer Schale mit heißer Brühe zu wärmen, zu spüren, wie Ma mir sanft den Nacken massiert, und zu hören, wie sie den anderen zuruft: ›Laßt sie in Ruhe! Laßt sie erst mal essen!‹ Weißt du, Dada, darauf freue ich mich jeden Tag aufs neue. Das würde ich nicht eintauschen wollen gegen Salomos Tempel.«

Sie lachten und hakten sich beieinander ein. Dann liefen sie schlitternd und rutschend heim. Die Laterne pendelte hin und her in Nathaniels ausgestreckter Hand. Als sie um den Hügel herumgegangen waren, sahen sie bereits den Schein der Hauslampe, der sie willkommen hieß.

4

Am folgenden Montag morgen kam Anna erst fünf Minuten vor neun bei Miß Benfield an. Das Pferd des Transportunternehmers, ein kluges, altes Tier, war vorsichtig gewesen auf der

Landstraße, die völlig vereist war, deshalb hatte die Fahrt ein wenig länger gedauert. Als das kleine Dienstmädchen ihr die Tür geöffnet hatte, wußte sie sofort, daß kein normaler Anfang einer neuen Woche bevorstand, mit den sich ständig wiederholenden Unterrichtsstunden, nur unterbrochen vom gemeinsamen Händeklatschen, damit ihre und die Finger ihrer Schülerinnen beweglich blieben in der Kälte. Das junge Mädchen warf den Kopf zurück und sagte: »Sie will mit Ihnen sprechen, in dem großen Zimmer.« Mit dem Daumen zeigte sie auf die Tür.

Anna fing an, die Hutnadeln herauszuziehen, hörte aber sofort wieder damit auf. Wenn Miß Benfield sie in das große Zimmer rufen ließ, war irgend etwas im Gange.

»Guten Morgen, Miß Benfield. Es ist ein sehr kalter . . .«

»Seien Sie still! Verschonen Sie mich mit Ihrem Geschwätz. Ich frage mich, wie Sie es wagen können, sich noch einmal in meinem Haus sehen zu lassen.«

Anna starrte die Frau ein paar Sekunden lang an. Dann fragte sie: »Würden Sie mir wohl bitte mitteilen, was Sie damit sagen wollen?«

»Verderbtheit! *Verderbtheit!*« schrie Miß Benfield gellend.

Einen Augenblick lang dachte Anna, die Frau wäre verrückt geworden, hätte total den Verstand verloren. Diese Vorstellung überraschte sie ganz und gar nicht. Deshalb antwortete sie mit leiser Stimme: »Ich verstehe Sie nicht.«

»Sie wissen ganz genau, was das Wort Verderbtheit bedeutet. Sie haben meine Schülerinnen verdorben.«

Diesmal begriff Anna, wovon die Rede war, und antwortete, ohne lange zu überlegen: »Sie müssen den Verstand verloren haben.«

Der mächtige Busen hob sich zweimal bedrohlich, bevor Miß Benfield hervorbringen konnte: »Lilian . . . Lilian Burrows und das Hohelied Salomos. Verstehen Sie jetzt?«

Sie kannte sowohl Lilian Burrows als auch das Hohelied von Salomo, aber ihr wurde erst richtig klar, worum es ging, als Miß Benfield erklärte: »Lilian hatte am Freitag abend Besuch von einer Kusine und ein paar Freundinnen und . . .« Wieder hob sich der Busen, und Miß Benfield schluckte schwer. »Und als sie heimkehrten, erzählten sie ihrer Mutter, daß Lilian Verse aus der Bibel zitiert hätte, lustige Verse, die sie noch nie gehört hätten, und daß sie viel gelacht hätten.« Der Busen hob und senkte sich, und als er den tiefsten Punkt erreicht hatte, sagte sie: »Stellen Sie sich das bitte vor. Stellen Sie sich das bitte vor.«

»Ja, das kann ich mir vorstellen. Lilian ist ein sehr aufgewecktes Mädchen, und es sieht ganz so aus, als ob auch Sie gut vertraut sind mit dem Hohelied von Salomo, Miß Benfield.«

»Ich . . . Das ist etwas anderes. Ich bin erwachsen, ich verstehe die Bedeutung, die wirkliche Bedeutung der Verse von Salomo, aber ein junges Mädchen gibt ihnen leicht einen falschen Sinn. Und denken Sie daran, das kommt nicht nur bei jungen Mädchen vor. Und Sie haben dieses Kind dazu verführt . . .«

»Ich habe nichts dergleichen getan.«

»Sie leugnen?«

»Ich leugne mit allem Nachdruck. Lilian kennt diesen Teil der Bibel gut, und das offenbar schon seit einiger Zeit, denn sie kann einzelne Verse daraus zittieren.«

»Ja, unter Ihrer Anleitung, wie sie sagt.«

»*Was?*«

»Spielen Sie hier nicht die Unschuldige, junge Frau. Dieses Kind wäre nie darauf gekommen, solche Verse zu lesen, sie würde nicht einmal gemerkt haben, daß man sie in der Bibel findet, aber Sie in Ihrer Verderbtheit haben Sie angeleitet . . .«

»*Halten Sie den Mund!*«

Miß Benfield trat unsicher einen Schritt zurück. Ihr Mund öffnete und schloß sich, während sie verzweifelt nach einer passenden Antwort suchte, aber sie kam nicht dazu, ein Wort über die Lippen zu bringen, weil Anna schrie: »Ich habe meinen Schülern nie etwas anderes vorgelesen als das, was Sie mir vorgeschrieben haben. Lilian Burrows ist schon seit längerer Zeit gut vertraut mit dem Hohelied Salomos und meiner Meinung nach nicht nur damit.«

»Wie konnte sie dann ihren Eltern erzählen, daß Sie diese Verse schon seit Jahren lesen?«

»Weil ich das der Klasse berichtet habe, als das Mädchen dastand und eine Zeile nach der anderen aus einem ganz bestimmten Vers zitierte, dem zweiten, um genau zu sein, in dem, wie Sie sich gewiß erinnern, Miß Benfield, die Worte auftauchen: ›Horch! Mein Geliebter. Sieh da, er kommt . . .‹«

Als sie schwieg, starrte Miß Benfield sie sprachlos an, dieses freche, schöne Geschöpf, das ihr von ersten Augenblick an mißfallen hatte, diesen Bastard von sündhaften Eltern, das sie, wie sie sich einredete, nur aus Mitleid aufgenommen hatte und das über eine unerklärliche Kraft zu verfügen schien, eine böse Kraft. In ihren Augen lag ein Wissen, das sie besser nicht hätte besitzen sollen. Ihr ganzes Auftreten verriet einen gefährlichen Stolz, den ihr nur der Teufel persönlich eingeflößt haben konnte.

Ein dünner Speichelfaden tropfte ihr aus dem Mundwinkel. Ihre schmalen Lippen zitterten. Voller Empörung zeigte sie mit ausgestrecktem Arm auf die Tür und sagte: »Hinaus mit Ihnen! Verlassen Sie augenblicklich mein Haus! Sie haben den guten Namen meiner Schule besudelt. Ich werde dafür sorgen, daß Sie in dieser Stadt keine neue Stellung bekommen, wo Sie Ihre Talente der Verderbnis ausprobieren könnten. Und ich werde mich darum kümmern, daß auch der Einfluß von Miß Netherton Ihnen in Zukunft nicht mehr weiterhelfen kann.«

Anna starrte die Frau ein paar Sekunden lang schweigend an. Dann sagte sie: »Das hier ist keine Schule, Miß Benfield, weil Sie den Kindern keinerlei Kenntnisse vermitteln können. Sie sind eine ganz ungebildete Person. Das magere Wissen, das hier gelehrt wird, verbreitet einzig und allein Ihre Kusine, diese arme, unterdrückte Frau. Wenn die Schulbehörde Sie einer Prüfung unterziehen würde, fielen Sie mit Sicherheit durch und würden Ihre Existenzgrundlage verlieren. Man würde Ihnen nicht einmal gestatten, in einer Dorfschule zu unterrichten. Dort nämlich liegen die Anforderungen weit über Ihrem Niveau, verglichen mit diesem Haus ist jede beliebige Dorfschule eine Universität. Deshalb bitte ich Sie, daran zu denken, Miß Benfield, daß ich keinen Grund sehen würde, meiner Meinung über Ihr Institut nicht frei und offen Ausdruck zu verleihen, wenn Sie meinen Namen anschwärzen und mir die Fähigkeit zu unterrichten absprechen sollten.«

Als sie sich abwandte, hatte sie den Eindruck, daß die Frau jeden Augenblick einen Anfall bekommen würde. Sie öffnete die Tür und sah, daß die Kinder ins Haus strömten. Die jüngere Miß Benfield aber sprang mit einem Satz beiseite, als die Tür aufging.

Zum erstenmal erblickte sie so etwas wie ein Lächeln auf dem Gesicht der dünnen, ausgemergelten ersten Assistentin, und sie senkte ihre Stimme absichtlich nicht, als sie zu ihr sagte: »Fassen Sie Mut, Miß Benfield. Bieten Sie ihr die Stirn, denn ohne Sie gäbe es bald keine Akademie für junge Damen mehr.« Bei den letzten Worten kräuselte sie verächtlich die Lippen.

Als sie sah, wie die dünne, müde Frau sich leicht auf die Unterlippe biß, streckte sie ihr impulsiv die Hand entgegen und ermunterte sie: »Tun Sie es. Stellen Sie ihr Bedingungen.« Sie trat einen Schritt zurück. »Auf Wiedersehen.«

Die Kinder waren sehr erstaunt, als sie sahen, daß ihre nette Lehrerin zur Haustür ging und die erste Assistentin ihr nacheilte.

Anna hatte schon den Bürgersteig erreicht, als sie die Stimme der jüngeren Miß Benfield hörte. Sie klang keuchend und abgehackt, als wäre die Frau eine ganze Strecke gelaufen. »Ich danke Ihnen«, sagte sie. »Ich bin froh, daß Sie hierhergekommen sind.« Und noch einmal: »Ich danke Ihnen.«

Anna antwortete nicht darauf, sie konnte nur den Arm heben und der anderen einen letzten Abschiedsgruß zuwinken. Von allen Seiten kamen Kinder herbeigeströmt, die meisten wurden von sehr jungen sogenannten Kindermädchen begleitet, andere auch von Vater oder Mutter. Alle schauten die neue junge Lehrerin verblüfft an, weil sie nicht in die Akademie ging, sondern sich von dem Haus entfernte. Und das um neun Uhr morgens ...

Je weiter sie ging, desto zorniger wurde sie. Diese fürchterliche Frau! Wie konnte sie es wagen, ihr ins Gesicht zu sagen, daß die Kinder durch ihren Unterricht verdorben würden? Selbst wenn tatsächlich sie es gewesen wäre, die mit ihnen über das Hohelied von Salomo gesprochen hätte, wie konnte sie es wagen!

Der nächste Wagen fuhr erst um zwölf Uhr mittags ab. Sie blieb vor der Station stehen. Sie hätte einen Zug nach Usworth nehmen können, aber von der Haltestelle aus war der Weg nach

Hause nicht näher als von hier. Außerdem war sie noch nie in ihrem Leben mit dem Zug gefahren. Natürlich mußte sie auch damit irgendwann einmal den Anfang machen, aber nicht ausgerechnet heute ...

Der Marktplatz war fast leer. Sie überquerte ihn, vorüber an dem Park am Fuße des Brampton-Hügels, in die Victoria-Straße. Hier hörten die Geschäfte auf der einen Seite der Straße allmählich auf, aber dafür stand dort ein großes, imponierendes Gebäude, in dessen Erdgeschoß sich das Postamt befand, während oben das Geburts- und Sterberegisteramt untergebracht war.

Sie ging weiter, ohne auf den Verkehr und die Passanten zu achten, als plötzlich jemand zu ihr sagte: »Oh, es tut mir leid. Ich bitte Sie um Verzeihung.«

Ein Mann, der offensichtlich gerade dabei gewesen war, sein Pferd vor dem Postamt anzubinden, streckte seine Hand aus und packte sie am Arm, als sie beinahe das Gleichgewicht verloren hätte.

»Entschuldigen Sie bitte vielmals. Ich habe Sie nicht gesehen, Miß ... Miß. Sie sind doch Miß Dagshaw, nicht wahr?«

Blinzelnd schaute sie den Mann an. Es war derjenige, der sie damals, als Miß Netherton sie am ersten Arbeitstag zur Schule gefahren hatte, nach der Vorstellung freundlich begrüßt hatte. Und jetzt traf sie ihn wieder, an ihrem letzten Arbeitstag ...

»Sind Sie wohlauf?« Er blickte sie forschend an, und sie schloß für einen Augenblick die Augen, bevor sie erwiderte: »Ja, danke, Sir. Mir geht es gut. Es war nicht ihre Schuld. Ich ... ich habe nicht darauf geachtet, wohin ich ging, weil ich ...« Sie zwang sich zu einem Lächeln. »Ich war in einer Stimmung, die man am besten ›blind vor Wut‹ nennt. Sehen Sie, es war also meine Schuld. Aber mir ist nichts passiert, danke.« Sie wollte weitergehen, aber sie konnte an seinem Gesicht ablesen, daß seine Besorgnis offensichtlich in Fröhlichkeit übergegangen war. Deshalb blieb sie abwartend stehen, als er sagte: »Ich wage es nicht, Sie zu fragen, was Sie so in Wut versetzt hat. Aber soweit ich Miß Netherton verstanden habe, sind Sie Lehrerin?«

»Ich war es, Sir, ich war es, bis vor etwa ...«, sie überlegte,

»bis vor etwa zwanzig Minuten oder vielleicht einer halben Stunde.«

Es amüsierte sie zu sehen, wie er sich krampfhaft bemühte, den aufsteigenden Lachreiz zu unterdrücken. Dann erinnerte sie sich plötzlich daran, wer sie und wer er war, und so setzte sie eine ernste Miene auf. Ihre Stimme klang ein wenig spröde, als sie sagte: »Auf Wiedersehen.«

Anna wollte um ihn herumgehen, er hielt sie aber mit ausgestrecktem Arm auf. »Wenn ich Sie richtig verstanden habe, sind Sie nicht mehr Lehrerin, wenigstens nicht heute. Darf ich sie deshalb fragen, ob Sie sich auf dem Heimweg befinden?«

»Ja. Ja, das tue ich.«

»Und Sie wollen zu Fuß gehen?«

»Ja, Sir, da ich kein anderes Beförderungsmittel besitze als meine Beine, werde ich zu Fuß gehen.«

Sie beobachtete, wie er für einen Augenblick das Kinn unter den steifen Kragen drückte, den er trug, und stellte fest, daß die Kragenspitzen sich nicht seitlich in die Haut eingruben, wie sie es bei den meisten Männern, die solche Kragen trugen, gesehen hatte. Und dann sagte er: »Wissen Sie, Sie reden genauso wie Miß Netherton. Sie benutzen die gleichen Redewendungen wie Sie und sind ebenso schlagfertig.«

Ja, dachte sie, es war sehr wahrscheinlich, daß sie so redete wie Miß Netherton, weil sie sich seit vielen Jahren die Sprechweise ihrer Gönnerin angeeignet hatte. Aber wie er auf ihre Schlagfertigkeit kam, begriff sie nicht ganz. Sie hatte doch nichts geäußert, was dieses Wort rechtfertigen könnte.

»Schauen Sie«, sagte er jetzt, »ich will nur rasch ins Postamt gehen und ein Telegramm aufgeben. Würden Sie mir erlauben, Sie anschließend mitzunehmen? Wenn Sie vielleicht auch sonst nichts davon haben, so wäre es doch eine Erleichterung für Ihre *Beförderungsmittel*.«

Sie blickte von ihm auf den hohen, zweirädrigen Wagen, der zwei Sitzplätze aufwies, und fragte sich, ob es richtig wäre, wenn sie sein Angebot annähme. Was hätte Miß Netherton wohl an ihrer Stelle gemacht? Oh, sie hätte bestimmt einfach gesagt: »Also, fahren wir.« Aber es bestand ein himmelweiter Unterschied zwischen ihr und Miß Netherton. Dieser Mann gehörte zum Adel, zwar zum niederen Adel, aber immerhin. Wenn sie in seinen Augen auch so eine Art Schullehrerin war, so betrachtete er sie doch als jemanden, der tief unter ihm stand. Dieser Gedanke gefiel ihr nicht. Bei Miß Netherton hatte sie nie das Gefühl gehabt, eine Untergebene zu sein.

»Danke. Das ist sehr freundlich von Ihnen.«

»Also gut. Kommen Sie doch mit hinein ins Postamt, heraus aus dieser Kälte, und warten Sie dort auf mich, während ich meine Angelegenheiten erledige.«

»Ja, danke.«

In diesem Postamt war sie noch nie gewesen. Wenn sie für ihren Vater Briefmarken kaufen mußte, ging sie immer in die kleine Poststelle bei Bog's End.

Er sagte nichts mehr, sondern ging auf die Tür zu, um sie für sie aufzustoßen, so daß sie in den großen, leeren Raum eintreten konnte, der zur Hälfte von einem imposanten Schalter eingenommen wurde.

»Setzen Sie sich. Es dauert nur eine Minute.« Er deutete auf eine Bank an der gegenüberliegenden Wand. Sie nahm dort Platz und schaute zu, wie er an das andere Ende des Schalters ging und mit dem Angestellten sprach, der ihm ein Formular aushändigte. Er schrieb ein paar Zeilen darauf und reichte es zusammen mit ein wenig Geld dem Angestellten zurück.

Es befanden sich, wie sie erst jetzt bemerkte, noch drei weitere Kunden im Postamt. Einer ging gerade auf die Tür zu, aber als Simon Brodrick sich umdrehte, blieb er stehen und rief mit lauter Stimme: »Hallo! Was machst du denn hier zu dieser frühen Morgenstunde?«

»Oh, hallo, Harry. Ich habe gerade ein Telegramm aufgegeben.«

»Wie geht's, wie steht's? Ich hab' dich mindestens zwei oder drei Wochen lang nicht gesehen. Hab' dich vermißt, als Penella bei uns war. Wie wär's nächste Woche?«

Sie standen jetzt kurz vor der Tür. Anna war aufgestanden, aber Simon Brodrick sagte nichts, sondern streckte ihr nur die Hand entgegen. Er öffnete die Tür und wartete, bis sie hindurchgegangen war. Als sie auf der Straße waren, stellte er sie dem anderen Mann nicht vor, sondern faßte sie am Ellenbogen und half ihr, auf den Wagen zu steigen und Platz zu nehmen auf dem ledernen Beifahrersitz, bevor er sich zu seinem Bekannten umwandte und irgend etwas murmelte, was sie nicht verstehen konnte.

Simon nahm die Pferdeleine von dem kleinen Pfosten ab, über den er sie gehängt hatte, und setzte sich neben Anna, dann blickte er auf den anderen Mann hinunter und sagte: »Meine besten Grüße an die Familie.« Unmittelbar darauf ergriff er die Zügel und rief dem Pferd zu: »Vorwärts, vorwärts.«

Anna konnte nicht hören, was der andere erwiderte und ob er überhaupt etwas erwiderte. Sie wußte nur, daß er sie die ganze Zeit über unverwandt angestarrt hatte, und als sie seinem Blick einen Augenblick standgehalten hatte, hatte sie Verlegenheit und Unsicherheit in sich aufsteigen fühlen.

Sie hatten die Außenbezirke der Stadt bereits hinter sich gelassen, als Simon sagte: »Werden Sie nach einer anderen Stellung Ausschau halten, jetzt, da Sie anscheinend Ihre letzte aufgegeben haben oder aufgeben mußten?«

»Wie? Entschuldigen Sie bitte, ich . . .«

Mit leicht erhobener Stimme wiederholte er: »Werden Sie nach einer anderen Stellung Ausschau halten?«

»Nicht sofort, erst nach den Schulferien. Auf jeden Fall wird es schwierig für mich sein, eine zu finden.«

»Warum das?«

»Nun, zuerst einmal, weil Miß Benfield mir wahrscheinlich kein Empfehlungsschreiben geben wird, nach unserem letzten Gespräch zu urteilen.«

»Oh, da hat wohl eine Redeschlacht stattgefunden?«

»Ja. So könnte man sagen. Es waren biblische Worte.«

Er drehte sich zu ihr hin, und seine Stimme klang einigermaßen überrascht. »Biblische Worte? Sie haben sich über die Bibel gestritten?«

»Über einen Teil davon.«

»*Wirklich?*«

Sie konnte seinem Tonfall entnehmen, daß die Sache ihn zugleich interessierte und amüsierte. Sie hatte darüber hinaus den Eindruck, daß er ein netter Mann war, mit dem sich gut reden ließ. Und so erklärte sie zu ihrer eigenen Überraschung: »Ich wurde beschuldigt, die jungen Damen zu verderben, weil ich ihnen erlaubt hatte, einige Verse der Bibel zu lesen.«

»Beschuldigt . . . Sie meinen, bestimmte Verse der Bibel sind dazu geeignet, junge Mädchen zu verderben?«

»So scheint es zumindest.«

»Darf ich fragen, welche Verse das sind?«

Sie schaute zum Himmel hoch und sagte: »Das Hohelied Salomos.«

Er sah, wie seine Hand anfing zu zittern und seine Schultern sich vor lautlosem Gelächter schüttelten. Seine Stimme klang nicht ganz fest, als er fragte: »Sie haben Ihren Schülerinnen also das Hohelied Salomos beigebracht?«

»*Nein!*« rief sie energisch. »Eine von ihnen wollte es mir beibringen. Sie wußte nicht, daß ich mit diesem Teil der Bibel gut vertraut war, seit Da . . ., seit mein Vater es mir von vielen Jahren vorgelesen und erklärt hat. Das Mädchen langweilte sich bei den Psalmen, deshalb stand sie auf und hatte schon einen Teil des zweiten Verses zitiert, vor der gesamten Klasse, bevor ich die Geistesgegenwart hatte einzugreifen. Und anschließend hat sie anscheinend einige Freundinnen zu Hause mit ihrem Repertoire bekannt gemacht.«

Sie senkte den Kopf, als er meinte: »Und dann erfolgte ein Treffen der Eltern und ein Sturm der Entrüstung von Miß Benfield.« Dann reckte sie den Kopf wieder in die Höhe und ergänzte: »Und ich wurde beschuldigt, die jungen Gemüter zu verderben.«

»Das Hohelied von Salomo.«

»Sie finden das lustig, ja?«

»In der Tat. Ja, so ist es. Und Sie finden es auch lustig, das kann ich an Ihrer Stimme erkennen, jetzt zumindest. Aber zuerst waren Sie schrecklich wütend, nicht wahr?«

»O ja, das war ich. Haben Sie das Hohelied Salomos gelesen?«

»Ja, aber vor vielen Jahren, in meiner Schulzeit, zwischen fehlerhaften Satzkonstruktionen und falschen Auflösungen der Mathematikaufgaben.«

In seiner Stimme schwang ein bitterer Klang mit. Sie stutzte und fragte ihn: »Ist das Ihre Einschätzung der Jugendzeit?«

»Ja, zumindest meiner Jugendzeit. Aber bei Ihnen war es gewiß ganz anders. Ich bin sicher, daß Ihre Satzkonstruktionen immer ausgezeichnet gewesen sind und daß Sie Ihre Mathematikaufgaben stets fehlerfrei gelöst haben.«

»Sie können ruhig über mich lachen. Dada..., ich meine, mein Vater... aber warum soll ich das eigentlich sagen, wo ich ihn doch immer Dada nenne?« Trotzig warf sie den Kopf zurück. »Also, mein Dada lacht oft über mich und meine Ideen. Ich bin daran gewöhnt.«

Zu ihrer Überraschung reagierte er nicht auf ihre letzten Worte, und sie dachte, jetzt erinnert er sich daran, daß ich zu den Liebstöckeln gehöre. Durch die Erwähnung von Dada ist er darauf gekommen. Und als er sie dann, den Blick strikt geradeaus gerichtet, fragte: »Es ist Ihnen gewiß das liebste, wenn ich Sie am Rand des Steinbruchs absetze?« hatte sie das sichere Gefühl, recht gehabt zu haben mit ihrer Vermutung.

»Woher wissen Sie das?« fragte sie trotzdem.

»Ich weiß, daß sie nicht oft durchs Dorf fahren. Ich bin ein Freund von Miß Netherton.«

»Ja, natürlich. Ja, ich würde gern am Rande des Steinbruchs absteigen.«

Ungefähr fünf Minuten später brachte er den Wagen zum Stehen. Die Diskussion war ziemlich einsilbig geworden, er hatte nur ein paar Bemerkungen zum Wetter und zum Zustand der Straßen gemacht. Aber jetzt sprang er rasch von seinem Sitz auf und ging um den Wagen herum, streckte die Arme aus und half ihr herunter. Und als sie einander gegenüberstanden, sagte er: »Ich muß Ihnen noch etwas erzählen, bevor Sie gehen, und ich bitte Sie, mir zu glauben, daß ich nicht über Sie gelacht habe. Sie müssen wissen, daß ich nicht so leicht zum Lachen zu bringen bin, aber soviel wie heute vormittag habe ich lange, lange nicht mehr gelacht. Ich möchte, daß Sie wissen, daß ich Ihre Gesellschaft und das Gespräch mit Ihnen genossen habe, so sehr, daß ich mich gar nicht mehr erinnern kann, wann ich zuletzt so interessiert gewesen bin an dem, was ein anderer Mensch zu sagen hatte. Es ist sehr schade, so denke ich, daß ich kaum Gelegenheit haben werde, dieses Gespräch mit Ihnen fortzusetzen. Auf Wiedersehen, Miß Dagshaw, und vielen Dank.«

Er streckte ihr seine Hand entgegen, und sie zögerte nur kurz, bevor sie ihm die Hand gab. Als ihre Hände sich berührten, schauten sie einander in die Augen.

Dann ging sie, hochaufgerichtet, den engen Pfad am Steinbruch entlang. Sie wußte, daß der Wagen noch stehengeblieben war, und fragte sich, warum ihr so seltsam zumute war, daß sie fast in Tränen ausgebrochen wäre, während sie noch vor kurzem so herzlich gelacht hatte.

»Miß Netherton wird ärgerlich sein.«

»Nein, mein Liebes.« Nathaniel legte die Hand auf Marias Schulter. »Sie wird es verstehen.«

»Du weißt, Nat, daß ich manchmal Angst habe um Anna. Sie ist zu unbesonnen und sagt manchmal Dinge, die sie besser für sich behalten sollte, Dinge, die du ihr beigebracht hast. Du weißt das doch?«

»Ja, ich weiß es, und ich bin froh, daß ich das getan habe. Ich habe ihr beigebracht, zu denken und ehrlich und furchtlos zu ihrer Meinung zu stehen. Alle unsere Kinder sind aufrichtig, aber sie ist zudem noch besonders begabt.« Ein Lächeln kräuselte seine Lippen, und er schüttelte den Kopf, als er hinzufügte: »Oh, ich wünsche mir wirklich, ich wäre dabeigewesen bei diesem letzten Gespräch oder der Redeschlacht mit Miß Benfield. Wenn sie der Frau auch nur die Hälfte von dem gesagt hat, was sie glaubt, gesagt zu haben, dann bin ich stolz auf sie.«

»Es wird sie eines Tages in Schwierigkeiten bringen, Nat. Davor habe ich Angst.«

»Nun, mein Liebes, selbst wenn sie deswegen Schwierigkeiten bekommt, so ist es doch für eine gerechte Sache.«

»Ich weiß nicht recht. Weißt du, was sie mir von dem Mann erzählt hat, der zusammen mit Mr. Brodrick aus dem Postamt gekommen ist?«

»Nein.«

»Sie sagte: ›Er schaute mich so seltsam an, Ma, erstaunt, aber zugleich auch irgendwie vertraulich.‹ Du siehst, trotz all ihrer Gescheitheit muß sie noch viel lernen über das Leben und die Menschen. Ich weiß ganz genau, was in dem Blick dieses Mannes gelegen hat, als er sie sah, gerade im Begriff, mit Mr. Brodrick abzufahren.«

»Es war Simon Brodrick, Liebes. Wenn es der andere gewesen wäre, Raymond, dann hätte ich mir auch Sorgen gemacht. Aber Simon ist ein verheirateter Mann mit einem drei Jahre alten Sohn.«

»Ja. Und du kannst ruhig hinzufügen, daß seine Frau als richtige Hexe bekannt ist. Und wenn man den Schilderungen glauben darf, die Miß Nethertons Rob von Robert Grafton kennt, dem dortigen Kutscher, dann ist zeitweise die Hölle los in diesem Haus zwischen ihm und seiner Frau. Und außerdem scheinen die beiden Brüder nicht gut einzuschlagen nach allem, was man so hört. Dieser Raymond scheint Gott den Allmächtigen zu spielen und ist verhaßt in seiner Grube.«

»Nun, genaugenommen gehört sie nicht ihm, sondern seinem Vater, und auch dem nur ein bestimmter Anteil daran. Die beiden anderen Besitzer kümmern sich kaum noch darum. Einer von ihnen lebt, wie man mir berichtet hat, an der Südküste, in Brighton, wo es ebenso hoch hergeht wie in London, und der andere hält sich irgendwo in Übersee auf. Aber lassen wir die Angelegenheiten unserer lieben Anna nun auf sich beruhen. Diese armen Teufel in unserer Scheune beschäftigen mich. Die Männer sind heute früh nach Gateshead Fell aufgebrochen. Sie wollen versuchen, dort Arbeit zu finden. Einer von ihnen hat einen Verwandten in der Stadt, der ihn aufnehmen könnte, wenn er einen Job bekommt, meint er. Auf jeden Fall wäre ich nicht sonderlich überrascht, wenn ich bald Besuch von einem der Grubenvertreter bekäme.«

»Warum das?«

»Nun, um mir mitzuteilen, womit wir rechnen müssen, wenn wir Agitatoren, Unruhestifter, Aufrührer beherbergen. Allerdings können sie uns nicht aus unserem Haus werfen.«

»Gut, wenn das sicher ist, was könnten sie uns dann anhaben?«

»Oh, es gibt vieles, was sie tun könnten.«

»Woran denkst du, Nat? Was könnten sie tun? Erzähl es mir!«

»Sie könnten die Zugangswege ringsum sperren, einschließlich des Pfades, der an der Grube vorbeiführt.«

»Es liegt ein Wegerecht vor, seit unzähligen Jahren schon. Das können sie nicht machen.«

»Besitz hat meistens das Recht auf seiner Seite, Liebes. Sie können erst einmal harte Tatsachen schaffen und es dann uns überlassen, gerichtlich dagegen vorzugehen. Und in der Zwischenzeit können wir das Haus nicht mehr verlassen, wenn wir nicht durch das Dorf gehen wollen, und zwar wir alle, zu ganz verschiedenen Zeiten. Ich kann nicht jeden von uns von vier Uhr in der Früh bis spätabends begleiten.«

»Praggett würde da nicht mitmachen, er würde sich ja in den eigenen Finger schneiden, weil Cherry nicht mehr zu ihnen gelangen könnte. Und Anna wäre nicht mehr in der Lage, zu Miß Netherton zu gehen.«

»O doch, Anna schon. Sie würde durch das Dorf gehen. Aber das würde sicher nicht lange gutgehen. Früher oder später würde es Ärger geben. Aber nun zu uns, Liebes. Morgen werde ich zu Pfarrer Mason gehen. Weißt du, in den vergangenen Wochen, wenn ich ihn aufgesucht habe, glaubte ich immer, daß er bereit wäre, uns zu trauen, wenn es seiner freien Entscheidung überlassen geblieben wäre. Aber der liebe Bischof hat Kenntnis davon erlangt. Und durch wen? Durch keinen anderen als Reverend Roland Albert Fawcett. Sind wir denn nicht zu böse Menschen? In Gottes Augen haben wir gesündigt, und zwar schwer. Wir haben sechs wundervolle Kinder in die Welt gesetzt, fröhliche, gesunde, intelligente Kinder, die mehr können als nur ihren Namen schreiben. Sie können einen vollständigen Brief verfassen und wissen sogar, wie man die verschiedenen Empfänger anredet. Darüber hinaus besitzen sie eine gute Portion Humor, hier und da sogar Schlagfertigkeit. Sie sind gesund an Leib und Seele. Aber sie sind Liebstöckel, Bastarde, und nach Gottes Ansicht voll der von ihren Eltern ererbten Sünde.«

Nathaniel durchquerte den Raum und machte halt vor dem Fenster, durch das er auf den reifbedeckten Gemüsegarten blicken konnte. Dann sagte er: »Du weißt, daß ich wirklich sanftmütig bin, Maria. Aber an dem Tag, an dem ich von diesem Gespräch in der Sakristei kam, war ich so erfüllt von ehrlicher Entrüstung und Wut, daß ich am liebsten alle diese sogenannten Gottesleute ausgepeitscht hätte, genau wie Anna diese Frau am liebsten geschlagen hätte. Alle außer unserem lieben Pfarrer Mason. Aber er hat mir jetzt geschrieben, daß die Angelegenheit beigelegt worden sei. Deshalb gehe ich morgen zu ihm, um ihm einen Termin vorzuschlagen.« Er wandte sich wieder vom Fenster ab, ging auf sie zu und fragte sie lächelnd: »Glaubst du, daß sie die Trauung auf Mitternacht festlegen werden?«

Sie schaute zu ihm hoch, erwiderte sein Lächeln und meinte: »Kann schon sein, wenn sie den Teufel unbedingt dabeihaben wollen.«

»O du mein Liebes!« Er zog sie hoch, drückte sie an sich und sagte: »Es gibt einen Gott. Ich weiß es, obwohl ich manchmal das Gefühl habe, daß er blind vor Wut ist über das, was sich hier auf der Erde abspielt unter seinen sogenannten Christen. Aber lassen wir das jetzt, reden wir lieber wieder von unserer hübschen Tochter. Ich überlege, ob sie irgendwo in der Nähe eine Stellung finden kann, ohne eine allzuweite An- und Rückfahrt. Fellburn kommt nicht mehr in Frage. Gateshead Fell ist kaum besser, auch dort gibt es diese selbsternannten Gerechten. Bleibt nur noch Newcastle. In den Sommermonaten könnte sie den Weg mit dem Wagen des Transportunternehmers zurücklegen, auf keinen Fall aber im Winter.«

»Denk nicht über Annas Zukunft nach, Nat, ich glaube, die ergibt sich ganz von selbst. Ich hatte schon immer ein seltsames Gefühl in bezug auf unsere älteste Tochter. Wegen Cherry habe ich mir nie soviel Sorgen gemacht. Aber was Anna betrifft, so glaube ich, daß ihre Zukunft bereits eine fest beschlossene Sache ist.«

Er starrte ihr einen Augenblick lang ins Gesicht, bevor er antwortete: »Du bist eine Hexe. Wer könnte es wagen, einer Hexe zu widersprechen?«

»Ja, denk daran, Nathaniel Martell. Wie merkwürdig . . .« Sie legte den Kopf auf die Seite und lächelte. »Bald werde ich Maria Martell sein. Klingt hübsch. Ja«, sie nickte, »ja, ich könnte den Namen liebgewinnen.«

Er gab ihr einen liebevollen Klaps auf die Wange und ging dann hinaus.

Als Nathaniel den Hof überquerte und auf die Scheune zuging, hörten die Kinder auf, mit einem Seil zu springen, und drängten sich eng aneinander. Er blieb stehen und sagte: »Gebt mir das Seilende.« Es dauerte einen Augenblick, dann nahm ein

Junge das Seilende hoch vom Boden, ging langsam auf ihn zu und drückte es ihm in die Hand.

»Da, nimm das andere Ende. Die anderen dürfen springen. Komm, fang an.«

Als das Seil hin und her schwang, rief er den immer noch zögernden Kindern aufmunternd zu: »Kommt her! Ihr könnt springen.« Dann stimmte er ein altes Kinderlied an, das seine Schüler vor Jahren gesungen hatten.

> Jetzt alle zusammen.
> Kümmert euch nicht um das Wetter.
> Hebt erst die Zehen und dann die Hacken
> und springt hoch, damit ihr euch nicht die Beine brecht.

Die Kinder kannten das Lied offensichtlich, denn sie fielen eines nach dem anderen ein. Ihr Gekicher und Gelächter rief die beiden Frauen ans Scheunentor. Mit offenem Mund starrten sie erstaunt ihren Wohltäter an. Dieser freundliche Mann, von dem sie nur Schlechtes gehört hatten, der ihnen als der Kerl von Heap Hollow beschrieben worden war, der lauter Bastarde in die Welt gesetzt hatte, erwies sich zu ihrer Überraschung als echter Gentleman. Jedenfalls sagten ihre Männer das, und dann mußte es wohl stimmen. Zufällig blickte eine von ihnen zum Wald hinüber und versetzte ihrer Gefährtin einen Stoß mit dem Ellbogen. »Schauen Sie nur«, sagte sie. »Schauen Sie, wer da kommt. Wenn das nur keinen Ärger gibt.«

Die andere Frau warf einen Blick auf den Ankömmling und rief den Kindern zu: »Kommt rein, alle, hört ihr? Schnell! Kommt rein!«

Als die Kinder erschreckt gehorchten, machte eine der beiden Frauen Nathaniel auf den Mann aufmerksam, der sich näherte.

»Schauen Sie, wer da kommt, Mister!«

Nathaniel blickte dem Mann entgegen, der rasch auf ihn zukam. Dann drehte er sich zu den beiden Frauen um, die dabei waren, die Kinder in die Scheune zu drängen, und sagte: »Das geht schon in Ordnung. Machen Sie sich keine Sorgen.«

Er ging dem Mann aber nicht entgegen, sondern zurück zur Haustür. Dort blieb er stehen und wartete, bis Howard Praggett atemlos vor ihm stand, kaum mehr als einen Meter von ihm entfernt.

»Sie wissen, wer ich bin«, sagte der andere ohne jede Begrüßung, »und ich weiß, wer Sie sind. Und Sie wissen bestimmt auch, weshalb ich gekommen bin.«

»Nein, Mr. Praggett, ich habe keine Ahnung, weshalb Sie gekommen sind. Es ist Ihr erster Besuch bei uns. Möchten Sie nicht hereinkommen?«

»Sie können sich Ihre Höflichkeit sparen, Mister. Ich weiß alles über Sie und Ihre gewandte Zunge. Ich will es Ihnen ganz einfach erklären: Sie brechen das Gesetz, wenn Sie dieses Pack beherbergen.« Er wies mit seinem Kopf auf die Scheune.

»Ich will den zweiten Teil Ihrer Anschuldigung zuerst beantworten, Mr. Praggett. Ich verwahre mich gegen den Ausdruck ›Pack‹. Ich beherberge zwei Bergwerkarbeiter und ihre Familien, weil Sie sie aus Ihren Häusern geworfen haben und sie deshalb gezwungen waren, aufs offene Hochmoor zu gehen, wo zumindest die Kinder schnell zugrunde gegangen wären. Und nun zum Gesetz. Wie heißt dieses Gesetz, gegen das ich verstoße?«

Howard Praggett ruckte ein paarmal nervös mit dem Kopf hin und her, bevor er erwiderte: »Es sind Kriminelle, Agitatoren, Unruhestifter.«

»Wenn das so ist, weshalb befinden Sie sich dann nicht im Besserungshaus? Warum sind sie nicht vor den Friedensrichter gekommen?«

Das Gesicht des anderen Mannes war blutrot angelaufen. Wieder ruckte er mit dem Kopf von einer Seite zur anderen, bevor er erklärte: »Sie halten sich wohl für einen besonders schlauen Menschen, was? Aber warten Sie nur, bis Mr. Raymond ... Mr. Raymond Brodrick aus London zurückkehrt. Er wird Ihnen das Gesetz schon erläutern. Und er wird sie in die Besserungsanstalt bringen, weil sie die Arbeiter zum Aufruhr angestachelt haben, als sie abends im Dunkeln von Haus zu Haus zogen, um die Leute aufzuwiegeln. Leute, die ganz glücklich sind und wissen, was sie haben. Ja, Sie können ruhig schniefen und lachen, aber dieses Pack hat zu essen, sie haben ein Dach über dem Kopf, und ihre Kinder haben Schuhe an den Füßen.«

»Oh, das überrascht mich. Drei von diesen Kindern hier laufen barfuß herum.« Nathaniels Stimme klang jetzt nicht mehr spöttisch, sondern bitter, als er hinzufügte: »Sie sagen, sie hätten zu essen und ein Dach über dem Kopf. Wissen Sie, daß es eine Beleidigung für ein Schwein wäre, wenn man es in eine dieser sogenannten Häuser mit dem Lehmfußboden stecken würde, diese elenden Bruchbuden, die Sie Menschen zumuten? Den Gestank dieses Bergarbeiterdorfes kann man meilenweit riechen. Ich dachte, Rosier's Bergarbeiterdorf sei schon schlimm genug gewesen, aber das Ihre schlägt es um Längen. Ich wünsche Ihnen einen guten Tag, Mr. Praggett. Sie können Ihrem Herrn berichten, was ich gesagt habe, Wort für Wort, wenn er aus der Hauptstadt zurückkommt. Sie können ihm auch sagen, daß meine Scheune allen anderen seiner Leute offensteht, die er auf diese Weise bestrafen will.«

Praggett trat ein paar Schritte zurück, streckte den Arm aus und drohte Nathaniel mit dem Finger. Seine Stimme klang fast wie die einer hysterischen Frau, als er ihm zurief: »Und Ihre Tochter verliert ihre Anstellung. Dafür werde ich sorgen. Eine weniger, die für Ihren Lebensunterhalt aufkommt.«

Als Nathaniel wütend die Arme hochriß, mit geballten Fäusten, rief Maria laut von der Türschwelle her: »Nein, Nat! Nein! Tu es nicht!«

Praggett zog sich weiter zurück und brüllte: »Wenn Sie damit anfangen wollen, wird es übel ausgehen für Sie. Sie haben ja in Ihrem ganzen Leben noch nicht einen einzigen Tag lang wirklich gearbeitet. Ich würde Sie im Handumdrehen plattschlagen wie eine Fliege, Sie elender Bastard!«

Maria packte Nathaniel am Arm und flüsterte ihm zu: »Laß ihn gehen. Laß ihn gehen. Das bringt uns nur neue Schwierigkeiten ein.«

Sie blieben reglos nebeneinander stehen, bis Mr. Praggett, der ein ordentliches Tempo vorlegte, hinter dem Hügel verschwunden war.

»Laß dich nicht aus der Fassung bringen. Komm jetzt rein. Du bist durchgefroren, ich habe dir etwas Warmes zu trinken gemacht.«

Im Inneren des Hauses ließ Nataniel sich langsam auf einen

Stuhl sinken, legte die Ellbogen auf den Tisch und verbarg sein Gesicht in den Handflächen. Dabei murmelte er: »Er wird uns Ärger bereiten.«

»Nun, daran sind wir doch gewöhnt, Nat. Bei der Entlassung Cherrys wird seine Frau auch noch ein Wörtchen mitreden, denke ich, und wahrscheinlich wird sie ihrer Ansicht darüber mit der Bratpfanne Nachdruck verleihen.«

Er hob den Kopf und blickte sie an. »Sie denken offenbar alle, daß ich von dem Lohn lebe, den die Kinder heimbringen.«

»Das ist doch lächerlich. Sie scheinen ja alles über uns zu wissen, dann wissen sie auch, daß du die Kinder von zwei der besten Familien in der Stadt unterrichtest.«

»Das haben sie anscheinend vergessen.« Er seufzte und fügte hinzu: »Das war ein aufregendes Wochenende. Die Harmonie und der Frieden des Hauses sind jedenfalls dahin. Zuerst sind diese beiden armen Familien zu uns gekommen, dann tauchte Anna plötzlich wie aus heiterem Himmel auf und berichtete uns von den schweren Beschuldigungen, die diese Frau gegen sie erhoben hat, und dann noch unser letzter Besucher. Was mag wohl als nächstes kommen, frage ich mich.«

»Eine Tasse Tee, denke ich, das wird dir guttun. Und ich werde auch Anna rufen, sie ist unten bei unserem Holzstoß.« Maria lachte. »Sie hat gesagt, sie muß ihren Zorn an irgend etwas auslassen, und das geht am besten mit einem Beil und einer Säge in der Hand.«

Anna hatte tatsächlich ihren Gefühlen Luft gemacht – mit Beil und Säge. Vor kurzem hatten sie einen Baum gefällt, und in der vergangenen Stunde hatte sie ihn von den meisten Zweigen befreit und seinen Stamm ordentlich zersägt, um den Holzstoß damit zu vergrößern.

Der Holzstoß war an dem Zaun aufgeschichtet worden, der das Grundstück der Familie begrenzte. Jenseits davon befand sich zum Teil unbebautes Land, zum Teil Felder. Sehr selten nur tauchte irgend jemand dort auf, meistens war es ein Reiter, wenn Jagdzeit war. Sie haßte die Jagd und alle Jäger, weil ihr geliebter Hund Rover bei einer Jagd erschossen worden war. Außer sich vor Aufregung war er über den Zaun gesprungen

und hinter den Reitern hergerast. Da hatte einer ihn einfach ab-
geknallt. Im Gegensatz zu den Jagdhunden hatte er keinerlei Erfahrung gehabt im Umgang mit Pferden.

Sie hatte gerade die letzten Holzscheite, die sie zersägt hatte,
aufgeschichtet, als sie ein Pferd ohne Reiter entdeckte. Sie legte
die Hand so vor die Stirn, daß das sonderbare weiße Licht der
schwachen Wintersonne, die ihr direkt gegenüber am Himmel
stand, sie nicht blendete, und entdeckte, daß es sich tatsächlich
um ein Reitpferd handelte und nicht um ein Zugpferd. Die Zügel schleiften am Boden, und es trottete langsam auf sie zu.
Dann tauchte vor der Hecke, die zur Rechten einen Teil der Felder begrenzte, ziemlich weit entfernt, plötzlich ein Mann auf,
der dem Pferd in unsicheren Sprüngen nachzusetzen schien. Er
rief irgend etwas, dann blieb er überraschend stehen. Anna sah,
wie er plötzlich die Arme in die Luft reckte, als wollte er einen
Schwarm von Bienen oder Wespen abwehren. Und dann hörte
sie ganz deutlich, wie er einen seltsamen Laut ausstieß. Es klang
wie ein Hilferuf.

Als er plötzlich vorüber fiel, schrie Anna selber erschreckt
auf. In Sekundenschnelle kletterte sie auf den Holzstoß, wobei
einige Scheite herunterfielen, und sprang dann von oben auf
das Feld auf der anderen Seite hinunter.

Sie lief auf die am Boden liegende Gestalt zu. Das Pferd kam
ihr entgegen, und sie bemerkte, daß es lahmte. Es blieb stehen,
als erwarte es, daß sie irgend etwas für es tun konnte, und sie
rief ihm zu: »Einen Augenblick noch. Ich komme gleich.« Kurz
vor dem auf den Boden gefallenen Mann blieb sie stehen, denn
er wand sich in Krämpfen. Er lag auf dem Rücken und hatte
Schaum um den Mund. Sie sah, daß er die Zähne fest zusammengebissen hatte. In der oberen Zahnreihe fehlten zwei. Sie
hatte noch nie zuvor jemand gesehen, der gerade einen Anfall
hatte, aber sie wußte instinktv, daß dieser Mann von einem
krampfartigen Anfall geschüttelt wurde. Dann zwang sie sich,
näher heranzugehen. Als sie sich neben ihm hingekniet hatte,
hielt sie einen seiner Arme fest, weil er ständig versuchte, um
sich zu schlagen und sich an die Kehle zu greifen. »Es ist ja alles
in Ordnung. Es ist ja alles in Ordnung«, beruhigte sie ihn. Die
Krämpfe wurden schwächer, sein Körper warf sich noch von

einer Seite zur anderen, aber langsam, als wäre seine Kraft erschöpft.

Sie griff in die Tasche ihres alten Mantels, den sie nur noch trug, wenn sie draußen im Garten arbeitete, und fand ein Stück Stoff darin, kein richtiges Taschentuch, aber immerhin ein sauberes Stückchen Leinen. Vorsichtig fing sie an, die Lippen des Fremden damit abzuwischen, hielt aber sofort inne, als er überraschend die Lider öffnete und hochschaute. Er hatte blaue Augen, so tiefblau, wie der Sommerhimmel an manchen Tagen ist. Jetzt erkannte sie, daß es sich nicht um einen älteren Mann handelte, wie sie zuerst angenommen hatte; er mochte vielleicht Mitte Vierzig sein.

Langsam wandte er ihr das Gesicht zu. Seine Lippen bewegten sich, aber zunächst schien er keinen Ton hervorbringen zu können. Einen Augenblick später aber kam es ihr so vor, als hätte er gesagt: »Schlafen.« Und sie war ihrer Sache ganz sicher, als er anschließend die Augen schloß und den Kopf zur Seite drehte.

Sie erhob sich, schaute ihn besorgt an und murmelte: »Er . . . er kann nicht hierbleiben. Bald wird es dunkel.«

Sie fuhr herum, weil sie glaubte, die Stimme ihrer Mutter zu hören, und schaute zum Wald hinüber. Das Pferd stand jetzt bei dem Holzstoß. Wieder kniete sie sich neben dem Mann hin, rüttelte ihn sanft an der Schulter und sagte: »Wachen Sie auf! Wachen Sie auf! Können Sie aufstehen?«

Seine Lider flatterten, als wollten sie sich wieder öffnen, dann hörte sie ihn seufzen. Er drehte den Kopf zur Seite wie auf einem Kissen. Vielleicht glaubte er, daß er im Bett läge, dachte sie. Schon war er wieder fest eingeschlafen. Sie konnte nichts anderes tun, als nach Hause zu eilen, um ihren Vater zu Hilfe zu holen.

Sie stand rasch auf, hob ihre Röcke und fing an zu laufen. Als sie etwa die Hälfte des Weges zurückgelegt hatte, erblickte sie ihren Vater. Er stand auf der anderen Seite des Zauns neben dem Holzstoß und streichelte das Pferd. Sie rief ihm aufgeregt zu: »Dada! Dada! Komm her zu mir!«

Aber er blieb, wo er war, und fragte nur mit erhobener Stimme: »Was ist denn los?« Offensichtlich hatte er weder sie noch den fremden Mann bemerkt, denn als sie näher kam, fragte er: »Wo kommt dieses Pferd her?«

Sie lehnte sich erschöpft auf den Zaun und sagte keuchend: »Der Mann ... der Mann, der es geritten hat ...« Sie klopfte dem Pferd den Hals und holte tief Luft. »Er ... er hat einen Anfall gehabt. Er liegt dort hinten im Feld.«

»Einen Anfall? Was meinst du damit? Ist er vom Pferd gefallen?«

»Das weiß ich nicht. Das Pferd lahmt, es tauchte plötzlich hier auf, und dann erschien der Mann. Er hat wohl versucht, es einzufangen, und dann hatte er diesen ... nun, ich vermute, daß es ein Anfall war.«

Nathaniel hob den Kopf und schaute sie forschend an. »Ein Anfall? Woher willst du wissen, daß es ein Anfall war?«

»Es kann einfach nichts anderes gewesen sein. Komm jetzt, bitte.«

Als er sich eilig umdrehte, um zu dem Mäuerchen zu gehen, das an den Zaun grenzte, sagte sie: »Schau, du kannst einfach hier von dem Holzstoß herunterspringen. Ich habe es auch so gemacht.«

Nathaniel folgte ihrem Rat. Als sie bei dem Fremden angelangt waren, blickte er schweigend auf den Mann hinunter, der sich auf die Seite gedreht hatte und offenbar tief schlief. Dann sagte er: »Du meine Güte! Gott steh uns bei! Ja, er muß einen epileptischen Anfall erlitten haben. Ich hatte früher mal einen Jungen in meiner Klasse, der ist auch immer sofort eingeschlafen, wenn er einen Anfall erlitten hatte. Wir können ihn natürlich nicht hier liegenlassen. Lauf zurück, sag deiner Mutter Bescheid und bring die Leinwand mit, die über dem Heu in der Scheune liegt. Wir brauchen irgend etwas, womit wir ihn tragen können. Und noch etwas ...«, rief er ihr nach, als sie anfing loszurennen, »die Bergarbeiterfrauen sollen mitkommen, wir schaffen es vielleicht ohne ihre Hilfe nicht, ihn ins Haus zu bringen.«

Nathaniel kniete sich neben dem Mann hin und lockerte ihm die Krawatte. Dabei kam ein schönes Wollhemd zum Vorschein, das ebenso wie das Reitjackett von allerbester Qualität war. Er mußte zum Landadel gehören, aber zu welcher Familie?

Nathaniel konnte sich nicht daran erinnern, das Gesicht schon einmal gesehen zu haben. Er kannte die Wilsons vom Sehen, aber ihr Haus lag mindestens drei Meilen entfernt. Er kannte auch die Harrisons von Rowan House. Und dann gab es noch die Brodricks. Den alten Mann hatte er nur ein einziges Mal gesehen, obwohl er an den beiden Söhnen, Raymond und Simon, schon mehrfach vorbeigekommen war. Aber diesen Mann hatte er noch nie gesehen, da war er seiner Sache ganz sicher. Er wohnte sicher nicht hier in der Umgebung. Aber warum war er allein ausgeritten, wenn er Epileptiker war?

Es dauerte volle fünf Minuten, bis Anna, Maria und die beiden Bergarbeiterfrauen kamen. »Legt die Leinwand auf den Boden, damit wir ihn darauf heben können«, wies Nathaniel sie an.

»Wer ist es?« fragte Maria. Als er ihr antwortete: »Ich weiß es nicht«, trat eine der Bergarbeiterfrauen vor und erklärte: »Ich aber. Wie mag er nur soweit gekommen sein? Er geht doch kaum aus. Es ist Mr. Timothy, der Bruder der Herrin. Ich habe vor Jahren dort gearbeitet, in Manor House. Er war früher ganz in Ordnung, die Anfälle fingen an, als er aus dem Ausland zurückkam. Nachdem die Herrin diesen Unfall gehabt hatte, wo all der Schnee auf sie heruntergerollt war. Sie dachten zuerst, sie wäre tot. Sie könnte wirklich ebensogut tot sein, denn seit der Zeit kann sie sich kaum noch bewegen. Und von der Zeit an soll er diese Anfälle haben.«

Während die Frau sprach, hatten sie den Mann auf die Leinwand gelegt. Jetzt nahmen die Bergarbeiterfrauen, als wären sie an diese Art Arbeit gewöhnt, jede einen Zipfel der Leinwand am Kopfende in die Hand. Und die Frau, die das Wort geführt hatte, nickte Nathaniel und Maria zu und sagte: »Sie fassen am anderen Ende an.« Dann wandte sie sich an Anna: »Und Sie fangen besser das Pferd ein, es fängt schon wieder an, herumzuwandern. Und los geht's – eins, zwei, drei und hoch mit ihm.«

Sie mußten mit ihrer Last natürlich den Umweg zum Tor machen, über den Holzstoß weg konnten sie ihn nicht befördern. In der Zwischenzeit hatte Anna das Pferd durch freundliche Zurufe schon aus einiger Entfernung zum Stehen gebracht. Es wartete geduldig auf sie, so daß sie mit Leichtigkeit die Zügel ergreifen konnte. »Komm jetzt mit mir mit«, sagte sie leise. »Komm.«

Nachdem sie das Pferd im Stall untergebracht und beruhigt hatte, eilte sie ins Haus. Sie hatten den Mann vor der Feuerstelle hingelegt, und sie fragte: »Ist er schon wieder zu sich gekommen?«

»Bis jetzt gibt es noch keinerlei Anzeichen dafür«, erwiderte Nathaniel. Dann schaute er die beiden Bergarbeiterfrauen an und sagte: »Ich danke Ihnen für Ihre Hilfe.« Anschließend wandte er sich an Maria: »Wir müssen Manor House benachrichtigen, denn es sieht ganz so aus, als ob sein Zustand noch eine Weile unverändert bleiben wird. Sie machen sich wahrscheinlich bereits Sorgen um ihn.«

Die beiden Frauen befanden sich schon auf dem Wege zur Tür, als diejenige, die immer das Wort führte, sich noch einmal umdrehte. »Nun, wir tun wirklich alles für Sie, Mister, weil Sie so freundlich zu uns sind. Aber *das* können wir leider nicht übernehmen und unsere Männer ebensowenig. Ich meine, zum Manor House können wir nicht für Sie gehen, das trauen wir uns nicht zu, weil wir bestimmt den Mund nicht halten können. Und die Männer hätten höchstwahrscheinlich nicht nur Schwierigkeiten, den Mund zu halten, sondern würden wohl die Fäuste nicht nur in der Tasche ballen.«

»Das ist in Ordnung. Das ist in Ordnung. Wir finden schon eine Möglichkeit, sie zu benachrichtigen. Nochmals vielen Dank. Kommen Sie zurecht da drüben?«

»O ja, Sir, wir haben's warm und gemütlich. Und dieser Boiler eine Tür weiter ist ein Geschenk Gottes.«

Maria wartete, bis die beiden gegangen waren, bevor sie erklärte: »Also, *wir* können auch nicht hingehen, oder? Was sollen wir tun?«

»Wahrscheinlich ist es das beste«, meinte Nathaniel, »wenn wir Miß Netherton Bescheid geben. Sie wird Rob hinschicken, und dann können seine Leute die Sache übernehmen. Würdest du so gut sein, Liebes, sie darum zu bitten?« Er hatte sich jetzt an Anna gewandt. Sie blickte auf den Mann hinunter, der schlafend auf dem Boden lag, und erwiderte: »Ja, das mach' ich.« Dann fügte sie hinzu: »Ich glaube, er hätte es bequemer mit einem Kissen unter dem Kopf.«

»Komm, überlaß das mir, ja!« Maria stieß sie beiseite. »Du

kümmerst dich um deine Angelegenheiten, und ich übernehme meine.«

Draußen hob Anna wieder ihre Röcke und fing an zu laufen. Zehn Minuten später klopfte sie völlig außer Atem an die Haustür von Miß Netherton. Ethel Mead öffnete ihr und rief: »Oh, Sie sind's. Was ist los? Schauen Sie nur, wie Sie aussehen.« Sie zeigte auf Annas alten Mantel, aber Anna achtete gar nicht auf ihre Bemerkung und fragte: »Ist sie schon zu Hause? Miß Netherton, meine ich.«

»Nein, aber sie sollte jeden Augenblick kommen. Es ist schon fast dunkel, da wird sie bestimmt bald da sein. Sie ist gar nicht gern in der Dunkelheit unterwegs. Pst. Hören Sie? Da kommen sie schon.« Anna lief über den Fahrweg, und als die Kutsche anhielt, schaute Miß Netherton aus dem Fenster und rief: »Was im Himmel ist geschehen?«

»Ich erkläre es Ihnen später, Miß Netherton. Im Augenblick nur soviel: Würden Sie Rob erlauben, nach Manor House zu fahren und dort Bescheid zu geben, daß Mr. Brodrick verletzt ist und sich bei uns im Haus befindet?«

»Mr. Brodrick?« Miß Netherton streckte die Hand Rob entgegen und sagte: »Warten Sie einen Augenblick, Rob, bis ich erfahren habe, was eigentlich los ist.« Dann fragte sie Anna: »Welcher Mr. Brodrick? Raymond oder Simon?«

»Oh, keiner von beiden. Soweit ich es verstanden habe . . . Ich glaube, es ist . . . die Bergarbeiterfrauen sagten, es wäre Mr. Timothy.«

»Lieber Gott! Tim! Was hat er denn in der Nähe eures Hauses getrieben?«

»Ich glaube, er ist ausgeritten, aber das Pferd wurde lahm. Ich sah, wie es über das Feld lief, und dann . . . ja, dann kam er in Sicht. Er . . .« Sie blickte von einem zum anderen. »Er hatte eine Art Anfall.«

»Gott im Himmel! Er hat einen seiner Anfälle gehabt. Rob, ich weiß, es war eine lange Fahrt, aber bitte, gib den Leuten in Manor House sofort Bescheid. Ist er verletzt?« Die Frage war wieder an Anna gerichtet.

»Nein, soviel ich weiß, nicht. Er wollte schlafen, nur schlafen.«

»Ja, das kann ich mir vorstellen. Nun, Rob, fahr los, steh hier nicht so herum. Du wirst alles Weitere erfahren, wenn du zurückkommst.«

Der alte Mann brummte irgend etwas Unverständliches vor sich hin, aber dann ließ er das Pferd wenden, und Miß Netherton wandte ihre Aufmerksamkeit wieder Anna zu. Fast im gleichen Ton wie Ethel fragte sie: »Warum bist du so angezogen?«

»Weil ich Holz gesägt habe.«

»Holz gesägt? Was willst du damit sagen?«

»Nichts weiter. Einfach nur, daß ich Holz gesägt habe. Ich bin schon heute vormittag wieder nach Hause gekommen. Sie hat mich gefeuert.«

»Du meine Güte! Du meine Güte! Ich muß erst mal ins Haus gehen und mich hinsetzen.«

In der Halle sagte sie zu Ethel: »Hilf mir erst mal aus dem Mantel, ja? Und dann möchte ich eine Tasse starken Tee. Wir brauchen zwei Tassen starken Tee. Und bring mir bitte die Karaffe mit Brandy. Ich habe einen furchtbar anstrengenden Tag hinter mir und brauche eine Stärkung. Nun komm, junge Frau, und erzähl mir, warum du deine Stellung verloren hast.«

So kurz wie nur möglich erklärte Anna ihr, was geschehen war. Als sie fertig war, schaute Miß Netherton sie an und sagte: »Nun, dieser Versuch ist gescheitert. Natürlich war es nicht deine Schuld, das weiß ich. Das Hohelied Salomos. Ich könnte jede Wette eingehen ...« Sie beugte sich vor, grinste über das ganze Gesicht und versuchte vergeblich, ein Kichern zu unterdrücken. »Ich könnte jede Wette darauf eingehen, daß diese Verse Miß Benfields bevorzugte Abendlektüre sind. Aber das nützt dir natürlich nichts. Sie wird mit allen Mitteln gegen dich vorgehen. Und es stimmt, daß ich nicht viel für dich mehr tun kann, auf jeden Fall nicht in Fellburn. Aber zur Zeit ist das Wetter ja auch so furchtbar, daß es ganz gut ist, wenn du die nächsten Wochen von diesen Fahrten hin und zurück verschont bleibst. Du könntest doch wieder zu mir kommen und mit mir reden. Dann kannst du dich darauf konzentrieren, das P und Q korrekt auszusprechen, statt junge Damen zu verderben.« Sie lachte laut, und Anna stimmte ein.

Als Ethel den Tee brachte, war die Brandykaraffe nicht dabei, und Miß Netherton sagte: »Du hast lange gebraucht. Und wo ist die Karaffe?«

»Die habe ich nicht dabei. Erinnern Sie sich daran, daß Sie zu mir gesagt haben, daß ich sie nicht vor sieben Uhr bringen soll, weil Sie davon so müde werden, daß Sie nichts Vernünftiges mehr zustande bringen?«

»Schaff augenblicklich den Brandy herein, Frau! Sonst kannst du noch heute abend deine Sachen packen.«

»Damit würde ich mich nicht lange aufhalten, ich würde sie ja doch morgen früh wieder auspacken müssen.«

Als das Dienstmädchen die Tür hinter sich geschlossen hatte, warf Miß Netherton Anna einen verschmitzten Blick zu. »Wie schön ist es doch, wenn man Dienstboten hat, die entgegenkommend und höflich und vor allem gehorsam sind.«

Wieder lachten sie beide, aber diesmal leiser. Dann sagte Miß Netherton: »Zieh diesen Mantel aus, Anna, du siehst gräßlich darin aus.«

»Ich habe nicht soviel Zeit, Miß Netherton. Sobald ich den Tee ausgetrunken habe, gehe ich wieder, denn ich will wissen, wie es dem Mann inzwischen ergangen ist.«

»Oh, er wird es überleben. Aber ich frage mich, warum um alles in der Welt er auf ein Pferd gestiegen sein mag, das hat er doch seit Jahren nicht mehr getan. Er verbringt den größten Teil seiner Zeit in seinem Zimmer oder im Wintergarten. Er züchtet wunderschöne Orchideen, weißt du, und er schreibt auch. Und er ist im Grunde seines Herzens ein sehr netter Mann, ganz anders als die übrigen. Wußtest du, daß die Mutter von Simon und Raymond, die behinderte Dame, sich bei einem Ferienaufenthalt in der Schweiz einen Rückgratbruch zugezogen hat? Ich habe sie nie gemocht. Hab' es einfach nicht fertiggebracht, sie gern zu haben. Aber du weißt ja, wie scheinheilig ich sein kann: Ich besuche sie und rede mit ihr, und im Grunde tut sie mir auch leid. Aber Simon tut mir viel mehr leid, weil er mit einer Hexe verheiratet ist, wie sie im Buche steht. Und auch sein kleiner Junge tut mir leid, Simons Sohn, weißt du? Er ist erst drei Jahre alt, wird bald vier ... Was, du willst schon wieder gehen? Nun ja, ich nehme an, du hast keine andere Wahl. Aber komm morgen früh gleich her und erzähl mir, was passiert ist. Oder warte, vielleicht ist es besser, wenn ich morgen hinfahre und mich selber erkundige, was eigentlich los war. Da wird der Teufel los sein, denke ich. Raymonds Kammerdiener soll sich nämlich auch um Tim kümmern, weil Raymond die Hälfte seiner Zeit in Newcastle oder Scarborough oder London verbringt. Hier muß Simon nach dem Rechten sehen, dadurch hat er sich seine berufliche Karriere verdorben. Aber jetzt fort mit dir. Geh. Du brennst doch darauf. Aber komm morgen nachmittag zu mir und bleib zum Abendessen. Du brauchst mir jetzt nicht zu antworten. Geh.«

Lächelnd ging Anna hinaus, und als sie wieder ihre Röcke hochhob und den ganzen Weg nach Hause im Laufschritt zurücklegte, fühlte sie sich plötzlich wohl und glücklich. Vielleicht, weil sie jetzt frei war und morgen die Gesellschaft und die Gastfreundschaft der reizenden kleinen Dame genießen konnte.

Im Augenblick aber ging es ihr hauptsächlich um diesen armen Mann mit seinen Anfällen. Sie fragte sich, ob er in der Zwischenzeit wohl aufgewacht war.

Er schien gerade wach geworden zu sein, war aber noch ganz benommen. Maria nahm Anna zur Seite und flüsterte ihr zu: »Er scheint ein wenig . . .« Sie tippte mit dem Finger an ihre Stirn. »Er hat gefragt, wo der Engel sei.«

»Der Engel?«

»Ja, das hat er gesagt: ›Wo ist der Engel?‹ Wie war's bei Miß Netherton?«

»Sie hat Rob sofort nach Manor House geschickt. Sie kennt unseren Gast anscheinend gut und weiß alles über ihn. Sie sagt, er sei ein sehr netter Mann, der nur leider unter diesen Anfällen leidet.«

»Ist er ein bißchen meschugge? Ich meine . . .«

»Davon hat sie nichts gesagt. Auf jeden Fall wird bald jemand von Manor House herkommen. Mach dir keine Sorgen.«

Sie ging hinüber zu ihrem Vater, der auf seinem Stuhl am Feuer saß, neben dem Fremden, der so aussah, als ob er immer noch fest schliefe. Sie wechselte einen Blick mit Nathaniel, bevor sie sich hinkniete und ihm sanft die Hand auf die Stirn legte. Sie zog sie aber sofort wieder zurück, als er die Augenlider bewegte; er schlug die Augen auf und schaute sie groß an. Dann erschien ein Lächeln auf seinem Gesicht, er bewegte die Lippen, wobei die Zahnlücke zum Vorschein kam, und sagte leise: »Der Engel.«

Sie drehte den Kopf rasch zur Seite und warf ihrem Vater und ihrer Mutter einen fragenden Blick zu. Maria nickte ihr zu, als wollte sie sagen: Siehst du, was habe ich dir erzählt?

Der Mann seufzte jetzt und sagte langsam, aber mit einer ganz normal klingenden Stimme: »Ich habe gedacht, ich wäre gestorben und im Himmel. Sie kommen mir aber auch so wie ein Engel vor.«

»Nein, Sir.« Sie lachte leise und blickte ihn an. »Nein, ich bin bestimmt kein Engel, in keiner Weise. Außerdem glaube ich, daß alle Engel helle Haare haben.«

Er schaute sie lange an, dann fragte er: »Wo bin ich?«

»Sie sind bei uns zu Hause. Hier ist meine Mutter und hier mein Vater.« Die beiden standen jetzt neben ihr.

Er sah zu Nathaniel und Maria hoch und sagte einen Augenblick später: »Es tut mir leid. Es tut mir leid, Ihnen Mühe zu bereiten. Meine Krankheit nimmt leider keinerlei Rücksicht auf Zeit und Ort.«

Er versuchte, sich aufzusetzen, und Nathaniel beugte sich schnell zu ihm hinunter und legte seinen Arm um seine Schulter. »Fühlen Sie sich wohl genug, um aufzustehen, Sir?« fragte er.

»Ich . . . ich werde hier noch ein wenig sitzenbleiben, wenn es Sie nicht stört.«

»Oh, überhaupt nicht. Überhaupt nicht. Sie sind uns willkommen und können so lange bei uns bleiben, wie Sie möchten. Wir haben einen Boten nach Manor House geschickt.«

Der andere hatte Nathaniel angeschaut, schloß aber jetzt wieder die Augen. Sein Kopf fiel zurück, als er sagte: »O du meine Güte.«

»Möchten Sie eine Tasse Tee, Sir?«

Er hob den Kopf wieder, öffnete die Augen und schaute Maria eine Weile an. Dann erwiderte er: »Tee? O ja, gerne. Für eine Tasse Tee wäre ich Ihnen sehr dankbar.«

»Ich glaube, in diesem Armsessel hätten Sie es bequemer, Sir.« Nathaniel deutete auf den Holzstuhl mit den Armlehnen, doch der Mann meinte: »Würde es Ihnen etwas ausmachen, wenn ich noch ein wenig hier sitzenbleibe? Ich habe ... nun, es ist sehr lange her, seit ich auf einer Matte vor dem Kaminfeuer gesessen habe. Es ist wirklich sehr angenehm.«

»Selbstverständlich, Sir, aber wir wollen es Ihnen ein wenig gemütlicher machen. Rück die Bank näher heran, Maria, und du, Anna, hol noch ein paar Kissen.«

Ein paar Minuten später saß ihr Gast aufrecht da, gestützt von der Bank und den Kissen in seinem Rücken. Neben ihm stand auf einem Untersatz eine Tasse Tee.

»Nehmen Sie Zucker, Sir?«

Er blickte Anna an und antwortete: »Nein, aber trotzdem vielen Dank. Süßigkeiten jedoch liebe ich sehr, ich fürchte, ich bin ein richtiges Leckermaul.« Er drehte den Kopf und schaute Maria an, die an seiner anderen Seite stand, und wiederholte: »Ja, ich liebe Süßigkeiten.«

Er sagt das wie ein Kind, dachte sie, obwohl seine Stimme sonst ganz vernünftig klingt, ebenso wie seine Antworten. Freundlich antwortete sie dann: »Ich auch, Sir, aber ich habe nur selten Gelegenheit, dieser Leidenschaft zu frönen, weil die anderen mir immer zuvorkommen, wenn ich Toffees mache.«

Er lächelte. »Sie machen selber Toffees?«

»Ja, einmal in der Woche.«

Seine Antwort ging unter, weil plötzlich die Tür aufgerissen wurde und eine helle Stimme rief: »Ma! Ma! Ich bin entlassen worden. Er hat mich gefeuert, aber die Missis hat gesagt, ich soll morgen früh wiederkommen. Sie wollen noch darüber reden ...«

Cherry verstummte, als sie aus der Küche ins Zimmer kam. Mit offenem Mund starrte sie auf den fremden Mann, der auf der Matte vor dem Feuer saß. »Irgendwann wirst du es wohl noch lernen, still ins Haus zu kommen, Tochter«, brummelte Nathaniel. »Dieser Gentleman hat einen leichten Unfall erlitten.« Dann schaute er zu ihm hinunter und sagte: »Das ist meine Tochter, Mr ...?«

»Oh. Wie geht es Ihnen?« Er neigte den Kopf ein wenig vor Cherry, dann wandte er sich um und erklärte Nathaniel: »Mein Name ist Barrington, Timothy Barrington.«

Nathaniel antwortete: »Und wir heißen Martell.« Er warf Maria schnell einen Blick zu, als wollte er sagen: In wenigen Tagen schon wird es so sein.

Dann klopfte jemand an die Tür. Anna öffnete und sah den Mann vor sich, mit dem zusammen sie früher am Tage soviel gelacht hatte und der in ihr, aus einem Grunde, den sie nicht verstehen konnte, den Wunsch geweckt hatte zu weinen.

»Ich dachte . . .?«

»Oh, kommen Sie doch herein.«

Er betrat den hellen Raum, blieb dann aber stehen und wandte sich zu ihr um. Ungläubig starrte er sie an und schüttelte den Kopf. Sie dachte, er würde gleich eine Bemerkung darüber machen, daß sie sich an diesem Tage schon zum zweitenmal begegneten, aber statt dessen setzte er zu einer Entschuldigung an, als er die anderen Menschen bemerkte, die am anderen Ende des Raums um das Feuer versammelt waren. »Ich bitte um Verzeihung für die Störung«, sagte er.

»Keine Ursache, Sir«, erwiderte Nathaniel und kam ihm entgegen. »Möchten Sie bitte näher treten?«

Simon Brodrick folgte Nathaniel zum Kaminfeuer und blieb dann verblüfft stehen, als er Mr. Barrington erblickte, der am Boden auf der Matte saß. »O Tim«, sagte er besorgt.

Und Mr. Barrington erwiderte: »Simon, keine Vorhaltungen, bitte. Ich mußte einfach mal wieder raus, sonst wäre ich explodiert.«

»Nun, du bist ja auch explodiert, oder?«

»Ja. Ja, das nehme ich an. Aber ich bin von der Tatsache ausgegangen, daß es seit Wochen nicht mehr passiert ist. Seit vielen Wochen. Nun . . .« Er brach ab.

Simon hockte sich neben Mr. Barrington hin, und die beiden Männer blickten einander an. Sie redeten so miteinander, als wären sie völlig allein. Simon meinte: »Warum hast du es mir nicht gesagt, daß du so gern ausreiten wolltest? Ich hätte dich doch begleitet.«

»Ja, das weiß ich. Aber ich habe es so satt, daß immer jemand bei mir sein muß. Selbst du fällst mir langsam auf die Nerven, mein lieber Junge.« Er hob die Hand und stieß scherzhaft nach Simon. Der sprang auf und schaute Maria an. »Es tut mir leid, daß wir Ihnen soviel Mühe . . .«, sagte er, aber Timothy Barrington unterbrach ihn sofort. »Mir nicht. Mir tut es nicht leid, daß das passiert ist, weil diese lieben Menschen so freundlich zu mir gewesen sind und mich hier auf der Matte beim Feuer sitzen lassen. Wie lange ist es her, seit du zum letztenmal auf einer Matte vor dem Feuer gesessen hast, Simon?«

»Wie immer fühlst du dich wohl genug, um zu reden und zu argumentieren«, erwiderte Simon und schaute zu dem anderen hinunter. »Aber geht es dir auch schon so gut, daß du aufstehen kannst?«

»Ja, ja. Gib mir deine Hand.«

Nathaniel und Simon zogen ihn gemeinsam hoch und setzten ihn dann in den hölzernen Armsessel. Er schaute sich interessiert um, blickte erst Maria an, dann Nathaniel, dann den kleinen Jungen, der neben ihm stand, und zuletzt die beiden Schwestern. Die eine war sehr dunkel, die andere sehr blond, doch hübsch waren sie beide. Dann seufzte er und wandte sich wieder an Simon: »Mit welchem Wagen bist du gekommen?« fragte er ihn. Und als Simon erwiderte »Mit der Kutsche«, legte er plötzlich die Finger an den Mund und glitt damit über die Lücke zwischen seinen Zähnen. »Ich muß die beiden verloren haben, als ich hinfiel«, erklärte er. Dann fing er an zu lachen, hörte aber sofort wieder auf, blinzelte und wandte sich an Nathaniel mit den Worten: »Sie müssen denken, daß es ein sehr komischer Bursche ist, der da Ihre Gastfreundschaft in Anspruch nimmt. Vielleicht kann ich Sie bei näherer Bekanntschaft davon überzeugen, daß ich zwar ein wenig seltsam sein mag, aber keineswegs komisch.«

Nathaniel mußte lachen, dann sagte er: »Seltsam oder komisch, Sir, es wäre mir ein Vergnügen, und nicht nur mir allein, sondern uns allen, wenn Sie unsere Gastfreundschaft in Anspruch nehmen wollen, so oft Sie Lust dazu haben.«

»Ausgezeichnet gekontert, was meinst du, Simon?« Er drehte den Kopf und blickte Simon an.

»Von einem gelehrten Mann ist nichts anderes zu erwarten gewesen. Mr. Martell ist Lehrer, er gibt Privatstunden«, erwiderte Simon.

»Tatsächlich? Nun, ich werde gewiß auf Ihre Einladung zurückkommen. Aber jetzt muß ich wirklich aufbrechen, ich habe Ihre Gastfreundschaft schon zu lange in Anspruch genommen.«

Als er mit Hilfe von Simon aufstand und zur Tür ging, bemerkte Anna, daß er im Stehen weniger groß und breitschultrig wirkte als im Liegen. Er mochte etwa einen Meter achtzig groß sein, und obwohl er etwas untersetzt war, wirkte er keineswegs bullig. An der Tür wandte er sich um und sagte einfach: »Auf Wiedersehen.« Simon Brodrick aber eilte zurück, als er mit Unterstützung des Kutschers seinen Verwandten in dem Fahrzeug gut untergebracht hatte. An der Tür stieß er auf Nathaniel und Maria, die beiden Mädchen standen hinter ihnen. Er schaute erst Maria, den Nathaniel an und sagte: »Ich stehe tief in Ihrer Schuld.« Und dann fragte er: »Was soll mit dem Pferd geschehen?«

»O ja, das Pferd.« Nathaniel wandte sich an Anna. »Du hast es in den Stall gebracht?« fragte er.

»Ja. Dort kann es bis morgen ruhig bleiben.«

»Vielen Dank. Ich lasse es dann so bald wie möglich abholen.«

»Es muß zum Schmied gebracht werden. Einer seiner Hufe hat einen Sprung.«

»Vielleicht war das der Grund für den . . . für den Zwischenfall. Nochmals vielen Dank. Auf Wiedersehen.«

Sie wünschten alle eine gute Nacht und beobachteten dann, wie der Kutscher den Wagen wendete und durch das Tor auf einen holprigen Pfad fuhr, der eine Strecke am Feldrain entlangführte und dann in die Landstraße mündete.

Als sie die Tür wieder hinter sich geschlossen hatten, schaute Nathaniel von einem zum anderen und sagte: »Himmel, was für ein Tag! Meine beiden Töchter haben ihre Stellung verloren, ich bin beleidigt und angegriffen worden, und ein Mitglied unserer Aristokratie hat einen epileptischen Anfall erlitten und landete schließlich auf unserer Matte vor dem Feuer.« Er deutete auf die Stelle, wo Timothy Barrington gelegen hatte. »Und schließlich fuhr ein anderes Mitglied des Adels an unsere Tür und dankte uns überaus höflich für unsere Hilfe. Ist dir klar, Maria Dagshaw, daß der heutige Tag zu einem Wendepunkt in unserem Leben werden kann?«

Maria nahm seinen Tonfall auf und erwiderte: »O ja, Mr. Martell, das ist mir vollkommen klar. Ich denke, auf diesem Ende der Matte sollte nie mehr jemand anders Platz nehmen. Am besten schneide ich es ab und hänge es an die Wand.«

»Nun, ich würde damit aber noch warten, zumindest bis die Jungen heimkommen«, meinte Nathaniel. Alle lachten, auch Anna stimmte mit ein, obwohl sie dachte: Ein Wendepunkt in ihrem Leben? Ihr Dada war manchmal ein wenig naiv. Nichts in der Welt konnte etwas daran ändern, was sie nun einmal waren, was er aus ihnen gemacht hatte, nicht einmal die bevorstehende Heirat der Eltern konnte den Makel von ihnen nehmen. Und selbst wenn die Leute von Manor House sich herablassen würden, ihnen in irgendeiner Weise zu helfen, würde auch das nicht dazu beitragen können, irgend etwas am Grundübel zu ändern. O nein. Trotzdem aber stieg dasselbe Gefühl in ihr auf wie am Vormittag schon, als sie ihre Hand aus der von Simon Brodrick gezogen und sich von ihm abgewandt hatte, um über den Pfad am Steinbruch entlang heimwärts zu gehen.

5

Das ganze Dorf geriet fast in Aufruhr, als die Neuigkeiten aus Hollow Heap bekannt wurden. Die zwei hatten doch tatsächlich den Nerv, sich trauen zu lassen, nachdem sie so viele Bastarde in die Welt gesetzt und aufgezogen hatten! Die Gerüchteküche brodelte. Wußten Sie schon, daß Miß Netherton dabei war, nicht nur in der Kirche, wie man hört, sondern auch bei der anschließenden Feier, die bei ihnen zu Hause stattgefunden haben soll? Und das war noch nicht alles, o nein. Es war ganz und gar unglaublich, aber wahr: Von Manor House hat man ihnen Blumen und Früchte geschickt. Diesem Abschaum! Und warum? Das ist die Frage, warum wohl? Ja, da steckt natürlich was dahinter, und man muß gar nicht lange suchen, um es herauszubekommen. Tommy Taylor könnte es ihnen erzählen, denn er hat sie mit seinen eigenen Augen gesehen. Er hat gerade die Post für die zweite Zustellung abgeholt, als Mr. Simon mit diesem jungen Stück ankam. Frech wie Rotz kam sie mit ihm ins Postamt und wartete dort auf ihn, bis er seine Angelegenheiten erledigt hatte und ihr doch tatsächlich in den Wagen half. Er hat es *gesehen*! Und er hat noch mehr beobachtet. Harry Watson hat sich mit Simon Brodrick unterhalten, während sie auf dem Wagen thronte. Also, wenn sie ihn fragen, ist das der Grund dafür, daß sie Blumen nach Hollow Heap geschickt haben, das und nichts anderes. Aber die Nerven von dem jungen Flittchen! Das muß man sich mal vorstellen! Na ja, wie die Mutter, so die Tochter.

Einige meinten, daß sie besonders erstaunt darüber wären, daß sie sich Mr. Simon eingefangen hatte, der doch verheiratet war und einen dreijährigen Sohn hatte. Wäre es Mr. Raymond gewesen, hätten sie es noch eher verstehen können. Aber wer konnte schon begreifen, daß ein anständiger Mann sich mit einer aus dieser Brut einließ? Und außerdem sollte diejenige, um die es hier ging, ja angeblich eine Stellung als Lehrerin in Fellburn gefunden haben. Nun, das war sicher nichts anderes als ein Vorwand, denn wer würde so eine schon einstellen? Man könnte wetten, daß dieses junge Liebstöckel dort einen Unterschlupf hatte, und dort lehrte sie bestimmt nicht das Abc.

So zerriß man sich im Dorf die Mäuler, bevor das Jahr 1880 zu Ende ging. Anfang März 1881 aber waren die Dorfbewohner einfach sprachlos, als sie erfuhren, daß ausgerechnet diese junge Person nach Manor House gerufen worden war, um Simons kleinem Sohn schreiben und ähnliches beizubringen. Und nicht nur das, Mr. Timothy, derjenige, der diese Anfälle hatte, war mit ihr bei einem Spaziergang über das Hochmoor beobachtet worden. Was mochte als nächstes kommen? Was? Dieses Flittchen hatte doch tatsächlich den Nerv, in Manor House aus und ein zu gehen direkt unter den Augen der Herrin! Aber eines war sicher, das konnte nicht lange gutgehen, nicht unter der Herrschaft der jungen Mrs. Brodrick. Wenn sie Wind von der Sache bekam, würde sie dem jungen Miststück bei lebendigem Leibe die Haut abziehen. Hatte sie etwa nicht den Teufel im Leib? Da würden bald die Späne fliegen, und mehr als das. Man mußte die Entwicklung nur ruhig abwarten.

Aber hie und da wurden im Dorf Stimmen laut, die es wagten, Zweifel an dieser allgemeinen Meinung über das junge Liebstöckel zu äußern. Auch ein oder zwei Farmer waren dabei.

Niemand hatte sie ja wieder bei einer Fahrt mit Simon Brodrick beobachten können, seit Tommy Taylor sie gesehen hatte. Und was ihren Spaziergang mit Mr. Timothy anbelangte, nun, es gab Gerüchte, die besagten, sie hätte ihn auf dem Feld gefunden, als er gerade einen Anfall hatte, und er wäre in ihr Haus geschafft worden.

Das konnte nicht stimmen, entgegnete man ihnen. Es war allgemein bekannt, daß Timothy kaum jemals das Grundstück der Brodricks verließ.

Ja, sicher. Aber warum wollte man immer noch auf den Leuten von Hollow Heap herumhacken? Die Eltern waren jetzt schließlich ordentlich miteinander verheiratet. Sie hatten ihre Trauung nachgeholt, sobald es ihnen möglich gewesen war.

Ja, das wußte man. Aber es machte keinen Unterschied, die Kinder blieben trotzdem Bastarde.

Aber, entgegnete einer der Gemäßigten, man konnte sich nicht einfach über die Tatsache hinwegsetzen, daß sie alle einen guten Ruf hatten und eine anständige Arbeitsstelle. Und sie blieben immer unter sich.

All diesen Klatsch und Tratsch erfuhr Miß Netherton von Ethel, die ihn wiederum von Rosie Boyle hatte, die jeden Tag aus dem Dorf zu ihnen kam und als Hausgehilfin bei ihnen arbeitete. Es sah ganz so aus, meinte Miß Netherton, als gäbe es jetzt zwei Lager im Dorf, und das war früher nicht der Fall gewesen. Aber wenn jemals der Tag kommen sollte, an dem alle Dorfbewohner einschließlich des Pfarrers und seiner Frau zu vernünftigen freundlichen Leuten geworden wären, dann würde dieses Wunder bedauerlicherweise wohl erst nach ihrer aller Tod eintreten, einschließlich ihres eigenen.

3. Teil

Das Kind

1

»Mußt du unbedingt in dieses Haus gehen, Anna?«

»Es ist nicht so, daß ich dahin gehen muß, Ben, aber ich möchte gern dorthin gehen. Ich möchte gern unterrichten, und diese einmalige Gelegenheit dazu wurde mir praktisch zwischen Tür und Angel angeboten. Was stört dich daran?«

Der Junge ergriff ihre Hand, als sie Seite an Seite über den gefrorenen Boden zum Wald hinübergingen. Mit einer leidenschaftlichen Gebärde lehnte er einen Augenblick seinen Kopf an ihren Arm und erklärte: »Ich werde dich schrecklich vermissen.«

Sie blieb stehen und schaute ihn an. »Aber es wird genauso sein wie früher, als ich zu der Akademie fuhr, eher besser. Ich brauche erst um neun in Manor House zu sein, und ich habe schon um vier Uhr Feierabend. Die Fahrt hin und zurück wird jeweils nur ein paar Minuten dauern, weil sie so freundlich sind, mich mit dem Wagen hier abzuholen und auch wieder heimzubringen. Du wirst mich viel öfter hier haben als im letzten Jahr.«

In seinen Augen lag ein trauriger Ausdruck, mehr noch als sonst. Impulsiv beugte sie sich zu ihm hinunter, nahm sein Gesicht zwischen ihre Hände und fragte: »Was beunruhigt dich, Ben?«

»Ich weiß es nicht. Ich will einfach nicht, daß du dorthin gehst. Ich bin traurig deswegen.«

»Und letztes Jahr, als ich zu der Akademie ging, warst du da auch traurig?«

»Nein. Nein, da war ich überhaupt nicht traurig.«

»O Ben.« Sie zog ihn in ihre Arme, er preßte seinen Kopf an ihre Taille, und sie umarmten einander. Dann nahm sie wieder seine Hand. Eine Zeitlang gingen sie schweigend nebeneinander her, dann sagte sie: »Alle anderen haben sich für mich gefreut. Denk nur an Oswald und Olan. Hast du nicht auch lachen müssen, als sie die Knie vor mir beugten, bevor sie fortgingen? Und Cherry. Weißt du noch, wie sie so getan hat, als packe sie einen Stier bei den Hörnern und erklärte, sie würde es Mr. Praggett jetzt schon zeigen? Und Ma und Dada und Jimmy haben sich so gefreut für mich. Nur du nicht, und jetzt hast du mich traurig gemacht, weil du mir doch so lieb bist. Und jetzt wünscht du mir nicht einmal Glück für meine neue Stellung.«

»O doch, Anna, das tue ich. Das tue ich ja. Ich wünsche mir immerzu, daß du glücklich wirst, immerzu!«

»Gut, Ben, ist ja gut. Aber dann sei doch nicht so niedergedrückt. Was hast du nur?«

»Ich weiß nicht, Anna, ich bin einfach traurig.«

»O Ben.« Sie blickte auf ihn hinunter und war besorgt, weil Ben so traurig war. Er war sonst doch immer so fröhlich. Aber in ihrem kleinen Bruder steckte etwas, wofür sie keinen Namen wußte. Sah er vielleicht Dinge, die anderen verborgen blieben? Nein, nein, er hatte nichts Übersinnliches an sich. Er war ein ganz normaler, aber hochintelligenter Junge. Er lernte unglaublich rasch. Manchmal versetzte er sie in Erstaunen, weil er die Antwort bereits zu wissen schien, bevor sie die Frage auch nur ausgesprochen hatte.

Als sie das Wäldchen fast erreicht hatten, hörte sie vom anderen Ende her Axtschläge. Ihr Vater arbeitete dort, und sie mußte noch mit ihm sprechen, bevor sie wegfuhr. Sie mußte ihm etwas sagen, was ihre Mutter nicht hören sollte, da es sie vielleicht verletzen konnte. Deshalb warf sie Ben jetzt einen Blick zu und sagte: »Ich möchte noch ein paar Worte mit Dada sprechen. Schau, geh zum Tor hinüber. Sobald du den Wagen siehst, kommst du hierher zurück und pfeifst. Willst du das tun?«

»Ja, Anna, ja.« Er lief sofort davon, und sie eilte weiter. Nathaniel unterbrach seine Arbeit, als sie kam, und rief ihr zu: »Bist du fertig?«

»Ja, ich bin fertig, Dada. Und ich habe den Eindruck, daß du mir aus dem Weg gegangen bist.«

»Vielleicht hast du recht, Liebes, vielleicht hast du recht. Aber jetzt bist du mit allem fertig und bereit aufzubrechen?«

»Nicht ganz, Dada. Ich möchte dir noch etwas sagen.«

»Nun, dann sag es, mein Liebes, sag es.«

»Ich habe Angst.«

»Angst? Wovor?«

»Ich weiß es nicht genau. Ich bin wie Ben. Als ich ihn gefragt habe, weshalb er nicht will, daß ich nach Manor House gehe, hat er gesagt, er wüßte es selber nicht.«

»Wenn dir so zumute ist, Anna, solltest du wirklich nicht hingehen. Aber vor was oder vor wem hast du Angst? Doch nicht davor, den kleinen Jungen zu unterrichten?«

»O nein, Dada, davor doch nicht. Das weißt du. Und eigentlich habe ich auch gar keine richtige Angst, es ist vielmehr so, daß ich eine starke Abneigung gegen jemanden in dem Haus habe.«

»Gegen wen dort hast du diese Abneigung? Du bist doch erst einmal dort gewesen.«

»Ja, ich weiß, aber das war genug. Es ist die Mutter des Kindes.«

»Das ist aber kein gutes Omen für deinen Start.«

»Oh, ich glaube nicht, daß sie mir im Schulzimmer viel Ärger bereiten wird. Die Kinderfrau hat gesagt, daß sie sich um kaum etwas anderes kümmert als um ihre Malerei und ums Reiten. Und dem Gespräch mit der lebhaften alten Dame habe ich entnommen, daß die junge Herrin sich oft lange in London und Übersee aufhält. Außerdem habe ich feststellen können, daß zwischen der alten Kinderfrau und der jungen Herrin wenig Freundschaft besteht. Sie ist übrigens gar nicht mehr so jung, sie ist schon über dreißig.«

»Worauf genau beruht deine Abneigung gegen sie?«

»Es ist ihre ganze Art, weißt du. Der Ton ihrer Stimme, die Art, wie sie einen anschaut. Ich habe es dir noch nicht erzählt, aber sie hat mich von oben bis unten so gemustert, wie ein Bauer ein Tier auf dem Viehmarkt ansieht. Ich hatte schon damit gerechnet, daß sie mich prüfend abtasten würde . . .« Sie lachte kurz auf, beugte sich zu ihm hin und fügte hinzu: »Kannst du dir vorstellen, wie ich reagiert hätte, wenn sie wirklich so weit gegangen wäre?«

Nathaniel lachte laut los. »O ja. Das kann ich mir sehr gut vorstellen, und das wäre dann auch schon das Ende gewesen, bevor es auch nur angefangen hätte mit deiner neuen Stellung. Wahrscheinlich wärst du dann in der Besserungsanstalt gelandet an meiner Stelle, mir hat man nämlich in letzter Zeit mehrfach schon gedroht damit. Nun, mein Kind, was immer du tust und wer immer dich herausfordert, du mußt einfach lernen, dein Temperament zu zügeln.«

»Habe ich denn wirklich ein so gefährlich überschäumendes Temperament, Dada? Weißt du, mir kommt es gar nicht so vor...«

Wieder lachte er. »Du meine Güte, Kind.« Er legte ihr die Hände auf die Schultern. »Wir können uns nie so sehen, wie die anderen uns sehen. Ich bin ein sanftmütiger Mann, sagen sie – manche bedauern mich sogar wegen meiner Sanftmütigkeit –, aber im vorigen Jahr hätte ich doch tatsächlich um ein Haar die Hand erhoben gegen Mr. Praggett, wenn deine Mutter mich nicht zurückgehalten hätte. Im Grunde aber bin ich ein sanftmütiger Mann«, er schüttelte den Kopf, »und ziehe es vor, mit Worten zu fechten. Aber niemand von uns weiß genau, wozu er fähig ist, wenn besondere Umstände eintreten. Es hängt alles von den Umständen ab und von den Gefühlen, die sie in uns erwecken. Es würde nur wenige Morde geben, wenn nicht die Umstände Menschen zu Mördern machten. Wir werden ein andermal noch ausführlicher darüber sprechen, mein Liebes. Ah, Ben pfeift schon. Das Signal, daß deine goldene Kutsche eingetroffen ist. Komm jetzt, komm. Und nimm dir vor, daß du deine Stimme nur erheben wirst, um zu lachen, um jemanden zu verteidigen oder um jemanden zu loben.«

»O Dada, hör auf. Schluß mit der Predigt.« Sie wandte sich zu ihm um, warf die Arme um seinen Hals und küßte ihn. »Ich liebe dich. Weißt du das eigentlich? Du sanftmütiger Mann, ich liebe dich.« Nach diesen Worten drehte sie sich rasch um, als wäre sie verlegen geworden, und lief davon.

Neben dem leichten zweispännigen Wagen stand ein junger Bursche. Er nahm seine Mütze ab, als Anna und Nathaniel kamen, und sagte mit breitem irischem Akzent: »Ich bin Barry McBride, Miß. Ich bin hier, um Sie abzuholen. Wenn Sie eingestiegen sind, wenn sie fertig sind, wollen wir gleich fahren, denn ich bin etwas spät dran. Ich hatte ein bißchen Ärger mit ihm.« Er zeigte mit dem Daumen auf das Pferd. »Es ist neu.«

Anna schaute von Nathaniel zu Maria, die sich zu ihnen gesellt hatte, und zu Ben, der neben ihr stand. »Dann wollen wir fahren«, sagte sie mit einer ganz leichten Andeutung von irischem Akzent in ihrer Stimme. Nathaniel zwinkerte ihr zu und antwortete: »Das ist das beste. Fort mit dir, laß Mr. McBride nicht warten.«

»Sir«, der Junge wandte sich zu Nathaniel um, »ich bin doch kein Mister. Ich bin einfach McBride Nummer zwei.«

»Oh«, meinte Nathaniel. »Nummer zwei? Weshalb Nummer zwei?«

»Weil ich der zweite Stallbursche bin. Mein Bruder ist die Nummer eins. Er heißt Frank, aber wir werden beide McBride genannt.«

»Ach, so ist das. Ich verstehe.« Nathaniel nickte, als ob die Erklärung ihm eingeleuchtet hätte. Dann legte er die Hand unter Annas Ellbogen. »Also, steig auf, Kind, und ab geht die Reise.«

Jetzt setzte McBride Nummer zwei die Mütze wieder auf, ging hinüber auf die andere Seite des Wagens und schwang sich geschickt auf den engen Sitz neben Anna. Dabei fing das ganze Gefährt an zu schaukeln. Als McBride Nummer zwei dann »Vorwärts, Milligan« rief, schien das Pferd erst einen Augenblick auf die Hinterbeine gehen zu wollen, bevor es kehrt machte und daran gehindert werden mußte, in Galopp zu verfallen. Die Abfahrt ging so rasch vonstatten, daß Anna gar nicht mehr dazu kam, sich umzuwenden und zu winken. Sie mußte sich voll darauf konzentrieren, sich an der schmalen Eisenstange festzuhalten, die ihren Sitz absicherte, damit sie ihr Gleichgewicht nicht verlor. Als sie aber die Landstraße erreicht hatten und es ruhiger voranging, rief sie McBride zu: »Warum nennen Sie das Pferd Milligan?«

»Was haben Sie gesagt, Miß?«

Mit erhobener Stimme schrie sie: »Warum nennen Sie das Pferd Milligan? Das ist ein ausgefallener Name für ein Pferd.«

»Ach das, Miß. Nun, das ist sein Hofname. Eigentlich heißt er Caster, aber er hat diesen Kampfgeist in sich. Verstehen Sie? Und so sind die Milligans. Es gibt drei davon im Bergwerk, eins in der Grube von Rosier und zwei in der Beulah-Grube. Die gehen auf jeden los, der ihnen in die Nähe kommt. Der hier ist das genaue Ebenbild von Michael dem Älteren, der nach seinem eigenen Schatten ausschlägt. Man sollte ihn überhaupt nicht vor einen Wagen spannen, aber sie wollen ihn erziehen, wie sie sagen. Da besteht ebensoviel Hoffnung auf Erfolg wie für einen, der bereits in der Hölle schmort und darum bittet, in den Himmel zu kommen. Aber wer hört schon auf mich? Meine Meinung gilt nicht viel in den Ställen.«

Anna klammerte sich fest an die Haltestange, weil sie jetzt am ganzen Körper zitterte – nicht nur von dem Schlingern des Wagens, wie sie glaubte. Nun, was auch geschehen mag in der Zwischenzeit, ich werde bestimmt immer gut unterhalten werden auf den Hin- und Rückfahrten, vorausgesetzt, daß ich unterscheiden kann zwischen Michael dem Älteren und Milligan dem Pferd . . .

Während sie weiterrollten, sagte McBride Nummer zwei: »Ich habe den Auftrag, Sie zur Hintertür zu fahren, Miß. Ich habe Nummer eins deswegen ausgefragt, weil Sie ja eine gebildete Lady sind, und wie gewöhnlich sagte er, ich solle mein Mau . . ., meinen Mund, meine ich, halten, aber meine Augen und Ohren aufsperren, um Befehle zu empfangen. Deshalb liegt es jetzt nicht an mir, Miß, wenn ich Sie an der Hintertür absetze.«

»Das ist völlig in Ordnung, Mr. McBride.«

»Ich würde das lieber nicht machen, Miß, wie ich schon vorhin gesagt habe, mich Mister nennen, meine ich. Die anderen werden sich über mich lustig machen.«

»Ja, richtig, ich erinnere mich . . . McBride.«

»So ist's richtig, Miß. Gib jedem, was ihm gebührt, nicht mehr und nicht weniger, und die Welt ist in Ordnung.«

Anna wünschte sich, daß ihr Dada oder ihre Ma oder beide bei ihr wären. Es fiel ihr schwer, ernst zu bleiben. Als sie auf seinen roten Schopf hinunterblickte, während er ihr im Hof aus dem Wagen half, stellte sie sich vor, wie sie daheim wohl reagiert hätten, wenn er damals bei ihnen auf der Matte vor dem Feuer gelegen hätte, und erneut mußte sie ein Lachen unterdrücken.

Doch gleich darauf gab es keinen Anlaß mehr für unerwünschte Heiterkeit. McBride Nummer zwei führte sie zur Hintertür, die umgehend geöffnet wurde von einem Mädchen, dessen Kleidung ihr verriet, daß sie untergeordnete Arbeiten zu verrichten hatte. Ihr Gesichtsausdruck wollte allerdings nicht so recht dazu passen. Ob sie es nun wissen mochte oder nicht, der Blick, den sie Anna zuwarf, war ausgesprochen verächtlich.

Zunächst sagte sie kein einziges Wort, sondern ging einfach vor Anna her durch einen langen, schmalen Vorratsraum, dann quer durch eine Spülküche, an deren Ende sie eine Tür aufstieß und rief: »Sie ist da.«

Als Anna in die Küche trat, blickten drei Augenpaare ihr entgegen, und augenblicklich erfaßte sie die Situation. Die Feindseligkeit war fast greifbar, und sie begegnete ihr so, wie sie es gewohnt war. »Würden Sie freundlicherweise Mrs. Hewitt mitteilen, daß ich da bin und gern wüßte, wie ich ins Schulzimmer komme?«

Die Köchin erklärte später, als sie am oberen Tischende im Eßraum der niederen Angestellten saß, man hätte sie mit einer Feder umstoßen können. Aber die Frechheit dieser Person, und ihre Stimme! Nicht einmal Miß Conway erlaubte sich diesen Ton, und sie war immerhin das Zimmermädchen einer Dame.

Jetzt aber wandte sich die Köchin an eines der Mädchen, die in ihrer Nähe standen, und sagte: »Geh und hol sie.«

Was daraufhin folgte, so die Köchin später, hätte sie fast umgeworfen, die Person hatte es doch tatsächlich gewagt, durch die Küche zu gehen und das Porzellan auf der langen Anrichte in Augenschein zu nehmen, dann hatte sie sich ganz unverfroren umgedreht und den Backofen und Herd gemustert. Wäre Mrs. Hewitt nicht in diesem Augenblick in die Küche gekommen, so hätte sie es ihr ohne Zweifel gegeben.

Mrs. Hewitt trat auf Anna zu und blickte sie einen Augenblick lang schweigend an, bevor sie sagte: »Würden Sie mir bitte folgen?«

Ihre Stimme klang höflich, aber ihr Gesicht blieb ernst und undurchdringlich.

Anna ging ihr nach, aus der Küche hinaus in einen Flur, von dem eine Reihe von Türen abzweigte. Am oberen Ende stand eine Tür offen, sie führte auf den äußeren Hof. Die Haushälterin zeigte darauf und sagte: »Sie benutzen diese Tür, wenn Sie den jungen Herrn auf seinen Spaziergängen begleiten.«

Dann stieg sie eine Treppenflucht empor, die auf einen breiten Treppenabsatz führte, wo sie stehenblieb, auf eine Tür zu ihrer Linken wies und sagte: »Diese Tür dürfen Sie nicht öffnen. Sie führt zur Galerie und ins Haus.«

Dann öffnete sie die andere Tür, hinter der sich wiederum eine Treppe befand, die erneut auf einen Treppenabsatz führte, der fast so groß wie ein Zimmer war und an einer Seite von einem Schrägdach begrenzt wurde. Mehrere Türen waren zu sehen. Die Haushälterin riß eine davon auf, ging in den dahinterliegenden Raum und erklärte: »Sie ist da, Eva.«

»Oh, komm herein. Komm herein.«

»Wie geht's mit deinem Rücken?«

»Immer dasselbe, Mary. Da ist vorläufig wohl keine Besserung zu erwarten. Übrigens, hast du Peggy auf der Treppe gesehen?«

»Nein.«

»Na, die kann was erleben. Volle fünf Minuten ist sie schon weg und schwatzt irgendwo herum. Setzen Sie sich, Mädchen.« Die Kinderfrau winkte Anna zu, und die Haushälterin erklärte: »Die Regeln kennt sie bereits.« Sie wandte sich an Anna und sagte: »Ich habe sie Ihnen erklärt, aber Sie bekommen sie auch noch schriftlich. Heute wird man Sie um halb zehn rufen, die Herrin wünscht Sie zu sehen. Gibt es noch irgend etwas, das Sie erfahren möchten?«

»Im Augenblick nicht, danke.«

Der Busen der Haushälterin würde einen Vergleich mit dem von Miß Benfield nicht aushalten, was den Umfang anbetraf, aber auch er drückte die Gedanken und Gefühle seiner Besitzerin deutlicher aus, als Worte es vermocht hätten.

Die Haushälterin warf der Kinderfrau noch einen bedeutungsvollen Blick zu und verließ dann schweigend das Zimmer. Eva Stanmore schaute Anna an, kicherte und sagte: »Es wäre angebracht, Mädchen, wenn Sie einen anderen Ton denjenigen gegenüber anschlügen, die über Ihnen stehen.«

Als Anna darauf nicht antwortete, kicherte die alte Frau wieder und meinte: »Sie sehen die Dinge wahrscheinlich ein wenig anders, was?« Und als Anna weiterhin beharrlich schwieg, fügte sie hinzu: »Nun, es ist schließlich Ihre Sache. Wahrscheinlich könnten Sie die Ansichten der Leute auch dann nicht ins Wanken bringen, wenn Sie auf den Knien vor ihnen rutschen würden. Es gibt viele Vorurteile, viel Unwissenheit auf dieser Welt. Das Kind ist auf jeden Fall fertig. Er sitzt im Nebenzimmer und wartet auf Sie, brav wie ein Engel. Er ist natürlich nicht immer so brav wie ein Engel, aber er ist sehr weit für sein Alter und begeistert davon, daß er in Zukunft nicht mehr allein auf mich angewiesen sein wird. Er schien Sie zu mögen, als sie zum erstenmal hier waren.«

»Das freut mich.«

»So, das ist Ihr Zimmer.« Sie zeigte auf eine Tür am Ende des Raums, der offensichtlich ihr eigenes Wohnzimmer war. »Da ist ein Schrank, in den Sie Ihre Sachen hängen können, und der Herr hat dafür gesorgt, daß alles da ist, was Sie brauchen, Tafeln und Stifte und solche Dinge. Und das Kind hat natürlich noch einiges von seinen eigenen Sachen mitgebracht, Knetmasse, Spielzeug und all so was.«

Anna war aufgestanden, und als sie auf die Tür zuging, auf die die Kinderfrau zeigte, rief die ihr nach: »Sie sind ein ulkiges Mädchen.«

Anna blieb stehen, blickte hinunter auf das von Falten zerfurchte Gesicht und sagte. »Und Sie sind eine ulkige Frau, ich meine das durchaus positiv.« Die beiden lächelten aneinander an. Dann sagte die alte Frau: »Gehen Sie jetzt!«

Das Schulzimmer wurde hell erleuchtet von zwei großen Fenstern. Bei ihrem Eintritt drehte der kleine Junge sich rasch um. Sie streckte ihm die Hand entgegen und sagte: »Guten Morgen, Andrew.«

»Hallo. Guten Morgen. Haben Sie gesehen, daß die Pferde rauskommen?« Er griff nach ihrer Hand und zog sie zu einem der Fenster. Dann zeigte er nach unten, und sie sah, daß ein Mann drei Pferde vom Hof führte.

»Ich habe ein Pony.«

»Tatsächlich? Das ist ja großartig. Reitest du gern?«

»Ja, wenn ich nicht herunterfalle.« Er grinste.

Sie legte Hut und Mantel ab und hängte beides in den Schrank, dann schaute sie sich in dem Zimmer um. Es war recht gemütlich eingerichtet. Da gab es einen Holztisch, auf dem Bücher und Tafeln, Stifte und Papier bereitlagen; eine Rechentafel stand daneben. An der entgegengesetzten Wand gab es einen weiteren Tisch, auf dem farbige Buchstaben aus Holz lagen. Es beeindruckte sie sehr, daß alles völlig neu und ungebraucht war. Am äußersten Ende befand sich ein kleiner Kamin mit einem eisernen Schutzgitter darum. Ein helles Feuer knisterte darin. Es kam ihr sehr ungewöhnlich vor, daß neben dem Kamin ein lederner Armsessel stand. Sollte sie das als Zeichen dafür nehmen, daß sie gelegentlich Zeit haben würde, sich hinzusetzen und auszuruhen?

Als sie vor dem Tisch mit den bunten Buchstaben stehenblieb, um sie sich genauer anzuschauen, ebenso wie die leeren Übungshefte und diejenigen mit Texten, die abgeschrieben werden sollten, sagte das Kind: »Papa hat sie gekauft, aber ich habe noch viel mehr, vor allem meine Malbücher.«

»Zeig sie mir.«

Er lief zu einem niedrigen Schrank hinüber, der einen Teil der Wand einnahm, öffnete eine der Türen und zog ein ganzes Sortiment von Büchern heraus, sogar welche aus Stoff waren dabei. Er verstreute sie ringsumher und schaute sie mit leuchtenden Augen an: »Ich male gern Bilder, Buchstaben lernen mag ich nicht, nur Bilder malen.«

Anna nahm eines der Malbücher hoch, schlug eine Seite auf und sah sich die hellen, bunten Farben an, mit denen er gemalt hatte. Sie warf ihm einen freundlichen Blick zu und sagte: »Ja, du malst wirklich sehr schön. Ich bin sicher, du wirst deine Buchstaben ebenso schön lernen. Und wir werden auch die Buchstaben malen und die Zahlen.«

»Ich kann bis zehn zählen.«

»Das ist aber gut. Komm her, laß mich hören.«

Als sie seine Hand nahm, zog er sie wieder ans Fenster und fragte: »Wirst du heute nachmittag mit mir spazierengehen?«

»Ja, mein Lieber, gern, wenn du möchtest.«

»O ja, das wäre schön.«

Sie hätte sich am liebsten hinabgebeugt und ihn in die Arme genommen. Als sie einander anschauten, wußte sie, daß sie dieses Kind liebgewinnen würde.

Betty Carter, das Hausmädchen im oberen Stockwerk, kam sie um zwanzig Minuten nach zehn abholen. Sie begrüßte sie nicht, sondern starrte sie nur stumm an.

Einige Minuten zuvor hatte die Kinderfrau sie in ihr Wohnzimmer gerufen und zu ihr gesagt: »Gleich ist es soweit. Ich sage am besten gar nichts. Es hätte keinen Zweck, nicht wahr, Ihnen zu raten, den Mund zu halten, egal, was man zu Ihnen sagt. Sie sind nun einmal so, wie Sie sind, und bei Ihrer Herkunft von vornherein im Nachteil. Sie sitzen zwischen zwei Stühlen. Da kann man nichts machen. Also gut, gehen Sie, fort mit Ihnen.«

Anna fühlte sich nicht im mindesten gekränkt durch die Worte der alten Frau. Sie spürte, daß die andere sie mochte und ihr auf eine Art Glück wünschen wollte.

Gleich darauf befand sie sich auf dem mittleren Treppenabsatz und trat durch die verbotene Tür in einen langen, breiten Flur mit vier tiefen Erkerfenstern. Er führte in die obere Halle. Eine Balustrade begrenzte die offene Galerie, von der eine breite Treppe in den unteren Stock führte.

Von der Galerie zweigten zwei Flure ab. Das Mädchen ging rasch einen Schritt vor ihr her in den auf der rechten Seite liegenden Korridor. Auf der einen Seite befanden sich eine Reihe von Türen, die andere Wand war von Bildern bedeckt. Sie bogen um eine Ecke in einen anderen Flur, der kürzer war. Am Ende lag eine Tür, zu der drei Stufen hinaufführten. Betty Carter klopfte zweimal an diese Tür.

Es dauerte lange, bis von innen jemand »Herein« rief. Daraufhin folgte Anna dem Mädchen in ein sehr geräumiges Zimmer, das völlig leer war mit Ausnahme eines langen Holztisches, auf dem viele Krüge herumstanden, die mit Malpinseln gefüllt waren, sowie eine Anzahl von Paletten und sehr viele Farbtuben. Auf der anderen Seite des Tisches erblickte sie etliche Leinwände, einige waren gegen die Wand gelehnt worden, andere lagen auf dem Boden. Vor einer Staffelei, die gegenüber von einem der großen Fenster stand, entdeckte sie die Dame, bei der sie sich vorstellen sollte.

Es war allerdings noch eine zweite Person im Raum. Anna erkannte ihn sofort wieder, es war der zweite Mann, der damals im Wagen gesessen hatte bei ihrer ersten Fahrt in die Akademie für junge Damen. Er stand etwas von der Staffelei entfernt und wandte sich im Gegensatz zu der Dame zu ihr um, um sie mit einem durchdringenden Blick zu mustern. Dann ging er schweigend an ihr und dem Hausmädchen vorbei und verließ den Raum. Betty Carter trat zu ihrer Herrin hin, die ihre Anwesenheit gar nicht zu bemerken schien. Sie knickste und sagte: »Ich hab' sie hergebracht, Ma'am.« Und die Dame erwiderte: »Es ist gut. Du kannst gehen.«

Als das Mädchen den Raum verlassen hatte, ging Anna langsam auf die Dame zu, blieb aber in angemessener Entfernung stehen und wartete. Sie beobachtete, wie die andere den Kopf zur Seite neigte, die Leinwand auf der Staffelei begutachtete, dann die Hand ausstreckte und ein wenig Farbe auftrug. Nach einer Weile erst drehte sie sich um, legte die Palette auf den Tisch und steckte den Pinsel in einen der Krüge, dann wischte sie ihre Hände an einem Tuch ab, das neben einer Schale mit Wasser lag, blickte Anna an und sagte: »Sie wissen, daß Sie zur Probe hier sind?«

Anna hatte nichts von einer Probezeit gewußt, antwortete aber leichthin: »Wenn Sie es sagen, Madam.«

»Ja, das sage ich.« Die Antwort kam knallhart, wie ein Schlag ins Gesicht. Mit vor Zorn hochrotem Kopf starrte die Frau Anna an. Und Anna erwiderte den Blick, bis die andere sich abwandte, ein wenig Farbe auf die Palette drückte, einen Pinsel in die Hand nahm und wieder zu ihrer Staffelei zurückkehrte. Wieder trug sie Farbe auf die Leinwand auf. Kein Laut war zu hören, und Anna war schon drauf und dran zu fragen, ob sie gehen dürfte, als die Dame plötzlich mit überraschend ruhiger Stimme sagte: »Wie lange kennen Sie meinen Mann schon?«

Die Frage verblüffte Anna. Sie hob den Kopf und fragte ein wenig verwirrt: »Was haben Sie gesagt, Madam?«

»Sie haben genau gehört, was ich gesagt hatte, Mädchen.« Die Frau hatte den Blick weiterhin auf die Staffelei gerichtet, aber ihre Stimme hatte sich wieder verändert. Sie klang jetzt tief, eine gewisse Drohung schien mitzuschwingen. Als Anna antwortete, änderte sich auch ihre eigene Stimme. Sie vergaß den Rat und die Ermahnung der Kinderfrau, als sie erklärte: »Ich verstehe Sie nicht, Madam. Ich kenne Mr. Brodrick erst seit wenigen Monaten. Zum erstenmal habe ich ihn und den Gentleman, der gerade das Zimmer verlassen hat, gesehen, als ich mich auf einer Fahrt mit Miß Netherton befand.«

»Du lügst, Mädchen.«

»Ich lüge nicht, Madam. Ich lüge nie. Ich habe gar keinen Grund zu lügen. Seitdem habe ich Ihren Mann zweimal gesehen, zum erstenmal, als ich meine Stellung in Fellburn verloren hatte. Ich hatte den Wagen für Fahrgäste verpaßt und mußte zu Fuß heimgehen, als Ihr Mann gerade zum Postamt unterwegs war. Er bot mir freundlicherweise an, mich einen Teil des Weges mitzunehmen. Zum zweitenmal bin ich ihm begegnet, als Mr. Timothy einen Anfall erlitten hatte. Wir nahmen ihn zu uns ins Haus, und Ihr Mann ist dann gekommen, um ihn abzuholen. Dann habe ich einen Brief von ihm bekommen, in dem er mich fragte, ob ich bereit wäre, diese Stellung hier anzunehmen, und . . .«

Die Dame wandte sich jetzt um, hob die Hand und rief: »Genug! Genug!« Dann stand sie einfach da und starrte ihr ins Gesicht. Anna spürte, daß sie errötete. Mit einer herrischen Handbewegung rief die andere dann: »Sie können gehen.«

Anna wandte sich nicht augenblicklich zum Gehen, sondern erwiderte noch einen Augenblick lang den Blick der Frau, und als sie sich schließlich abwandte, hörte sie wieder die Stimme der anderen. »Mädchen.« Sie blieb stehen, ohne sich umzudrehen. »Wenn du klug bist, vergißt du unser Gespräch. Und wenn du klug bist, hütest du deine Zunge und sprichst nur, wenn du gefragt wirst, und dann kurz. Ich hoffe, du hast mich verstanden?«

Anna wandte sich immer noch nicht um, sondern ging weiter auf die Tür zu.

Der Aufschrei der Dame hätte sie fast umgeworfen.

»Mädchen!«

Anna zwang sich, langsam eine Kehrtwendung zu machen. Sie wäre nicht weiter überrascht gewesen, wenn die Dame einen Anfall bekommen hätte – wie Mr. Timothy. Statt dessen rief sie ihr wütend zu: »Wag das nie wieder! Wag es nicht, mir den Rücken zuzukehren, wenn ich mit dir rede. Hast du gehört? Antworte mir!«

»Ja, Madam, ich habe es gehört.«

»Gut, und jetzt paß auf: Du bleibst dort stehen, bis ich dich verabschiede.«

Im nächsten Augenblick wäre sie fast zu Boden geworfen worden von der Tür, die plötzlich aufgerissen wurde, und dann sagte jemand: »Oh, das tut mir leid. Tut mir wirklich leid. Guten Morgen. Da sind Sie also.«

Als sie das freundliche Gesicht von Timothy Barrington erblickte, wäre sie fast in Tränen ausgebrochen. Diese herzliche Begrüßung nach der haßerfüllten Tirade der Frau, da war fast zuviel für sie.

Als er ihr die Tür aufhielt, wartete sie nicht länger auf den Befehl ihrer Herrin, sich zu entfernen, sondern ging schweigend an ihm vorbei. Sie stolperte über die Stufen und wäre um ein Haar gestürzt.

Ein paar Minuten später, als sie den oberen Treppenabsatz erreicht hatte und auf das Schulzimmer zuging, kam Peggy Maybright ihr entgegen. Sie hatte einen leeren Kohlenkasten in der Hand. »He!« rief sie. »Was ist denn mit Ihnen los? Sie sehen ja kreidebleich aus.«

Sie antwortete dem Mädchen nicht, sondern ging ins Schulzimmer und schloß die Tür hinter sich mit einem hörbaren Knall.

Das Kind saß am Tisch, drehte sich um und erklärte: »Mit Peggy kann ich nicht zählen, Miß. Sie ist blöde.«

Sie hätte daraufhin sagen müssen: ›Du darfst niemanden blöd nennen.‹ Aber statt dessen nahm sie ihm gegenüber Platz und stützte den Kopf auf ihre Hände.

»Haben Sie Kopfschmerzen?« fragte der Kleine.

Als sie gerade antworten wollte: ›Ja, Kind, ich habe Kopfschmerzen‹, öffnete die alte Kinderfrau die Tür und rief ihr zu: »Ich hätte gern ein Wort mit Ihnen gewechselt, wenn Sie eine Minute Zeit haben. Und du, Master Andrew, sei ein guter Junge und beschäftige dich einen Augenblick allein.«

Zögernd erhob Anna sich und ging langsam zu der Kinderfrau hinüber, die ihr die Tür zu ihrem Zimmer aufhielt. Sie schloß sie sorgfältig hinter sich, bevor sie sich an Anna wandte und fragte: »Sie ist auf Sie losgegangen, nicht wahr?«

Anna schluckte, dann erwiderte sie: »Ja. Ja, so könnte man sagen.«

»Weswegen?«

»Darauf kann ich Ihnen leider auch keine vernünftige Antwort geben. Sie . . . nun, sie ist einfach auf mich losgegangen. Was ich auch sagte . . .«

»Sie sind doch nicht frech geworden?«

»Nein, natürlich nicht. Ich habe nur ihre Fragen beantwortet.«

»Setzen Sie sich. Sie sehen ja ganz mitgenommen aus.«

»Nein. Und ich muß Ihnen sagen, daß ich nicht die Absicht habe hierzubleiben.«

»Ach, kommen Sie, kommen Sie. Und wenn es Sie vielleicht trösten kann, sie hat uns alle schon durch die Mühle gedreht, einige ohne den geringsten Anlaß. Sie ist launisch und jähzornig wie der Teufel. Seit sie ins Haus gekommen ist, hat sich hier vieles verändert. Manchmal habe ich schon gedacht, daß sie nicht ganz richtig im Kopf ist, aber in einer Beziehung ist sie es schon, wenn es nämlich um Männer geht.« Sie nickte Anna wissend zu. »Auf jeden Fall, Mr. Simon hat sie hergebracht und sich auf seine Weise irgendwie mit ihr arrangiert. Das hat Jahre gedauert, kann ich Ihnen sagen. Wenn seine Mutter nicht gewesen wäre, die ältere Mrs. Brodrick, wäre er schon längst über alle Berge. Aber jetzt ist bald die Zeit für ihre Reise nach London gekommen. Sie fährt jedes Jahr um diese Zeit dorthin und bleibt manchmal einige Monate, um Ausstellungen zu besuchen und ähnliche Dinge. Ich glaube allerdings, daß es ihr um mehr geht als nur um Ausstellungen. O ja, ich weiß, was ich weiß. Seien Sie also ein gutes Mädchen. Wenn Mr. Simon von dieser Sache erfährt, wird sie Sie in Ruhe lassen, darauf möchte ich einen Shilling verwetten. Und ihm liegt sehr daran, daß der Junge diese Buchstaben lernt und all das. Ich bin froh darüber, daß er sich für das Kind interessiert. Früher hat er sich nicht viel um den Jungen gekümmert. Er hat allerdings mal angeordnet, daß ich ihm keine Röcke mehr anziehen darf, sondern nur noch Hosen. Ich habe ihm erklärt, daß man die Kinder gewöhnlich erst mit fünf Jahren in Hosen steckt. Und wissen Sie, was er mir geantwortet hat? Dann wird er mit fünf Jahren mit Puppen spielen. Deshalb mußte der arme Junge schon so früh Hosen tragen. Es macht ihn älter, als er ist, finde ich. Aber jetzt sind Sie da. Kommen Sie, setzen Sie sich einen Augenblick hier in diesen Sessel.«

Sie drückte Anna energisch in den Ledersessel, bevor sie in

eine Kammer am anderen Ende des Zimmers ging, aus der sie eine Flasche und ein Weinglas holte. Sie füllte das Glas, gab es Anna in die Hand und sagte: »Trinken Sie das.«

»Was ist es?«

»Etwas, was Ihnen bestimmt guttun wird. Kein Alkohol, ein Kräutertrank. Ich habe das Rezept noch von meiner Mutter. Es hilft bei fast allen Beschwerden, ausgenommen . . .« Sie lachte. »Ausgenommen schmerzende Beine, Rheuma und Herzbeschwerden. Aber sonst wirkt es immer, das hab' ich ausprobiert. Auf jeden Fall wird es Ihnen neue Kraft geben.«

Das Getränk schmeckte sehr gut, nach Honig, aber würziger. Als Anna das Glas geleert hatte, erklärte sie: »Es hat einen sehr angenehmen Geschmack.«

»Ja, das finde ich auch. Und Sie werden feststellen, daß es auch wirkt, nach kurzer Zeit schon.«

Anna sprang auf, schaute die alte Kinderfrau an und sagte: »Sie sind sehr freundlich zu mir – und Ihre Freundlichkeit steht ganz im Gegensatz zu der allgemeinen Abneigung gegen mich, die ich vom ersten Augenblick an in diesem Hause gespürt habe.«

»Oh, achten Sie gar nicht darauf. Wir sind nicht alle gleich. Einige können nichts dafür, daß sie unwissend sind. Wissen Sie, in jedem größeren Haushalt finden Sie ganz verschiedene Leute vor. Gehen Sie jetzt zu dem Jungen, und machen Sie Ihre Sache, so gut Sie nur können.«

Anna schaute die alte Frau an. Noch mehr freundlichen Zuspruch konnte sie jetzt nicht ertragen. Deshalb drehte sie sich rasch um, ging in das Schulzimmer und fing mit dem Unterricht an.

Etwa eine Stunde später klopfte jemand leise an die Tür, die direkt zum Flur führte. Anna rief »Herein« und stand auf, als sie Mr. Timothy Barrington erblickte.

»Störe ich?« fragte er.

»Überhaupt nicht«, erwiderte sie. Und der kleine Junge sprang von seinem Stuhl und sagte: »Oh, Onkel Tim, willst du auch Unterricht nehmen?«

»Nun, den könnte ich gebrauchen, Andrew. Aber ich glaube nicht, daß Miß Dagshaw Zeit hat, sich auch noch mit mir herumzuärgern, weil du doch so vieles lernen mußt. Was machst du gerade?« Er schaute auf den Tisch und erklärte: »Aha, du hast einen Hund gezeichnet.«

»Nein, nein!« rief der Junge lachend. »Unsinn, es ist doch eine Katze.«

»Aber wo ist der Schnurrbart?«

»Den hab' ich noch nicht gemalt, Onkel.«

»Ah ja, ich verstehe. Nun, das solltest du schleunigst nachholen, denke ich, und gib ihr auch Beine, hörst du? Wenn du damit fertig bist, zeig mir dein Bild, ja? Fang gleich an. Und mach es schön ordentlich.«

Als das Kind wieder auf seinen Stuhl kletterte, ging Timothy ans Fenster und sagte: »Sie haben einen schönen Ausblick hier, Miß Dagshaw. Ein sehr schönes Schulzimmer ist das. Ich erinnere mich noch an das bei uns zu Hause. Es war so unfreundlich, mit ganz hoch gelegenen Fenstern. Ich wußte natürlich, daß das Absicht war, damit die Schüler nicht abgelenkt wurden. Gewissermaßen verständlich, denn wir waren ja zu acht, fünf Jungen und drei Mädchen, alle aus der zweiten Ehe meines Vaters. Seine erste Frau hatte nur meine Halbschwester zur Welt gebracht, die schon über fünfzehn war, als ich geboren wurde.«

Er lachte und sagte dann: »Schauen Sie mich nicht so erstaunt an. Ist es wirklich so verwunderlich, daß ich Ihnen das erzähle? Madam . . .« Er zeigte auf die Flurtür. »Mrs. Brodrick senior ist meine Halbschwester.«

Anna nickte: »Ja. Ja, ich verstehe.«

Er lehnte sich an das Fenster und fuhr mit gedämpfter Stimme fort: »Sie haben einen Vorgeschmack von dem Temperament der Mrs. Brodrick junior bekommen. Die eine Wand meines Wohnzimmers grenzt direkt an ihr Studio. Wenn sie die Stimme erhebt, dringt der Klang manchmal zu mir herüber, besonders die hohen Töne. Ich wußte, daß Sie in den Thronsaal gerufen worden sind, und ich habe Sie vom Flur aus gesehen, als Sie kamen. Ich . . . ich möchte Sie nur bitten, sich von ihr nicht beunruhigen zu lassen. Simon, mein Neffe, wird seiner Frau schon klarmachen, daß er es war, der Sie eingestellt hat, da bin ich ganz sicher, und deshalb werden Sie in Zukunft mehr Ruhe haben. Ich . . . es tut mir so leid, daß Sie an Ihrem ersten Tag hier bei uns so angegriffen worden sind. Meine Schwester würde so etwas nie erlaubt haben.« Er warf ihr einen Blick zu. »Vielleicht wissen Sie bereits, daß sie behindert ist. Aber sobald sie sich dazu in der Lage fühlt, würde sie gern ein Wort mit Ihnen reden.«

»Ich danke Ihnen für Ihre Besorgnis, aber ich glaube nicht, daß es mir möglich ist, hierzubleiben.«

Er wandte sich rasch zu ihr um und erklärte: »Oh, sagen Sie das nicht, bitte. Ich meine, lassen Sie diese Sache nicht . . .« Mit einer Kopfbewegung zeigte er auf den Jungen, der eifrig kritzelte. »Es würde seinen Vater sehr mitnehmen, wenn seine Frau der Grund dafür wäre, daß sein Sohn seine Lehrerin verliert. Bitte, überlegen Sie es sich noch einmal. Übrigens reist sie bald nach London. Sie verbringt dort einen großen Teil ihrer Zeit und . . .« Jetzt lächelte er. »Immer, wenn das der Fall ist, geht es hier im Haus wieder normal zu.« Er beugte sich zu ihr hinunter und erklärte in verschwörerischem Flüsterton: »Wir alle, ohne Ausnahme, atmen auf während dieser Ruhepause und sammeln neue Kraft für die nächste Attacke.«

Es blieb ihr nichts anderes übrig, als sein Lächeln zu erwidern. Dann wechselte er rasch das Thema und fragte heiter: »Wie geht es Ihrer Familie? Und Ihrer Schwester Cherry? Ich hatte immer die Absicht, mal zu Ihnen zu kommen und Ihnen einen Besuch abzustatten, aber . . . nun, ich war halt sehr beschäftigt mit meinen eigenen Angelegenheiten. Sehen Sie, ich nun, ich schreibe ein wenig. Ich interessiere mich für Geschichte, aber hier und da schreibe ich auch einfach törichtes Zeug wie z. B. Gedichte.« Das letzte Wort hatte er geflüstert. Sie mußte lachen und erwiderte lebhaft: »Tatsächlich? Wie interessant! Ich versuche auch, so törichtes Zeug zu schreiben.«

»Das ist ja wunderbar! Wunderbar! Ich muß unbedingt etwas von Ihnen lesen.«

»O nein. Auf keinen Fall. Es sind keine richtigen Gedichte, nur einfache Reime.«

»Onkel, schau! Hier . . .«

Sie wendeten sich dem Tisch zu und sahen, daß der Junge ein Blatt Papier hochhielt. Timothy nahm es in die Hand, schaute sich die Zeichnung an und erklärte voller Bewunderung: »Ja, jetzt ist es eine Katze.«

»Nein, Onkel. Ich habe sie in einen Hund verwandelt. Kennst du denn den Unterschied nicht?«

Timothy blickte Anna an. »Ich bin dumm«, sagte er. »Ich bin der dümmste Bursche auf Erden. Ich muß jetzt schnell gehen und mir Bücher anschauen, um den Unterschied zwischen einem Hund und einer Katze kennenzulernen.« Dann wande er sich an den Jungen und erklärte: »Du hast gut lachen. Du kannst von Herzen lachen, aber nicht jeder kann so zeichnen wie du. Ich muß jetzt gehen, wirklich. Sei ein guter Junge. Auf Wiedersehen. Ich schaue morgen mal kurz wieder rein, wenn ich darf.« Er schaute Anna an und sagte: »Auf Wiedersehen, Miß Dagshaw.«

»Auf Wiedersehen, Mr. Barrington.«

Sie setzte sich wieder an den Tisch und führte dem Jungen die Hand, während er versuchte, ein großes D zu malen. Was für ein netter Mann, sagte sie zu sich. Es ist nicht fair, daß ausgerechnet er mit einer solchen Krankheit geschlagen ist. Ja, es stimmte, was die Kinderfrau gesagt hatte, es gab auch nette Leute in diesem Haus.

Die gleichen Worte benutzte sie später, als sie am Abend mit der Familie rund ums Feuer saß und ihnen von den Erfahrungen erzählte, die dieser Tag ihr gebracht hatte. Allerdings ließ sie den Teil des Gespräches mit ihrer Herrin aus, in dem diese sie gefragt hatte, wie lange sie ihren Mann schon kannte. Dieser Frage hatte eine versteckte Bedeutung zugrunde gelegen, die ihre Eltern beunruhigt hätte, wie sie wußte.

Oswald gab seiner Meinung unverblümt Ausdruck: »Sie ist eine Hexe.« Und Jimmy bestätigte das: »Alle nennen sie so«, sagte er. »Sie kümmert sich nicht darum, über welchen Boden sie reitet. Einmal ist sie geradewegs über ein Rübenfeld geritten. Sie meinte, sie dürfte das, weil der Bauer das Feld von ihnen gepachtet hatte. Aber Mr. Billings ist nach Manor House gefahren und hat dafür gesorgt, daß das aufhört. Einige meinen, daß sie trinkt, aber das glaube ich nicht, weil sie schon am frühen Morgen so ist. Ich habe gesehen, wie sie zum Hochmoor geritten ist. Sie hat das Pferd ununterbrochen mit der Peitsche geschlagen, obwohl es wirklich sein Bestes getan hat.«

Als sie schon im Bett lagen, sagte Anna zu ihrer Schwester: »Mr. Timothy hat sich nach dir erkundigt.«

»Tatsächlich? Das hat er getan? Ist das nicht nett von ihm?« Dann fügte sie hinzu: »Warum hast du das nicht schon früher gesagt?«

»Nun, es hätte vielleicht so geklungen, als wenn er dich in irgendeiner Weise bevorzugte«, erwiderte Anna. »Nach den Jungen oder Ma und Pa hat er sich nicht ausdrücklich erkundigt. Ich habe auch nicht genau verstehen können, ob er Cherry sagte oder cherry.«*

»Ooh!«

»Komm jetzt bloß nicht auf dumme Gednaken!«

»Auf dumme Gedanken? Sei doch nicht albern. Er ist ein älterer Mann, und der arme Teufel ist ... Nun, du weißt schon. Aber es ist nett von ihm, daß er nach mir gefragt hat.«

Einen Augenblick lang lagen sie schweigend da, dann fragte Cherry: »Glaubst du, daß du dich jemals verlieben wirst, so wie Dada und Ma?«

Nach einer kleinen Pause meinte Anna: »Es gibt hier wenige Männer, die so wie Dada sind, deswegen bezweifle ich es. Und wie steht's mit dir?«

»Mir geht es genauso. Aber manchmal wünsche ich mir, es gäbe hier solche Männer.«

Anna ging nicht näher darauf ein. »Ja, das tue ich auch«, sagte sie nur. »Komm, dreh dich um und schlaf jetzt. Es ist schon spät.«

2

Anna hatte am nächsten Morgen kaum mit dem Unterricht angefangen, als sich plötzlich die Tür öffnete und Simon eintrat. Das Kind lief auf ihn zu und rief: »Papa! Papa! Willst du mich zum Reiten abholen?« Er strich dem Jungen über das Haar und sagte: »Nein, heute morgen nicht. Komm.« Er nahm den Klei-

---

* ›Cherry‹ bedeutet im Englischen: fröhlich. *Anm. d. Übers.*

nen an der Hand und führte ihn zur Tür des Wohnzimmers der alten Kinderfrau. Er öffnete sie und rief: »Sind Sie da, Nanny?« Die alte Frau stand sofort auf und antwortete: »Ja, ich bin hier, Master Simon. Sie sind heute ja sehr früh aufgestanden. Was gibt es?«

»Behalten Sie den Jungen ein bißchen bei sich, ja?«

»Ja, ja. Komm her, mein Lieber, komm!«

Simon schob den Jungen zu ihr hin, dann schloß er die Tür und wandte sich Anna zu. »Guten Morgen.«

Sie stand neben dem Tisch. Es dauerte einen Augenblick, bevor sie erwiderte: »Guten Morgen.« Ihre Stimme klang nicht weniger nachdrücklich als seine.

Er ging auf sie zu, blieb auf der anderen Seite des Tisches stehen und fing an, ihr zu erklären, weshalb er den Unterricht unterbrochen hatte. »Ich bin gestern abend erst um acht Uhr heimgekommen. Da hat man mir berichtet, daß Sie gestern hier Ärger gehabt haben.«

»Oh, *bitte, bitte*. Das ist vorbei. Vielleicht war es teilweise meine eigene Schuld. Sehen Sie, ich . . . ich habe noch nie zuvor eine solche Stellung gehabt, deshalb bin ich mit der üblichen Verfahrensweise nicht vertraut.«

»Oh.« Es klang fast wie ein Aufstöhnen. Er ließ sich auf den Stuhl seines Sohnes fallen und zeigte gleichzeitig auf ihren Stuhl. »Setzen Sie sich, setzen Sie sich«, sagte er. Nach einem Blick auf die Holzbuchstaben, nach denen sein Sohne das Alphabet lernen sollte, sagte er: »Wenn Sie hierbleiben, oder, wie ich besser sagen sollte, wenn Sie täglich herkommen, um den Jungen zu unterrichten, dann fürchte ich, daß Sie früher oder später wieder zur Zielscheibe der Temperamentsausbrüche meiner Frau werden. Es tut mir leid, das sagen zu müssen. Ich rede mit Ihnen, wie ich mit keinem anderen Mitglied des Personals im Hause sprechen würde. Sie sind natürlich schon an ihre Art gewöhnt, man muß sie ihnen nicht erst erklären. Das erspart mir die Verlegenheit . . .«

»Bitte, bitte, sagen Sie nichts weiter. Ich will Sie auf gar keinen Fall in Verlegenheit bringen. Wenn Ihre Frau mich wieder zu sehen wünscht, werde ich mich bemühen, auf keinen Fall ihren Zorn heraufzubeschwören. Ich . . . ich habe auch meine Fehler.

Ich habe das unglückselige Talent, einfach das zu sagen, was mir durch den Kopf geht, und ich habe es bis heute nicht gelernt, unterwürfig zu sein.«

Sie beoachtete, wie sich auf seinem Gesicht ein Lächeln ausbreitete. Er schüttelte leicht den Kopf und sagte dann: »Oh, Miß Dagshaw, ich glaube, Sie werden in Ihrem Leben noch viele Dinge lernen, aber niemals Unterwürfigkeit. Sie sind die echte Tochter Ihres Vaters, wenn nicht ihrer Mutter, und die beiden haben sich in ihrem ganzen Leben niemals anderen unterworfen, weder deren Meinungen noch dem allgemeinen Klatsch. Soweit mir bekannt ist, steht ein neuer Streik bevor, und Ihr Vater wird wahrscheinlich den Zorn der Grubenbesitzer auf sich laden, weil er einige der obdachlosen Bergwerkarbeiter schützt.«

Sie starrte ihn fassungslos an. Auch diese Familie besaß Anteile an der Beulah-Grube, und sein Bruder kümmerte sich darum, daß dort alles seinen Gang ging, soviel sie wußte, und trotzdem saß er hier vor ihr und redete so geringschätzig davon. Dies war ein seltsames Haus und eine seltsame Familie, alle vertraten unterschiedliche Meinungen. Sie konnte das nur schwer verstehen, denn sie war mit Menschen zusammen aufgewachsen, die in den meisten Fällen gleicher Meinung waren.

Er fragte: »Wie kommen Sie voran mit dem Jungen?«

»Nun, es ist wohl noch zu früh, da ein Urteil abzugeben. Ich kenne ihn eigentlich erst ein paar Stunden. Aber ich habe den Eindruck, daß er sehr aufgeschlossen und intelligent ist. Und . . .« Sie legte eine kleine Pause ein. »Und er hat einen guten Charakter, warmherzig und liebevoll.«

Wieder schüttelte er den Kopf, aber diesmal langsamer. Dann wiederholte er: »Warmherzig und liebevoll. Das ist merkwürdig.«

Es sah so aus, als ob er im nächsten Augenblick ganz von selbst auf den Füßen stünde, so rasch hatte er sich erhoben. »Meine Mutter möchte Sie heute zu einem späteren Zeitpunkt begrüßen«, erklärte er. »Sie ist behindert, wie Sie wissen, aber ich kann Ihnen versichern, daß dieses Gespräch ganz anders verlaufen wird als das gestrige.«

Sie antwortete nicht darauf, und er blieb noch einen Augenblick lang stehen, um sie anzuschauen. Dann sagte er mit sanfter Stimme: »Ich bin . . . ich bin froh, daß Sie hier sind . . . ich meine, um sich um meinen Sohn zu kümmern. Und auch, weil Sie meinen, daß er warmherzig und liebevoll sei.«

Irgend etwas an seinen letzten Worten verwirrte sie. Er ging rasch auf die Tür zum Zimmer der Kinderfrau zu und rief mit lauter Stimme: »Also, zurück an die Arbeit, junger Mann. Zurück in die Tretmühle.«

»Papa, hat die Lehrerin dir meine Zeichnung gezeigt?«

»Nein. Nein, das hat sie nicht getan. Weißt du, Andrew«, er beugte sich hinunter zu ihm, »du mußt deine Lehrerin ›Miß‹ nennen, nicht einfach ›Lehrerin‹, Miß Dagshaw.«

»Miß Dog . . . shaw?«

»Nein, Dagshaw.«

Anna trat zu ihnen, sah das Kind an und sagte: »Ich glaube, das ist zu schwierig. ›Miß‹ reicht auch.«

»Wie lautet Ihr Vorname?«

Sie zögerte einen Augenblick, bevor sie sagte: »Anna, Annabel, um genau zu sein. Aber im allgemeinen werde ich Anna genannt.«

»Gut.« Er wandte sich wieder an seinen kleinen Sohn. »Dann sagst du Miß Anna zu ihr.«

»Miß . . . sanna?«

»Nein. Du mußt den Namen richtig aussprechen. Nicht Miß . . . sanna, sondern Miß Anna.«

Das Kind lachte jetzt und sagte: »Missanna.«

»Ach, du meine Güte!« Er schaute Anna an und meinte: »Sie werden noch viel Arbeit mit ihm haben, Missanna.«

Sie lächelte ihm zu und streckte dem Kleinen ihre Hand hin. Als sie mit ihm durch das Schulzimmer ging, hörte sie, wie die Tür geschlossen wurde, und dann erklang seine Stimme, als er in gedämpftem Ton mit der alten Kinderfrau redete.

Es war zwei Uhr, als Betty Carter ohne anzuklopfen ins Schulzimmer kam. Sie blieb auf der Schwelle stehen und schaute Anna an, die am Tisch saß und gerade einige Bücher durchsah, und sagte: »Madam will Sie sehen.«

Anna klappte zwei Bücher zu und legte sie oben auf einen

kleinen Stapel, bevor sie aufstand und auf das Mädchen zuging. »Danke«, sagte sie. »Würden Sie mir den Weg zeigen?«

Auf dem Treppenabsatz öffnete sie leise eine Tür und warf einen Blick auf ihren Schützling, der seinen Mittagsschlaf machte, bevor sie Betty Carter folgte. Sie schloß die Tür leise wieder und stieg die Treppe hinauf, wo das Mädchen ungeduldig auf sie wartete. Sie zeigte ihre Ungeduld noch deutlicher, als sie abwärts beinahe in Trab verfiel. Als Anna ihrem Beispiel nicht folgte, blieb sie auf der Galerie plötzlich stehen und fragte giftig: »Haben Sie was mit den Füßen?«

Anna antwortete nicht darauf, sondern schaute dem Mädchen nur offen ins Gesicht und forderte sie mit einer Handbewegung auf weiterzugehen. Das beschwichtigte die andere allerdings ganz und gar nicht, im Gegenteil, sie starrte sie wütend an, öffnete den Mund, als wollte sie ihr gründlich die Meinung sagen, überlegte es sich dann aber doch anders und rannte die Haupttreppe hinunter in eine große Halle, die dunkel wirkte, obwohl von zwei hohen Fenstern Licht hineinfiel.

Beide Fenster begrenzten eine verglaste Trennwand, die wahrscheinlich zum Vestibül und der Haustür führte.

Das Mädchen nickte zwei Dienern zu, die gerade die Fenster abmaßen, und lief weiter, durch ein Labyrinth von Korridoren, wie es Anna vorkam, bis sie endlich vor einer grau angestrichenen, geschnitzten Holztür haltmachte. Sie läutete und blieb, das Gesicht zur Tür gewandt, stehen, bis sie von einer Frau geöffnet wurde. Ein wenig keuchend erklärte Betty Carter ihr: »Madam will sie sehen.«

Das schon ältere Hausmädchen schaute über ihre Schulter hinweg auf die schlanke, junge Frau, die hochaufgerichtet hinter ihr stand. Dann wandte sie ihre Aufmerksamkeit wieder Betty Carter zu und sagte: »Gut. Wir lassen Sie rufen, wenn Sie wieder gebraucht werden.«

Das Mädchen warf Anna noch von der Seite einen Blick zu, dann ging sie schnell davon, und die ältere Frau sagte: »Würden Sie bitte hereinkommen?«

Ihr Ton war freundlich, ihr Lächeln war freundlich, und Anna hatte das Gefühl, in ein anderes Haus gekommen zu sein. Dieser Eindruck verstärkte sich noch, als die Frau sie durch eine Halle führte, die ebenfalls ausgemalt war, in verschiedenen hübschen Grautönen, und dann in einen kleinen Raum, in den eine Frau, die Schwesterntracht trug, gerade von der anderen Seite eintrat. Sie blieb stehen, schaute Anna einen Augenblick lang an und sagte dann lächelnd: »Kommen Sie bitte mit mir? Madam möchte Sie gleich sehen.«

Als sie den großen Raum betrat, fiel Anna als erstes die Ausstattung auf. Zunächst einmal gab es dort eine ganze Menge verschiedener Möbelstücke. Das Bett stand neben einem hohen Fenster an der der Tür gegenüberliegenden Wand. Aber vor allem fesselte die Couch, die mitten im Zimmer stand, mit dem Blick auf ein weiteres Fenster, ihre Aufmerksamkeit. Vielleicht handelte es sich sogar mehr um ein Bett als um eine Couch, denn es lag eine Gestalt darauf, der Kopf ruhte auf einem Kissen.

Die Schwester führte sie zum Fußende dieses Bettes. Von hier aus blickte sie in ein blasses Gesicht, das von dichtem weißem Haar gekrönt wurde. Am stärksten aber beeindruckten sie die leuchtenden Augen in diesem Gesicht. Es waren große Augen, intelligente Augen, würde sie sagen, in ihnen spiegelte sich all das Leben, das dem Körper fehlte. Der Blick dieser Augen glitt nicht über sie hinweg, sondern konzentrierte sich auf ihr Gesicht. Dann richtete die Frau auf der Couch die ersten Worte an sie, und zu Annas Überraschung klang die Stimme so lebhaft, wie der Blick der Augen wirkte. »Bitte, Schwester, bringen Sie Miß Dagshaw einen Stuhl«, sagte sie.

Anna bekam einen Stuhl, setzte sich hin und bedankte sich bei der Schwester. Dann fiel ihr Blick wieder auf den unbeweglichen Körper auf der Couch. Die alte Mrs. Brodrick bewegte jetzt ganz leicht den Kopf. Sofort trat die Schwester zu ihr und fragte leise: »Möchten Sie, daß wir Sie etwas aufrichten?«

»Ja. Ja, ein wenig nur.«

Die Schwester ging quer durchs Zimmer auf eine Tür zu, öffnete sie und sprach mit jemandem in dem dahinterliegenden Raum. Dann kam ein Mann in einem weißen Overall herein und ging direkt auf das Kopfende der Couch zu. Er nahm einen Griff, der dort angebracht war, in die Hand und fing an zu drehen.

Als die alte Dame sagte: »Dreimal, Mason«, glitt das Bett in eine leichte Schräglage. Gleich darauf schien es Anna, als ob die Augen der Kranken sich jetzt auf einer Höhe mit ihren befänden.

»Das reicht. Danke. Und, Schwester, würden Sie Miß Rivers bitte sagen, daß ich sie in ungefähr fünf Minuten brauche?«

»Ja, Madam.«

Anna merkte, daß sie jetzt allein waren.

»Wie finden Sie meinen Enkel?«

»Ich denke, daß er ein begabter Schüler ist, Madam, und daß er gute Anlagen hat.«

»Gute Anlagen?«

»O ja, Madam, sehr erfreuliche Anlagen.«

»Wie wollen Sie vorgehen bei dem Unterricht?«

Anna überlegte einen Augenblick, bevor sie antwortete. »Nun, Madam«, sagte sie. »Ich denke, daß er das ganze Alphabet und allmählich bis hundert zählen lernen sollte. Dazwischen sollte er anfangen, kleine Summen zu addieren und mit den Buchstaben, die er jeweils schon kennt, einsilbige Wörter bilden.«

»Das kommt mir sehr vernünftig vor und wird ihm von Nutzen sein, wenn es soweit ist, daß er mit dem eigentlichen Unterricht anfangen muß. Wenn ich es richtig verstanden habe, wurden Sie von Ihrem Vater unterrichtet?«

»Ja, Madam.«

»Auf welche Weise hat er Sie unterrichtet?«

Wieder machte Anna eine kleine Pause, bevor sie erklärte: »In der Hauptsache durch Lesen, einfach durch Lesen.«

»Einfach durch Lesen?«

»Ja, Madam. Er liest selber sehr viel.«

»Was hat er Ihnen zu lesen empfohlen?«

»Geschichtliche Bücher, geographische und literarische.«

»Literarische? Welche Bücher haben Sie gelesen auf diesem Gebiet?«

»Nun, Madam, diejenigen, an die ich mich am besten erinnere, waren von Daniel Defoe und von Dean Swift. Er hat uns die Geschichten zuerst erzählt, dann mußten die älteren Kinder Teile daraus laut vorlesen.« Sie lächelte leicht, als sie hinzufügte: »Er tat dann immer so, als hätte er Einzelheiten daraus vergessen.«

»Besitzen Sie viele Bücher?«

»Nicht so viele, wie wir gern hätten, Madam.«

»Wir haben hier eine gute Bibliothek. Ich gebe Ihnen die Erlaubnis, sich daraus zu entleihen, was Sie möchten.«

»Vielen Dank, Madam.«

»Wie viele Geschwister haben Sie?«

»Ich habe zwei ältere Brüder, Madam, eine Schwester, die ein Jahr jünger ist als ich, und zwei Brüder, die jünger sind als sie.«

»Sie sind auch eine Freundin von Miß Netherton, habe ich gehört.«

»Ja, Madam, das ist eine große Ehre für mich.«

In der nun folgenden, sich ziemlich lang hinziehenden Pause mußte Anna dem prüfenden Blick dieser hellen Augen standhalten, dann sagte die Lady schließlich: »Ich bin überzeugt davon, daß Sie meinen Enkel gut unterrichten werden. Noch etwas zum Schluß: Wenn Sie irgendwann den Wunsch haben sollten, über irgend etwas mit mir zu reden, was Ihnen in diesem Haus Schwierigkeiten macht, dann sagen Sie es bitte dem Vater des Kindes oder Mr. Barrington, sie werden mich dann benachrichtigen. Ich danke Ihnen, Miß Dagshaw.«

Als hätte bei den letzten Worten der Dame eine Glocke geläutet, öffnete sich die Tür, und eine junge, einfach gekleidete Frau trat ein. Mit einem letzten Blick auf die wie leblos auf dem Bett liegende Frau stand Anna auf und sagte: »Vielen Dank, Madam.« Sie wagte sogar, noch hinzuzufügen: »Für Ihre Freundlichkeit.« Sie machte keinen Knicks, neigte aber tief den Kopf. Dann trat sie zwei Schritte zurück, bevor sie sich umdrehte und zur offenen Tür ging, wo die Schwester sie bereits erwartete.

Sie lächelte ihr zu, und Anna erwiderte das Lächeln, dann übernahm das ältere Hausmädchen, das sie eingelassen hatte, sie wieder. Ihr Name lautete offenbar Wilson.

Auch sie lächelte Anna an, und wieder dankte Anna ihr gleichfalls mit einem Lächeln. Als sie ihr die Tür geöffnet hatte, wandte Anna sich zu der Frau um und sagte: »Vielen Dank.« Und Wilson erwiderte: »Es war mir eine Freude.« Als Betty Carter, die schon vor der Tür auf Anna wartete, das hörte, riß sie erstaunt den Mund auf.

Anna folgte dem Mädchen in den anderen Flügel und bemerkte, daß Betty nicht mehr im Laufschritt voraneilte. Sie merkte aber auch, daß sie, als sie Madams Räume verlassen hatte, wieder in eine andere Welt gekommen war, die ihr überwiegend feindlich gesinnt war.

Als sie am Abend wieder daheim mit den anderen am Feuer saß, beschrieb sie die Ereignisse des Tages und schmückte den Besuch bei der älteren Mrs. Brodrick besonders aus. Als sie fertig war, sagte sie: »So, das war's. Und wie ist es euch ergangen?«

»Nun«, meinte Maria, »es ist allerhand passiert. An erster Stelle möchte ich aber erwähnen, daß ich gehört habe, Miß Netherton läge krank im Bett. Deshalb denke ich, daß du morgen früh, bevor du nach Manor House fährst, zu ihr gehen solltest, um dich an Ort und Stelle zu erkundigen, wie es ihr geht.«

»O ja, das will ich gern tun. Nummer zwei kann bei ihr vorbeifahren, denke ich.«

Nathaniel schaute Anna an und sagte. »Ja, warum eigentlich nicht?« Sie erwiderte sein Lächeln und erklärte: »Wirklich, warum eigentlich nicht? Ich muß meinem Kutscher nur sagen, daß er einen anderen Weg einschlagen soll, das ist alles.«

Oswald versetzte seiner Schwester einen freundschaftlichen Stoß, der aber immerhin so heftig war, daß sie fast vornüber gefallen wäre. Alle fingen an zu lachen, auch Nathaniel stimmte ein. »Er ist ihr Privatkutscher«, rief er. »Und außerdem ist er ein richtiger Clown. Aber Oswald, erzähl Anna doch, was du heute erlebt hast.«

Oswald steckte die Daumen unter seine Hosenträger, spielte mit den Fingern und legte den Kopf auf eine Seite. Dann erklärte er: »Man hat mir eine Stellung angeboten.«

»Ich dachte, das wüßte ich schon. Du hast uns ja schon erzählt von Mr. Green.«

»Oh, das ist überholt. Geschäftsführer kann ich jetzt werden, mit Olan als Angestelltem.«

»Bei Mr. Green?«

»Nein, bei Mrs. Simpson.«

Jimmy beugte sich vor. Er lachte lautlos und gab Olan einen Klaps auf Knie. »Pasteten und Erbsen«, sagte er. »Mit und ohne Essig.«

Sie balgten sich auf der Matte, bis Nathaniel rief: »Gebt Ruhe, ihr beiden. Benehmt euch. Und hört zu. Fahr fort, Oswald.«

»Schau, Anna, es ist so«, sagte Oswald. »Wir gehen manchmal in diesen Laden, um Pasteten mit Erbsen zu essen. Sie sind immer gut gebacken, und es ist sehr sauber dort. Früher hat dort immer ein älterer Mann bedient. Das Geschäft hat ihm gehört, aber jetzt ist er gestorben. Die Frau und ihre Tochter haben die Pasteten gebacken und die andere Küchenarbeit gemacht. Jetzt mußten sie einen Burschen für den Laden einstellen. Aber der hat sie geprellt. Deshalb ist dann die Tochter in den Laden gegangen, und sie haben ein Mädchen eingestellt, das ihr helfen soll. Aber es gibt da ein paar Schlägertypen in der Gegend, weißt du, die meisten kommen von den Schiffen. Nun, am letzten Mittwoch hat Olan versucht, in dieser Gegend Kunden zu werben. Da hab' ich zu ihm gesagt, warum wollen wir nicht dort essen gehen? Wir haben uns also für zwölf Uhr dort verabredet, und er hat ein Tablett mit dem Gebäck reingetragen, das noch übrig war. Es war ein bißchen voll, und wir mußten eine Weile warten. Und da fingen zwei betrunkene Burschen an, sich Freiheiten herauszunehmen gegenüber dem Mädchen hinter der Theke. Und als einer von ihnen sich vorbeugte und das Mädchen vorn am Kleid packte und dabei eine Schale mit Erbsen herunterriß, fing sie an zu schreien. Und da bin ich hingegangen, um ihn daran zu hindern . . .«

»Ihn daran zu hindern.« Olan lachte. »Ihr hättet den Rowdy hinterher sehen sollen. Sein Gesicht war schwarz und blau, als wäre ein schweres Kuchenblech auf ihn gefallen.«

»Nein!« rief Maria. »Das hast du uns gar nicht erzählt.«

»Dazu bestand kein Grund, Ma. Und du halt deinen Mund!« Er wandte sich an seinen Bruder, der ihm zugrinste. »Auf jeden Fall, als sie draußen waren, bedankte die Mutter sich bei mir, und dann fragte sie mich nach meinem Job. Ich erzählte ihr, was ich mache, und stellte ihr auch meinen Bruder vor. Und dann bat sie uns beide ins Hinterzimmer.«

Oswald blickte jetzt Anna direkt an und fuhr fort: »Der Knalleffekt ist, daß sie mich gefragt hat, ob ich das Geschäft führen will. Und Olan kann mir dabei helfen. Vor dem Tode ihres Mannes hatten sie darüber nachgedacht, den leerstehenden Laden nebenan zu übernehmen und daraus ein kleines Lokal zu machen, mit Sitzplätzen für die Gäste, weißt du. Und sie sagte

auch, daß wir später die Räume im Obergeschoß haben könnten, wenn wir wollten, aber da habe ich den Kopf geschüttelt.«

Olan stieß seinen Bruder mit dem Ellbogen in die Seite und
forderte ihn auf: »Erzähl ihr, was sie uns angeboten hat.«

»Nun, ich soll für den Anfang zwölfeinhalb Shilling in der
Woche bekommen und Olan zehn. Jedes Jahr gibt es eine Lohnerhöhung, und sie übernimmt auch das Fahrgeld für uns.«

Anna wiegte langsam den Kopf hin und her, dann sagte sie:
»Das ist ja großartig, wundervoll. Wollt ihr das Angebot annehmen?«

»Ich weiß es noch nicht.« Oswald zeigte mit dem Daumen auf
seinen Bruder. »Wir haben uns gedacht, wir überlassen Ma und
Dada die Entscheidung. Aber, siehst du, ich bin jetzt schon
neunzehn, und obwohl Mr. Green sehr gut zu mir war, muß ich
noch daran denken, daß er zwei Söhne hat und eine Tochter.
Deshalb kann ich bei ihm kaum weiter vorankommen, abgesehen von diesem kleinen Laden am Bog's End, und Olan auch
nicht.«

Nathaniel sah seine Söhne lächelnd an und sagte. »Wäre es
euch recht, wenn ich einen kleinen Ausflug machen würde und
mal einen Blick auf diesen geldträchtigen Laden mit seinen Pasteten und Erbsen werfe?«

»Ja, Dada, das wäre eine gute Sache. Und sie ist eine nette
Frau. Sie sind beide nett. Offenbar haben schon drei verschiedene Männer dort gearbeitet seit dem Tod ihres Mannes, und
der letzte von ihnen hat die Hälfte der Einkünfte in seine eigene
Tasche gesteckt.«

»Wie alt ist die Frau?« Es war Maria, die diese Frage gestellt
hatte. Die Söhne schauten einander etwas ratlos an. Dann
meinte Oswald: »Viel älter als du, Ma.«

»Es freut mich zu hören, daß es irgend jemanden auf der Welt
gibt, der älter als ich ist«, erwiderte Maria, und wieder mußten
alle lachen. Dann erklärte Olan: »In den Fünfzigern. Nicht so alt
wie Miß Netherton, aber um die Fünfzig.«

»Und die Tochter?«

»Oh, nicht mehr so jung, würde ich sagen.« Olan nickte. »Auf
jeden Fall über zwanzig. Was meinst du?« Er warf seinem Bruder einen fragenden Blick zu, und Oswald meinte: »Vierund-

zwanzig ungefähr, denke ich, das ist für ein Mädchen, ich meine, für eine Frau, nicht mehr so jung.«

Maria zwinkerte Nathaniel zu, dann sagte sie: »Nun, es handelt sich offenbar um zwei erwachsene Frauen. Aber ich glaube, es wäre gut, wenn euer Vater einmal hinfährt und sich den Laden ansieht.«

Anna schaute jetzt Cherry an und fragte: »Und wie ist es dir ergangen? Du bist heute so schweigsam. Hat Mr. Praggett nicht mit dem Vorschlaghammer auf den Tisch gehauen oder sonst etwas zu deiner Erheiterung beigetragen? Hat er nicht wenigstens Janet oder Lucy die Treppe hinuntergeworfen?«

Cherry antwortete nicht, aber ihr Vater griff rasch ein. »Cherry ist heute abend Zeugin von einem häßlichen Überfall gewesen. Du kennst doch diesen Burschen aus dem Bergwerk, Bobby Crane? Nun, er wurde von zwei anderen Bergwerksarbeitern angegriffen und bedroht, wenn er nicht sofort damit aufhört, hierherzukommen. Offenbar hat er für einen der Männer einen Zettel geschrieben, in Großbuchstaben, zugunsten der Gewerkschaft, und Mr. Praggett hat ihn entdeckt. Da hat er zwei seiner Handlanger auf den Jungen gehetzt. Unglücklicherweise war einer der beiden Angreifer ausgerechnet ein Cousin von Bobby. Aber meine tapfere Tochter«, er legte den Arm um Cherrys Schultern, »hat erst ein bißchen geschrien, dann aber einen Stock vom Boden aufgehoben und tatsächlich auf einen der beiden damit eingeschlagen. Ich glaube, sie waren so überrascht, daß sie fortliefen und sie nur beschimpft haben. Auf jeden Fall half sie dem Jungen, zu unserem Haus zu gelangen. Er liegt jetzt drüben in der Scheune und schläft hoffentlich, nachdem Ma ihn verarztet hat.«

»Oh, das tut mir leid. Cherry, das war sehr tapfer von dir! Der arme Bobby. Was will er jetzt tun?«

»Bestimmt kehrt er nicht zurück in die Grube«, erklärte Cherry. »Das hat er fest beschlossen. Er will heute nacht hier in der Scheune bleiben, aber morgen früh gleich nach Gateshead oder Newcastle fahren. Er sagt, er wird jede Arbeit dort annehmen, sich sogar auf einem der Boote anheuern lassen.«

Um zu einem weniger düsteren Thema überzuleiten, sagte Ben: »Du hast ihnen noch nicht von Jimmys Bullen berichtet, Dada.«

Nathaniel schaute auf seinen Jüngsten hinunter. »Nein, noch nicht«, erwiderte er. »Und diesmal hat sogar mein gelehrter Sohn den Mund gehalten. Aber das spricht ganz entschieden für ihn, denn das, was er uns zu erzählen hat, zeigt, wieviel Mut er besitzt.«

Jimmy saß da, die Hände zwischen den Knien, den Kopf gesenkt. Er blickte auf das im Kamin knisternde Feuer. Anna schaute zu ihm hin und fragte ungläubig: »Er hat gegen einen Bullen gekämpft?«

»So gut wie. Nun, Farmer Billings erzählte mir, und mit Stolz, daß Rickshaw zum Markt gebracht werden sollte. Rickshaw ist übrigens der Name eines Bullen. Ich habe immer gedacht, eine Rikscha wäre ein chinesisches Fahrzeug, aber dieser Bulle wurde Rickshaw genannt. Warum, weiß ich nicht.«

Jimmy hob kurz den Kopf, schaute in die Runde und erklärte: »Weil sein Rumpf hin und her schwingt.« Dann wandte er seinen Blick wieder dem Feuer zu, während sein Vater unter allgemeinem Gelächter fortfuhr: »Nun, der Hirte war gekommen. Man nahm an, daß er mit Rickshaw fertig wurde und ihn am Ring führen konnte. Rickshaw befand sich im Pferch, und der Hirte öffnete die Tür und ging hinein, um seinen Schützling zu holen. Aber Rickshaw war anderer Meinung. Offenbar mochte er den Hirten nicht, denn er senkte den Kopf, und gleich darauf flog der Hirte in hohem Bogen durch die Luft und knallte mitten im Pferch auf den Hosenboden. Verdutzt blieb er einen Augenblick lang sitzen und rieb sich die Augen. Rickshaw aber stolzierte durch das offene Tor.«

Alle lachten, als sie sich die Szene vorstellten, und Nathaniel fuhr fort: »Die Leute stoben nach allen Seiten auseinander, hat Farmer Billings mir erzählt, aber Rickshaw kümmerte sich nicht darum. Er ging einfach weiter voran, und mein Sohn streckte die Hand aus, packte ihn am Nasenring und führte ihn ruhig weg.«

Jimmy wandte den Kopf wieder seinem Vater zu und sprudelte fast über, als er erklärte: »Nur weil er direkt auf mich zukam, Dada, und weil ich mir dachte, wenn er nach mir stößt, ist es sicherer für mich, wenn ich mich an seinem Nasenring festhalte.«

Nathaniel lachte laut und sagte: »Reine Bescheidenheit, mein Junge. Du hast deinen Verstand gebraucht, und vorhin hast du mir erzählt, daß du den alten Rickshaw gern mochtest und oft zu ihm geredet und ihm kleine Leckerbissen zugesteckt hast. Kohlrübenschnitzel, die mochte er, nicht wahr, und knuspriges Brot?«

Als das Gelächter verstummt war, wischte Anna sich die Augen und schaute ihren jüngeren Bruder an. »Wir haben alle gelacht, Jimmy, aber du hast eine großartige Tat vollbracht. Er hätte dich schwer verletzen können. Wie steht's, wird Mr. Billings dir jetzt eine Lohnerhöhung geben?«

»Das wird ein Feiertag. Wahrscheinlich schenkt er mir einen Sack Kohlrüben, obwohl er weiß, daß wir die selber anbauen.«

»Wart's ab, wart's ab«, meinte sein Vater. »Und jetzt wollen wir noch unsere kleinen abendlichen Pflichten erfüllen, Hände und Gesicht waschen und beim Decken des Tisches fürs Frühstück morgen früh helfen. Und dann geht's ab ins Bett. Ich werde heute nacht mit dem herzerquickenden Gedanken einschlafen, daß ich drei sehr tapfere Kinder habe.«

Anna stand nicht auf, als die anderen sich erhoben, sondern blickte noch einen Augenblick in die erlöschenden Flammen des Kaminfeuers. Sie dachte an den kleinen Jungen, der so viel Liebe brauchte und jetzt in seiner Dachkammer schlief. Denn nichts anderes war dieses kleine Zimmer, gleichgültig, wie hübsch es auch eingerichtet sein mochte. In Gedanken sah sie die einzelnen Mitglieder des Manor-Haushaltes vor sich, die sie bis jetzt kennengelernt hatte, und überlegte sich, wie arm an Liebe sie alle waren, verglichen mit ihrer eigenen Familie.

Sie zuckte leicht zusammen, als ihr Vater ihr die Hand auf die Schulter legte und fragte: »Wo bist du? Woran denkst du, Anna?«

Sie schaute zu ihm hoch und antwortete: »Ich denke gerade daran, wie glücklich wir doch alle sind.« Und er erwiderte: »Ich danke dir, Tochter.«

3

Es gab noch drei weitere Begegnungen zwischen Anna und ihrer Herrin, bevor diese nach London abreiste. Nach der ersten lag sie zitternd und außer sich vor Angst in einer Hecke. Sie war gerade von Miß Netherton gekommen, die sich von einer schweren Bronchitis erholte. Ihr Arzt hatte ihr geraten, Urlaub zu machen, am besten in der Schweiz.

Zuerst hatte sie diesen Vorschlag entschieden abgelehnt, aber als sie daraufhin erfuhr, daß einer ihrer Lungenflügel in Mitleidenschaft gezogen worden war, hatte sie sich widerstrebend mit dem Gedanken angefreundet. Sie hatte Anna erzählt, daß sie noch im laufenden Monat abreisen würde, aber dann in ihrer unnachahmlichen Art hinzugefügt: »Ich werde schneller wieder zurückkommen, als Sie es sich vorstellen, denn ich halte es nicht aus in der Fremde. Diese Ausländer wissen nicht, wie man einen vernünftigen Tee zubereitet.«

Es war ein sehr kalter Tag, noch um zwei Uhr mittags war der Nachtfrost nicht aufgetaut. Anna hatte von Miß Nethertons Haus den Fahrweg eingeschlagen, als sie dann auf die Böschung geklettert war und den Zauntritt überwunden hatte, war sie dem Weg am Steinbruch entlang gefolgt. Vor dem Kälteeinbruch hatte es viel geregnet, jetzt waren die Pfützen auf dem Weg vereist. Die heftigen Regenfälle hatten Teile vom oberen Rand des Steinbruchs weggerissen, wie sie entdeckte. Bald würden sie diesen Weg nicht mehr benutzen können, dachte sie. Es bestand die Gefahr, daß auch die Hecke in die Tiefe gerissen wurde.

Sie hatte gerade die engste Stelle des Pfades erreicht, als sie zu ihrer Überraschung in der Ferne ein Pferd und einen Reiter erblickte. Am hinteren Ende grenzte der Pfad an eines der Felder von Farmer Billings und führte dann schließlich zum Hochmoor. Noch nie hatte sie hier einen Reiter gesehen. Aus dieser Entfernung konnte sie ihn auch nicht erkennen, aber sie stellte fest, daß er das Pferd am straffen Zügel führte. Doch dann sah sie zu ihrem ungläubigen Entsetzen, daß es zum Galopp angetrieben wurde und direkt auf sie zuraste.

Der Pfad war an dieser Stelle nicht mehr ganz so schmal, aber immer noch befand sich zu ihrer Rechten der Steinbruch, zur Linken wucherte eine wilde Brombeerhecke. Sie hatte keine Zeit mehr zum Überlegen, sie konnte nur schreien, als sie rückwärts in die Hecke fiel und das Pferd an ihr vorbeirannte; sie nahm den kräftigen Pferdegeruch auf, und sie erkannte das Gesicht der Frau, die es antrieb und auf sie hinunterblickte.

Sie versuchte nicht gleich wieder aufzustehen, denn ihr Gewicht drückte sie weiter in die Hecke, die unter ihr nachgab. Aber sie glaubte immer noch, ihren eigenen Aufschrei zu hören. Nur ein einziger Gedanke beherrschte sie: Es war Absicht! Sie könnte sie umgebracht haben, sie hatte sie umbringen wollen. Sie ist wahnsinnig. O mein Gott, sie ist wahnsinnig!

Anna lag jetzt fast flach in der Hecke, deren Äste sich um ihre Kleidung wanden, und sie konnte sich nicht dazu aufraffen, sich davon zu befreien. Sie hätte am liebsten geweint vor Schmerz, als sie bei dem Versuch aufzustehen die Stacheln der Brombeerbüsche in ihren Händen spürte.

Langsam und qualvoll zog sie sich auf das Feld hinüber und blieb dort eine Weile wie betäubt liegen, bis sie sich stark genug fühlte, auf die Beine zu kommen und ihren Hut zu holen, der noch in der Hecke hing.

Sie hatte gerade ihre Kleidung geordnet und den Hut wieder aufgesetzt, als sie erneut die Pferdehufe hörte. Diesmal in ruhigem Schrittempo. Sie blieb wie versteinert stehen, denn ihr war klar, daß es gar keinen Zweck hatte, über das Feld zu laufen, denn ein Pferd konnte sie dort leicht einholen. So blieb sie lieber stocksteif an Ort und Stelle stehen und schaute über die niedergewalzte Hecke, als die Reiterin auftauchte und sie anstarrte. Dann rief sie ihr ganz ruhig zu: »Mein Pferd ist erschreckt worden. Wahrscheinlich hat es ein Kaninchen gesehen. Auf jeden Fall sollten Sie diesen Pfad nicht benutzen, er ist gefährlich. Sind Sie verletzt?«

Sie antwortete nicht. Sie brachte es einfach nicht fertig. Sie starrte nur diese Frau an, diese schreckliche Frau, diese furchterregende Person, die jetzt mit den Zügeln spielte und sagte: »Nun, wenn Sie unbedingt auf Seitenwegen herumlaufen wollen, so ist das Ihre Angelegenheit.«

Anna stand noch immer regungslos da, als der Laut der Pferdehufe schon verklungen war.

Als sie nach Hause kam und ihre Mutter sie fragte, weshalb ihr Mantel voller Stacheln war und sie blutige Hände hatte, erzählte sie ihr, sie wäre auf dem Eis ausgerutscht und in die Hecke gefallen, und ihre Mutter schien ihr das auch zu glauben. Aber ihr Vater schaute sie forschend an, sie erwiderte seinen Blick, und sie verstanden einander.

Später, als sie beide allein waren, fragte er sie: »Ist es im Dorf passiert?«

»Nein, Dada«, sagte sie. »Es war ein Reiter, und ich mußte mich mit einem Sprung in die Hecke vor ihm retten.«

Sie wußte, daß ihre Antwort ihm eine Reihe von Rätseln aufgab, aber eine weitere Erklärung gab sie nicht ab.

Ihre zweite Begegnung fand im Schulzimmer statt.

Simon schaute jetzt oft herein, und kurz nach ihrem Besuch bei seiner Mutter sagte er zu ihr: »Wenn ich es richtig verstanden habe, würden Sie gern Bücher aus unserer Bibliothek entleihen, ich fürchte nur, es wird nichts dabeisein, was Sie für den Elementarunterricht hier gebrauchen können.« Er lächelte.

Und dann fragte er, ebenso wie seine Mutter es getan hatte: »Haben Sie zu Hause viele Bücher?« Und sie antwortete: »Nicht so viele, wie mein Vater gern hätte, aber im Laufe der Jahre hat er eine ganze Menge angeschafft.« Daraufhin erwiderte er: »Gut, wenn er irgendwelche Bücher gern ausleihen würde, bringen Sie sie ihm.«

An diesem Morgen war er schon früher ins Schulzimmer gekommen. Sie hatte gerade die Bücher und alles andere, was sie für den Unterricht brauchte, zurechtgelegt. Wie immer war das Kind ihm entgegengelaufen mit dem Freudenruf: »Papa! Papa!« Und er hatte sich hinuntergebeugt und den Jungen auf den Arm genommen. »Du wirst von Tag zu Tag schwerer«, hatte er lachend gesagt. Und dann hatte er Anna angeschaut und gefragt: »Ist alles in Ordnung?«

»Ja, ja. Danke.«

»Benimmt er sich gut?«

»Ja. Er benimmt sich immer gut, Sir.«

Er hatte aus dem Fenster geschaut und gesagt: »Es ist ein schöner Tag, kalt, aber die Sonne scheint.« Dann hatte er hinzugefügt: »Ich werde in den nächsten zwei oder drei Tagen nicht hier sein. Ich fahre nach London.«

Bevor sie darauf etwas hatte erwidern können, rief das Kind: »Wirst du mich eines Tages nach London mitnehmen, Papa?«

»Ja, ja, ich hoffe schon. Wenn du ein guter Junge bleibst und das tust, was man dir sagt, und deine Lektionen lernst.«

»Das tue ich, Papa, das tue ich.«

Er hatte das Kind wieder auf den Boden gesetzt, war auf Anna zugegangen, hatte sie fest angeblickt und gesagt: »Wenn Sie irgend etwas brauchen sollten, einen Rat vielleicht, mein Onkel wird immer hier sein. Und meine Mutter natürlich auch. Sie brauchen es nur zu sagen, wenn Sie sie sehen möchten.«

Als sie nicht darauf antwortete, sagte er mit sanfter Stimme: »Sie haben mich doch verstanden?« Und sie hatte den Kopf geneigt und gesagt: »Ja, ich habe Sie verstanden. Aber ich hoffe, daß ich sie nicht belästigen muß.«

»Das hoffe ich auch.« Er hatte ihr zugelächelt und seinem Sohn übers Haar gestrichen. Diesmal war er nicht noch in das Wohnzimmer der Kinderfrau gegangen, sondern direkt durch die Tür auf den Flur hinaus. Dort hatte er sich noch einmal umgedreht und sie wieder angeblickt. »Auf Wiedersehen.« Und sie hatte geantwortet: »Auf Wiedersehen, Sir.«

Warum sollte sie beunruhigt sein? Sie hatte sich an den Tisch gesetzt, dem Kind gegenüber, und als er fragte: »Papa ist groß, nicht wahr?«, hatte sie erwidert: »Ja, Andrew, das ist er.«

»Werden Sie mich mal mitnehmen zu sich nach Hause, Missanna?«

»Das würde ich gern tun, aber vorher muß dein Papa mir die Erlaubnis geben.«

»Sie könnten Onkel Timothy fragen.«

Sie hatte ihm scherzhaft mit dem Finger gedroht und erklärt: »Jetzt sollten wir aber wieder an die Arbeit gehen, nicht wahr, mein Kind?« Und Andrew hatte lachend erwidert: »Ja, Missanna.«

Gegen halb elf gab es den zweiten Zusammenstoß. Zuvor hatte Katie Riddell wie immer die heiße Milch und ein paar Kekse für das Kind gebracht. »Sie ist auf dem Weg hierher«, hatte sie atemlos verkündet.

»Wer?«

»Die Herrin natürlich, wer sonst?« Das Mädchen schaute um die Ecke. »Zumindest hat sie den Weg hierher eingeschlagen. Es ist ungewöhnlich, daß sie am Vormittag in diesen Teil des Hauses kommt, passen Sie deshalb auf!« Dann stellte sie das Tablett auf dem Tisch ab, schaute das Kind an und sagte: »Hallo, Master Andrew.« Er erwiderte. »Hallo, Katie.« Und dann verschwand sie ebenso schnell wieder, wie sie gekommen war.

Anna hatte das Gefühl, daß sich ihr der Magen zusammenzog. Sie zwang sich, an ihre Pflichten zu denken, band dem Jungen ein Lätzchen um und goß ihm aus dem Krug Milch in eine Tasse. Er fragte. »Warum nimmst du keine Milch, Missanna?«

»Weil ich Tee vorziehe.« Im gleichen Augenblick drehte Anna den Kopf schnell zu der Tür, die zum Wohnzimmer der alten Kinderfrau führte. Die Stimme, die dort erklang, war mit Sicherheit weder die Stimme der alten Frau noch die von Peggy Maybright.

Unter anderen Umständen würde Anna, als die schlanke Figur im Türrahmen erschien, in ein elegantes Reitkostüm gekleidet, gedacht haben: Sie ist schön, aber so, wie die Dinge nun einmal waren, nahm sie sich lieber vor, daß sie unter allen Umständen die Ruhe bewahren und ihre Zunge hüten mußte.

Ihr fiel sofort auf, daß der Junge nicht vom Stuhl sprang, wie er es immer machte, wenn sein Vater oder sein Onkel ins Zimmer kamen. Er rutschte langsam herunter, um auf seine Mutter zuzuzugehen, und begrüßte sie überaus höflich. »Guten Morgen, Mama«, sagte er.

»Guten Morgen, Andrew. Was machst du gerade?« Sie warf einen Blick auf den Tisch. Dann sah sie Anna kalt an und erklärte: »Er soll nicht von einem Tablett essen, sondern von einem Beistelltischchen.«

»Ich werde mich darum kümmern, Madam.«

»Ja, ja, Sie werden sich darum kümmern.« Sie schaute sich im Zimmer um, als habe sie es noch nie in ihrem Leben gesehen, und als ihr Blick an der Staffelei hängenblieb, rief das Kind aufgeregt. »Papa hat sie gestern für Missanna gekauft, damit sie darauf schreiben kann. Es ist eine Tafel.«

Seine Mutter ging jetzt auf die Staffelei zu, auf der die Tafel stand, und in seiner Begeisterung lief das Kind zu ihr und sagte: »Das ist eine Taffelei.«

»Staffelei.«

»Taffelei, ja, Mama, Taffelei.«

»Sag Staffelei.«

»Es . . . es ist schwer, Mama, Taffelei zu sagen.«

Sie schaute Anna strafend an. »Warum haben sie noch nichts dagegen getan?«

»Es handelt sich um eine Art Sprachfehler, Madam. Ich versuche, ihn zu heilen, aber das dauert seine Zeit.«

Das Kind schien die Feindseligkeit zwischen den beiden zu spüren und war offensichtlich bestrebt, die Spannung abzubauen, als es erklärte: »Ich kann schon das Einmalzwei, Mama und ich kann mit dem A-ba-cus zählen. Und Missana sagt, ich bin . . .«

»Wer ist Missanna?«

»Nun«, das Kind zeigte mit der Hand auf Anna, »das ist meine Lehrerin. Papa hat gesagt, ich soll sie . . .«

Der Kleine fuhr zurück, als seine Mutter mit gellender Stimme schrie: »Sie ist die Lehrerin, und du wirst sie Lehrerin nennen. Hast du verstanden?« Sie beugte sich zu ihm hinunter, mit der Hand klopfte sie auf ihren Rock. Es dauerte einen Augenblick, bevor das Kind antwortete: »Ja, Mama.«

Als Anna sah, wie die Frau sich wieder erhob, langsam den Rücken straffte und sich ihr zuwandte, hatte sie den fast unwiderstehlichen Wunsch, handgreiflich zu werden – sie konnte fast sehen, wie sie ihr mit der Hand ins Gesicht schlug –, weil es unmöglich war, vernünftig mit ihr zu reden.

Und als die andere sagte: »In Zukunft werden Sie mir jede Woche von seinen Fortschritten Bericht erstatten, wenn ich hier bin. Haben Sie verstanden?«, konnte sie ihr nicht antworten, sie konnte sich nicht dazu zwingen, einfach zu sagen: ›Ja, Madam.‹

»Ich rede mit Ihnen, Mädchen!«

Aber jetzt antwortete sie ihr doch, und die Worte kamen ihr schnell von den Lippen: »Ich weiß es, Madam, Sie lassen keinen Zweifel daran bestehen, zu wem sie sprechen. Nun, jetzt will ich auch reden und Ihnen sagen, daß ich es nicht nötig habe, mich Ihren Launen zu fügen. Ich bin von Andrews Vater für diese

Stellung engagiert worden, und ich bekomme meine Anordnungen von ihm. Ist das klar?«

Sie sah, wie die Farbe aus dem pfirsichgetönten Gesicht wich, wie der hochgeschlossene Kragen des Reitkostüms auf und ab ging, als ob die Frau fast erstickte, und sie war vorbereitet auf den Gegenschlag. Die Worte der anderen klangen, als würden sie aus einer Pistole abgefeuert, ebenso hart und ebenso laut. »Sie unverschämte Schlampe, Sie! Sie unverschämte Schlampe aus der Gosse! Gehen Sie mir aus den Augen, bevor ich Sie mit der Peitsche traktiere!«

»Nein, Mama, nein! Schlag Missanna nicht!«

Der Anblick ihres Sohnes, der schützend die Arme um Annas Hüfte schlang und seinen Kopf fest an ihre Taille preßte, war zuviel für sie. Sie packte ihn am Kragen und schleuderte ihn durch das Zimmer. Seine Schreie verstummten, als er mit dem Kopf auf die Fußleiste prallte.

Einen Augenblick lang herrschte absolute Stille, dann flog die Tür zum Wohnzimmer der Kinderfrau auf, die alte Frau stürzte herein und rief: »Madam! Was haben Sie getan?«

Penella Brodrick lehnte sich jetzt an den Tisch, sie krallte sich mit den Händen daran fest und gab der Kinderfrau keine Antwort. Ja, sie wandte nicht einmal den Kopf, als sie hörte, daß das Kind anfing zu weinen. Schließlich richtete sie sich auf und streckte eine Hand vor sich, als wollte sie sich ihren Weg bahnen. Dann verließ sie schweigend das Zimmer.

»Missanna! Missanna!«

»Ich bin hier, mein Junge. Hör auf zu weinen. Hör auf zu weinen. Komm, ich schaue mir mal deinen Kopf an.« Anna legte die Finger auf den Hinterkopf des Kleinen und spürte, daß dort eine Beule entstand. Als sie das Kind hochhob, fragte die Kinderfrau: »Eine offene Wunde?«

»Nein, nur eine Beule.«

»Mein Gott! Sie hätte ihn umbringen können. Aber Sie ... Mädchen, Ihre Zunge bringt Sie noch an den Galgen. So etwas habe ich noch nie gehört. Mit Sicherheit hat in ihrem ganzen Leben noch nie jemand so mit ihr geredet ... Bringen Sie ihn in mein Zimmer, und legen Sie ihn auf die Couch.«

Ein paar Minuten später, als der Kleine zugedeckt auf der

Couch lag, stand die Kinderfrau neben dem Ofen und schaute auf Anna hinunter, die jetzt zitterte. »Mädchen, Mädchen«, sagte sie, »Sie müssen es lernen, Ihre Zunge zu hüten.«

»Wie . . . wie könnte ich das? Was sie zu mir gesagt hat, wie sie auf mich losgegangen ist . . .«

»Ja, ich habe alles gehört, ich habe gute Ohren. Und ich will Ihnen etwas sagen, Sie kennen die Vorgeschichte nicht. Es hat nicht einen einzigen friedlichen Tag in diesem Haus gegeben, seit sie da ist. Natürlich ist ihre Erziehung schuld daran, sie ist verdorben worden am Tag ihrer Geburt an. Sie ist eine der Harrisons. Stinkreich waren sie, zumindest von seiten der Mutter, die eine Französin gewesen sein soll, soweit ich weiß. Ihr Vater war Ire und so verrückt wie ein Haufen besoffener Seeleute. So ist er auch gestorben, total betrunken auf seinem Pferd, heißt es. Die Mutter hatte Verwandte in Newcastle und war mit einem Reeder verheiratet. Eines Tages kamen sie hier an mit unserer Herrin, zu einem Tanzvergnügen für die jungen Leute der Umgebung. Ich erinnere mich genau daran, wie ich sie zum erstenmal gesehen habe. Wir haben das Fest von der oberen Galerie aus beobachtet. Alle Männer schwärmten um sie herum wie um eine Bienenkönigin, aber von Anfang an hatte sie ein Auge auf Mr. Simon geworfen – und er auf sie, das muß ich zugeben. Und in den folgenden Wochen kam Mr. Raymond ins Bild und all das. Sie ritten zusammen aus und unternahmen alles mögliche, immer zu dritt. Dann reiste ihre Mutter plötzlich mit ihr nach Frankreich, wo sie wohl einen Grafen oder so was für sie in Aussicht hatte. Aber was tat die Tochter? Plötzlich tauchte sie mit ihrem Mädchen in Newcastle auf und mit so viel Gepäck, daß man damit leicht die große Halle hier hätte füllen können, wenn ich es richtig verstanden habe. Und dann ging das Tauziehen erst richtig los. Wer von beiden würde sie bekommen, Mr. Raymond oder Mr. Simon? Und wen wollte sie nun wirklich? Es sah aus wie ein Kopf-an-Kopf-Rennen, aber dann heiratete sie plötzlich Mr. Simon, ohne Rücksicht darauf, daß sie drei Jahre älter als er ist, wenn sie auch nicht so aussieht.«

Die alte Frau ging jetzt zur Couch hinüber und schaute auf das Kind hinunter, dessen Augen geschlossen waren, als wäre es eingeschlafen. Sehr leise sagte sie: »Als sie von der Hochzeitsreise zurückkamen, war sie völlig verändert. Niemand weiß, was geschehen ist. Bis zum heutigen Tage weiß niemand, was geschehen ist.« Sie blickte Anna von der Seite an und fügte hinzu: »Man kann Vermutungen anstellen, aber es ist klüger, diese Vermutungen für sich zu behalten.«

»Ich kann nicht hierbleiben. Ich liebe das Kind, aber es ist unmöglich . . .«

»Und das Kind liebt Sie, meine Liebe. Er hat sich völlig verändert, seit Sie hier sind. Was für eine Gesellschaft bin ich schon für einen so aufgeweckten kleinen Jungen? Was können ich oder Peggy Maybright ihm schon beibringen? Sie kann nicht einmal mit ihm spielen, sie weiß einfach nicht, wie sie das anstellen soll. Sie ist nur für niedrige Arbeiten geeignet. Schauen Sie, meine Liebe, in ein oder zwei Tagen ist sie fort.« Sie zog sich einen Stuhl heran und setzte sich Anna gegenüber. »Conway läuft aufgeregt durch die Gegend, sie packt schon, heißt es. Sie würden es nicht für möglich halten, wie viele Kleider diese Frau hat. Sie zieht sich mehrmals am Tage um. In der Wäscherei wird von Sonnenaufgang bis der Mond am Himmel steht gebügelt. Also, mein liebes Kind, halten Sie durch.« Sie tätschelte Annas Knie. »Mr. Simon steht auf Ihrer Seite und Mr. Timothy auch. O ja, Mr. Timothy. Sie haben mir zwar nicht erzählt, was bei Ihrer ersten Begegnung mit Madam passiert ist, aber ich denke mir, es wird wohl nicht viel anders als diesmal gewesen sein. Warten Sie noch ein, zwei Tage ab, höchstens eine Woche, und Sie werden glauben, in einem anderen Haus zu sein.«

»Sie wirkt nicht normal, wissen Sie . . . Es gibt doch gar keinen Grund für ihre Ausfälle.«

»Oh, das glauben Sie. Was das Normalsein anbelangt, ist sie schon normal, durchaus, es ist die Normalität des Teufels. Und Sie meinen, es gäbe keinen Grund dafür, Sie so anzugreifen, wie sie es tut? Sehen Sie, diese Frau ist eifersüchtig wie die Hölle auf jeden, für den Mr. Simon ein gutes Wort hat. Ihr voriges Kammermädchen hat sie rausgeworfen. Es war ein hübsches Mädchen mit einer guten Figur. Eines Tages kam die Mylady dazu, als sie mit Mr. Simon redete, und das Mädchen wagte es, über irgend etwas zu lachen, was er gesagt hatte – und schon war sie entlassen, unter dem einen oder anderen Vorwand. Die neue,

Conway, ist flach wie ein Bügelbrett und hat eine säuerliche Miene. Komm, Mädchen, Kopf hoch! Ich koche uns einen schönen starken Tee. Und schauen Sie!« Sie zeigte mit dem Daumen auf die Couch. »Da hat sich jemand aufgesetzt und hört uns zu. Es ist nicht viel passiert, denke ich, aber das ist nicht das Verdienst seiner Mutter, sie hätte ihm den Schädel einschlagen können.«

Das Kind kam jetzt auf Anna zu und sagte: »Sind Sie verletzt, Missanna?«

»Nein. Nein, mein Liebling. Ich bin nicht verletzt.«

Er kletterte auf ihre Knie, legte seine Arme um ihren Hals und drückte seine Wange fest an ihre. Dann fragte er ängstlich: »Sie gehen doch nicht fort und lassen mich allein, Missanna, nicht wahr?«

Sie schaute ernst in sein unschuldiges Gesichtchen, zögerte noch einen Augenblick, aber dann erwiderte sie: »Nein. Ich gehe nicht fort und lasse dich auch nicht allein.«

Als sie an diesem Abend daheim ums Feuer versammelt saßen, erzählte sie nichts von den Ereignissen des Tages, sondern sagte nur, alles wäre wie immer verlaufen. Das Interesse konzentrierte sich ohnehin auf Bobby Cranes Angelegenheiten. Man hatte ihm in Gateshead Fell einen Job angeboten, doch die Bedingungen waren indiskutabel.

Am Flußufer lebte ein Bootsbauer, der einen Lehrling suchte, der etwa in Bobbys Alter sein sollte und bereit, etwas zu lernen. Allerdings war der angebotene Lohn sehr kärglich. Bobby, der jetzt siebzehn Jahre zählte, meinte, daß er von den sieben Shilling unmöglich eine Unterkunft bezahlen und seinen Lebensunterhalt bestreiten könne. Ob Nathaniel ihm wohl gestatten würde, in der Scheune zu übernachten, bis er etwas Besseres gefunden hatte? Denn im Grunde freute er sich auf diesen Job, und zwar vor allem deshalb, weil er unter freiem Himmel arbeiten konnte. Weder Regen noch Hagel, auch nicht die Sonnenglut würden ihm etwas ausmachen, solange er sich auf der Erdoberfläche befand und nicht mehr unter ihr. Auch die Arbeitszeit sagte ihm zu, von halb acht Uhr morgens bis halb sechs Uhr nachmittags, dazwischen eine halbe Stunde Mittagspause. Er hatte Nathaniel zwei Shilling pro Woche für einen Schlafplatz angeboten, den Rest brauchte er für Lebensmittel.

Als Nathaniel mit seinem Bericht an diesem Punkt angelangt war, hatte er den Kopf geschüttelt und gesagt: »Gott möge ihm helfen. Auf jeden Fall habe ich ihm gleich gesagt, daß wir kein Geld nehmen, wenn er hier in der Scheune schläft. Und Oswald hat versprochen, daß er dem Jungen, wenn er diesen gutbezahlten Job in dem Imbißladen übernimmt, was wohl der Fall sein wird, ein Mittagessen bezahlt. Außerdem wird sich hier bei uns immer noch ein Bissen zum Abendbrot für ihn finden.« Und dann hatte Annas Vater hinzugefügt: »Am meisten freue ich mich aber darüber, daß er mehr als begierig ist, weiterzulernen. Er hat mir erzählt, daß er immer am Samstag, wenn er schon um halb zwei Uhr mittags Feierabend hat, auf einen der Märkte gehen will, um nach billigen Büchern Ausschau zu halten.«

Jetzt mischte auch Cherry sich ein. »Er spricht schon ganz anders. Zuerst konnte ich diese Sprache der Bergwerksleute kaum verstehen. Und heute sah er wirklich gut aus. Ma hat ihm einen von Olans Mänteln gegeben.«

Olan stimmte ein lautes Gelächter an und erklärte: »Olan hat nur zwei Mäntel gehabt. Jetzt hat Olan nur noch einen.«

Anna lehnte den Kopf zurück und blickte in die vom Schein der Flammen erleuchteten Gesichter. Wieder einmal machte sie sich klar, daß es auf der Welt keine zweite Familie geben konnte, die so war wie ihre. Und dann war da wieder diese leise, untergründige Angst: Was wird, wenn irgend etwas geschieht, was diese Harmonie zerstört? Doch was sollte schon geschehen? Eigentlich gar nichts, es sei denn, sie würden heiraten und fortziehen ...

Hatte sie wirklich ans Heiraten gedacht?

Wer würde sie schon heiraten wollen? Zumindest Cherry und sie hatten da wohl kaum eine Chance. Für die Jungen konnte es vielleicht eher möglich sein, aber auf keinen Fall würden sie im Dorf oder in der näheren Umgebung ein Mädchen finden. Nein, hier bestimmt nicht. Aber warum sollte sie sich Sorgen um ihre Familie machen? Jeder war durchaus in der Lage, auf sich selber aufzupassen. Sie sollte sich besser mit Manor House beschäftigen oder mit dessen Herrin. Und mit dem kleinen Jungen, der sie so liebgewonnen hatte wie sie ihn.

4

Heute wollte die Madam nach London abreisen. Der Trubel machte sich bis ins Schulzimmer bemerkbar, als Betty Carter hineinstürmte und in ihrer üblichen Art zu Anna sagte: »Übergeben Sie ihn mir. Peggy Maybright soll ihn zurechtmachen, damit er mit hinunterkommen und sich von der Herrin verabschieden kann.«

»Lassen Sie ihn los!« Anna ergriff das Mädchen unsanft an der Hand und zog sie von Andrews Arm fort. »Er muß nicht besonders zurechtgemacht werden, nur seine Hände sollten gewaschen werden. Ich kümmere mich darum. Wenn Sie ihn nach unten bringen sollen, warten Sie bitte draußen.«

Anna sah, wie das Mädchen sich zu seiner ganzen Größe aufrichtete, bevor es sagte: »Eines Tages . . .«

»Ja? Eines Tages, haben Sie gesagt?«

Das Mädchen zog es vor, aus dem Zimmer zu stolzieren, und Anna sagte zu dem Kind: »Komm her, Kleiner.« Sie ging hinüber zu einem Tischchen, auf dem eine Waschschale und ein Wasserkrug standen. Als sie das Wasser in die Schale goß, fragte der Junge: »Warum bringen Sie mich nicht hinunter zu meiner Mama, Missanna?«

Sie überlegte einen Augenblick, dann erklärte sie ihm: »Deine Mama hat nicht nach mir verlangt.« Sie trocknete ihm die Hände ab. »Du bist es, den deine Mama sehen will. Sei sehr höflich zu ihr, ja? Und sag deiner Mama, du hoffst, daß sie einen schönen Urlaub verbringt.«

Sie brachte den Jungen zur Tür, wo Betty Carter auf ihn wartete. Sie hatte die Arme überkreuzt, und in ihren Augen brannte Kampfeslust. Als Anna sah, wie sie die Hand nach dem Kind ausstreckte, sagte sie ruhig: »Sie brauchen ihn nicht an die Hand zu nehmen. Er ist daran gewöhnt, allein zu gehen. Mach's gut, Andrew.«

Sie schaute ihnen nach bis zum oberen Treppenabsatz, wo das Mädchen kurz stehenblieb und ihr einen giftigen Blick zuwarf.

Dann kehrte sie ins Schulzimmer zurück, schloß die Tür hinter sich und lehnte sich einen Augenblick dagegen. Sie fragte sich, weshalb sie eine solche Feindseligkeit hervorrief. Sicherlich lag es nicht einzig und allein an dem Makel ihrer Geburt. Ob es ihre Art war, die andere Menschen abstieß? Aber andererseits kam sie doch mit der Kinderfrau und mit Peggy gut aus, und wie nett waren die Mädchen der alten Mrs. Brodrick zu ihr gewesen! Und dann die Haushälterin Mrs. Hewitt. Sie war sehr höflich zu ihr, jedenfalls meistens. Manchmal aber schien sie allerdings auch auf der Hut vor ihr zu sein. Aus welchen Gründen, konnte sie sich beim besten Willen nicht vorstellen. Mochten die Leute sie nicht, weil sie anders redete als sie? Vielleicht. Nun, dafür schuldete sie ihrem Vater Dank, und sie dankte ihm von Herzen dafür. Der Gedanke an ihn erinnerte sie daran, daß er gern ein bestimmtes Buch leihweise erhalten hätte . . .

Als der Kleine seinen Mittagsschlaf hielt, entschloß sie sich, Gebrauch zu machen von der Erlaubnis, die Bibliothek zu benutzen, weil ihr Vater erwähnt hatte, daß er gern ein bestimmtes Buch lesen würde, das er nirgends hatte bekommen können. Sie hatte sich den Titel notiert. Es handelte sich um die *Ilias* und die *Odyssee* von Homer, in der Übersetzung von Pope. Wahrscheinlich war es in einer Bibliothek wie dieser vorhanden.

Sie klopfte an die Tür zum Wohnzimmer der Kinderfrau und trat ein, als die alte Frau rief: »Herein, herein, meine Liebe.« Und dann meinte sie: »Sie kommen gerade recht für eine schöne Tasse Tee.«

»Wenn es Ihnen nichts ausmacht, verzichte ich dankend. Ich möchte jetzt keinen Tee trinken. Ich habe Ihnen ja erzählt, daß ich die Erlaubnis habe, die Bibliothek zu benutzen, und so würde ich gern die Gelegenheit benutzen, um rasch hincinzuschlüpfen.«

»Nur zu.«

»Aber wo ist sie, bitte? Wohin muß ich mich wenden, wenn ich in der Haupthalle bin?«

»Oh, Sie brauchen nicht extra in die Haupthalle zu gehen. Benutzen Sie einfach die Treppe, vom ersten Absatz führt eine weitere Tür ab. Sie führt nicht etwa in ein Schlafzimmer oder dergleichen, sondern in einen ganz normalen Korridor. Dann stoßen Sie auf eine Treppe, die gehen Sie hinunter und kommen in den westlichen Flügel des Hauses. Auf dem unteren Flur stoßen Sie direkt auf eine Eichentür. Sie unterscheidet sich von den übrigen Türen dort, weil sie oben mit einem Bogen abschließt. Nun, dahinter liegt die Bibliothek. Es ist ein sehr schöner Raum. Ich weiß allerdings nicht, ob sie zur Zeit viel benutzt wird.«

»Ich danke Ihnen vielmals.« Sie wollte sich schon umdrehen, als ihr plötzlich einfiel, daß sie die Kinderfrau noch etwas anderes fragen wollte. Ein wenig zaghaft sagte sie: »Was ist eigentlich mit dem Master? Das Kind spricht nie von seinem Großvater.«

»Ach, das ist leicht zu erklären. Er ist nur sehr selten hier, weil er durch die Welt reist und überall irgendwelches altes Zeug ausgräbt.«

»Dann ist er wohl ein Archäologe.«

»Ist er das?« Die alte Frau hob die Augenbrauen. »Sie haben es gelernt, allem einen Namen zu geben, ja? Nun, meine Erklärung lautet einfach, daß er eine Art Totengräber ist, nur mit dem Unterschied, daß er sie aus- und nicht eingräbt.«

Lachend ging Anna hinaus. Sie folgte den Anweisungen der alten Frau und gelangte an eine schwarze Eichentür, die mit einem Bogen abschloß. Als sie sie öffnete und in den dahinterliegenden Raum sah, war sie sprachlos angesichts all der Pracht. Die kuppelförmige Decke war bemalt, und am gegenüberliegenden Ende befanden sich zwei große Fenster, von denen man wohl in den Garten schauen konnte, denn selbst aus dieser Entfernung konnte sie ein paar Baumkronen erkennen. Langsam ging sie auf den auf Hochglanz polierten Mahagonitisch zu, der von einer Reihe von geschnitzten Stühlen mit hohen Rückenlehnen flankiert wurde.

Sie blieb am Ende des großen Tisches stehen und legte ihre Hand auf den Kopf eines Tieres, dessen Körper die Armlehne eines Stuhls bildete, und streichelte ihn in Anerkennung der meisterhaften Arbeit des Holzschnitzers. Dann schaute sie sich nach allen Seiten um. Schließlich ruhte ihr Blick auf dem großen Kamin, in dem ein Holzfeuer angezündet worden war. Die Scheite waren mindestens viermal so lang wie diejenigen, die sie zu Hause verwendeten, stellte sie fest.

Über dem Kamin hingen zwei Tierschädel mit mächtigen Geweihen und schienen sie anzustarren. Sie schaute rasch fort, denn sie mochte es nicht, daß man aus lebendigen, schönen Tieren Trophäen machte. Dabei mußte sie immer an die Grausamkeit der Hirschjagden denken.

Zu beiden Seiten des Kamins waren die Wände mit riesigen Bücherschränken bedeckt, die Glastüren hatten. Aber noch mehr interessierte sie die Längswand gegenüber dem Kamin. Abgesehen von einer Tür am Ende und zwei kleinen Alkoven wurde die gesamte Wandfläche von hohen Bücherregalen eingenommen, die Tausende von Büchern enthalten mußten.

Sie legte den Kopf in den Nacken, schaute nach oben und fragte sich, wie irgend jemand wohl die Bücher in den obersten Reihen erreichen konnte. Dann entdeckte sie neben der Eingangstür eine Art doppelte Trittleiter auf Rädern. Oben befand sich eine kleine Plattform.

Sie lächelte. So also erreichte man auch das oberste Regal. Oh, wie sehr ihr Vater diesen Raum lieben würde. Sie konnte sich lebhaft vorstellen, daß er den ganzen Tag hier verbringen würde.

Sie ging zu einem der Alkoven. Die Nische war etwa einen halben Meter tief und gut einen Meter breit. An der einen Seite befand sich eine gepolsterte Bank, an der anderen ein Klapptisch. Der Tisch, vor dem sie gerade stand, war hochgeklappt. Wenn man sich auf die Bank setzte, konnte man ihn herunterklappen, so daß er sich gerade über den Knien befand. Das war ein idealer Studierplatz. Sie konnte sich vorstellen, wie die beiden Brüder hier in ihrer Jugend gesessen hatten, tief über ihre Bücher gebeugt, während der Lehrer wohl am mittleren Tisch Platz genommen hatte.

Mit der Hand glitt sie über eine der Bücherreihen. Sie mußte das Buch für ihren Dada herausfinden und zurück sein, bevor das Kind aufwachte und sie brauchte. Aber wie sollte sie vorgehen, um Pope zu finden? Nun, wenn es sich um eine gutgeordnete Bibliothek handelte, würden die Bücher vermutlich alphabetisch angeordnet oder zumindest nach Sachgebieten gegliedert sein.

Sie hielt die alphabetische Anordnung für die wahrscheinlichste und ging an den Regalen entlang, wobei sie alsbald Messingschildchen entdeckte, die einen Schlitz hatten, in dem Kärtchen steckten. Auf dem Schild, vor dem sie stehengeblieben war, stand *17. Jahrhundert*. Sie überzeugte sich mit einem flüchtigen Blick davon, daß die Bücher tatsächlich in alphabetischer Reihenfolge aufgestellt waren. Dann ging sie weiter und stieß bald auf ein neues Schild mit der Aufschrift *18. Jahrhundert*. Hier mußte es sein. Tatsächlich, da stand auch schon *The Essay On Man*. Sie nahm es aus dem Regal und las die nächsten Titel. Gleich darauf stieß sie auf Popes Übersetzung der *Ilias* und der *Odyssee*, in einem Band vereinigt. Ihr Vater hatte ihr bereits den Inhalt dieser mythologischen Geschichten erzählt, für sie hatte es fast wie ein Märchen geklungen. Diese Übersetzung war in Versen geschrieben, und sofort hatte sie das Gefühl, daß sie selber sie wohl nicht lesen würde. Sie liebte Prosageschichten von der Sorte, wie beispielsweise Charles Dickens sie schrieb.

Später wußte sie nicht mehr genau, wann ihr bewußt geworden war, daß in der Nähe gesprochen wurde. Als es ihr klar wurde, stand sie von der Bank im Alkoven auf und schaute sich im ganzen Raum um. Vielleicht kamen die Stimmen von Personen, die im Garten spazierengingen, aber dann mußten sie schon sehr laut sprechen, damit ihre Stimmen die dicken Mauern durchdringen konnten.

Trotzdem ging sie zu den Fenstern hinüber, um sich zu vergewissern. Dabei kam sie an der zweiten Tür der Bibliothek vorüber. Es war im Gegensatz zu der großen Eingangstür eine ganz gewöhnliche, unauffällige Tür, aber sie stand einen Spaltbreit offen. Anna bekam einen Schrecken, als sie die Stimme der Herrin erkannte. Sie hatte gedacht, diese sei bereits abgereist.

Sie wollte sich schon umdrehen und den Raum auf Zehenspitzen verlassen, als einige klar verständliche Worte an ihr Ohr drangen, die sie in der Bewegung innehalten ließen. Die Stimme in dem angrenzenden Raum sagte nämlich: »Du kommst doch bestimmt auch nach Frankreich hinüber, Liebling. Versprichst du es mir?«

Der Master hatte doch schon vor zwei Tagen das Haus verlassen, dachte Anna, und jetzt redet die Dame des Hauses mit jemandem und verwendet Kosenamen dabei.

»Ich verspreche es dir, Geliebte. Ich verspreche es dir.«

»Aber was wird nächste Woche?«

»Ich werde blitzschnell bei dir sein, wenn diese verdammten Wilden hier sich vernünftig aufführen. Wenn sie aber tatsächlich streiken sollten, nun, dann muß ich natürlich hierbleiben, wenigstens eine Zeitlang.«

»Warum können die beiden anderen Männer nicht herkommen und ihren Teil der Verantwortung übernehmen? Du solltest darauf bestehen, das habe ich dir schon oft gesagt.«

»Und ich habe dir gesagt, mein Liebling, daß ich meine klar umrissenen eigenen Vorstellungen habe von dem, was ich tue, was ich tun muß, was ich schaffen kann – und von der, die ich liebe.«

Als ihr die Situation, in der sie sich befand, klar wurde, lief Anna auf Zehenspitzen zu dem Alkoven zurück, wo die beiden Bücher lagen. Hastig griff sie nach den beiden in Leder gebundenen Bänden; dabei fiel einer zu Boden. Wenn er auf den Rücken gefallen wäre, hätte es nur ein leises Geräusch verursacht, aber unglücklicherweise landete er mit einem deutlichen Knall flach auf dem Boden.

Sie befand sich in Panik, als sie sich bückte, um ihn wieder aufzuheben, denn gleichzeitig hörte sie, daß die Tür, hinter der sie die beiden Stimmen gehört hatte, jetzt ganz geöffnet wurde. Zitternd erhob sie sich und begegnete dem erstaunten, aber zugleich wütenden Blick von Penella Brodrick.

An ihrer Seite stand Raymond Brodrick, und er war auch der erste, der sprach. Mit leiser und überaus freundlicher Stimme fragte er: »Ah, Miß Dagshaw. Sie schauen sich ein wenig in der Bibliothek um?«

Bevor sie noch antworten konnte, sah sie, wie die Frau rasch auf sie zuging. Dann erklang schon ihre scharfe Stimme: »Was treiben Sie hier?«

»Ich habe mir einige Bücher ausgesucht, Mistress.«

»*Wie können Sie es wagen!* Einige Bücher haben Sie sich ausgesucht, das ist ja interessant. Wer hat Ihnen überhaupt die Erlaubnis gegeben, diesen Raum zu betreten, auch nur in seine Nähe zu kommen?«

»Madam.« Sie fügte nicht hinzu: ›Und Ihr Mann.‹

Die Frau drehte sich um und sagte zu ihrem Schwager: »Hast du das gehört? Ich frage dich, hast du das gehört?«

»Ja. Ja, ich habe es gehört.« Er schaute Anna an und fragte ganz höflich: »Hat meine Mutter es Ihnen erlaubt?«

»Ich hätte das nicht gesagt, Sir, und ich hätte es nicht gewagt, mir die Freiheit zu nehmen, diesen Raum zu betreten, wenn nicht...«

»Ich hab's dir ja gesagt! Ich hab's dir ja gesagt!« rief Penella Brodrick. »Diese Unverschämtheit! Sie würde es nicht wagen, so zu reden, wenn er nicht...«

»Sei ruhig! Sei ruhig!«

»Ich will aber nicht ruhig sein.« Sie drehte sich schwungvoll um und befahl Anna: »Legen Sie sofort die Bücher hin.«

Langsam legte Anna die Bücher auf den Tisch. Penella Brodrick nahm sofort eins in die Hand. Als sie den Titel gelesen hatte, schrie sie empört: »Popes *Essay On Man*. Sie warf Raymond einen Blick über die Schulter zu, dann sagte sie: »*Die Ilias* und *Die Odyssee*!« Mit wutentbranntem Blick schrie sie Anna an: »Sie besitzen doch wohl nicht die Frechheit zu behaupten, daß Sie diese Bücher lesen und verstehen können!«

»Sie sind für meinen Vater bestimmt. Madam gab mir die Erlaubnis, sie auszuleihen. Aber doch, ich könnte sie auch lesen und verstehen und...«

»Penella! Penella!« Raymond packte sie am Arm, als sie gerade ausholen wollte.

Die Bücher fielen auf den Boden. Völlig außer sich kreischte die Frau: »Sie unerschämter Bastard! Und Sie sind ein Bastard, durch und durch, und Sie stammen aus einem Stall von Bastarden, den eine Hure zur Welt gebracht hat...«

Anna hielt sich an der Tischkante fest, während sie beobachtete, wie Raymond Brodrick die wütende Frau fast mit Gewalt durch die Biblikothek zerrte und in den anderen Raum schob. Sie hatte das Gefühl, ohnmächtig zu werden, die Beine gaben unter ihr nach. Sie fiel auf die Bank im Alkoven und legte die Arme auf den Klapptisch. Gerade wollte sie den Kopf darauf betten, als sie wieder eine Stimme hörte. Voller Furcht blickte sie auf die Wandtäfelung, durch die Raymond Brodricks Stimme fast so deutlich zu hören war, als säße er neben ihr.

»Warum haßt du sie so?« fragte er.

»Weil er sie ins Haus gebracht hat.«

»Du glaubst doch nicht . . .?«

»Doch, das glaube ich. Er treibt sich jetzt dauernd drüben bei den Kinderzimmern herum. Und früher ist er so gut wie nie dorthin gegangen. Der Grund dafür liegt ja wohl auf der Hand.«

»Penella, sieh mich an. Du sagst, du liebst mich.«

»Ja, Raymond, ja, ich liebe dich.«

»Nun, wenn du mich liebst, weshalb regst du dich dann so darüber auf, mit wem er wohl ins Bett gehen könnte? Wenn er dich nicht hat, muß er wohl oder übel irgendeine andere haben. Ich frage mich nur . . . Du hängst wohl immer noch an ihm?«

»Nein, nein, bestimmt nicht. Ich empfinde nur noch Haß für ihn. Er ist kein Mann. Wie kannst du nur glauben, daß ich irgend etwas anders als Haß empfinden könnte für jemanden, der mich seit Jahren mit seinem Schweigen quält? Er ignoriert mich einfach, mit Ausnahme von solchen Fällen wie mit diesem Weib. Ich soll sie in Ruhe lassen, hat er zu mir gesagt. Verstehst du? Er hat mich davor gewarnt, wieder ins Schulzimmer zu gehen. Dann würde etwas passieren, hat er gesagt.«

»Aber du bist doch nie sehr oft hingegangen, nicht wahr? Man hat dir das Kind immer gebracht. Du mußt Schluß machen mit diesem Haß. Penella, er brennt dich aus. Du bist nicht stark genug, um den Haß zu ertragen, den du ihm gegenüber empfindest, und jetzt auch ihr gegenüber, und deine Liebe zu mir. Das eine schließt das andere aus.«

»Nein. Ich *bin* stark genug. Warum haßt *du* ihn nicht? Du haßt ihn doch nicht, oder?«

»Nein, ich glaube nicht. Ich habe ihn gehaßt, als er dich geheiratet hat. Damals habe ich auch dich gehaßt, erinnerst du dich?«

»O Raymond, Raymond, geh fort mit mir, weg aus diesem Haus.«

»Komm, komm, fang nicht wieder damit an. Ich kann nicht, nicht jetzt, nicht, solange meine Mutter noch lebt. Wenn mein Vater nicht hier ist, liegt die Kontrolle über alles Geschäftliche in ihren Händen. Wenn ich auch der älteste Sohn bin, noch ist sie der Boß hier. Und du weißt, daß ihr – *lieber Sekretär* Bescheid weiß über jeden Penny, der in den Büchern auftaucht.«

»Ich habe genug Geld für uns beide, Liebling.«

»Du hast genug Geld für dich, mein Liebes, und für deinen

extravaganten Geschmack, aber nicht für uns beide. Außerdem gefällt mir das Leben, das ich führe. Du weißt das. Ich arbeite gern und ich spiele gern. Und jetzt komm. Der Wagen wartet schon lange auf dich. Wenn alles nach Plan verläuft, sehen wir uns am kommenden Wochenende in London und vierzehn Tage später in Paris. Und im Januar kann ich dich wieder besuchen kommen, wenn du dann immer noch fest entschlossen bist, so lange fortzubleiben. Also zögere nicht länger. Aber vorher muß ich dir noch den Hut zurechtrücken und dich noch ein letztesmal küssen.«

Als es still wurde drüben, hob Anna den Kopf und preßte die Hand vor den Mund. Ihre Gedanken überschlugen sich. Entsetzen und Abscheu erfüllten sie über das, was sie unfreiwillig mit angehört hatte. Die Situation, die sich ihr dargestellt hatte, war an sich schon schlimm genug. Aber der Punkt auf dem I-Tüpfelchen war doch die Tatsache, daß sie selber darin verwickelt war, ohne daß sie bisher eine Ahnung davon gehabt hatte. Sie konnte in diesem Haus nicht bleiben, sie mußte es so schnell wie möglich verlassen.

Bei dem Versuch aufzustehen wurde ihr schwindlig. Sie sank zurück auf den Sitz. Ihr war zumute, als hätte sie einen körperlichen Angriff erleiden müssen, und um ein Haar wäre es ja auch soweit gekommen. Aber der hätte sie auch nicht mehr verletzen können als die Worte dieser Frau. *Sie Bastard!* Wie schrecklich das klang. Das Wort beinhaltete etwas Häßliches, Schmutziges, viel stärker noch als das Wort *Liebstöckel*, obwohl beide dasselbe meinten. Und ihre Mutter hatte sie eine Hure genannt . . .

Jetzt sprang sie doch auf und taumelte nach rückwärts gegen die Holztäfelung des Alkovens. Im gleichen Augenglick spürte sie, daß jemand sie an der Schulter packte. Im ersten Moment glaubte sie, die Frau wäre zurückgekehrt, dann aber erkannte sie, daß es Timothy war. Er sagte: »Oh, meine Liebe, es tut mir leid, daß ich Sie erschreckt habe. Ich habe zuerst gedacht, daß Sie in ein Buch versunken wären, aber dann . . . Oh! Kommen Sie, meine Liebe.« Er streckte ihr die Hand hin und sagte mit leiser Stimme: »Nur ein paar Zentimeter haben gefehlt, dann hätten Sie die Scheintäfelung durchbrochen gehabt. Hier war nämlich früher eine Tür, müssen Sie wissen.«

Sie drehte sich um, blickte auf die Täfelung und sagte fast unhörbar: »Eine Tür?«

Er nickte. »Ja. Ursprünglich gab es noch eine Tür, die in den anderen Teil der Bibliothek führte. Damals war hier nur ein einziger Alkoven, und die Jungen kämpften um diesen Platz, wenn sie hier arbeiteten. Deshalb ließ ihr Vater hier anstelle der Tür einen zweiten Alkoven anbringen, mit einer Scheintäfelung, einem Klapptisch und einer Polsterbank, und löste so das Problem auf diese Weise.«

Sie schüttelte den Kopf und nahm dann die Hand, die er ihr anbot, als er sagte: »Kommen Sie, setzen Sie sich in einen der viel bequemeren Stühle.« Er führte sie, als wäre sie ein Kind, um den langen Tisch herum zu einem Ledersessel, der in der Nähe des Kamins stand.

»Nehmen Sie einen Augenblick Platz, meine Liebe.« Er streichelte leicht ihre Hand und fügte hinzu: »Sie frieren ja.« Dann nahm er den Blasebalg, der neben dem Kamin lag, und blies in die Glut, bis die Funken anfingen, in den Abzug zu fliegen.

Anschließend zog er sich einen Stuhl von dem großen Tisch heran, stellte ihn neben sie, setzte sich hin und sagte ruhig: »Erzählen Sie mir, was passiert ist.«

Sie schaute auf ihre im Schoß gefalteteten Hände und erwiderte leise: »Ich . . . ich kann nicht darüber sprechen. Ich kann Ihnen nur sagen, daß ich . . . ich muß diese Stellung aufgeben.«

»Aber warum? Sie ist abgereist und mit ihr all der ständige Ärger.« Er schwieg einen Augenblick lang. »Haben Sie sie noch gesehen vor ihrer Abfahrt? Ich meine . . .«

Abrupt hob sie den Kopf, schaute ihn an und erklärte bitter: »Ich habe sie nicht nur gesehen, ich habe ihre Worte gehört, und es hat nicht viel gefehlt, dann hätte ich sie auch gefühlt. Sie wollte mich schlagen. Wenn nicht Mr. . . .«

Sie verstummte ebenso plötzlich, wie sie angefangen hatte zu sprechen. Und als er sie freundlich bat: »Sprechen Sie weiter«, entgegnete sie: »Nein, nein.«

»War Raymond bei ihr?«

Als sie daraufhin schwieg, wandte er den Kopf und blickte zu dem Alkoven hin. Dann schaute er auf seine Hände und meinte: »Sie haben ihre Unterhaltung im Nebenzimmer mit angehört?

Das ist es doch, nicht wahr? Und das, was Sie gehört haben, hat Sie offenbar entsetzt. Und als sie entdeckte, daß Sie zugehört haben . . .«

»Nein, nein«, warf sie ein. »Ich glaube nicht, daß sie wußte, daß ich etwas von ihrem Gespräch verstanden habe. Aber genau weiß ich es natürlich nicht. Mir ist ein Buch hingefallen und . . . und dadurch muß sie darauf aufmerksam geworden sein, daß jemand hier war. Unglücklicherweise scheint mein Anblick sie immer entsetzlich zu ärgern und aufzuregen, aber heute . . . Sie hat offenbar nicht geglaubt, daß ich die Erlaubnis besitze, mir Bücher auszuleihen, und hat mich beschimpft.«

Als sie plötzlich abbrach, sagte er zunächst gar nichts, stellte ihr auch keine weiteren Fragen. Seite an Seite saßen sie ruhig da und blickten in die Flammen im Kamin, bis er schließlich sagte: »Sie ist eine sehr unglückliche Frau und nicht besonders intelligent. In gewisser Weise verdient sie Mitleid. Sie ist wütend auf Sie, weil Sie jung sind und gebildet und – hübsch.« Er lächelte und fügte rasch hinzu: »Schütteln Sie nicht den Kopf. Ich bin sicher, daß Ihr Spiegel Sie nicht belügt. Und außerdem versetzt Ihre freimütige und natürliche Art sie in Wut, denn Sie benehmen sich nicht so wie die Angehörigen der unteren Klassen. Sie sind in keiner Weise unterwürfig. Nun, Sie sind eben ein ungewöhnliches Mädchen und kommen aus einer ungewöhnlichen Familie . . .«

»*O ja, ich weiß*«, sie nickte heftig, »ich komme aus einer ungewöhnlichen Familie, und das darf ich nie vergessen, nicht eine Sekunde lang.«

»Bitte, beruhigen Sie sich. Ich habe das als Kompliment gemeint, glauben Sie mir, weil ich Ihren Vater und Ihre Mutter bewundere und respektiere wegen ihrer Standhaftigkeit und wegen der Art und Weise, in der sie Sie und Ihre Brüder und Schwestern aufgezogen haben. Sie alle sind besser erzogen worden als viele Kinder von reichen Leuten, die in ähnlichen Häusern wie diesem leben.« Ein leises Lachen schwang in seiner Stimme mit, als er hinzufügte: »Sie müssen zugeben, daß Sie eine sehr ungewöhnliche Familie sind.«

Sie hätte ihm gern zugelächelt. Er war ein so netter, freundlicher Mann. Er behandelte sie wie eine Gleichgestellte, wie auch

Mr. Simon es tat. Oh, Mr. Simon . . . Wie konnte diese Frau annehmen, daß sie mit ihrem Ehemann . . . Nie würde sie ihm wieder ins Gesicht schauen können. Aber vielleicht wußte er gar
nichts von ihren Verdächtigungen. Was hatte sie noch gesagt?
Daß er sie ignorierte, nicht mit ihr redete. Dafür mußte es doch
einen Grund geben. Aber kannte sie den Grund nicht bereits?
Hatte sie nicht mit eigenen Ohren gehört, warum es so war?
Weshalb aber leben sie dann immer noch zusammen? Hatte Miß
Netherton ihr nicht erzählt, daß er sehr an seiner Mutter hing
und sie an ihm? Aber das allein konnte ihn doch nicht an eine
solche Frau binden . . .«

»Der Junge da oben liebt sie.«

»Wie bitte? O ja, das Kind. Und ich habe es auch sehr gern.«

»Wie können Sie dann daran denken fortzugehen? Ich bin
ganz sicher, daß Penella vor Weihnachten nicht zurückkehren
wird. Wenn sie sich entschließen sollte, nach Frankreich zu gehen, wo sie Verwandte hat, können es gut und gern drei Monate
werden, bevor sie zurückkommt. Sie ist schon früher so lange
fortgeblieben. Kommen Sie.« Er griff nach ihrer Hand. »Versprechen Sie mir, daß Sie bei uns bleiben werden. Was soll aus
mir werden, wenn Sie uns verlassen? Dann muß ich wieder über
das Hochmoor stapfen, wenn ich Sie sehen will, und Sie wissen
ja, wie es mir dabei beim letztenmal ergangen ist. Und auch meinem armen Pferd . . .«

Als sie jetzt aufstand, lächelte sie ihn an. »Sie hätten Diplomat
werden sollen. Aber ich glaube, Sie sind ja tatsächlich einer.
Darf ich fragen, wie es Ihnen geht?«

»Sie denken an meine epileptischen Anfälle? Oh, deswegen
brauchen Sie nicht verlegen zu werden, ich habe aufgehört, mir
deswegen Gedanken zu machen. Seltsamerweise habe ich seit
Wochen keine Anfälle mehr gehabt. Ich habe ein neues Mittel
dagegen bekommen. Ich hatte gerade damit angefangen, es ein-
zunehmen, als Sie mich damals gerettet haben, und seither habe
ich keinen einzigen Anfall mehr gehabt. Nein, das stimmt nicht
ganz. Nun, auf jeden Fall keinen schweren Anfall mehr, nur
noch ein oder zwei kleinere. Der allererste setzte nach einem
Schock ein, wissen Sie. Ich war damals mit meiner Schwester in
der Schweiz, und ich habe die Lawine kommen sehen. Sie raste

direkt auf meine Schwester zu. Ich weiß noch, daß ich ihr eine Warnung zugerufen habe. Und dann war es auch schon zu spät, sie begrub uns beide unter sich. Mein Arzt glaubt jetzt, daß es vielleicht gar keine Epilepsie ist. Er hat einen anderen Namen für die Krankheit. Wissen Sie, es spielt sich alles hier oben ab.« Er faßte sich an den Kopf. »Wenn eine der wichtigen Zellen der Meinung ist, sie fände nicht genug Beachtung, dreht sie einfach durch, und schon gehe ich zu Boden und schlage wild um mich. Das ist verrückt, denn ich bin gar kein Kämpfertyp. In Wirklichkeit bin ich ein Feigling, ein furchtbarer Feigling.«

»Oh, Mr. Timothy, ich glaube . . .«

»Was glauben Sie?«

»Ich glaube, Sie sind der netteste Mann, dem ich je begegnet bin.«

Sie sah, wie er die Farbe wechselte und zu erröten schien. Er wendete sich abrupt ab und sagte: »Sagen Sie das nicht. Seien Sie nicht zu freundlich zu mir, ich könnte mir das sonst zunutze machen.«

»Es tut mir leid. Ich wollte Sie nicht ver . . .«

Er wandte sich wieder zu ihr um und erklärte: »Sie haben mich nicht verärgert, meine Liebe, alles andere als das.« Dann änderte sich sein Tonfall. »Auf jeden Fall, jetzt, wo wir befreit sind von Drachen, bösen Zwergen und *Gingle-Gill-Goollies*, würde ich gern einmal Andrew mitbringen, wenn ich Sie und Ihre Familie besuche.«

»Oh, das wäre sehr schön. Aber was heißt *Gingle-Gill-Goollies*? Ich habe das Wort noch nie gehört.«

»Ach, das. Das habe ich mir ausgedacht. Ich schreibe manchmal Geschichten für Kinder, daher stammt es. Mögen Sie eigentlich Märchen?«

»Ich bin damit aufgewachsen.«

»Haben sie Ihnen keine Angst eingejagt?«

»Doch, manche schon.«

»Manche nur? Also ich habe mich bei den meisten schrecklich gefürchtet. Wir hatten eine Kinderfrau, die sich für eine Schauspielerin hielt. Sie hat uns ein paar sehr alte Märchen vorgelesen, die wirklich schaurig sind. Und es hat ihr anscheinend Spaß gemacht, mich zu Tode zu erschrecken. Deshalb schreibe ich

Märchen, die glücklich ausgehen. Das scheint Sie zu überraschen?«

»Nein. Nein, wirklich nicht. Mein Vater hat mir erzählt, daß Sir Walter Scott auch Märchen geschrieben hat.«

»Lesen Sie Scott?«

»Nicht oft. Ich . . . Ich mag ihn nicht so sehr. Ich finde seinen Stil – nun ja, ziemlich gekünstelt. Mögen Sie ihn?«

»Ja. Ja, ich muß zugeben, daß ich ihn mag. Aber ich habe auch mehr Zeit, um mich meinen Liebhabereien hinzugeben. Ich gebe zu, daß man sich ziemlich ausführlich mit ihm beschäftigen muß, um ihn richtig zu verstehen.«

Sie gingen jetzt auf die Haupttür der Bibliothek zu, als sie erklärte: »Ich möchte mich bei Ihnen bedanken, Mr. Timothy. Sie haben mir sehr geholfen.«

»Oh, dann ist also nicht mehr die Rede davon, daß Sie uns verlassen wollen?«

Sie seufzte und sagte dann: »Nun, im Augenblick nicht.«

»Das ist eine gute Neuigkeit. Dann können wir uns auf ein frohes Weihnachtsfest freuen, ja?«

Auf der Heimfahrt überlegte sie, ob sie wenigstens ihrer Mutter erzählen sollte, was sich in der Bibliothek ereignet hatte. Aber sie wußte, daß ihre Mutter selbstverständlich ihren Vater ins Vertrauen ziehen würde und daß die Probleme, die sich aus dem Verdacht dieser Frau ergeben konnten, ihre Eltern ebenso beunruhigen würden wie sie selbst. Deshalb nahm sie sich vor, zunächst noch nicht darüber zu sprechen. Es gelang ihr sogar, über Barrys Worte zu lachen, als er von der Erleichterung aller Angestellten bei der Abreise der Herrin berichtete.

»Aber einer wird Gott danken, daß sie weg ist, und das ist Milligan. Immer, wenn er sieht, daß sie in den Hof kommt, senkt er den Kopf. Ich sag' Ihnen, das ist die reine Wahrheit, jeder in den Ställen weiß das. Das Pferd zieht sich von der Tür zurück und schlägt aus wie der Leibhaftige. Entschuldigen Sie, Miß, aber das macht er. Der Teufel selbst kann seine Hufe nicht schneller bewegen als Milligan, wenn sie sich auf ihn schwingen will. Oh, sie drückt auf uns wie ein Tonnengewicht, auf alle. Die Mädchen in der Küche sind jetzt ganz anders. Man kann einen

Scherz machen mit ihnen und muß nicht befürchten, daß einem die Haut abgezogen wird und man im Pferdetrog landet.«

Lachend fragte sie: »Warum im Pferdetrog?« Und er erwiderte: »Nun, wenn die Herrin ihre Zunge an einem gewetzt hat, tat einem alles weh. Wußten Sie, daß sie fluchen kann wie ein Fuhrmann? Sie schlägt sogar Frank aus dem Feld. Er ist der erste Stallknecht, wie ich Ihnen schon erzählt habe, Miß, und er hat bei Ben Sutter gelernt. Der war vorher in der Army, müssen Sie wissen, und er hat es beim Teufel persönlich gelernt, wie er sagt, bei dem damaligen Oberfeldwebel. Es gibt kein Schimpfwort, das er nicht kennt.«

Oh, sie mochte Barry McBride. Auch ihn würde sie bestimmt vermissen, wenn sie das Haus verließ, was nur noch eine Frage der Zeit war. Wahrscheinlich würde es an dem Tag geschehen, an dem diese Frau wieder ihren Fuß hineinsetzte.

5

In den Wochen vor dem Weihnachtsfest 1881 kam Timothy dreimal mit dem Kind zu ihnen zu Besuch, jedesmal an einem Sonntag, wenn die ganze Familie zu Hause war. Der kleine Junge war begeistert von dem großen, gemütlichen Wohnzimmer, noch mehr aber von seinen Bewohnern – und sie von ihm. Deshalb schlug Maria vor, daß Timothy und das Kind zu ihrer üblichen Party am Boxing Day* eingeladen werden sollten.

Oswald, Olan, Jimmy und Cherry mußten alle am Heiligen Abend lange arbeiten, damit sie am ersten Weihnachtsfeiertag frei bekamen. Oswald und Olan, die bereits ihre neue Stellung in dem Imbißladen angetreten hatten, arbeiteten am Boxing Day bis ein Uhr mittags, ebenso wie Cherry und Jimmy. Aber um drei Uhr waren alle vier, frisch gewaschen und umgezogen, bereit, die Gäste zu empfangen. Außer Timothy und dem Jungen erwarteten sie Miß Netherton und Bobby Crane.

---

* Boxing Day: der zweite Weihnachtsfeiertag

Der Junge hatte auch den ersten Weihnachtsfeiertag mit ihnen zusammen verbracht und hatte sie alle überrascht durch seine Fähigkeit, fast ebensogut auf der Blechflöte zu spielen wie Oswald auf der kleinen Holzflöte, die Nathaniel ihm zu seinem zehnten Geburtstag geschenkt hatte, als er beobachtet hatte, wie er auf einem Schilfrohr geblasen hatte. Und so war es nach dem Weihnachtsessen sehr fröhlich zugegangen rund um den großen Kamin.

Heute aber war Boxing Day, eine Party sollte stattfinden, und der Raum war überfüllt. Beim Tee hatten sie viel gelacht und geplaudert, im Mittelpunkt der allgemeinen Aufmerksamkeit hatte der kleine Andrew gestanden. Jeder schien die Absicht zu haben, ihn glücklich zu machen, und seine Entzückensschreie zeigten, daß sie Erfolg damit hatten.

Als das Mahl beendet war, halfen alle Familienmitglieder, den Tisch abzuräumen. Dann schoben sie ihn in eine Ecke, damit Platz war für die Spiele, die folgen sollten. Der Junge war so aufgeregt, daß Miß Netherton zu Timothy sagte: »Worum wollen wir wetten, daß die Kinderfrau mitten in der Nacht aufstehen muß, weil jemand schrecklich krank geworden ist?«

»Nein, nein.« Timothy schüttelte den Kopf. »Falls ihm übel werden sollte, dann bestimmt, bevor er schlafen geht. Aber was macht das schon? Haben Sie schon jemals jemanden gesehen, der sich so freuen kann wie dieses Kind?«

Als Anna und Cherry die beiden Lampen an einen sicheren Platz brachten, eine an jedes Ende des Kaminsimses, und die beiden zweiarmigen Kerzenhalter aus Messing mit Kerzen aus echtem Wachs, nicht aus Talg, auf die Fensterbank stellten, hörte das Kind auf, herumzutoben, schaute sich mit offenem Mund um, wendete sich an Anna und sagte: »Das ist wie in der Geschichte von Cinderellas Palast, die Sie mir erzählt haben.«

Nathaniel mußte laut lachen, als er das hörte, und Maria kicherte und schlug die Hände zusammen. Aber Timothy, der neben dem Jungen stand, schaute sich um, so wie das Kind es getan hatte, und sagte: »Ja. Ja, du hast recht, Andrew. Es ist wie in Cinderallas Palast. Aber hier gibt es nicht nur eine Prinzessin, es sind zwei, und auch zwei Feen als Patinnen. Und hier steht der König des Schlosses.« Er zeigte auf Nathaniel. Dann wandte er sich wieder zu dem lachenden Jungen um und fügte hinzu: »Seine Söhne sind die Prinzen.«

»Können wir morgen wieder eine Party feiern, Onkel?«

»Was!« Entsetzt verfiel Timothy in einen rauhen Flüsterton. »Willst du, daß der König uns rauswirft? Dies ist ein ganz besonderer Tag, den gibt es nur einmal im Jahr.«

Nathaniel ergriff die Gelegenheit, um den Startschuß zu geben. Er rief: »Welches Spiel soll zuerst an die Reihe kommen? ›Hier gehen wir rund um den Maulbeerbaum‹ vielleicht? Was meinen unsere beiden Musiker?« Er nickte Oswald zu. »Du kennst ja die Melodie.« Dann wandte er sich an Bobby und fragte: »Wie steht es mit dir?«

»Ja, ich kenne sie auch, Mr. Martell.«

»Also, fassen wir uns an den Händen. Kommt, es fängt an.«

Zu den sanften, süßen Klängen der beiden Flöten faßten sie sich an den Händen, tanzten und sangen.

Hier gehen wir rund um den Maulbeerbaum,
um den Maulbeerbaum, um den Maulbeerbaum.
Hier gehen wir rund um den Maulbeerbaum
an einem frostigen, kalten Morgen.

Was finden wir an einem Maulbeerbaum,
einem Maulbeerbaum, einem Maulbeerbaum?
Was finden wir an einem Maulbeerbaum
an einem frostigen, kalten Morgen?

Nichts finden wir an dem Maulbeerbaum,
überhaupt nichts, überhaupt nichts,
nichts finden wir an dem Maulbeerbaum
an einem frostigen, kalten Morgen.

Alle Blätter haben die Würmer verspeist,
die Würmer verspeist, die Würmer verspeist,
alle Blätter haben die Würmer verspeist
an einem frostigen, kalten Morgen.

Als sie beim Tanzen dreimal die Verse wiederholt hatten, blieb

Miß Netherton stehen und setzte sich keuchend auf einen Stuhl. Dann rief sie Nathaniel zu: »Diese Fassung habe ich noch nie gehört.«

»Das will ich wohl glauben. Ich habe sie vor Jahren für eine Klasse gemacht, als ich gerade mit ihnen über die Herstellung von Stoffen redete. Und dabei habe ich herausgefunden, daß die Seidenwürmer von den Blättern der Maulbeerbäume leben.«

»Wie interessant.«

»Noch ein Spiel. Noch ein Spiel. Wir wollen noch ein anderes Tanzspiel aufführen, Missanna, Missanna, so eins wie das in dem Buch.«

»Das war eine Polka.«

»Oh, eine Polka. Das ist nichts für mich, nein, wirklich nicht.« Timothy setzte sich neben Miß Netherton. Nathaniel aber rief Oswald zu: »Spiel uns eine Polka.« Er streckte die Hand aus. »Komm zu mir, Maria. Jimmy, du tanzt mit Ben. Anna hat schon einen Partner gefunden.« Er lachte, als er sah, wie das Kind sich an Annas Hände klammerte. Und bevor er noch dazu kam, einen Partner für Bobby zu bestimmten, ging Cherry schon zu dem jungen Mann und streckte ihm ihre Hand hin. Nathaniel bemerkte, daß Bobby einen Augenblick lang zögerte, bevor er auf die Füße sprang. Alle lachten, als er erklärte: »Ich habe aber Füße aus Holz.« Und während Oswald eine flotte Melodie anstimmte, klatschten Miß Netherton und Mr. Timothy den Takt dazu.

Nachdem einer nach dem anderen erschöpft und lachend aufgegeben hatte, meinte Nathaniel: »Nun, es ist an der Zeit für eine kleine Pause und ein paar Süßigkeiten.« Er trat an einen Seitentisch, nahm eine große Schachtel herunter, hob den Deckel und erklärte: »Das ist ein Geschenk von unserer lieben Freundin Miß Netherton.« Und als sich alle bedient hatten, nickten sie Miß Netherton zu und sagten: »Dankeschön, Madam.« Nathaniel fügte hinzu: »Danke an alle für einen sehr schönen, glücklichen Tag.«

Nun meldete Jimmy sich zu Wort. »Erzähl uns eine Geschichte, Dada. Eine von deinen Geistergeschichten.«

»Blindekuh!«

Alle schauten Andrew an und lachten. Nathaniel aber meinte:

»Nun, da trete ich zurück. Die Wünsche unserer Ehrengäste kommen natürlich an erster Stelle. Also spielen wir Blindekuh.«

»Missanna, Missanna ist Blindekuh.«

»Nein, du bist Blindekuh.« Anna beugte sich zu dem Kind hinunter. Aber der Kleine packte sie am Rock, versuchte, sie zu schütteln und rief: »Nein, Sie sind Blindekuh und müssen mich fangen.«

»Also gut. Dada, ich brauche eine Augenbinde.«

»Nimm meinen grünen Schal, den ich zu Weihnachten geschenkt bekommen habe.«

Sie schaute Jimmy an, lachte und sagte: »Oh, vielen Dank, Jimmy.«

Als der Junge loslief, um den Schal zu holen, erklang draußen das Wiehern eines Pferdes. Augenblicklich schauten alle auf die Tür, und Mr. Timothy erklärte: »Das wird die Kutsche sein. Ich habe gesagt, man soll uns um sechs Uhr abholen, aber jetzt ist es erst halb sechs.«

»O nein, nein, Onkel Timothy, wir können doch nicht jetzt schon heimfahren. Bitte, bitte!«

»Ja, ja, ist ja in Ordnung.«

Nathaniel war schon auf dem Weg zur Tür, als jemand energisch anklopfte, und als sie sich öffnete, rief Timothy als erster: »Oh, Simon! Was für eine angenehme Überraschung! Komm herein, komm herein!« Dann wandte er sich schnell an Nathaniel und sagte: »Du meine Güte! Was habe ich mir für Freiheiten herausgenommen. Bitte entschuldigen Sie.«

Lachend sagte Nathaniel zu dem Mann, der in der offenen Tür stand: »Bitte treten Sie ein, Sir! Wir freuen uns über Ihren Besuch.«

»O Papa, Papa, wir feiern eine wunderschöne Party. Wir haben getanzt und gesungen, und dann gab es all diese schönen Sachen zu essen und . . .«

»Ja, mein Junge, ist ja gut. Du kannst mir alles später noch erzählen.« Er tätschelte seinem Sohn den Kopf. »Zuerst laß mich Mr. und Mrs. Martell begrüßen und mich bei ihnen bedanken für ihre Gastfreundschaft.« Er drehte sich um und schaute Maria an, als er sagte: »Es ist sehr freundlich von Ihnen, daß Sie sich dieses rowdyhaften Jungen und seines ebenso rowdyhaften Onkels annehmen«, woraufhin ein kleines zaghaftes Gelächter aufkam. Dann wandte er sich an Nathaniel: »Ich danke Ihnen, Sir, nicht nur für diesen Tag, sondern auch für die Freundlichkeit, die Sie uns in der Vergangenheit erwiesen haben, und vor allem dafür, daß Sie Ihrer Tochter gestatten, Ihre Kenntnisse meinem Sohn zu vermitteln.«

Die Worte klangen sehr förmlich und schienen einen Augenblick lang die Stimmung zu dämpfen, bis Miß Netherton mit ihrer gebieterischen Stimme erklärte: »Nun steh da nicht länger herum, Simon, komm und setz dich einen Augenblick. Sie wollen gerade Blindekuh spielen.«

Er gehorchte ihr nicht, sondern schaute erst das Kind an, dann Timothy und sagte: »Meint ihr nicht, daß ihr beide hier die Gastfreundschaft schon allzulange in Anspruch genommen habt?«

Aber bevor einer von ihnen antworten konnte, rief Nathaniel: »Aber nein! Überhaupt nicht! Wir könnten die ganze Nacht noch so weitermachen. Erlauben Sie ihm bitte wenigstens noch ein weiteres Spiel.«

»Wie Sie wollen. Ganz wie Sie wollen.« Jetzt lächelte Simon, ging zu Miß Netherton und stellte sich neben ihren Stuhl, während Oswald Jimmy den Schal abnahm und ihn der Länge nach viermal zusammenfaltete. Dann ging er auf seine Schwester zu und sagte: »Dreh dich um und versuch nicht, doch einen Blick zu riskieren.« Er band ihr den Schal um die Augen und drehte sie dreimal um. Dann rief er: »Fertig. Es geht los!«

Mit ausgestreckten Armen tastete Anna sich vor, in Richtung des Gekichers und Geflüsters, und rief wie in Manor House, wo sie dieses Spiel auch schon mit ihrem kleinen Schüler gespielt hatte: »Wo ist dieser große Junge, der seine Lektionen nicht lernen will? Wo ist er? Ich bin sicher, daß er hier irgendwo sein muß.«

Jetzt drehte sie sich um und ging auf das Kaminfeuer zu. Sie wußte das, weil sie die Wärme spürte, die ihr entgegenkam. Als sie den Fuß auf die Matte gesetzt hatte, wandte sie sich rasch nach links und beugte sich zu dem großen Armsessel hinunter, hinter dem Kichern und Trappeln zu hören war. Cherry stimmte ein Lied ein, in das die Jungen einfielen.

Nenne denjenigen, den du fangen willst,
nenne denjenigen, den du haben willst,
wenn du so kühn bist, seinen Namen zu nennen.

Und Anna antwortete:

Es ist Master Andrew, den ich fangen will.
Ich nenne den Namen, ich bin so kühn.

Als sie das Gelächter des Kindes hörte, lief sie schnell in seine
Richtung und spürte, daß irgend jemand es hochnahm und aus
ihrer Reichweite brachte.

Dann ging das Lied weiter.

Lauf fort, lauf fort,
die Blindekuh sieht dich nicht.
Sei schnell, sei schnell,
Oder sie fängt dich doch.

Sie konnte hören, daß sie die Plätze wechselten, und ging wieder auf den Kamin zu. Dann sagte sie: »Ihr solltet mir ein Zeichen geben.« Und als sie hörte, wie Oswald »mäh, mäh« sagte,
wie ihre Ziege, wußte sie, daß er bei der Tür zur Küche stand.
Sie ging aber nicht auf ihn zu, sondern wieder zu dem großen
Armsessel hin. Sie wußte, daß das Kind dort sein mußte, weil es
kleine unterdrückte Schreie ausstieß. Sie nahm an, daß er hinter
dem Stuhl stand und sich an die Rücklehne preßte. Sie beugte
sich hinunter und streckte die Hände nach ihm aus. Aber offensichtlich hatte sie die Entfernung falsch eingeschätzt, statt der
vertrauten Gestalt des kleinen Jungen hielt sie das Revers eines
Mantels in den Händen. Und dann hörte sie, wie Andrew scha-
denfroh rief: »Sie haben meinen Papa gefangen. Sie haben meinen Papa gefangen. Nicht mich, meinen Papa!«

In der nächsten Sekunde hatte Anna die Binde heruntergeris-
sen und blickte in das ernste Gesicht von Simon. Blitzschnell
zog sie auch die andere Hand zurück, hob den Jungen vom Sessel, während alle lachten, und zwang sich, leichthin zu ihm zu
sagen: »Warum hast du mir kein Signal gegeben?«

»Hab' ich doch, Missanna, hab' ich doch.«

»Du hast aber nicht laut genug gequiekt.«

»Wollen wir noch einmal spielen? Dann können Sie mich fangen und . . .«

»Nein, nein.« Das war die Stimme seines Vaters. »Ich denke, du hast genug davon gehabt für heute, und von dir hat wohl auch jeder genug jetzt. Außerdem warten die Pferde draußen, sie werden schon tüchtig frieren und Grafton auch. Und du weißt, was Grafton macht, wenn ihm kalt ist.«

»Er schimpft.«

»Ja, er schimpft. O ja, das tut er.« Er lächelte jetzt und schaute Timothy an, der sein Lächeln erwiderte und sagte: »Und noch einiges mehr.«

Miß Netherton stand auf und ging zu Simon hinüber. »Ich habe meinen Wagen für halb sieben bestellt«, sagte sie. »Aber ich hätte es in einer Kutsche bequemer, wenn es euch nichts ausmacht, mich mitzunehmen.«

»Es wäre mir ein Vergnügen.«

»Gut, dann ziehe ich mir den Mantel an.«

Kurz darauf hatten sich alle an der Tür eingefunden, und Timothy sagte: »Ich kann mich nicht daran erinnern, jemals mehr Spaß gehabt zu haben, und ich finde keine Worte, um meinen Dank auszudrücken. Ich kann Ihre Freundlichkeit nur mit der unverschämten Frage beantworten: Darf ich bald wiederkommen?«

Nathaniels und Marias lebhafte Zustimmung ging fast unter in dem Gelächter, das entstand, als Miß Netherton sagte: »Gib mir deinen Arm, du Schürzenjäger. Du würdest einen großartigen Bettler abgeben.« Dann wendete sie sich an die ganze Familie, als sie hinzufügte: »Sie wissen, was ich empfinde. Ich habe nicht so eine geläufige Zunge wie dieser Bursche hier, deshalb kann ich nur sagen, daß ich Ihnen allen für eine sehr gelungene Party danke.«

Robert Grafton kam nun an die Tür und zeigte Miß Netherton und Timothy den Weg zur Kutsche mit seiner hochgehaltenen Laterne. Das Kind verabschiedete sich von allen einzeln, gab jedem die Hand und wiederholte immer wieder: »Dankeschön, dankeschön.«

Als sein Vater den Jungen dann auf den Arm nahm, legte er ihm einen Arm um den Hals, mit dem anderen aber packte er Anna plötzlich vorn am Kleid und zog sie zu sich heran, spitzte die Lippen und gab ihr einen schallenden Kuß auf den Mund. Eine Sekunde lang begegnete sie wieder Simons Blick. Sie seufzte leise und versuchte, die Hand des Kleinen von ihrem Kragen zu entfernen.

Aber er hielt ihn weiterhin fest und sagte: »Ich sehe Sie doch morgen früh wieder, Missanna?« Und sie stammelte: »J . . . ja, morgen früh.«

»Ich liebe Sie, Missanna.«

Ihr wurde heiß bis in die Haarspitzen. Die anderen tauschten lachend Bemerkungen untereinander aus, und Simon sagte: »Sie dürfen es meinem Sohn nicht übelnehmen, daß er seine Gefühle so in aller Öffentlichkeit zum Ausdruck bringt.« Und an die Adresse von Nathaniel und Maria fügte er hinzu: »Sie werden froh sein, wenn diese Invasion ein Ende hat.«

Ungeachtet der lauten Proteste nickte er ihnen zu und sagte: »Gute Nacht, allen eine gute Nacht.« Dann ging er rasch auf die Kutsche zu.

Sie blieben an der Tür stehen und beobachteten, wie die Pferde wendeten auf dem gefrorenen Boden, und alle warteten, bis die Seitenlampen des Wagens auf der engen Straße verschwanden.

Erst als die Tür wieder geschlossen worden war, merkte ein jeder, daß sie vor Kälte zitterten. Sie drängten sich um den Kamin und redeten miteinander über die Eindrücke des Tages. Dann aber schien sich immer mehr ein Schweigen auszubreiten. Plötzlich erklärte Oswald: »Dies ist eines der schönsten Weihnachtsfeste, an die ich mich erinnern kann, obwohl wir auch früher schon sehr schöne Weihnachtsfeste gefeiert haben, nicht wahr, Dada, erinnerst du dich?«

»Ja, Oswald, das stimmt, wir haben tatsächlich schon sehr schöne Weihnachtsfeste gefeiert, aber ich glaube auch, dieses war das allerschönste. Ich denke, es liegt daran, daß wir ein Kind glücklich gemacht haben, und das ist genau das, was dieses Kind braucht. Er hat kein richtiges Leben gehabt, keine richtige Kindheit, nach dem, was Anna uns erzählt hat. In gewisser

Weise ist er bedauernswert.« Er richtete seinen Blick auf Bobby, der den Kopf gesenkt hielt, und sagte: »Ich brauche das nicht zurückzunehmen, Bobby. Es gibt auf dieser Welt viel schlimmere Dinge als einen leeren Magen. Von der Liebe kann man nicht leben, das weiß ich, aber sie kann es bewirken, daß eine Scheibe trockenes Brot so schmeckt, als wäre Butter darauf.«

»Oh, ich weiß das, Mr. Martell, ich weiß das. Ich verstehe, was Sie meinen. Und ich habe den Jungen heute beobachtet, er wirkte wie befreit.«

»Und hat es auch dir gefallen, Bobby?« Bei dieser überraschenden Frage wandte er mit einem Ruck Cherry den Kopf zu und starrte sie einen Augenblick lang an, bevor er erwiderte: »Weißt du, wenn ich dich schon besser kennen würde, hätte ich jetzt gesagt, daß das eine außerordentlich dumme Frage war.« Alle freuten sich über diese Gelegenheit, wieder lachen zu können, und er stimmte mit ein. Aber dann schaute er Maria an und meinte mit leicht veränderter Stimme: »Sie werden nie ganz begreifen, was Sie an diesem Weihnachtsfest für mich getan haben. Was Sie alles für mich getan haben. Ich werde mich daran erinnern bis zu dem Tag, an dem ich sterbe. Was auch immer geschehen mag in meinem Leben, diesen Tag werde ich nie vergessen.« Er wandte sich wieder an Cherry und sagte: »Jetzt hast du die Antwort bekommen.« Und sie lachte und entgegnete: »Jetzt ist mir klar, warum sie dich aus der Grube feuern wollten. Du redest zuviel.«

Das brachte wiederum alle zum Lachen, denn die ganze Familie hatte bemerkt, daß der junge Bursche kaum jemals den Mund geöffnet hatte. Anna hatte sogar ihren Vater einmal gefragt: »Spricht er mehr, wenn er bei dir Unterricht hat?« Und er hatte ihr geantwortet: »Er hat noch immer gewisse Schwierigkeiten damit, aber es wird langsam besser.«

Sie gingen spät ins Bett an diesem Abend, und die beiden Mädchen hatten schon eine Weile schweigend Seite an Seite dagelegen, als Cherry leise sagt: »Ich mag ihn.«

»Wen?«

»Bobby.«

Daraufhin drehte Anna sich zur Seite, schaute ihre Schwester an und fragte: »Was meinst du damit?«

»Genau das, was ich gesagt habe.«

»Das bedeutet also, daß du ihn nicht nur magst?«

»Ich bin mir noch nicht ganz sicher, Anna, aber ich habe noch nie so ein Gefühl für einen anderen Jungen gehabt. Sicher, wir haben keinerlei Gelegenheit gehabt, Jungen zu treffen. Aber manchmal sieht man die Jungen aus dem Dorf, wenn sie am Sonntag über die Felder spazieren, in ihren besten Anzügen. Ich finde, daß Bobby sie alle aussticht, selbst in seinen Bergwerksklamotten. Und er hat Verstand und denkt nach. Aber . . . aber ich bin älter als er.«

»O ja, viel älter. Ein Jahr und ein paar Wochen, glaube ich. Wie alt ist er? Siebzehn. Und du bist gerade achtzehn geworden.«

»Lach nicht. Es ist nicht in Ordnung. Der Mann sollte immer der Ältere sein.«

»Sei nicht so dumm! Es kommt darauf an, was du für ihn fühlst, und das hat überhaupt nichts zu tun mit dem Alter. Denk doch nur an Miß Alice Simmons aus Bowcrest, die letztes Jahr geheiratet hat. Erinnerst du dich? Sie ist vierunddreißig, heißt es, und er fünfundzwanzig.«

»Ach, diese Leute können sich ihre eigenen Gesetze machen, je reicher du bist, desto weniger spielt es eine Rolle . . .«

»Du läßt Dada besser nicht wissen, daß du so denkst. Er würde dich fragen, wo du das gelernt hast. Ich rate dir folgendes: Wenn du Bobby magst, hab' ihn ruhig weiter gern, aber lerne ihn erst mal besser kennen. Und du weißt ja, daß es Jahre dauert, bis etwas daraus werden kann.«

»Das weiß ich ja, aber ich kann doch hoffen.«

»Sicher, meine Liebe, fahr fort zu hoffen, das ist besser, als wenn man keine Hoffnung hat.«

Sie drehte sich auf die andere Seite, aber einen Augenblick später sagte Cherry mitfühlend: »Ich weiß, daß da jemand ist, der sich für dich interessiert und all das, aber ich weiß auch, daß es da gar keine Hoffnung gibt. Es tut mir so leid für dich.«

»Was soll das heißen? Was willst du damit sagen?« Anna hatte sich blitzschnell wieder umgedreht und halb aufgerichtet im Bett.

»Leg dich wieder hin, du weißt genau, was ich meine. Man

konnte doch sehen, wie er dich angeschaut hat, als er beim Blindekuhspiel deine Hände ergriffen hat. Ich glaube, ich bin nicht die einzige, der das aufgefallen ist. Dada ist auch nicht gerade blind für so etwas.«

»Cherry! Cherry Dagshaw! Hör auf damit! Hast du gehört? Und wage es nicht, dieses Thema jemals wieder anzuschneiden, weder mir gegenüber noch vor irgend jemandem sonst. Hast du mich verstanden?«

»In Ordnung, ist ja gut. Leg dich wieder hin.«

Anna legte sich wieder hin, und einen Augenblick später drehte Cherry sich mit einem tiefen Seufzer auf ihre Seite. Dann sagte sie: »Wenn ich vorher noch im Zweifel war, was deine Gefühle anbelangt, so hast du sie jetzt vertrieben.«

Anna war drauf und dran, sich wieder aufzurichten, aber sie hielt sich zurück und griff nur nach dem Zipfel der Federdecke. Sie mußte diese Anstellung aufgeben, es war keine Zeit mehr zu verlieren.

4. Teil

Ein schwerer Schlag

1

Vom Jahr 1881 auf 1882 herrschte ein sehr strenger Winter. An manchen Tagen waren die Landstraßen wegen der dichten Schneeverwehungen unpassierbar, und als das Tauwetter einsetzte, wurden die Verhältnisse noch schlimmer.

Anna hatte das Versprechen, das sie sich selber gegeben hatte, nicht eingehalten und ihre Anstellung in Manor House noch nicht aufgegeben. Sie redete sich ein, daß das Kind sie brauchte. Wenn sie aufgrund des schlechten Wetters nicht zu ihrem Arbeitsplatz gelangen konnte, war sie gleichzeitig erleichtert und traurig.

Der schwerste Schneesturm fand im Februar statt; er dauerte vier Tage lang. Riesige Schneemengen blockierten die Straßen, die Züge konnten nicht fahren, und als schließlich das Tauwetter einsetzte, kam das Hochwasser. Die Flüsse stiegen über ihre Ufer und überfluteten große Teile der Dörfer und ihrer Umgebung, nur das Hochmoor blieb davon verschont. Und das war ein Glück, denn in der zweiten Märzwoche mußten zwei Bergwerksarbeiter mit ihren Familien sowie ein alleinstehender Mann aufs Moor ziehen. Sie richteten sich, so gut es ging, ganz in der Nähe von Nathaniels Wäldchen ein, damit die Bäume ihnen wenigstens etwas Windschutz boten.

Drei Tage waren sie nun schon dort, als Nathaniel und Anna, die von ihrem großen Holzstoß am Zaun einen neuen Vorrat für das Haus holen wollten, Bekanntschaft mit ihnen machten. Entsetzt hörten sie, wie ein Kind sich die Seele aus dem Leib zu husten schien in einem der drei primitiven Persenningzelte, die so ungeeignet waren für die herrschende Witterung, daß Nathaniel sie nicht einmal seinen Ziegen als Behausung zugemutet hätte. Es handelte sich insgesamt um drei Männer, zwei Frauen und fünf Kinder. Einer der Männer hatte ein Feuer angezündet in einer leeren, viereckigen Blechdose und drüber einen Dreifuß errichtet, an dem ein Wasserkessel schaukelte. Als Nathaniel über den Zaun hinweg sagte: »Du meine Güte! So kann das doch nicht weitergehen«, erwiderte der Mann: »Wir haben nichts von Ihrem Holz genommen, Mister.«

»Ich rede doch nicht von dem Holz«, erklärte Nathaniel barsch. »Ich rede von den Bedingungen, unter denen Sie hier leben, und von dem Kind, das da drinnen so entsetzlich hustet.« Er zeigte auf das Zelt, dessen ›Wände‹ aus altem Hausrat bestanden. Und dann fügte er hinzu: »Sie hätten nur zu mir kommen und fragen müssen. Sie wissen doch bestimmt, daß Sie meine Scheune hätten benutzen dürfen, so wie andere vor ihnen.«

Der Mann kam jetzt zum Zaun herüber. Die beiden anderen Männer und eine der Frauen folgten ihm. Der erste Mann schien ihr Sprecher zu sein. Er sagte ruhig: »Ja, ich weiß das, Mister. Sie sind sehr gut gewesen, und Sie hätten das nicht tun müssen, nach allem, was man Ihnen und Ihrer Familie angetan hat. Aber wir wollen nicht, daß Sie Schwierigkeiten bekommen. Ein oder zwei Tage können wir es hier schon noch aushalten, dann verschwinden wir sowieso. Wir wollen in die Stadt gehen. Dort finden wir schon irgend etwas, wenn nicht, muß das Arbeitshaus uns aufnehmen. Aber dazu kommt es erst über meine Leiche, das schwöre ich Ihnen. Unser Tag wird schon noch kommen, der Tag der Abrechnung mit diesem Pack hier.« Er zeigte mit dem Daumen über das Hochmoor in Richtung auf die Grube. »Sie leben im Fett von dem, was die Erde birgt. Wir fördern jetzt mehr Kohle als je zuvor, dreimal soviel wie vor zwanzig Jahren. Ich weiß Bescheid, Mister, ich weiß Bescheid. Ich bin Mitglied der Gewerkschaft. Das ist mein Problem. Ich bin Mitglied der Gewerkschaft. Wir alle drei gehören dazu, und es gibt noch viel mehr, das kann ich Ihnen sagen. Aber ich habe die Frechheit besessen, dafür geradezustehen, was alle denken, und meine Meinung zu sagen. Deshalb sind wir jetzt hier, sehen Sie. Wir haben versucht, die anderen aufzurütteln. Wir müssen zusammenhalten, habe ich gesagt. Und was ist passiert? Dieser ekelhafte Schnüffler, dieser Praggett, mußte natürlich seinen Senf dazugeben.«

»Warum ist es nur immer Praggett, der das letzte Wort zu haben scheint, wenn es um eine Zwangsräumung geht?«

»Oh, Mister, er folgt nur den Anordnungen, die er bekommt. Es gibt nur einen Mann hier, der ein gutes Wort für uns hatte, und das ist Taunton, der Ingenieur. Aber auch er ist vorsichtiger geworden. Die Lage hat sich deutlich zugespitzt, seit Morgansen, der zweite Grubenbesitzer, aus London gekommen ist und sich eingemischt hat. Sie sollten verdammt noch mal selber nach unten gehen und sich anschauen, was sich dort abspielt, damit sie leben können wie die Lords. Aber ich nehme an, Morgansen ist nur gekommen, weil seine Tochter Brodrick heiraten soll. Seit sein Vater gestorben ist, spielt er den großen Herrn. Aber unser Tag wird schon noch kommen. Dagegen können sie gar nichts machen. Die Gewerkschaft wächst und wächst. Sie wird immer größer und mächtiger, und eines Tages wird sie die Mistkerle vertreiben. Ich hoffe nur, daß ich dann noch lebe.«

Anna hatte den Mann genau beobachtet. Ihr war völlig klar, wie er sich um seinen Job geredet hatte. Seine Worte waren wie Faustschläge. Und er hatte einen triftigen Grund für seinen Kampf. Aber was hatte er da gesagt, Mr. Raymond wollte die Tochter des anderen Grubenbesitzers heiraten? Das war ihr völlig neu. Und die Frau seines Bruders? Du meine Güte! Sie erinnerte sich noch genau daran, wie sie seine Liebesbeteuerungen Penella Brodrick gegenüber mitgehört hatte. Was würde sie jetzt tun? Wie würde sie reagieren?

Gegenwärtig überwintert sie, wie die Kinderfrau es genannt hatte, in Südfrankreich. Anna fiel ein, daß die alte Frau lachend hinzugefügt hatte: »Ich hoffe, sie bleibt auch im Sommer und für immer und ewig da.« Innerlich hatte sie ihr von Herzen zugestimmt, denn ohne diese Frau war Manor House wie verwandelt. Abgesehen von den zwei Trauerwochen nach dem Tod des Masters Arnold Brodrick, der irgendwo weit entfernt im Ausland begraben worden war und von dessen Tod sie erst mit einer Woche Verspätung Kenntnis erhalten hatten, herrschte jetzt dort eine friedliche, angenehme Atmosphäre. Auch hatte sie das Gefühl, daß sie von dem Personal immer mehr akzeptiert wurde, mit ein oder zwei Ausnahmen. Das Hausmädchen vom oberen Stockwerk verhielt sich ihr gegenüber, gelinde ausgedrückt, immer noch äußerst ablehnend und streitlustig. Vielleicht lag es daran, daß sie im Dorf aufgewachsen und die Nichte des Grobschmieds war.

Annas Gedanken eilten wieder in die Gegenwart zurück, als ihr Vater die Leute aus der Grube ratlos fragte: »Aber warum wollten Sie denn nicht lieber in meine Scheune ziehen? Dort ist es trocken und warm, und Ihre Frauen könnten im Nebenraum kochen. Außerdem braucht das kranke Kind einen besseren Schutz als dieses provisorische Zelt, nach seinem qualvollen Husten zu urteilen.«

Diesmal kam die Antwort von einem der anderen Männer. »Wir würden es ja gern tun, Mister. Er hat es Ihnen nicht sagen wollen«, er zeigte auf seinen redegewandten Gefährten, »aber Mr. Praggett hat uns gesagt, wenn Sie noch weitere von uns aufnehmen, würden sie Ihnen alle Wege nach draußen versperren, so daß Sie mit Pferd und Wagen nicht mehr durchkommen und Ihnen als einziger Ausweg der Gang zu Fuß durch das Dorf bleibt. Und wir wissen, daß Sie in dieser Hinsicht früher schon Ärger gehabt haben.«

Nathaniels Empörung schien ihn um ein paar Zentimeter wachsen zu lassen. Mit lauter Stimme erwiderte er: »Sie können uns hier nicht einsperren, das Hochmoor ist öffentliches Gebiet. Und an zwei Seiten grenzen Felder von Farmer Billings an unser Gebiet.«

»Nun, wissen Sie, Sir . . .« Der Mann nickte ihm zu. Dann erklärte er mit ruhiger Stimme: »Billings hat die Farm nur gepachtet, und zwar von den Brodricks. Es ist also im Grunde ihr Land.«

»Aber Mr. Brodrick würde das niemals erlauben.«

»Ja, das könnte man meinen, aber . . . Aber Morgansen besitzt, soviel ich verstanden habe, einen größeren Teil des Kuchens, und Brodrick muß sich nach ihm richten. Gerade jetzt, denke ich, wo er darauf aus ist, eine Familie zu gründen. Wenn Sie mich fragen, es ist eine rein geschäftliche Frage, ebenso wie die Heirat. So liegen die Dinge nun einmal, Sir. Wir möchten Sie nicht in so eine Zwickmühle bringen, vor allem deshalb nicht, weil es heißt, daß Morgansen noch rigoroser vorgeht als Brodrick.«

»Es gibt ein öffentliches Wegerecht, daran kommen auch alle Brodricks und Morgansens nicht vorbei. Und jetzt reißen Sie diese Bruchbuden wieder ab und nehmen Sie den Schutz der

Scheune in Anspruch. Sie werden den Boiler in kürzester Zeit benutzen können und heißes Wasser haben und heiße Getränke für das Kind. Wie steht es mit Bettsachen?« Er blickte jetzt die Frauen an, und eine von ihnen antwortete:»Nun, Sir, nicht allzu schlecht, aber es ist alles ein bißchen feucht.«

»Dann bringen Sie es herüber zum Trocknen. Bringen Sie auch all Ihre anderen Sachen her. Solange das Wetter sich nicht zum Besseren wendet, werden sie täglich Ausflüge zu diesem Holzstoß machen müssen, damit der Boiler funktioniert. Es ist reichlich Holz da, darum brauchen Sie sich keine Sorgen zu machen. Und auch sonst nicht ... Einsperren wollen Sie uns! Also wirklich ...« Er drehte sich jetzt um und nahm einen Armvoll Holzscheite auf. Dann sagte er zu Anna:»Komm. Hast du jemals so etwas gehört? Was werden sie wohl als nächstes noch aushecken?«

»Nun, sie haben schon früher damit gedroht, Dada. Wahrscheinlich werden sie ihren Plan diesmal auch ausführen und es uns überlassen, um unser Recht zu kämpfen.«

»Sollen sie es nur versuchen! Was für ein Jammer, daß Miß Netherton nicht hier ist. Sie wäre zu ihnen hingefahren und hätte ihnen tüchtig Bescheid gegeben. Sie kennt die Gesetze. Es fehlt nicht viel, dann würde ich selber hingehen und ...«

»Bitte, Dada, misch dich nicht mehr ein in diese Sache als unbedingt notwendig. Ich werde morgen wieder dort sein. Ich werde Mr. Simon sehen, vielleicht ist er in der Lage, irgend etwas zu unternehmen. Obwohl er immer sagt, daß er mit der Grube und allen anderen Geschäften nichts zu tun hat. Ihm gefällt das, was dort vor sich geht, kein bißchen besser als dir. Und erst Mr. Timothy ... Ich glaube, wenn er dort hätte arbeiten müssen, wäre er der erste gewesen, der gestreikt hätte.«

Als sie ins Haus traten, rief Nathaniel:»Maria! Maria! Komm her und hör dir das Neueste an.« Und als Maria aus der Küche kam und fragte, erzählte er ihr alles. Sie trocknete sich die Hände ab und hörte ihm schweigend zu. Dann fragte sie ruhig: »Und was ist, wenn sie dazu berechtigt sind?«

»Sie besitzen nicht das Recht, öffentlichen Grund und Boden, Moorland, einzugrenzen.«

»Aber es muß doch irgend jemandem gehören. Sie haben sich

vielleicht einfach noch nicht die Mühe gemacht, es zu umzäunen.« Nathaniel schaute von Maria zu Anna, dann ging er zu einem der Stühle, setzte sich hin und erklärte noch einmal: »Ich wünsche mir wirklich, daß Miß Netherton hier wäre. Ich kenne die Gesetze nicht. Ich bin dumm genug gewesen, mich mein ganzes Leben lang mit Volkskunde und Märchen zu beschäftigen, aber nie mit den grundlegenden Wissenschaften. Ich bin ein Narr, aber ein vergnüglicher Narr, genau das bin ich.«

»Ja. Ja, natürlich, Lieber.« Sie standen jetzt zu beiden Seiten an seinem Stuhl, und Maria strich ihm das Haar aus der Stirn und fügte hinzu: »Das weiß ich ja schon seit langem. Ich frage mich nur, wie ich damit so lange leben konnte.« Dann lachte Anna, und Nathaniel schaute sie an und sagte: »Sie meint es wirklich so, es ist kein Scherz.«

»Natürlich meine ich es so. Und jetzt können wir alle ein hübsches Gläschen warmen Holunderbeerwein vertragen, denke ich.«

Als Maria in die Küche zurückgekehrt war, schaute Nathaniel Anna an und sagte mit tonloser Stimme: »Wie sollen wir das Heu und das Viehfutter und unsere Lebensmittel herbringen, wenn wir den Wagen nicht mehr benutzen können? Und was sollen die beiden Jungen machen? Wenn der Weg durchs Moor versperrt ist, müssen sie einen Weg von anderthalb Meilen zurücklegen und mitten durchs Dorf gehen, um auf die alte Fahrstraße zu gelangen.«

»Mach dir deswegen keine Sorgen, Dada, die schaffen das schon. Vielleicht können sie ja auch in der Stadt bleiben, weißt du, in diesen Räumen über dem Laden, von dem sie immer reden. Ich bin sicher, daß Mrs. Simpson es gern sähe, wenn sie immer dort wären. Und was Bobby anbelangt, er kann ja mit ihnen zusammen den Weg zurücklegen. Dadurch wird die Wahrscheinlichkeit, daß irgend jemand versuchen sollte, sie unterwegs anzugreifen, noch geringer, obwohl sie auch allein damit fertig werden könnten. Wie wir wissen – und sie wissen es wohl auch –, ist Oswald in der Lage, es mit zwei Männern aufzunehmen. Er hat das bereits unter Beweis gestellt. Bleiben also nur noch Cherry und ich übrig. Nun, Mrs. Praggett wird schon dafür sorgen, daß Cherry wohlbehalten bei ihr ankommt, sonst ergeht es ihrem Mann schlecht.« Jetzt mußte sie lachen. »Und ich, ja, Dada, ich denke ernsthaft darüber nach, meine Stellung aufzugeben.«

»Warum denn? Warum jetzt schon? Soweit ich es verstanden habe, soll das Kind erst dann einen männlichen Lehrer bekommen, wenn es sechs ist.«

»Oh, es gibt eine ganze Reihe von Gründen. Der wichtigste ist natürlich der, daß die junge Herrin bald zurückkommen wird. Und ich kann einen weiteren Zusammenstoß mit ihr einfach nicht riskieren, weil ich Angst habe, ich könnte sie schlagen.«

Er erwiderte ihr Lächeln und sagte einfach: »Ich verstehe.« Dann ergriff er ihre Hand und fügte hinzu: »Ich verstehe es besser, als du ahnst. Ich glaube, du bist ein sehr, sehr kluges Mädchen, und ich habe dich sehr lieb.«

»Und ich dich auch, Dada, weil du ein Narr bist, ein Narr, der Volkskunde und Märchen liebt.« Sie beugte sich zu ihm herunter, legte ihm die Arme um den Hals und küßte ihn. In diesem Augenblick trat Maria ins Zimmer mit einem Tablett, auf dem drei Becher mit dampfend heißem Wein standen. »Und von mir erwartet man, daß ich mit ihm fertig werde, nachdem er so verwöhnt worden ist«, sagte sie.

2

Anna betrat Manor House immer durch die Seitentür, die ihr die Haushälterin am ersten Tag gezeigt hatte mit der Bemerkung, daß sie immer diese Tür benutzen sollte, wenn sie das Kind zum Nachmittagsspaziergang hinausführte. Sie wollte gerade die Treppen hinaufsteigen, als sie die vertraute Stimme von Betty Carter vom Flur her hörte. »Der Wagen steht im Hof. Sie ist wieder da.« Sie spürte das dringende Bedürfnis, sofort wieder kehrtzumachen, zwang sich aber, ruhig die Treppe hinaufzusteigen und das Mädchen zu ignorieren.

Kaum hatte sie den Treppenabsatz erreicht, als sich auch schon die Tür zum Wohnzimmer der Kinderfrau öffnete. »Kommen Sie herein«, sagte die alte Frau. »Wie schön, Sie wiederzusehen, Mädchen. Das ist wie ein erster Frühlingsgruß. Er ist schon fertig und wartet auf Sie, wie er es jeden Tag getan hat. Ich habe ihm gesagt, daß Sie heute kommen werden. Geben Sie mir Ihren Hut und den Mantel. Erzählen Sie mir, was inzwischen passiert ist. Um ihn brauchen Sie sich keine Sorgen zu machen.« Sie zeigte mit dem Daumen auf die Tür. »Peggy ist bei ihm im Augenblick. Wir dürfen aber nicht laut lachen, sonst kommt er angeschossen wie der Blitz. Setzen Sie sich doch eine Minute lang ... Das war vielleicht ein Winter! Ich dachte schon, wir hätten das Schlimmste hinter uns, aber dann fing es wieder von vorn an. Ich habe gehört, daß sie angefangen haben, einen Teil des Moors einzuzäunen. Wie hat Ihr Dada das denn aufgenommen?«

Anna erstattete der alten Frau einen kurzen Bericht darüber, wie ihr Vater die neue Situation einschätzte, fügte aber sogleich hinzu, daß es der ganzen Familie im übrigen gutginge. Aber wie war es ihr ergangen? Und was hatte sie an Neuigkeiten zu berichten?

»Oh, Mädchen, Sie hätten gestern hier sein sollen. Da war was los unten. In der Nacht davor ist unsere Lady zurückgekommen mit soviel Gepäck, daß man einen Eisenbahnwaggon damit hätte füllen können, wie Betty Carter meinte. Sie und Conway brauchten fast eine Stunde, um alles abzuladen. Und Grayson sagte, sie hätte bei einer Beerdigung schon fröhlichere Gesichter gesehen als abends an der Dinnertafel. Aber das war noch gar nichts gegen den gestrigen Tag. Sie muß Mr. Raymond wohl am Kragen gepackt haben. Die beiden hatten eine lautstarke Auseinandersetzung in der Bibliothek. Mr. Timothy soll dann auch nach unten gegangen sein, und sie hat ihn gleich mit Beschlag belegt. Mr. Raymond aber kam nach oben und ließ sich von seinem Kammerdiener einen Koffer packen und verschwand. Und das ganze Theater nur wegen seiner Verlobung, wissen Sie. Sie fragen sich vielleicht, was das denn mit ihr zu tun habe und weswegen sie sich so darüber aufregt. Aber wahrscheinlich wissen Sie genau, was ich meine, und brauchen gar nicht lange zu fragen.«

Anna wußte, was sie meinte, sagte aber nichts dazu, und die alte Frau fuhr fort: »Als später Mr. Simon heimkam – er war in

Newcastle gewesen –, mußte er sofort Madam aufsuchen. Anschließend ging er offensichtlich gleich zu seiner Frau, und das führte zu einer weiteren Auseinandersetzung und zu einem zweiten düsteren Abendessen, wo, wie Walter sagt, nur Mr. Timothy redete, über dies und das und nichts. Oh, Mädchen, das ist vielleicht ein Haus, und alles, seit sie hergekommen ist.« An dieser Stelle brach sie ab, weil die Tür aufflog und das Kind hereinstürzte. »Missanna, Missanna! Ich wußte doch, daß Sie es sind, aber Peggy sagte nein. Oh, Missanna, jetzt, wo der Schnee weg ist, werden Sie jetzt immer hierbleiben, Missanna?«

Anna schaute den Kleinen an. Er hatte seine Arme um ihre Taille geschlungen den Kopf zurückgelegt und sah sie so flehentlich an, daß sie sich am liebsten zu ihm hinuntergebeugt und ihm einen Kuß gegeben hätte.

Statt dessen strich sie ihm nur das Haar aus der Stirn und fragte ihn: »Bist du auch ein braver Junge gewesen? Hast du schon die nächsten Lektionen in deinen Büchern gelesen?«

»O ja, Missanna. Und ich habe Peggy gelernt.«

»Gelehrt, heißt es.«

Er lachte glucksend und wiederholte: »Gelehrt. Aber sie ist dumm.«

»Aber, Andrew! Das ist sehr häßlich. Du darfst nicht sagen, daß irgend jemand dumm ist.«

»Aber sie kennt nicht einmal das Alphabet.«

»Das kann ja sein. Aber wenn Peggy das Alphabet nicht kennt, bedeutet das noch lange nicht, daß sie dumm ist. Komm, dreh dich um und sag Peggy, daß es dir leid tut.«

Peggy stand in der offenen Tür zum Schlafzimmer und lachte, als der Junge zu ihr kam, zu ihr hochblickte und sagte: »Es tut mir leid, daß ich gesagt habe, daß du dumm bist, Peggy. Aber das Alphabet kannst du immer noch nicht, oder?«

Das Mädchen lachte, die Kinderfrau stimmte ein, und Anna sagte: »Nun komm schon. Geh in das Schulzimmer. Du bist ein raffinierter junger Mann. Wenn man sich entschuldigt, entschuldigt man sich und läßt nicht noch rasch einen Bumerang los am Ende.«

»Was ist das, ein Bumerang?«

Jetzt mußte auch Annna lachen. »Das wirst du schon merken,

wenn ich ihn auf deinen vier Buchstaben ausprobiere.« Sie gab ihm einen spielerischen Klaps auf den Hintern, worauf er fröhlich kreischte und wie verrückt um den Tisch herumrannte. Als sie ihn wieder beruhigt hatte, dachte Anna, daß diese Begrüßung, jedenfalls in diesem Teil des Hauses, sie für vieles entschädigte. Ihr würde etwas fehlen, wenn sie nicht mehr herkommen konnte. Bald schon würde der Zaun quer über die Straße verlaufen, gleich hinter dem Gartentor. Und das würde bedeuten, daß sie durch das Dorf gehen mußte, bevor sie McBride und den Wagen erreichen konnte. Der Fußweg allein würde ihr nichts ausmachen, wohl aber, daß sie durch das Dorf gehen mußte. Andererseits bekam sie dadurch einen willkommenen Vorwand geliefert für ihre Kündigung.

Als das Kind seine Milch zum zweiten Frühstück bekommen hatte und sie selber gerade eine Tasse Kaffee trinken wollte, mit der Kinderfrau zusammen, tauchte plötzlich Betty Carter an der Tür zum Schulzimmer auf. Sie klopfte, wie gewöhnlich, nicht an, sondern riß einfach die Tür auf und erklärte in ihrem breiten, schwerfälligen Tonfall: »Sie will, daß Sie runterkommen.«

Anna, die gerade auf dem Weg war zum Wohnzimmer der Kinderfrau, blieb sofort stehen und fragte: »Wo will sie mich sehen?«

»Was glauben Sie wohl?« Mit diesen Worten wandte das Mädchen sich abrupt um und ging, wobei sie die Tür hinter sich zuknallte.

Anna atmete tief durch, bevor sie an die Tür der Kinderfrau klopfte. Als die Antwort kam: »Kommen Sie doch herein, Mädchen«, sagte sie: »Ich werde unten erwartet . . . Mylady wünscht mich zu sehen.«

»Ach du meine Güte! Nun, da kann ich nur hoffen, daß sie heute wieder bessere Laune hat. Passen Sie auf, Mädchen«, sie legte ihre Hand auf Annas Schulter, »kümmern Sie sich nicht um das, was sie sagt. Hören Sie? Stehen Sie einfach da, und regen Sie sich nicht auf. Die anderen machen es genauso. Da können Sie tatsächlich noch etwas lernen. Es liegt Ihnen ganz und gar nicht, ich weiß das, und es wird Sie viel Mühe kosten. Aber geben Sie ihr keine Antworten, wenn Sie nicht ausdrücklich gefragt werden. Und senken Sie ein bißchen das Kinn. Wissen Sie, schon Ihre Nasenspitze sagt eine Menge darüber aus, was Sie im Inneren denken.«

Anna mußte lächeln. »Meine Nasenspitze! So etwas Ähnliches habe ich schon von Bobby gehört, Sie wissen, diesem Jungen aus dem Bergwerk, ich habe Ihnen von ihm erzählt. Er hat mal gesagt, einige in der Grube wären nicht einverstanden mit seiner Nasenspitze. Ich wußte erst gar nicht, was er damit meinte. Auf jeden Fall will ich daran denken. Ich will es versuchen. Das ist alles, was ich Ihnen sagen kann. Versprechen kann ich es nicht, aber versuchen will ich es.«

»Jetzt fort mit Ihnen.« Die alte Frau gab ihr einen leichten Stoß. Und aus dem anderen Raum ertönte eine Kinderstimme: »Kann ich mitkommen, Missanna, und Mama besuchen?«

»Nicht jetzt, mein Lieber«, erwiderte sie. »Vielleicht später. Du kannst herkommen und bei der Kinderfrau bleiben.« Sie beugte sich zu ihm hinunter und flüsterte ihm verschwörerisch ins Ohr: »Probier doch mal aus, ob sie das Alphabet kann, ja? Ich glaube nicht, daß sie es kann, bestimmt nicht so gut wie du.« Dann schob sie den Jungen zu der alten Frau hin und verließ das Zimmer.

Aber oben an der Treppe zögert sie. Das Mädchen hatte ihr nicht gesagt, wo sie Lady Penella finden würde. Vielleicht war sie in der Bibliothek oder in dem Nebenraum ... Aber warum sollte sie eigentlich nicht dort sein? Sie konnte schließlich nicht einfach ihre Privaträume betreten. Oh, dieses Mädchen! Sie hätte sie suchen können, aber das würde bedeuten, daß sie die Herrin warten ließ, und schon das allein konnte wieder zu einem Ausbruch führen. Und in diesem Teil des Hauses befand sich niemand sonst, den sie hätte fragen können.

Schließlich ging sie zuerst in die Bibliothek, wo sie weder in dem großen Hauptraum noch nebenan eine Menschenseele fand. Sie blieb im Korridor stehen und dachte nach. Wahrscheinlich hatte die junge Mrs. Brodrick hier unten ein Büro, wo sie die Haushälterin empfing und ihr die Anordnungen für den Tagesablauf gab. Doch wo mochte es liegen? Ansonsten konnte sie eigentlich nur noch in ihrem Atelier sein. Deshalb wandte Anna sich jetzt dem Atelier zu.

Sie klopfte an die Tür, erhielt aber keine Antwort, deshalb

205

wartete sie und klopfte dann noch einmal an. Als wieder keine Reaktion erfolgte, drückte sie vorsichtig die Türklinke herunter, öffnete die Tür und trat ein. Ein chaotisches Bild bot sich ihrem entsetzten Blick. Die Leinwände, die sie bereits bei ihrem ersten Besuch hier bemerkt hatte, ordentlich aufgereiht an den Wänden, lagen jetzt kreuz und quer über den Boden verstreut. Einige wiesen Löcher auf, andere waren aufgeschlitzt worden. Und auf einer Staffelei neben dem Fenster stand eine lebensgroße Leinwand mit dem Bild eines nackten Mannes. Das allein wirkte schon erschreckend genug, aber zusätzlich war es über und über bekleckst mit noch tropfender Farbe. Das Gesicht war dadurch fast unkenntlich geworden, doch trotzdem war Anna klar, daß es sich um Raymond Brodrick handelte, der hier dargestellt worden war.

Sie blickte sich noch kurz um in dem verwüsteten Atelier, dann wurde ihr angstvoll klar, daß sie sofort von hier verschwinden mußte. Und zwar schnell, bevor . . .

Aber es war zu spät. Im gleichen Augenblick kam wütend die Herrin durch die offene Tür herein. Anna wurde das Gefühl nicht los, daß diese Frau, die sie stets als halbverrückt empfunden hatte, ihr noch nie in einem Zustand begegnet war, der dem Wahnsinn so nahe kam wie heute.

»Sie! Sie! Wie können Sie es wagen? Sie sollten in mein Büro kommen.«

Anna wollte sich rechtfertigen. »Ich . . . habe keine genauen Anordnungen bekommen, deshalb . . .«

»Halten Sie den Mund! Halten Sie Ihr kläffendes, schleimiges Maul!« Sie kam jetzt näher, wie es schien, mit einer ganz bestimmten Absicht. Anna stählte sich bereits für die Ohrfeige, die sie erwartete. Aber kurz vor ihr blieb die andere plötzlich stehen. Die folgenden Worte spie sie geradezu aus. »Legale Trennung und . . . Und dann die Scheidung, damit eure Bastarde anerkannt werden können. So ist es doch geplant, oder? Aber vorher wirst du in der Hölle landen! Hast du gehört? Du schamloser, schwarzhaariger Bastard, du!«

Sie streckte die Hand nicht nach Anna aus, sondern griff neben sich und packte eine Palette, die dick mit noch nassen Farben beschmiert war. Obwohl Anna genau wußte, was passieren würde, war sie nicht schnell genug, um noch zur Seite zu springen. Sie konnte aber doch verhindern, daß die Frau ihr die Palette direkt ins Gesicht knallte, statt dessen flog sie ihr auf die Brust und Schulter. Doch dann, als sie schrie und die Hände abwehrend vorstreckte, traf irgendein anderer schwerer Gegenstand sie seitlich am Kopf. Sie spürte, wie eine dicke Flüssigkeit über ihr Gesicht tropfte. Sie hörte, daß die Frau irgend etwas schrie, und sie selber schrie auch, und gleichzeitig schien sie irgendwie wegzugleiten; eine Stimme in ihrem Inneren rief ihr zu, daß sie jetzt nicht in Ohnmacht fallen dürfe, weil diese Frau sie umbringen würde.

Als sie spürte, wie ihr Körper den Boden berührte, schien es ihr schon unendlich lange her zu sein, seit sie angefangen hatte zu fallen. Und jetzt hörte sie auch noch andere Stimmen. Sie öffnete die Augen, ohne zu wissen, daß sie sie vorher geschlossen hatte, und erblickte Simon Brodrick. Der hochgewachsene Mann stieß seine Frau gegen die Wand. Beide schrien, aber sie konnte nicht verstehen, was sie ausdrücken wollten, und dann gab es ihr einen Ruck, als sie sah, wie er die Hand hob und seiner Frau einen heftigen Schlag auf die linke Backe versetzte, dann hob er sie wieder und schlug sie mit dem Handrücken kräftig auf die rechte Backe. Sie schien es am eigenen Körper zu spüren, wie die Frau versuchte, von der Wand wegzuspringen, während er sie schon wieder packte, an den Schultern diesmal, und sie heftig auf den Boden warf, mitten unter die zerfetzten Leinwände. Anna machte die Augen zu, ganz fest. Dann rief eine Stimme: »O mein Gott! Anna! Anna! Wachen Sie auf! Wachen Sie auf! Geht es Ihnen gut? Nein, nein, natürlich nicht. Oh, du meine Güte!«

Sie öffnete die Augen und erblickte Timothy. Dann merkte sie, daß sich noch ein anderer Mann über sie beugte. Timothy sagte zu ihm: »Helfen Sie mir, sie aufzurichten, Mulroy.«

Dann erklang die Stimme der Haushälterin, sie schien aus einiger Entfernung zu kommen: »Ich glaube, Sir, das Blut stammt von einer Verletzung direkt hinter dem Ohr«, sagte sie.

Anschließend führten sie sie aus dem Atelier. Auf dem Korridor befanden sich noch mehr Leute. Sie konnte aber nicht erkennen, wer sie waren. Irgend etwas floß über ihr Gesicht. Sie schien zu gleiten. Und dann schwebte sie, spürte ganz deutlich, wie sie nach oben schwebte. Aber gleich darauf zog irgend jemand sie wieder herunter und schob sie ins Dunkle . . .

Als sie wieder erwachte, lag sie auf einem Bett. Sie wußte, daß die Sonne schien, denn sie spürte die Strahlen auf ihren Augenlidern. Irgend jemand stand neben dem Bett und redete. Es war Mr. Timothys Stimme. Der liebe Mr. Timothy. Sie hatte diesen Mann sehr gern. Er sagte gerade: »Wann hast du ihr das gesagt?« Die Antwort lautete: »Gestern abend. Ich hatte einfach genug. Dieses Theater, das sie mit Raymond aufgezogen hat, direkt vor meiner Nase – das war mehr, als ich ertragen konnte. Ich habe mich lange genug zurückgehalten, ich mußte endlich einmal damit herauskommen. Deshalb habe ich ihr erklärt, erst eine legale Trennung und dann die Scheidung.«

»Und was soll aus dem Kind werden?«

»Ich habe ihr die Vormundschaft angeboten, aber, ob du es glaubst oder nicht, sie will ihn nicht haben. Das hat sie mir ganz offen gesagt. Und daraufhin habe ich erklärt, daß sein Vater ihn nehmen sollte.«

»O Simon, Simon, das hast du doch bestimmt nicht gesagt.«

»Doch, Tim. Und es war wirklich an der Zeit. Ich habe darunter gelitten seit dem Tag, als sie es mir entgegenschleuderte in der ersten Woche unserer sogenannten Flitterwochen. Ich wußte bereits, daß ich nicht der erste gewesen war. Und sie hatte doch tatsächlich den Nerv, mir zu sagen, wer es war.«

Die Stimmen entfernten sich, wurden leiser. Dann hörte sie wieder ganz deutlich, wie Mr. Timothy sagte: »Hast du ihr bewußt Anlaß gegeben zur Eifersucht auf dieses Mädchen?«

»Nein. Ganz bestimmt nicht.«

»Weißt du, ich bin nicht blind. Ich kenne deine Gefühle ihr gegenüber. Hast du schon mit ihr darüber gesprochen?«

»Nein, bis jetzt noch nicht. Aber ich habe die Absicht, es zu tun.«

»Glaubst du oder hast du den Eindruck, daß sie dich mag?«

Anna war jetzt hellwach und wartete gespannt auf Simons Antwort. »Ich weiß es nicht«, sagte er schließlich. »Aber ich werde es herausbekommen, und zwar bald. Die Tatsache, daß sie es so lange ausgehalten hat hier im Haus, trotz der verrückten Eifersuchtsanfälle dieser Hexe, gibt mir Hoffnung.«

»Ich . . . Ich würde an deiner Stelle nicht zu fest darauf bauen. Da spricht dein Ego aus dir, wenn du glaubst, daß sie es deinetwegen hier so lange ausgehalten hat. Aber da ist auch noch das Kind. Sie hat das Kind sehr gern.«

»Das weiß ich. Ja, das weiß ich. Aber, Ego oder nicht, wir werden sehen, was die Zukunft bringt. Vorläufig soll sie sich hier ein wenig erholen. Schlaf ist jetzt das beste für sie. Und ich muß unbedingt zu meiner Mutter gehen. Sie wird schon gehört haben, was sich hier abgespielt hat.«

Sie hörte, wie eine Tür geschlossen wurde, dann näherten sich leise Fußtritte dem Bett. Sie spürte eine Hand auf ihrer Schläfe, die sanft das Haar zur Seite strich, und dann flüsterte jemand: »O mein Liebes du. Mein Liebes.«

In diesen Worten schwang ein so starkes Gefühl mit, daß sie am liebsten geweint und die Wange dieses freundlichen, nachdenklichen Mannes gestreichelt hätte, dessen Leben von einem so furchtbaren Alptraum überschattet war.

Als sie langsam die Augen öffnete und ihn anschaute, fragte er: »Wie geht es Ihnen?«

»Ich bin müde.«

»Ja, natürlich. Sie müssen sich ausruhen.«

»Ich möchte nach Hause.«

»Später. Die Haushälterin wird Ihnen ein Bad vorbereiten, da können Sie sich auch die Haare waschen. Und sie wird ein anderes Kleid für Sie heraussuchen.«

Sie griff mit der Hand in ihr Haar, schaute sie dann an und fragte: »Was ist das?«

»Öl, meine Liebe, Leinöl. Glücklicherweise nichts Stärkeres.« Er sagte nicht, daß es auch Terpentin gewesen sein könnte.

»Ich werde nie wieder in dieses Haus kommen.«

»Ich weiß, meine Liebe, ich weiß.«

»Sie ist verrückt.«

»Zum Teil, zum Teil.«

»Nein!« Sie schüttelte langsam den Kopf. »Nicht nur zum Teil, vollkommen verrückt.«

Er seufzte und sagte: »Ich habe Ihnen schon gesagt, daß sie eine sehr unglückliche Frau ist. Mir ist aufgefallen, daß verdorbene Frauen oft unglücklich sind.«

»Ich würde lieber nach Hause fahren und mich dort waschen. Wenn Sie mir den Wagen besorgen könnten . . .«

»Nein, meine Liebe, Sie sind jetzt noch nicht in der Lage, nach Hause zu fahren. Bleiben Sie noch, mir zuliebe, weil wir, wenn ich so sagen darf, Freunde sind. So ist es doch, ja?«

Sie starrte ihn einen Augenblick lang an, dann erwiderte sie: »Wenn Sie sagen, wir sind Freunde, Mr. Timothy, dann sind wir Freunde.«

»Glauben Sie, daß Sie Tim zu mir sagen könnten? Ich würde mich so sehr darüber freuen. Und da Sie ja nicht länger in diesem Haus bleiben wollen, wird es auch niemand hören, wenn Sie – sich Freiheiten herausnehmen.« Er lächelte.

Sie antwortete ihm nicht, weil sie spürte, daß ihr wieder die Augen zufielen. Sie war plötzlich sehr müde, sehr erschöpft. Ja, er hatte recht, jetzt konnte sie noch nicht heimfahren. Später vielleicht.

Es war drei Uhr nachmittags. Mrs. Hewitt hatte ihr geholfen beim Haarewaschen und ihr ein einfaches, kittelartiges Kleid gegeben. Sie hatte ihr auch den Kopf verbunden, um die Wunde hinter dem Ohr zu verdecken. Jetzt saß Anna, in Hut und Mantel, in einem Zimmer, das direkt neben der Eingangshalle lag. Vor ihr stand Simon Brodrick. »Ich weiß, daß dies das Ende Ihres Arbeitverhältnisses hier ist«, sagte er. »Das Kind wird Sie vermissen, das wissen Sie. Schmerzlich vermissen.« Und dann fügte er mit sanfter Stimme hinzu: »Und ich werde Sie noch mehr vermissen als er. Ich bin sicher, Sie wissen das.« Anna schaute ihm direkt ins Gesicht, sagte aber nichts. Aber er hatte noch eine Frage auf dem Herzen: »Wenn Sie sich schon stark genug fühlen, würde meine Muter gern noch mit Ihnen sprechen, bevor Sie wegfahren. Meinen Sie, daß Sie ihr einen Besuch abstatten könnten?«

Er fragte sie, ob sie seiner Mutter einen Besuch abstatten könnte. Es war kein Befehl, es war eine Bitte. »Ja«, sagte sie einfach.

»Ich bringe Sie zu ihr und dann nach Hause.«

»Oh, das ist wirklich nicht nötig. Ich . . . Ich würde lieber allein hingehen.«

Sie blickten einander an, dann sagte er: »Wir müssen miteinander sprechen, Anna. Sie wissen das.«

Sie trat ein paar Schritte zurück und erwiderte mit einer so festen Stimme, wie es ihr im Augenblick nur möglich war: »Nein. Nein, das weiß ich nicht.«

»O Anna, bitte sagen Sie das nicht. Sehen Sie, wir wollen nicht jetzt darüber reden, aber ich werde in ein oder zwei Tagen zu Ihnen kommen. Sie müssen doch gemerkt haben . . .«

»Bitte, bitte, hören Sie auf. Kein Wort mehr!« Sie zog sich noch weiter zurück, dann sagte sie: »Sie möchten, daß ich Ihre Mutter aufsuche?«

Er neigte den Kopf und schritt zur Tür, öffnete sie und ging vor ihr her, bis sie die graue Tür erreicht hatten, die er für sie aufhielt. Dann klopfte er an die Tür zum Zimmer seiner Mutter, trat ein und erklärte: »Miß Dagshaw, Mutter.« Dann wandte er sich zu ihr um und sagte: »Ich warte in der Halle auf Sie.«

Wie sie es schon einmal getan hatte, ging sie quer durch den großen Raum auf das Fußende des Ruhebettes zu. Dann blickte sie wieder in diese hellen Augen, die denen von Mr. Timothy so ähnlich waren.

Es verging fast eine ganze Minute, bevor Mrs. Brodrick sagte: »Ich bin sehr traurig darüber, daß Sie in diesem Hause eine so schlechte Behandlung erfahren haben, Miß Dagshaw.«

Anna wußte nicht, was sie darauf antworten sollte. Deshalb schwieg sie, den Blick auf dieses weiße Gesicht gerichtet. »Sie verdienen zumindest eine Entschuldigung, und . . . Und es tut mir leid, daß sie nur von mir kommt, da meine Schwiegertochter mit Nachdruck darauf besteht, daß Sie gebeten worden sind, sie in ihrem Büro aufzusuchen, statt dessen aber in ihr Atelier gingen, wo sie private . . .«

»Madam, es tut mir leid, daß ich Sie unterbreche, aber man hat mir nicht gesagt, daß ich Ihre Schwiegertochter in ihrem Büro aufsuchen sollte. Man hat mir nur mitgeteilt, daß ich hinuntergehen sollte zu der jungen Herrin. Es erfolgte keine Angabe darüber, wo ich sie treffen sollte. In ihrem Büro bin ich noch niemals gewesen. Sie hat einmal in der Bibliothek mit mir geredet und einmal in ihrem Atelier. Ich ging zuerst in die Bibliothek. Als sie dort nicht war, ging ich natürlich zu ihrem Atelier.«

Wieder entstand eine lange Pause, bevor Mrs. Brodrick sagte: »Soviel ich verstanden habe, wurde das Hausmädchen vom oberen Stockwerk damit beauftragt, Sie ins Büro zu rufen.«

»Es tut mir leid, Madam, aber da hat man Sie nicht richtig informiert. Wenn ich gewußt hätte, daß ich Ihre Schwiegertochter in ihrem Büro treffen sollte, wäre ich nicht in die Bibliothek gegangen.«

»Nein, natürlich nicht. Schwester!«

Als die Schwester unmittelbar darauf neben ihr stand, sagte sie: »Sorgen Sie dafür, daß man das Hausmädchen vom oberen Stockwerk zu mir schickt. Und bringen Sie Miß Dagshaw bitte einen Stuhl.«

Der Stuhl wurde sofort gebracht, und Anna war dankbar dafür, daß sie sich hinsetzen konnte. Dann sagte Mrs. Brodrick: »Ich bedaure es, daß mein Enkelsohn seine Lehrerin verliert, weil er unter Ihrer Leitung so gut vorangekommen ist.«

Wieder schwieg Anna.

»Was wollen Sie jetzt tun?«

»Ich weiß es noch nicht, Madam. Vielleicht kann ich eine Anstellung in der Stadt finden.«

»Ich hoffe es für Sie. Und dann wollen Sie vielleicht – heiraten?«

Die blauen Augen schauten sie unverwandt an, bis sie erwiderte: »Ich habe nicht die Absicht, Madam.«

»Nun, ich denke, diese Absicht wird nicht mehr lange auf sich warten lassen.« Die alte Frau lächelte wissend.

Die Tür öffnete sich, und die Schwester führte Betty Carter herein, direkt zum Fußende des Bettes.

Das Mädchen war ausgesprochen nervös. Sie machte einen kleinen Knicks und wartete, bis Mrs. Brodrick sie anredete.

»Erzähl mir ganz genau, was deine Herrin zu dir gesagt hat, als sie dir den Auftrag gab, Miß Dagshaw mitzuteilen, daß sie sie sprechen wollte.«

Das Mädchen feuchtete sich die Lippen an, bewegte leicht den Kopf von einer Seite zur anderen und sagte: »Geh und sag der Lehrerin, daß sie in mein Büro kommen soll. Ich will mit ihr reden.«

»Und was hast du zu Miß Dagshaw gesagt?«

»Ich . . . na, ja, ich habe ihr das gesagt.«

Anna hatte dem Mädchen bereits das Gesicht zugewandt. Jetzt konnte sie sich nicht länger zurückhalten. »Das stimmt nicht. Sie haben das Büro mit keinem Wort erwähnt.«

»Doch. Aber Sie haben die Nase so hoch in die Luft gesteckt . . .« Sie verstummte und senkte den Kopf.

»Schau mich an, Mädchen.« Mrs. Brodrick hatte den Kopf leicht angehoben. »Ich weiß, daß du lügst. Du hast Miß Dagshaw nichts von dem Büro gesagt, sondern nur, daß deine Herrin sie zu sehen wünschte. So ist es doch gewesen?«

»Nein, nein, Madam. Nein. Sie lügt, nicht ich. Ich hab's ihr ausgerichtet. Gehen Sie in ihr Büro, habe ich gesagt.«

»Das ist nicht wahr!« Wieder war Anna dazwischengefahren. Sie war jetzt sehr erregt und rang nach Luft.

»Scht!« machte Mrs. Brodrick. Dann wandte sie sich wieder an das Mädchen. »Wenn du Miß Dagshaw gesagt hättest, daß sie ins Büro kommen sollte, weshalb sollte sie dann erst in die Bibliothek und dann ins Atelier gegangen sein, während deine Herrin im Büro auf sie wartete?«

Das Mädchen hatte den Kopf wieder gesenkt und murmelte undeutlich: »Ich hab's ihr gesagt. Ja, ich hab's ihr gesagt.«

»Du lügst, stimmt's?«

Das Mädchen blickte wieder in die kalten blauen Augen, und ihre Lider fingen an zu flattern. Dann brach es aus ihr heraus: »Nun, Madam, sie ist so schrecklich hochnäsig. Sie hört nie richtig zu. Sie führt sich auf wie . . .«

»Sei still! Schwester!«

»Ja, Madam?« Die Schwester stand neben dem Kopfende des Bettes. »Lassen Sie sofort Mrs. Hewitt rufen.«

Mrs. Brodrick wandte sich wieder an das Mädchen und erklärte: »Du hast gewußt, daß deine Herrin es nicht wollte, daß heute vormittag irgend jemand in ihr Atelier kam, nicht wahr? Antworte mir!«

»Nein, Madam.«

»Heb den Kopf und schau mich an!«

Langsam hob das Mädchen den Kopf, und Mrs. Brodrick wiederholte: »Du hast gewußt, daß deine Herrin es nicht wollte, daß heute vormittag irgend jemand in ihr Atelier kam, nicht wahr?«

»Ich . . . ich wußte, daß sie schlechte Laune hatte. Das . . . das ist alles.«

Wieder öffnete sich die Tür, und Mrs. Hewitt kam fast im Laufschritt ins Zimmer. Sie schien von nichts und niemandem Notiz zu nehmen, bis sie neben Betty Carter stand. Dann beugte sie das Knie vor der alten Dame und sagte. »Madam?«

Mrs. Brodrick blickte sie an und sagte: »Hewitt, nehmen Sie das Mädchen mit und entlassen Sie sie. Geben Sie ihr einen Wochenlohn, aber kein Zeugnis, denn sie ist die Ursache für einen höchst ärgerlichen Zwischenfall in meinem Haus gewesen.«

»Oh.« Anna wollte protestieren, aber sie brachte nur diesen hilflosen kleinen Laut hervor. Tun Sie das nicht, wollte sie sagen. Dadurch wird es nur noch schlimmer für uns werden im Dorf. Sie haben ja keine Ahnung, wie das ist, wie sie uns verachten . . .

»Sie wollten etwas sagen, Miß Dagshaw?«

Schon bildeten sich die Worte in ihrem Kopf. Vielleicht habe ich das Mädchen falsch verstanden, hätte sie sagen können. Vielleicht hat sie mir tatsächlich gesagt, wohin ich gehen sollte. Aber ein Blick in diese blauen Augen machte ihr klar, daß die alte Mrs. Brodrick ihr keinen Glauben schenken würde. Deshalb schwieg sie lieber, und die alte Dame sagte zu der Haushälterin: »Das ist alles, Hewitt.«

Mrs. Hewitt wollte Betty Carter am Arm nehmen, aber das Mädchen riß sich los und wandte sich an Anna: »Mir ist das egal«, rief sie. »Ich kann überall eine Arbeit bekommen. Aber passen Sie nur gut auf! Unsere Jungen werden es Ihnen schon zeigen!«

»Gehen Sie jetzt.« Die Stimme klang jetzt sehr leise, die blauen Augen hatten sich geschlossen.

Die Krankenschwester stand am Kopfende des Bettes und hielt ihrer Herrin ein Glas an die Lippen. Anna war aufgestanden und folgte dem Wink, den der Krankenpfleger ihr gab. Sie warf der alten Frau im Bett noch einen letzten Blick zu, bevor sie hinausging. Als sie an dem Pfleger vorbeikam, beugte er sich zu ihr hin und flüsterte: »Madam wird leicht müde. Verstehen Sie?«

Sie nickte, durchquerte die graue Halle und die graue Tür.

Dann ging sie durch die Korridore und kam schließlich in die Haupthalle, wo Simon stand.

Er ging rasch auf sie zu und fragte: »Geht es Ihnen gut? Sie sehen so bleich aus.« Und sie erwiderte: »Ja, mir geht es gut, aber ich glaube, es war sehr anstrengend für Madam. Vielleicht braucht sie Sie jetzt.«

»Ich bringe Sie erst zum Wagen.«

»Bitte, das ist doch nicht nötig«, entgegnete sie mit leiser Stimme.

»Nötig oder nicht, ich bringe Sie zum Wagen.« Auch seine Stimme klang leise, aber fester.

Als der Diener erst die Glas- und dann die Holztüren des Haupteingangs für sie öffnete, dachte Anna ironisch: Ich durfte nie durch diese Tür hereinkommen, aber jetzt zum Abschied erlaubt man mir, sie zu benutzen.

Er half ihr in die Kutsche, nahm eine Decke von dem gegenüberliegenden Sitz und breitete sie über ihren Knien aus. Dann sagte er: »Ich komme Sie morgen besuchen.«

»Nein, bitte nicht.«

»Irgend jemand muß Ihnen das Kleid bringen, wenn es gereinigt worden ist, und wenn es nicht mehr zu retten ist, müssen Sie dafür entschädigt werden.«

Sie wandte den Kopf ab. Er schloß die Wagentür und gab dem Kutscher das Zeichen zur Abfahrt. In gemächlichem Tempo zogen die Pferde an.

Anna lehnte sich zurück an die gepolsterte Rückwand. Sie war müde und fühlte sich krank. Ihr Kopf tat ihr weh und ebenso die Wunde hinter dem Ohr, wo sie den Schlag mit der steinernen Schale erhalten hatte. Glücklicherweise war nur die Haut aufgeschürft worden, wie man ihr erzählt hatte, aber wenn sie den Worten der Dienerschaft glauben wollte, hätte der Schlag auch tödlich sein können. Das Gefäß, in dem das Öl sich befand, war nämlich ein steinerner Mörser, in dem eigentlich die Farben zerstoßen werden sollten.

Nun, sie war jetzt frei . . . Wirklich? Er würde morgen kommen, und es würde ein qualvolles Zusammentreffen werden. Wäre es auch vor einer Woche so gewesen? Nein, mußte sie zugeben. Woher dann dieser plötzliche Wandel?

Vor ihren geschlossenen Augen spielte sich noch einmal die Szene im Atelier ab. Ein Gentleman, der die Hand gegen seine Frau erhebt, sie mit voller Kraft erst auf die eine und dann auf die andere Backe schlägt und sie anschließend zu Boden wirft. Aber hatte er nicht schlimmer unter dieser betrügerischen Frau gelitten? Gewiß, aber hatte nicht auch ihr Dada furchtbar gelitten unter *seiner Frau*? Und er hatte auch noch jahrelang arbeiten müssen, nur, um sie sich vom Leibe zu halten.

Ihr wurde klar, daß ihre besten Jahre rasch vorübergehen würden, und sie wußte, daß ihr Leben leer und unerfüllt bleiben würde, wenn sie warten wollte, bis sie einen Mann fand, den sie mit ihrem Dada vergleichen konnte.

3

Am nächsten Morgen saß Anna in dem großen Lehnsessel vor dem Kamin, die Füße auf einer Fußbank, über den Knien eine Wolldecke.

Ihre Mutter hatte gemeint: »Ein Tag Bettruhe würde dir nichts schaden nach diesem bösen Erlebnis.« Anna hatte erst sie angeschaut, dann ihren Vater und gesagt: »Es ist möglich, daß ein Besucher kommt, und ich bitte euch, Ma und Dada, laßt mich nicht allein mit ihm.«

Beide hatten sie scharf angeschaut, und dann hatte Nathaniel erwidert: »Wie du willst, mein Liebes, ganz wie du willst.«

Simon kam gegen halb zwölf. Nachdem er Maria und Nathaniel höflich begrüßt hatte, sagte er zu Anna: »Ich bin mit leeren Händen gekommen. Es tut mir sehr leid, aber sie haben es nicht geschafft, Ihr Kleid zu reinigen. Sie haben es mit Terpentin versucht, aber das hat nun selber einen Fleck hinterlassen. Ich fürchte, ich muß es Ihnen in irgendeiner Weise ersetzen.« Nach einer kleinen Pause fragte er ruhig: »Wie geht es Ihnen heute?«

»Oh, danke, ganz gut.«

»Ganz gut?« Er drehte sich um und schaute Maria an, aber die reagierte nicht auf seinen fragenden Blick, sondern sagte nur: »Möchten Sie etwas zu trinken?«

»Nein, nein, vielen Dank. Ich bin auf dem Weg zur Stadt und dachte, ich sollte schnell mal hereinschauen, nicht nur, um Ihrer Tochter einen Besuch abzustatten, sondern auch, um Ihnen mein Bedauern auszusprechen für das, was gestern passiert ist.«

Da beide Eltern nicht antworteten, wandte er sich wieder an Anna und sagte: »Wir haben heute einen sehr unruhigen Jungen daheim. Ich glaube, ich muß ihm sofort einen Lehrer besorgen, sonst ist nichts mehr mit ihm anzufangen.«

»Sie ... Sie haben ihm gesagt, daß ich nicht mehr kommen werde?« fragte Anna.

»Ja. Ich habe es für das Beste gehalten. Aber anschließend habe ich es sofort bereut, denn es flossen Tränen, und dann hat er mit den Füßen gestampft.« Wieder wandte er sich Maria und Nathaniel zu und sagte: »Noch nie hat er einen derartigen Wutanfall bekommen, das hat auch seine alte Kinderfrau bestätigt.«

»Kinder beruhigen sich schnell wieder«, erklärte Maria. »Wenn man ihnen Liebe und Freundlichkeit entgegenbringt, vergessen sie rasch.«

»Hoffentlich haben Sie recht.«

Er stand auf, schaute von Anna zu Maria und fragte: »Ist es in Ordnung, wenn ich in der Stadt ein neues Kleid kaufe und Ihnen zuschicken lasse? Oder auch zwei, damit Sie die Wahl haben?«

»Nein, Sir«, erklärte Nathaniel mit fester Stimme. »Meine Tochter hat genügend Kleider, weil meine Frau sehr geschickt mit der Nadel umgehen kann.«

»Oh, davon bin ich überzeugt.« Simon lächelte Maria zu. »Ich habe nur gedacht, weil ihr Kleid bei uns ruiniert worden ist und ...«

»Das ist sehr freundlich von Ihnen, Sir, und ich verstehe, daß Sie sich vielleicht verpflichtet fühlen, Ersatz dafür zu leisten, aber ich kann Ihnen versichern, daß es wirklich nicht nötig ist.« Nathaniel trat zur Seite, was wie eine Aufforderung an den Gast wirkte, sich zu verabschieden.

Nach einem kurzen Schweigen schaute Simon wieder Anna an und sagte: »Ich würde gern bald wiederkommen, wenn ich darf, um mich davon zu überzeugen, wie es Ihnen geht.« Sie antwortete ihm nicht, sondern neigte nur ein wenig den Kopf, und er machte kehrt und ging. Nathaniel folgte ihm. Draußen drehte Simon sich nach ihm um und meinte: »Es tut mir leid, wenn Sie mein Angebot falsch verstanden haben sollten, Sir. Ich wollte nur . . .«

»Ich weiß, wie Ihr Angebot gemeint war, Mr. Brodrick, aber sehen Sie, Sie sind ein Weltmann, und meine Tochter ist ein junges, verletzliches Mädchen. Stellen Sie sich das Gerede vor, wenn bekannt wird – und alles, was uns betrifft, scheint in der ganzen Umgebung rasch bekannt zu werden –, daß Mr. Brodrick von Manor House einer von Nathaniel Martells Töchter Kleider kauft.«

Die beiden Männer blickten sich fest an, dann neigte Simon den Kopf und erwiderte: »Ja, Sie haben vollkommen recht, Sir, vollkommen recht. Ich hoffe aber, daß Sie nichts dagegen haben, wenn ich Sie wieder besuchen komme?« Nathaniel zögerte einen Augenblick, dann meinte er. »Das hängt ganz von dem Zweck Ihres Besuches ab, Sir.«

»Nun, Mr. Martell, ich hoffe, das in kürzester Zeit klarstellen zu können, spätestens, wenn ich auch von gesetzlicher Seite das Recht dazu habe. Sie verstehen?«

Nathaniel starrte den sehr gut aussehenden Mann an, der ihm unverblümt mitteilte, daß er kommen wollte, um seiner Tochter den Hof zu machen, während er noch verheiratet war. Würde er sich noch viel Mühe geben, seine Freiheit zurückzuerlangen, wenn er ihr Herz gewonnen hatte? Und dann würde seine liebe, liebe Anna genau das tun, was auch ihre Mutter getan hatte . . . Gott im Himmel! Nein. Seiner Anna durfte es nicht passieren.

Er schwieg immer noch beharrlich, als Simon sich leicht verneigte und sagte. »Auf Wiedersehen, Mr. Martell.« Und er wartete auch nicht, bis er abgefahren war. Statt dessen kehrte er gleich ins Haus zurück und blieb eine Weile an der Tür stehen, die Hand auf der Klinke, und schaute Anna an, die mit weit geöffneten Augen auf ihn wartete. Sie war allein. Er ging geradewegs auf sie zu, nahm ihre Hand und fragte. »Magst du diesen Mann?« Sie blickte ihn unerschrocken an und erwiderte ruhig: »Ja, Dada, ich mag ihn.«

»Aber liebst du ihn auch?«

Jetzt wandte sie den Blick ab, schaute ins Feuer und sagte mit leiser Stimme: »Vor ein paar Tagen noch hätte ich gesagt, ja, ich liebe ihn, aber jetzt bin ich meiner Sache nicht mehr so sicher.«

»Und warum?«

Wieder blickte sie ihn an, aber sie konnte es nicht über sich bringen zu sagen, weil sie gesehen habe, wie er seine Frau schlug.

Eine ganz andere Begrüßung wurde dem zweiten Besucher zuteil. Timothy kam mit vier wundervollen Orchideen und einem sehr hübsch verpackten Karton herein. Er überreichte ihr die Blumen und erklärte im breitesten Dialekt: »Mit eigener Hand aufgezogen, Ma'am.«

»O Mr. Timothy!«

»Ah, ah, ah! Was haben wir ausgemacht? Sie wissen doch bestimmt alles über Präfixe, ich bin sicher, Ihr Vater hat sie Ihnen eingebleut.« Er wandte sich zu Nathaniel um und erklärte lächelnd: »Ich möchte, daß sie den ›Mister‹ wegläßt, Sir.«

»Nun, das läßt sich leicht machen – Sir. Aber zuerst muß ich Ihnen sagen, was für wundervolle Blumen das sind. Und die ziehen Sie selbst?«

»Ja, Sir, das ist meine einzige Begabung«, erwiderte er. »Ich scheine dazu in der Lage zu sein, Orchideen zu ziehen. Ich nehme an, es liegt daran, daß ich sie mag und ihnen das auch sage – als der dumme Junge, der ich nun einmal bin.« In diesem Augenblick wurde seine Aufmerksamkeit abgelenkt, weil Ben hereingestürmt kam. »O Ben«, rief er ihm entgegen. »Da bist du ja. Kannst du erraten, was in dem Karton hier ist? Eigentlich ist er ja für deine Schwester bestimmt, aber ich bin sicher, daß sie nichts dagegen hat, wenn du ihn öffnest. Und ich auch nicht, weil ich Nougat immerzu essen könnte, von morgens bis abends.«

»Tim«, Anna sprach den Namen sehr betont aus, »würden Sie sich bitte setzen? Ich bin sicher, daß meine Mutter darauf brennt, Sie zu fragen, ob Sie etwas zu trinken haben möchten.«

Er wandte sich an Maria und sagte schnell: »Nun, bevor Sie dazu kommen, Mrs. Martell, erkläre ich hiermit, daß ich tatsächlich gern etwas trinken möchte. Sie bereiten den Tee besser zu als irgend jemand sonst, den ich kenne.«

»Schau nur, Anna! Schau nur!« rief Ben, als er in der oberen

Lage des Kartons viele verschiedene Pralinen und Nougat-stückchen entdeckt hatte. »Sind sie nicht wundervoll? Darf ich ein Stück nehmen?«

»Natürlich, Liebling, aber zuerst biete Mr. Barrington eins an.«

Als Timothy pflichtgemäß ein Stückchen Nougat genommen hatte, überlegte Ben genau, was er nehmen sollte, und wählte schließlich eins, das in Goldpapier eingewickelt war. »Ich liebe die in schönem buntem Papier. Das ist immer eine tolle Überra-schung.«

Sie schauten zu, wie der Junge das Schokoladenstück auswik-kelte und in den Mund schob. Dann rief er erschrocken: »Oh, es ist ja flüssig!«

»Du hast eine Likörpraline erwischt«, erklärte Timothy. »Da hast du aber Glück gehabt. Ich liebe Likörpralinen. Und wie steht's mit Ihnen, Anna?« Und sie antwortete: »Ja, ich auch«, ob-wohl sie sich nicht daran erinnern konnte, je eine gekostet zu haben.

Dann fragte Anna ihn: »Sind Sie mit dem Wagen gekom-men?« Und als er erwiderte: »Ja, mit dem Wagen«, sagte sie zu ihrer Mutter: »Dann wartet Nummer zwei draußen, Ma. Wür-dest du ihm auch eine Tasse Tee bringen?« Aber schon unter-brach Timothy sie: »Nein, Nummer zwei ist nicht draußen. Ich bin ganz allein gekommen.«

Anna war zu überrascht von dieser unerwarteten Erklärung, um auf der Stelle eine Erwiderung zu finden. Aber ihr Vater schaute aus dem Fenster und meinte. »Nun, dann will ich das Pferd und den Wagen in der Scheune unterstellen, es regnet un-unterbrochen. Komm, mein großer Junge, komm und hilf mir.« Er legte Ben den Arm um die Schultern.

Als dann auch Maria den Raum verließ und in die Küche ging, kam Anna der ironische Gedanke, daß keiner von ihnen anzunehmen schien, daß sie sie vor diesem Mann beschützen mußten. Nun, als sie das Zimmer für sich allein hatten, schaute sie ihn an und fragte: »War das klug? Ich meine, daß Sie allein gefahren sind?« Er war sehr ernst geworden jetzt und antwor-tete: »Ich hatte gestern nach all der Aufregung und Ihrer Verlet-zung einen kleinen Anfall. Und Sie wissen ja, daß es oft vorkommt, daß ich eine Weile Ruhe habe nach so einer Attacke. Das ist merkwürdig, nicht wahr? Und es ist auch merkwürdig, daß ich mit Ihnen ganz ruhig darüber sprechen kann. Sie sind der einzige Mensch, mit dem ich darüber rede. Wußten Sie das schon?«

Sie nahm seine Hand und sagte: »Ich danke Ihnen für dieses Vertrauen, Tim. Es . . . Es bedeutet mir viel.«

Er schaute sie eine Zeitlang ernst an, bevor er sagte: »Und Sie werden wohl nie erfahren, wieviel Ihre Freundschaft mir bedeutet.« Dann wandte er den Kopf zur Seite, blickte ins Feuer und fragte: »Haben Sie heute schon Besuch gehabt von Simon?«

»Ja«, erwiderte sie, »ja, er war kurz hier.« Wieder herrschte Schweigen, bis er meinte: »Sind Sie sich im klaren über seine Absichten?«

»Ja, ja, das bin ich.«

Schnell drehte er ihr den Kopf zu und fragte: »Und?«

Anna wiederholte das Wort einfach: »Und?«

»Nun, was ich sagen will, ist . . . nun, das ist gar nicht so einfach. Er will sich scheiden lassen. Aber das braucht seine Zeit, es kann vielleicht sogar Jahre dauern, denn er muß einen Grund angeben. Nun, und der einzige Grund, den er zur Zeit angeben könnte, ist seine Absicht, jemand anders zu heiraten, doch diese Enthüllung würde das Leben anderer zerstören. Verstehen Sie?«

»Ja, Tim, ich verstehe das und noch einiges mehr. Ich bitte Sie, machen Sie sich keine Sorgen um mich.« Dann fügte sie sehr ruhig hinzu: »Ich werde nicht das tun, was meine Mutter getan hat, aus einem einzigen Grund: Ich bin dafür nicht stark genug. Auch dann nicht, wenn mein Gefühl mich in diese Richtung drängen sollte. Wir sind eine sehr glückliche Familie. Wir sind es immer gewesen, aber trotzdem lag vom Tage unserer Geburt an ein Schatten über uns. Und er erzeugt Haß und Verachtung. Wir haben alle darunter gelitten, jeder auf seine Weise, und wir tun es immer noch. Ich weiß es genau von Oswald, und ich selber leide wahrscheinlich am meisten darunter. Auf keinen Fall will ich die Ursache dafür sein, daß andere dasselbe erfahren müssen. Verstehen Sie mich?«

Er hatte sich ihr wieder voll zugewandt und ihre beiden Hände ergriffen. »Ja, meine Liebe, das verstehe ich.«

Aus der Küche hörte man Stimmengewirr, deshalb ließ er ihre

Hände los und sagte mit erhobener Stimme: »Ich habe Ihnen Neuigkeiten mitzuteilen. Ich . . . Ich verlasse Manor House und ziehe um.«

»Nein! Wirklich? Wohin denn? Weit fort?«

»Nein, gar nicht weit. Das Haus liegt am Rande von Fellburn. Sie haben es wahrscheinlich schon gesehen, man kann von der Straße aus einen Blick darauf werfen. Es ist das alte Haus von Colonel Nesbitt. Briar Close.«

»O ja, Briar Close, ich weiß. Es soll ein hübsches Haus sein, soviel ich gehört habe.«

»Ja, es ist wirklich sehr hübsch, aber sehr klein, wenigstens im Vergleich zu dem, das ich verlassen will. Deshalb werde ich dort nur wenig Personal brauchen. Ich habe mir schon immer gewünscht, für mich allein leben zu können. Ich habe das Haus in meiner Jugend oft besucht. Ein seltsamer Zufall, nicht wahr? Der Cousin meines Stiefvaters wohnte damals dort. Ich würde mich freuen, wenn sie es sich anschauen könnten und mir vielleicht einen Ratschlag geben für die Vorhänge und ähnliches mehr. Die jetzigen sind sehr dunkel, zumindest habe ich den Eindruck. Der Colonel hat etliche Jahre ganz allein dort gelebt. Das ganze Haus muß renoviert werden. Aber die meisten Möbel werde ich wohl behalten, weil ein paar wirklich schöne Stücke darunter sind. Ich . . . ich freue mich auf den Tapetenwechsel. Dort werde ich in Ruhe arbeiten können. Und es ist auch ein kleiner Wintergarten da, in dem ich mit meinen Orchideen schwatzen kann, wenn ich sonst niemanden habe, mit dem ich sprechen kann.«

»Sind Sie erst kürzlich auf diese Idee gekommen?« fragte Anna ruhig.

»Nein, eigentlich nicht. Aber mit der Zeit bin ich es müde geworden, als Puffer zu dienen. Ich . . . ich habe meine Halbschwester sehr gern, wissen Sie, aber sie versteht meine Gründe und stimmt mit mir überein. Auf jeden Fall wird es in Manor House zu Veränderungen kommen, ob Penella nun geht oder bleibt. Ich habe auch Simon immer sehr gern gehabt, und Raymond mag ich ebenfalls. Aber die Brüder haben nie viel Rücksicht aufeinander genommen, deshalb war immer ein Puffer zwischen ihnen erforderlich. Ich bin ihr Onkel, aber ich habe mich nie alt genug gefühlt für diese Rolle. Zwischen Raymond und mir liegen schließlich nicht mehr als sieben Jahre. Ich hätte ebensogut ihr Bruder sein können. Auf jeden Fall ist bereits jetzt eine Veränderung eingetreten, seit Raymond das Familienoberhaupt ist. Es ist verblüffend, was so ein bißchen Macht bewirken kann.«

An dieser Stelle kam Maria ins Zimmer mit einem Tablett, auf dem zwei Teetassen standen. »Nimmst du denn keinen, Ma?« fragte Anna. »Doch«, antwortete sie. »Aber ich warte, bis Dada und Ben zurückkommen. Wenn sie mit einem neuen Pferd, das sie verwöhnen können, in der Scheune verschwunden sind, vergessen sie alles andere.«

Lächelnd ging sie wieder hinaus. Anna nahm eine der Tassen vom Tablett und reichte sie Tim. »Trinken Sie ihn, solange er noch heiß ist«, sagte sie.

Tim nippte daran und meinte: »Ihre Mutter kocht wirklich einen sehr guten Tee.« Dann setzte er die Tasse aufs Tablett zurück und sagte: »Ich denke, Sie wissen bereits, daß Simon nicht der Vater des Kindes ist?«

»Ja, ich habe es seit einiger Zeit vermutet. Und deshalb möchte ich Sie fragen, warum sie den einen Bruder geheiratet hat, wenn sie doch den anderen liebte.«

»Oh, sie hat schon den geheiratet, den sie liebte, nachdem sie ihn eifersüchtig genug gemacht hatte. Aber das sollte ich eigentlich nicht sagen, weil er sie auch liebte. Sie muß in Panik gewesen sein, als sie Simon dazu überredete, mit ihr durchzubrennen. Das war eine Sensation damals, besonders weil es sich erst achtzehn Monate nach dem Unfall, den meine Halbschwester und ich erlitten hatten, ereignete. Ich glaube, wenn sie damals gesund gewesen wäre, hätte sie es irgendwie fertig gebracht, diese Heirat zu verhindern. Aber Sie wissen ja, wie übel sie dran ist, und zu dieser Zeit fing sie gerade erst an, sich damit abzufinden.«

Er seufzte und fuhr dann fort: »Es ist eine traurige Verbindung geworden. Und sie macht es nur noch schlimmer dadurch, daß sie ihre Beziehung zu Raymond so offen zur Schau stellt, vermutlich in der Hoffnung, daß die Eifersucht ihn noch ein zweites Mal dazu bewegen könnte, seine Liebe zu ihr unter

Beweis zu stellen. Denn sie liebt ihn immer noch. Und dann ist noch der Junge da. Sie kümmert sich nicht um ihn, denn sie sieht in ihm nur den Anlaß für ihr Elend. Und Raymond zeigt überhaupt kein Verantwortungsgefühl für das Kind, obwohl er der leibliche Vater ist. Es tut mir leid, das sagen zu müssen. Und bis vor kurzem hat auch Simon, der angebliche Vater, das Kind abgelehnt, was nur natürlich ist. Auch in diesem Fall mußte ich als Puffer dienen, nicht mehr und nicht weniger. Nach dem Gesetz trägt Simon die Verantwortung für das Kind und muß sich um seine Zunkunft kümmern.«

Er nahm wieder einen Schluck Tee und lächelte ironisch. »Das Leben ist schon eine seltsame Angelegenheit, nicht wahr«, meinte er. »Und zwar für alle Menschen, egal, ob sie reich oder arm sind. Die Armen denken, wenn sie nur Geld hätten, dann wären sie glücklich und all ihre Sorgen hätten ein Ende. Und die Reichen denken, wie einfach ihr Leben doch sein könnte, wenn sie nur frei wären von ihrer Verantwortung, wenn sie nicht so viel Geld aufbringen müßten für den Unterhalt ihrer großen Häuser und des zahlreichen Personals und wenn sie keine Probleme hätten mit ihren Nachbarn. Und dann gibt es noch Leute wie mich, die sagen, warum bin ich so gestraft worden? Warum mußte das gerade mir passieren? Aber langsam bin ich soweit gekommen, mir zu sagen, daß jedes Leben nach einem bestimmten Muster, einem Plan verläuft.« Sein Gesicht hatte sich aufgehellt. »Schauen Sie, Anna, wenn ich diesen Anfall auf dem Feld nicht gehabt hätte und wenn Sie nicht gerade zur gleichen Zeit Holz gesägt hätten, dann wären wir uns nie begegnet, und ich würde jetzt nicht hier bei Ihnen sitzen. Statt dessen wäre mir die Leere in meinem Leben immer mehr zu Bewußtsein gekommen. Aber seit Sie darin aufgetaucht sind, meine Liebe, und meine Freundin geworden sind, hat alles sich geändert.«

»O mein lieber Tim.« Sie lächelte ihm zu und verzog ein wenig die Lippen, als sie hinzufügte: »Sie reden genauso wie mein Vater.«

»Nun, der könnte ich auch sein.«

»Seien Sie nicht albern.«

»Daran ist nichts Albernes. Es gibt durchaus Väter, die erst siebzehn Jahre alt sind. Sie sind doch, glaube ich, neunzehn, nicht wahr?«

»Ja. Ungefähr jedenfalls. Und Sie?«

»Nun, ich bin sechsunddreißig, siebenunddreißig – ungefähr jedenfalls.« Er lachte. »Und deshalb könnte ich durchaus Ihr Vater sein.«

Sie blickte in sein freundliches, anziehendes Gesicht mit dem großen Mund, der eine Reihe weißer Zähne zeigte, von denen zwei, wie sie wußte, ersetzt worden waren, mit den tiefblauen Augen, dem dichten braunen Haar, und sie dachte genau dasselbe, was er vor wenigen Minuten zum Ausdruck gebracht hatte: Warum war er so gestraft worden?

»Sie werden eines Tages heiraten, Anna«, sagte er. »Wahrscheinlich schon bald. Ich wäre froh, wenn Ihr zukünftiger Mann, wer es auch sein mag, nichts dagegen hätte, daß . . .« Er brach mitten im Satz ab, als Nathaniel ins Zimmer kam. Ben folgte ihm, lief auf Timothy zu und rief: »Es ist ein schönes Pferd Sir. Ich mag Pferde. Er ließ sich streicheln von mir.«

»Tatsächlich? Oh, darauf darfst du dir etwas einbilden. Das ist nämlich ein alter Aristokrat. Er erlaubt nicht jedem, sich irgendwelche Freiheiten herauszunehmen mit ihm. Er ist sehr wählerisch in der Auswahl seiner Freunde.«

Der Junge lächelte ihm zu. Dann schaute er seinen Vater an, und sein Lächeln wurde noch breiter.

Als nun auch Maria ins Zimmer kam, drehte das Gespräch sich nur noch um ganz allgemeine Themen. Timothy stand nach kurzer Zeit auf und sagte: »Wenn ich in dieses Haus komme, bleibe ich immer zu lange. Das ist wirklich unverzeihlich, aber ich glaube, Sie haben alle ein bißchen schuld daran. Doch jetzt muß ich gehen.«

Sie verabschiedeten sich voneinander. Annas letzte Worte waren: »Kommen Sie bald wieder.« Und er erwiderte: »Bestimmt. Da brauchen Sie keine Angst zu haben.« Dann verließ er, begleitet von Nathaniel und Ben, das Haus.

Maria ging ans Fenster, blickte hinaus und sagte: »Da geht er. Gott möge ihm helfen! So ein Gentleman – und dann mit so einem Gebrechen behaftet. Ein ruiniertes Leben ohne jede Aussicht.«

»O Ma, ich glaube nicht, daß man ihn so bemitleiden muß. Er schreibt, er züchtet Orchideen, und er liest viel.«

»Was ist das alles für einen Mann von seinem Ansehen, wenn er niemals im Leben eine Frau haben wird.«

Während Anna beobachtete, wie ihre Mutter das Tablett aufnahm und in die Küche trug, sagte ihr Verstand, daß sie recht hatte: Er würde nie im Leben eine Frau haben . . .

Zwei Tage später schien die Sonne, es war wärmer geworden. »Das Wetter ändert sich«, meinte Maria. »Wenn es morgen auch so schön ist, wollen wir die Bettwäsche waschen. Sie wird nie so schön, als wenn sie in der Sonne trocknen kann.« Dann fügte sie hinzu: »Warum machst du nicht einen kleinen Spaziergang? Du siehst angeschlagen aus. Nimm Ben mit und geh den Weg am Steinbruch entlang. Schau nach, wieweit sie schon damit gekommen sind, uns hier einzubuchten. Ich bin gespannt, wie es deinem Dada in Fellburn ergangen ist und was für einen Rat er von Pfarrer Mason bekommen haben mag. Oh, wie sehr ich mir wünsche, daß Miß Netherton hier wäre. Sie hat Freunde unter den Juristen. Sie würde sich um die Sache kümmern. Man hat sie schon vorige Woche zurückerwartet.«

»Nun, vielleicht kann Framer Billings etwas ausrichten. Wenn sie den Zaun noch weiter vorschieben, kann er sein Vieh nicht mehr von einer Weide auf die andere führen. Jimmy hat erzählt, daß er gestern fuchsteufelswild war.«

»Das nützt uns nicht viel. Was wir brauchen, ist ein Mann des Gesetzes, der sich um diese Angelegenheit kümmert. Aber nun mach deinen Spaziergang. Ben ist draußen und gräbt sein Stückchen Land um. Ruf ihn. Ich würde mir an deiner Stelle einen Mantel überziehen, der Wind kommt vom Hochmoor. Da kann es auf dem Wege recht kühl werden.«

Anna erhob keine Einwände. Sie nahm sich einen der alten Mäntel, die hinter der Tür hingen, zog ihn an und ging hinaus.

Sie wußte, daß ihre Mutter zur Zeit sehr unruhig war, weil sie sich Sorgen machte darüber, wie es weitergehen sollte, wenn man sie ringsum eingezäunt hatte. Sie fragte sich, warum Simon Brodrick über diese Thema nicht gesprochen hatte, er mußte doch wissen, wie sehr ihre Freiheit dadurch beschnitten sein würde. Aber die Verantwortung für diese Vorgänge trug natürlich sein Bruder, nicht er, und es war sehr wahrscheinlich, daß er nicht einmal ein Mitspracherecht in diesen Dingen besaß. Cherry hatte erzählt, daß Praggett sich aufführte, als ob er einen zweiten römischen Limes errichtete. Dieser Mr. Praggett war wirklich ein gehässiger Mensch.

»Ben, Ben«, rief sie. »Kommst du mit? Ich mache einen Spaziergang.«

Der Junge hörte auf zu graben und schaute zu ihr hinüber. »Wohin?« frage er.

»Oh, soweit man den Pfad oberhalb des Steinbruches noch benutzen kann«, antwortete sie und ging auf ihn zu. »Das können sie uns nicht nehmen.«

Der Junge stieß den Spaten in die Erde, rieb sich die Hände an der Hose ab und fragte: »Mußt du das?«

»Was?«

»Nun, diesen Spaziergang machen?«

»Nein, ich muß nicht, aber ich möchte es gern tun.« Sie lächelte ihm zu. »Aber du kannst ruhig weitergraben, wenn du keine Lust dazu hast.«

»Oh, ich möchte gern mit dir zusammen sein, Anna. Ich komme mit.«

Als sie auf die Gartenpforte zugingen, sagte sie zu ihm: »Du bist doch sonst immer so für Spaziergänge. Was ist los? Fühlst du dich nicht gut?«

»Doch, doch, aber ich habe gerade den Boden vorbereitet, um meine Kartoffeln zu pflanzen. Aber es macht nichts, ich erledige das später.«

»Ich glaube, wenn du sie im Juni setzt, würdest du immer noch eine bessere Ernte erzielen als Dada. Alles, was du pflanzt, gedeiht. Du hast grüne Hände.«

Er streckte ihr seine Hände hin und sagte: »Grüne Hände! Meine Nägel haben Trauerränder.«

Lächelnd erwiderte sie: »Bevor du auf die Welt gekommen bist, hat Ma immer vor dem Essen unsere Nägel angeschaut, und wenn sie schmutzig waren, hat sie genau dasselbe gesagt: »Deine armen Nägel haben ja Trauerränder. Geh sie dir waschen.«

Seite an Seite gingen sie den schmalen Pfad oberhalb des Steinbruchs entlang, fast bis zu der Stelle, wo er im Moor verschwand.

»Schau! An der Seite des Rübenfeldes haben sie noch keinen Zaun gebaut«, rief Ben und zeigte dorthin. Dann schrie er plötzlich: »Schau, Anna, schau!« Als sie mit ihrem Blick der Richtung seines Fingers folgte, konnte sie im ersten Moment nicht glauben, was sie dort sah. »Das kann nicht sein!« sagte sie. »O nein!« Sie lief bis zum Ende des Pfades und rief: »Andrew! Andrew!«

Die kleine Gestalt, die noch ziemlich weit von ihr entfernt war, blieb einen Augenblick lang stehen, dann lief der Kleine hastig auf sie zu. Auch sie fing an zu laufen, ihm entgegen und dachte: »O mein Gott! Wie ist er nur bis hierher gelangt ganz allein?«

»Missanna, Missanna!« Er klammerte sich an sie, sein Gesicht war naß von Tränen. »Ich habe Sie gesucht, aber dies ist nicht der Weg, den der Wagen genommen hat. O Missanna, Missanna! Kommen Sie zurück. Bitte, kommen Sie zurück!«

Sie nahm das Kind in die Arme und trug ihn stolpernd über den glitschigen Grund hinweg auf den Pfad. Dort stellte sie ihn auf den Boden und sagte zu Ben: »Wir müssen seine Leute benachrichtigen, sie werden ihn suchen.«

»Nein, ich will nicht nach Hause, Missanna. Ich habe mich vor Peggy versteckt. Ich will bei Ihnen bleiben.«

»Ich könnte zu Miß Nethertons Haus rüberlaufen. Mr. Stoddart ist bestimmt da, er versorgt doch das Pferd.«

»Ja, in Ordnung. Kommt, wir wollen zurückkehren, Andrew.« Sie hatten sich gerade auf den Weg gemacht, fast im Laufschritt, als Ben sie zurückhielt und rief: »Hör doch mal!« Dann drehte er sich um und fügte hinzu: »Da, schau!« Zwei Reiter galoppierten über das Moor auf sie zu. Das Kind erkannte sie zuerst. »Es ist Mama, Missanna. Mama. Aber ich will nicht wieder zurück. Darf . . . Darf ich bei Ihnen bleiben?«

»Sei ruhig, Andrew. Sei ruhig.«

Nur ein paar Schritte vor ihnen hielten die beiden Pferde abrupt an. Ann mußte die beiden Kinder packen und zurückspringen. Um jedes Kind einen Arm gelegt, starrte Anna hoch zu der jungen Mrs. Brodrick, und die Frau starrte zu ihr herunter und zischte ihr zu: »Wie können Sie es wagen! Wie können Sie es wagen! Erst haben Sie mir meinen Mann gestohlen, und jetzt haben Sie mir mein Kind genommen.«

»Ich habe den Jungen erst vor ein paar Minuten gefunden. Er irrte im Moor umher!« rief Anna zurück.

»Sie haben ihm gesagt, daß er herkommen soll, auf welchem Weg und zu welcher Zeit.« Mit lauter Stimme rief sie dem anderen Reiter zu: »Nehmen Sie den Jungen, McBride!«

Als Anna sah, wie der Mann vom Pferd sprang, wurde ihr klar, daß das nicht der McBride war, den sie kannte. Als er die Hände dem Jungen auf die Schultern legte, trat das Kind nach ihm und schrie: »Nein, nein! Ich will bei Missanna bleiben. Bitte, bitte, Mama, ich will bei Missanna bleiben.«

Das Kind riß sich los und wollte seitlich an dem Mann vorbei laufen, wobei es unter den Kopf des Pferdes geraten wäre. Ben streckte rasch die Hand aus und zog ihn beiseite.

Was dann folgte, läßt sich kaum bis ins einzelne zurückverfolgen. Ob es die Frau war, die mit der Peitsche knallte oder an den Zügeln riß, oder ob die beiden Kinder das Pferd nervös gemacht hatten, jedenfalls bäumte es sich auf, und Anna zog instinktiv das Kind fort. Aber was gleichzeitig mit Ben passierte, ging so schnell vor sich, daß sie es gar nicht richtig mitbekam. Später erst sah sie das furchtbare Bild wieder vor sich. Ben schien sich nicht von der Stelle gerührt zu haben. Und als der Huf des Pferdes ihn an der Schläfe traf und er durch die Luft geschleudert wurde, hinweg über die Hecke und in die flache Senke der Grube, da hatte sie gespürt, daß er das alles vorher gewußt hatte, selbst das noch, was sich anschließend ereignet hatte. Sie hatte die Frau angesprungen und versucht, sie aus dem Sattel zu reißen. Dann hatte sie mit der Peitsche einen heftigen Schlag ins Gesicht erhalten und war einen Augenblick lang geblendet gewesen. Darauf hörte sie sich selbst laut schreien. Verzweifelt hatte sie versucht, sich aus dem Griff des Mannes zu befreien, der sie eisern festhielt. Sie hatte gesehen, wie die Frau vom Pferd gestiegen und an den Rand des Steinbruchs gegangen war. »Er bewegt sich«, hatte sie gesagt. »Er ist nur betäubt.« Ann schrie immer noch, als die Frau sich wieder aufs Pferd schwang und der Mann sie losließ, um das weinende und strampelnde Kind seiner Mutter zu übergeben.

Als sie dann über den Rand des Steinbruchs schaute und den regungslosen Körper ihres Bruders verkrümmt zwischen den Steinbrocken liegen sah, hatte sie gerufen: »O mein Gott!« Und der Mann hatte sein Pferd wieder anhalten lassen und zu ihr hingeschaut. Es hatte so ausgesehen, als ob er wieder absteigen wollte, aber dann hatte er seine Meinung geändert und war hinter seiner Herrin hergeritten.

Sie war dann hinuntergeklettert und hatte Bens Kopf hochgehoben und gerufen: »Ben! Ben! Komm, komm wach auf!« Sie hatte ihm leichte Klapse auf die Wange gegeben und ihn angefleht: »Wach auf! Wach doch auf!« Doch sein Kopf war schlaff auf die Seite gefallen, und sie hatte laut geschrien: »Nein, Gott! Nein!« Dann war sie aufgestanden und hatte den Jungen in ihre Arme genommen. Aber sie hatte nicht an der Stelle wieder mit ihm hinaufklettern können, die sie beim Abstieg genommen hatte. Endlich schaffte sie es irgendwie, den leblosen Körper auf den Pfad zu bringen, wo sie ihn wieder aufhob, um ihn nach Hause zu tragen. Torkelnd wie eine Betrunkene schleppte sie ihn zum Gartentor, denn er war nicht leicht. Dann schrie sie gellend: »Ma! Ma!«

Maria lief ihr entgegen. »Allmächtiger Gott! Was ist passiert? Was ist passiert?«

»*Sie war es! Sie war es!* Mit ihrem Pferd. Und sie hat das Kind mitgenommen. *Sie war es! Sie war es!*«

Maria nahm ihren Sohn auf die Arme und trug ihn ins Haus, wo sie ihn auf die Matte vor dem Kamin legte. Sie warf sich über ihn. Nach einer Weile schaute sie zu Anna hoch, die sich keuchend an einen Stuhl lehnte, und sagte mit leiser, schmerzerfüllter Stimme: »Mein Junge ist tot. Er ist tot, Anna. Ben ist tot.«

Und als Anna anfing zu schreien und nicht wieder aufhören konnte, ließ Maria ihren toten Sohn los, stand mühsam auf und packte ihre Tochter an den Schultern. Sie schüttelte sie kräftig und rief mit gellender Stimme: »Hör auf! Hör auf, Mädchen. Lauf und hol Hilfe.« Dann entdeckte sie den roten Striemen in dem Gesicht ihrer Tochter, von dem Blut tropfte. »O mein Gott«, sagte sie entsetzt. »O mein Gott!« Aber gleich darauf schob sie Anna zur Tür. »Lauf zu Miß Netherton. Lauf zu Miß Netherton. Hol Hilfe. Bob Stoddart soll den Arzt holen.«

»Aber er ist tot, Ma.«

»Mach schon! Beeil dich! Lauf!« schrie Maria, halb verrückt vor Schmerz.

Anna konnte sich später nicht mehr daran erinnern, daß sie zu Miß Nethertons Haus gelaufen war. Auch nicht daran, daß der Arzt gekommen war und daß Simon und Timothy mit gesenkten Köpfen vor ihrem Vater gestanden hatten.

Erst am vierten Tag erwachte sie aus dem Schlaf, den der Arzt ihr mit Hilfe von Schlafmitteln verschafft hatte. Sie stand auf und ging ins Wohnzimmer. Dort entdeckte sie den Sarg, der auf einem Tisch stand, und blickte in Bens Gesicht, das selbst im Tode noch schön war. Jetzt erst kam ihr richtig zu Bewußtsein, daß er tot war.

Und sie erinnerte sich an den folgenden Tag, als sie inmitten ihrer Familie am Grab gestanden hatte und Pfarrer Mason liebevolle Worte für ihn gefunden hatte. Es war ihnen erlaubt worden, ihn in Fellburn zu beerdigen, weil sie alle in dieser Stadt getauft worden waren. Früher einmal hatte der Pfarrer lachend erklärt, daß sie deshalb ein Anrecht auf Armenunterstützung dort hatten. Jetzt stellte sich heraus, daß sie dort auch bestattet werden durften.

Die Familie war in zwei Wagen hingefahren. Ihnen folgte ein Wagen von Manor House, in dem Simon und Timothy saßen. Anschließend war Miß Netherton in einem dritten Wagen gekommen. Selbst ein halbes Dutzend Laute aus dem Dorf hatten die Mühe auf sich genommen, im Wagen hinzufahren und auf dem Friedhof zu warten, nur um am gleichen Abend von den Gästen in *The Swan* kritisiert zu werden.

Die Bar war überfüllt, die Theke voll von vergossenem Bier, so daß Lily Morgan ständig zu tun hatte zwischen dem Austausch von Klatsch mit den Kunden. Und in dieser Nacht schwirrten die Gerüchte nur so herum.

Willie Melton, der Maler und Tapezierer, und sein Sohn Neil, der beim Radmacher in die Lehre ging, standen zusammen am einen Ende der Theke. Und der ältere Mann schaute hinüber zu dem Platz, an dem der Grobschmied beim offenen Feuerplatz saß, und sagte: »Nun, ich kann verstehen, daß die alte Miß Smythe hingegangen ist und Roland Watts, weil er dick mit ihnen befreundet war, bevor er wegzog, aber daß John Fenton und seine Gladys zur Beerdigung gegangen sind ... das hat mir einen richtigen Schlag versetzt. Ich dachte erst, er wäre nur in die Stadt gefahren, um Aufträge anzunehmen, wie er es immer mal macht, in der einen oder anderen Woche. Aber dann fahren sie doch nicht beide. Diesmal blieb nur seine alte Mutter zurück, um sich um den Laden zu kümmern. Und als meine Tochter sie fragte, wo sie denn wären, wollte die hinterhältige alte Frau zuerst nicht damit herauskommen. Sie war ziemlich nervös. Und als meine Tochter sie direkt fragte, ob sie zu der Beerdigung gefahren wären, sagte sie schließlich, als das Mädchen den Laden schon wieder verlassen wollte, es ginge niemanden etwas an, wohin sie gefahren wären. Nun ja!«

Bevor der Grobschmied dazu kam, darauf zu antworten, ertönte eine Stimme vom anderen Ende der Bar. »Als nächster bin ich wohl an der Reihe, nicht wahr, Willie?« Und Willie Melton legte bedächtig den Kopf von einer Seite zur anderen, dann rief er zurück: »Aye, das könnte schon sein, Dan, denn das war wirklich eine Überraschung.«

»Es hätte eigentlich weder für dich noch für irgend jemanden sonst eine Überraschung sein dürfen. Ich habe schon immer gesagt, daß sie unter sich geblieben sind. Sie haben uns hier im Dorf nie um irgend etwas gebeten, weder um Brot oder Bier, noch um Fleisch. Auch haben sie mich nie aufgefordert, für irgendeinen aus der Familie ein Paar Schuhe zu machen. Aber ich bleibe dabei, daß er und sie, egal, wie man sie nennen will, ihre Kinder anständig erzogen haben und ein paar schlimme Zeiten überstanden haben. Und wir alle könnten Namen nennen, nicht wahr, von denen, die ihnen in diesen schlechten Zeiten geholfen haben. Deshalb denke ich, daß man leben und leben lassen sollte.«

Robert Lennon nahm einen tiefen Schluck aus seinem Glas, dann drehte er sich um, schaute Dan Wallace an und meinte: »Du solltest mal so mit dem Pfarrer reden.«

»Das würde mir nicht das geringst ausmachen.«

»In Ordnung, ich wünschte mir nur, ich könnte dabeisein und dir zuhören. Du scheinst in letzter Zeit zur anderen Seite übergewechselt zu sein. Warum hast du deine Meinung geändert? Was ist passiert?«

»Ich habe meine Meinung gar nicht geändert. Wenn du zurückdenkst, wirst du darauf kommen, daß ich zu den wenigen gehört habe, die ihre Meinung für sich behielten.«

»Nun, kann deine Meinung den Schaden wiedergutmachen, der angerichtet worden ist? Das Kind ist getötet worden, ja, ich weiß, aber doch nur durch einen Unfall. Das würde auch jedes Gericht bestätigen. Aber was ist denn in Manor House passiert, als Mr. Simon erfuhr, daß das Kind tot ist? Er hat fast versucht, seine Frau umzubringen, oder vielleicht nicht? Er hat ein mordsmäßiges Theater gemacht, wenn das stimmt, was so erzählt wird. Hat seine Frau angebrüllt: ›Du hast das Kind umgebracht! Du hast das Kind umgebracht! Bist du jetzt endlich zufrieden? Du Hexe!‹ So hat er sie vor der Dienerschaft genannt. Und dann hat Mr. Timothy versucht, sie zu trennen, wie man sagt, aber er hat es nicht geschafft. Zwei Männer waren nötig, um ihn von ihr wegzuziehen. Und das habe ich nicht vom Hörensagen, sondern direkt von Leuten, die dort arbeiten. Und warum ist das alles passiert, na? Weil diese andere Hexe nicht zufrieden damit war, daß sie den Mann verführt hatte, sondern auch noch das Kind verderben wollte. Es war doch nur natürlich, daß die Mutter das Kind zurückholen wollte. Und als diese andere dann auf sie losging, war es die natürlichste Sache von der Welt, daß sie die Peitsche erhoben hat. Ich hätte es genauso gemacht.«

»O ja, bestimmt. Daran kann gar kein Zweifel bestehen«, entgegnete der Schuhmacher. »Ich bin sicher, daß du dir das schon seit Jahren gewünscht hast.«

»Ruhig Blut, Gentlemen. Immer mit der Ruhe.« Reg Morgan versuchte, die erhitzten Gemüter zu beschwichtigen. »Wir alle wissen, wer recht hat und wer unrecht in dieser Angelegenheit. Wie Lily schon gesagt hat«, er nickte seiner Frau zu, »ohne Funken entsteht kein Feuer. Bestimmt hat diese hochnäsige Miß den Funken entzündet, der zu dem Tod des Jungen geführt hat. Vergeßt nicht, was Betty Carter erzählt hat und was ihr zugestoßen ist. Hinausgeworfen hat man sie, Knall auf Fall, weil diese Lehrerin mit Farbe beschmiert worden ist oder so ähnlich. Also, ich bin der Meinung, daß die Herrin schon einen Grund dafür gehabt haben wird, wenn sie das gemacht hat. Und Michael Carter und sein Sohn haben erklärt, daß Betty weinend nach Hause kam damals, wenn es nach ihnen ginge, hätte sie sie geteert und gefedert, nicht nur mit Farbe beschmiert.«

»Ja, es ist eine Schande, daß die Prügelstrafe und der Pranger aus der Mode gekommen ist. Morris Bergen hat erst gestern abend gesagt, daß er sich noch daran erinnert, wie sein Vater an den Pranger kam, als er ein Junge war. Man wollte versuchen, ihm dadurch das Trinken abzugewöhnen, aber als sie ihn wieder laufenließen, hat er nur noch mehr getrunken.«

»Oh, hat Morris das gesagt, ja?« Der Wirt nickte Dave Cole, dem Fleischer, zu. »Willst du eigentlich dein Geschäft verlegen?«

»Nein, nein. Ich bin nur zufällig in die Stadt gefahren, hatte dort einiges zu erledigen. Du weißt doch, Reg, daß ich jedem Beliebigen Fleisch verkaufe. Ich würde es auch den Toten auf dem Friedhof verkaufen, wenn sie zahlen könnten.«

Alle fingen an zu lachen, nur Arthur nicht, der jüngste Sohn des Grobschmieds. Er hatte während der ganzen Zeit kein Wort gesagt, nur von einem zum anderen geschaut, als ob er über etwas sehr Wichtiges nachdächte. Als er jetzt irgend etwas vor sich hin murmelte, fragte sein Vater ihn: »Was hast du gesagt?« »Nichts«, antwortete er. »Ich habe nur an etwas gedacht.«

4

Sie saßen um den Kamin versammelt, wie jeden Abend, seit sie Ben beerdigt hatten. Nathaniel saß dicht neben Maria, die beiden Mädchen saßen eng beieinander und ebenso die Zwillinge, die Jimmy in die Mitte genommen hatten.

Seit Wochen hatte es kein fröhliches Lachen mehr im Hause gegeben. Es schien ganz so, als ob sie unfähig wären, den Verlust zu verkraften. Wenn sie miteinander sprachen, dann nur mit gedämpfter Stimme, und nach dem Tag der Beisetzung hatte niemand von ihnen Bens Namen wieder erwähnt. Manch-

mal weinten sie zusammen, aber im allgemeinen weinte jeder
für sich allein, jedenfalls bis zu diesem Abend, dem Abend des
Tages, an dem die gerichtliche Untersuchung stattgefunden
hatte, die die näheren Umstände von Bens Tod klären sollte.

Nathaniel hatte Anna nicht erlaubt, zum Gerichtshof zu gehen. Am Morgen hatte er erklärt, er würde dem Richter sagen,
daß es ihr immer noch sehr schlecht ginge, und das war keine
Lüge. Oswald und Olan hatten ihn zum Gericht begleitet, aber
Maria war zu Hause geblieben mit Anna und Cherry und
Jimmy. Die beiden hatten sich geweigert, an diesem Tag zur Arbeit zu gehen.

Den ganzen Tag über hatten sie kaum einen Bissen zu sich genommen, und wenn sie ein paar Worte miteinander gewechselt
hatten, dann über alles mögliche, nur nicht über das, was sie alle
am meisten beschäftigte. Aber jetzt war Nathaniel wieder da, er
saß vor dem Feuer und hielt Marias Hand fest in der seinen. Die
anderen hatten sich um ihn versammelt. Der Tisch hinter ihnen
war bereits gedeckt, aber das Essen konnte warten. Sie wollten
vor allem wissen, was bei Gericht geschehen war. Zunächst sah
es so aus, als ob Nathaniel zögerte, mit seinem Bericht anzufangen. Anna beugte sich vor und bat ihn: »Dada, erzähl uns, was
geschehen ist, oder laß es die Jungen machen.«

Nathaniel sah seine Söhne an, und schließlich war es Oswald
der das Wort ergriff, nachdem er von einem zum anderen ge-
blickt hatte. »Sie ist davongekommen.«

Wie betäubt schwiegen alle, bis Oswald nach ein paar Sekunden fortfuhr. »Der Gerichtssaal war brechend voll. Und da
stand sie, diese Frau, und sah aus, als könnte sie keiner Fliege
etwas zuleide tun. Und wenn man ihr Fragen stellte, antwortete
sie so leise, daß man kaum ihre Stimme hörte. Ich konnte die
Hälfte von dem, was sie sagte, überhaupt nicht verstehen. Als
dann einer der Anwälte den Stallknecht McBride im Zeugen-
stand vernahm und zu ihm sagte: ›Schildern Sie, was Sie gesehen haben‹, schien der Mann zuerst zu zögern, sagte dann aber:
›Der junge Master wollte unter den Kopf des Pferdes laufen,
und der Junge zog ihn beiseite, aus der Gefahrenzone. Dann
bäumte das Pferd sich auf und traf ihn mit dem einen Vorderhuf
am Kopf, so daß er durch die Luft flog.‹«

Oswald atmete tief ein und schaute seinen Vater an, als ob er erwartete, daß Nathaniel den Faden dort aufnehmen würde, wo er ihn fallengelassen hatte, aber Nathaniel schwieg weiter, und so fuhr Oswald fort: »Dann fragte der Anwalt ihn, was anschließend geschehen sei. Und wieder schien er nur ungern zu sprechen, sagte dann aber, soweit er es hätte sehen können, sei die junge Lady auf seine Herrin losgegangen, und diese habe sie mit dem Peitschenstiel geschlagen. Dann hat der Anwalt noch einmal gefragt, ob das geschehen sei, nachdem die junge Lady versucht habe, Mrs. Brodrick anzugreifen. Und der Mann sagte ja. Dann wurde er gefragt, was geschehen sei, als er mit seiner Herrin angekommen war, und er sagte: ›Nun, Sir, das Kind klammerte sich an das junge Mädchen und . . .‹ Wieder zögerte er und wurde von dem Anwalt ermahnt: ›Ja, weiter.‹ Und dann sagte er: ›Das Kind schrie. Es wollte nicht mit seiner Mutter nach Hause zurückkehren, sondern bei der Lehrerin bleiben.‹

›Aber das ist doch noch nicht alles, was Sie gehört haben?‹ fragte der Anwalt dann, woraufhin McBride erwiderte: ›Doch, Sir, ich glaube schon.‹ Aber der Anwalt ließ nicht locker. ›Haben Sie nicht gehört, daß die Mistreß die Lehrerin in irgendeiner Weise beschuldigt hat?‹ fragte er. Ich konnte sehen, daß der Mann ein wenig die Fassung verloren hatte. Er senkte jetzt den Kopf und bewegte ihn leicht hin und her, dann erwiderte er: ›Da war soviel Trubel und Geschrei. Sie sagte irgendwas, aber ich konnte nicht verstehen, was.‹«

Oswald schaute jetzt erst seine Mutter an, dann Anna. »Ihr müßt wissen«, sagte er, »daß die Frau die ganze Zeit über mit gesenktem Kopf dagesessen hatte. Jetzt aber wendete sie sich um und schaute zu dem Mann hinüber, und ihr Gesicht veränderte sich. Jetzt sah sie nicht mehr schmerzerfüllt aus, sondern teuflisch. Ich sage euch, teuflisch. Aber egal, wie der Anwalt auch weiterhin vorging, der Stallknecht wollte nichts mehr sagen, und schließlich konnte er gehen. Dann kam der Arzt an die Reihe, und er . . .« Oswald legte eine kleine Pause ein und befeuchtete sich die Lippen, bevor er fortfuhr. »Er sagte, daß Ben tot war, als er ihn untersucht hat, und daß Anna, Miß Dagshaw, eine blutende Wunde im Gesicht hatte von einem Peitschenhieb. Sie sei wie von Sinnen gewesen, und er habe ihr ein Schlafmittel geben müssen, und sie sei immer noch sehr mitgenommen. Danach gingen die beiden Anwälte nach vorn zum Richter und führten ein langes Gespräch mit ihm. Und der Richter sagte, es wäre sehr schade, daß die junge Lehrerin nicht habe kommen können, weil sie mehr Licht in die Angelegenheit hätte bringen können. Und dann wandte er sich an die Jury und sagte, daß der Junge nicht absichtlich verletzt werden sollte, so wie es aussah, sondern sein Versuch, das kleine Kind zu retten, das Pferd in Unruhe versetzt haben mußte. Dann sei er unglücklicherweise von dem Pferdehuf getroffen worden. Nach Aussage des Arztes habe er aber nicht gelitten, sondern sei auf der Stelle tot gewesen.

Jetzt sollte die Entscheidung bei ihnen liegen, oder so ähnlich. Ihr wißt schon, was da so geredet wird. Die Jury blieb nicht sehr lange draußen, und als sie zurückkam, sagte ihr Sprecher, daß es ein – Tod durch Unfall gewesen sei.«

Jetzt drehte Oswald sich um und blickte seinen Vater an. Nathaniel saß mit gesenktem Kopf da, und mit sehr sanfter Stimme fügte Oswald hinzu: »Und da ist Dada aufgesprungen und hat geschrien: ›Sie hat mein Kind umgebracht! Sie hat mein Kind umgebracht!‹ Im Gerichtssaal kam es zu einem Tumult, und der Richter sagte, wenn Dada nicht ruhig wäre, würde er den Gerichtssaal verlassen müssen. Aber Dada hörte nicht darauf. Er rief ihnen zu, wie diese Frau schon vorher versucht hatte, seine Tochter auf dem Rücken ihres Pferdes zu überrennen und wie sie sie angegriffen hatte und sie mit einer Steinschale am Kopf verletzt und mit Öl beschmiert hatte. Aber dann zogen die Polizisten ihn aus dem Saal. Und dann sprach der Richter noch einmal und sagte, daß die Frau natürlich nicht völlig frei von Schuld wäre, aber es sei nicht seine Sache, sie dafür zu verurteilen. Immerhin hätten ihre Reaktionen zu einer Tragödie geführt, und diese Tatsache würde sie ihr ganzes weiteres Leben hindurch begleiten.«

Es folgte ein langes Schweigen, bis Olan sagte: »Von Manor House ist niemand dagewesen. Ich meine, keiner der Männer, weder ihr Ehemann noch Mr. Raymond oder Mr. Timothy. Ich habe mich umgesehen, konnte aber keinen von ihnen erblicken. Doch ich habe gesehen, daß sie mit dem Anwalt rauskam. Die

Leute sagen, daß sie das Haus schon vor Wochen verlassen hat, weil er sie hinausgeworfen hat.«

»O Dada.« Anna kniete sich vor ihrem Vater hin und nahm seine Hand. Er schaute auf sie hinunter und sagte: »Es ist in Ordnung. Es ist in Ordnung, mein Liebes. Aber es war ein schlimmer Tag, als du in das Haus gegangen bist.«

Dann hob er den Kopf, warf einen Blick in die Runde und sagte: »Wir haben nie über den Tod gesprochen, aber ich weiß, daß wir es jetzt tun müssen, weil er immer noch hier ist, unter uns. Ich weiß auch, daß er dafür bestimmt war, jung zu sterben. Schon als er noch ein Baby war und so auffallend schön, habe ich mir gedacht, daß das Sprichwort, wen die Götter lieben, den holen sie früh zu sich, auf ihn zutreffen könnte. Jetzt kann ich es euch sagen, daß ich immer Angst hatte, daß ich ihn niemals als Erwachsenen sehen würde. Und noch etwas, meine Lieben.« Er legte eine Pause ein und fügte dann hinzu: »Er wußte das. Ich erinnere mich an Sachen, die er gesagt hat und die eindeutig darauf hinwiesen, daß er wußte, daß seine Zeit kurz bemessen war. Deshalb wollen wir von jetzt an über ihn reden. Wißt ihr, ich habe ihn gestern abend gesehen, so deutlich, wie ich jetzt euch vor mir sehe. Ihr wart alle schon ins Bett gegangen. Ich bin zur Tür gegangen, um abzuschließen, und da saß er hier auf der Matte, vor dem Kamin, wo er so oft gesessen hat, mit untergeschlagenen Beinen. Er drehte sich um und schaute mich an, mit einem ganz ruhigen Lächeln.«

Jetzt versagte ihm die Stimme, die Tränen rollten ihm über die Wangen, und er legte den Kopf auf Marias Schulter. Sie strich ihm übers Haar, hob die andere Hand und sagte zu ihren Kindern: »Genug jetzt. Die Trauerwochen sind vorüber. Das Leben muß weitergehen. Wie Dada schon gesagt hat, er ist immer noch bei uns. Wir wollen über ihn sprechen, als wäre er nicht leiblich von uns gegangen. Wir haben alle noch nichts gegessen heute, und ich bin sicher, daß Dada und ihr jetzt eine Mahlzeit vertragen könnt. Also kommt, und seid überzeugt davon, daß nichts im Leben, was noch geschehen mag, uns mehr schmerzen kann als Bens Tod.«

Als Anna aufstand und zum Tisch hinüberging, dachte sie, was für merkwürdige Sachen Menschen manchmal sagen. Seid überzeugt davon, daß nichts im Leben, was noch geschehen mag, uns mehr schmerzen kann als Bens Tod. Das war natürlich eine verlockende Vorstellung. Und ihr Vater hatte gesagt, Ben habe gewußt, daß seine Zeit kurz bemessen war. Aber er hatte auch angedeutet, daß sie es gewesen wäre, die dieses Ende herbeigeführt hatte, weil sie in jenes Haus gegangen war. Ja, das hatte er getan. Jetzt hatte er in vorsichtiger Form ausgesprochen, was ihm seit Wochen im Kopf herumgegangen war, wie sie wußte. Und sie hatte sich nicht geirrt, als sie geglaubt hatte, daß er sie in letzter Zeit manchmal vorwurfsvoll angeschaut hatte.

5

Vierzehn Tage waren vergangen. Anna arbeitete am Holzstoß, als sie sah, daß ein Reiter über das Hochmoor kam. Am liebsten wäre sie rasch ins Haus gelaufen, aber sie wußte, daß ihr Vater, wenn der Mann ihr folgte, ihn hinauswerfen würde, und zwar nicht besonders liebenswürdig. In den letzten Wochen hatte sie sich schon oft gefragt, wie sie wohl mit der Einstellung ihres Vaters zu Simon fertig geworden wäre, wenn ihre eigenen Gefühle ihm gegenüber sich nicht grundlegend geändert hätten.

Sie sägte weiter, bis er vom Pferd sprang und an den Zaun kam, und blickte erst hoch, als er sagte: »Wie geht es Ihnen?«

»Danke, gut.«

»Kommen Sie herüber, ich möchte mit Ihnen sprechen.«

»Mir wäre es lieber, wenn Sie es nicht täten«, antwortete sie. »Wir haben einander nichts zu sagen.«

»Da bin ich anderer Meinung. Wir haben einander sehr viel zu sagen. Ich werde das Pferd hier anbinden und komme dann durch die Pforte.«

Sie sah, daß es keine Möglichkeit gab, ihn davon abzubringen, und so sägte sie weiter, bis er an ihrer Seite stand und ein wenig kurz angebunden sagte: »Hören Sie um Himmel willen einen Augenblick auf damit.«

Sie hielt inne, zog die Säge aus dem Holz und lehnte sie an den Holzstoß. Dann wandte sie sich zu ihm um und sagte schroff: »Was wollen Sie von mir?«

Lächelnd erwiderte er: »Das ist eine recht törichte Frage für eine intelligente junge Frau wie Sie. Sie wissen, was ich von Ihnen will, Anna, was ich von Ihnen wollte, seit ich Sie kenne. Erinnern Sie sich? Sie hatten gerade Ihre Stellung verloren wegen des Hohelieds von Salomo. An diesem Vormittag ist etwas mit mir geschehen. Ich habe es unmittelbar gespürt. Sie müssen es doch auch gemerkt haben.«

»Nein, hab’ ich nicht.« Nachdrücklich fügte sie hinzu: »Selbst wenn Sie nicht verheiratet gewesen wären, hätte ich nicht an das gedacht, was Sie andeuten.«

»Nun, alles, was ich darauf erwidern kann, meine Liebe, ist, daß Sie viel stärker sind als ich.«

Als er seine Hand nach der ihren ausstreckte, ging sie ein wenig zurück und sagte: »Sie sind immer noch derselbe wie an jenem Vormittag, ein verheirateter Mann mit einem Kind.« Dann fügte sie nach einer kleinen Pause hinzu: »Ob er nun Ihr Sohn ist oder nicht, Sie tragen jedenfalls die Verantwortung für ihn.«

Als sie bemerkte, daß er tiefrot wurde, wandte sie den Kopf ab und erklärte: »Es tut mir leid. Aber ich wollte nur, daß Klarheit zwischen uns herrscht.«

Es dauerte ein paar Sekunden, bis er sich wieder gefaßt hatte und reden konnte. »Alles, worum ich bitte«, sagte er leise, »ist ein wenig Hoffnung. Ich möchte, daß wir Freunde bleiben bis . . . bis ich mich scheiden lassen kann. Sei sind doch auch mit Timothy befreundet, da haben Sie keine Hemmungen. Warum dann nicht mit mir?«

»Das sind doch zwei grundverschiedene Dinge. Timothy will nichts weiter, er will nur mein Freund sein.«

»Oh, wirklich?«

Sie riß die Augen auf und wartete einen Augenblick, bevor sie entgegnete: »Wie können Sie so etwas andeuten? Er ist . . . er ist krank, er . . .«

»Er ist ein Mann, und cr ist nicht krank im eigentlichen Sinne. Er bekommt machmal diese Anfälle, aber so ist es auch Cäsar ergangen und vielen anderen bekannten Männern in der Vergangenheit, und trotzdem hatten sie ihre Frauen. Was glauben Sie denn, weshalb er kaum wegzubringen ist von Ihrer Türschwelle? Der leiseste Vorwand genügt, und schon eilt er hierher. Oh, ich weiß, was ich weiß.«

Langsam erwiderte Anna: »Es tut mir leid, daß Sie eine so geringe Meinung von ihm haben.«

»Ich habe keine geringe Meinung von ihm. Sie haben mich ganz falsch verstanden. Ich habe im Gegenteil eine sehr hohe Meinung von Tim. Ich mag ihn sehr gern. Ich versuche Ihnen nur zu erklären, daß er ein Mann ist und in Ihnen ein schönes Mädchen erblickt.«

»Er ist siebzehn Jahre älter als ich.«

Einen Augenblick lang schloß Simon die Augen, dann sagte er: »Am liebsten würde ich wieder sagen, Sie sollen nicht so töricht sein, aber ich tue es nicht. Ich will Ihnen nur sagen, daß es sehr viele Männer gibt, die vierzig Jahre alt sind oder mehr und junge Frauen heiraten, die oft noch nicht einmal zwanzig sind. Warum werden Frauen, die Mitte Zwanzig sind, oft schon als alte Jungfern angesehen? Doch nur, weil Mädchen meist früh heiraten und weil viele von ihnen ältere Männer zu bevorzugen scheinen.«

»Nun, an meinem nächsten Geburtstag werde ich zwanzig«, erwiderte sie. »Dann dauert es also nicht mehr lange, bis auch ich eine alte Jungfer bin. Aber ich kann Ihnen versichern, daß ich diesen Zustand der Ehe mit einem Mann in den Fünfzigern vorziehen würde.«

»O Anna.« Er mußte lachen. »Eines weiß ich ganz sicher, Ihnen gegenüber könnte ich nie die Nerven verlieren. Ich muß einfach lachen über Sie.«

Blitzartig sah sie es wieder vor sich – seine Hand, die er gegen seine Frau erhob, um sie zuerst auf die eine, dann auf die andere Wange zu schlagen. Und gleichzeitig fiel ihr wieder ein, was Cherry erzählt hatte, als sie von Mrs. Praggett heimgekommen war, daß er seine Frau fast erwürgt hatte, wenn Mr. Timothy und einige der männlichen Angestellten es nicht verhindert hätten.

Wieder hatte er einen Schritt auf sie zugemacht, und sie konnte ihm nicht mehr ausweichen, weil der Sägebock im Wege war. Mit sehr gedämpfter Stimme sagte er: »Irgendwie hatte ich den Eindruck gewonnen, daß ich Ihnen nicht unsympatisch bin, ja, daß wir beide uns sogar in vielem recht ähnlich wären. Sie sind trotz meiner Frau immer wiedergekommen, und ich habe gehofft, daß Sie das nicht nur dem Kind zuliebe taten. Dann aber hat sich das plötzlich geändert. Ich habe es genau gespürt. Warum? Es kam mir so vor, als ob die Tatsache, daß ich verheiratet bin, Ihnen erst jetzt schlagartig klar geworden wäre. Sie haben das aber schon immer gewußt, und obwohl kein einziges Wort zwischen uns gewechselt worden ist, das nicht jeder hätte hören können, hatte ich das Gefühl, daß Sie wußten, daß ich angefangen hatte, Sie gern zu haben. Natürlich wußten Sie auch, welches Hindernis einer Verbindung zwischen uns im Wege stand, aber sie schienen sich damals nicht viel darum zu kümmern. Was ist geschehen, Anna? Warum haben Sie jetzt eine andere Einstellung mir gegenüber? Sagen Sie es mir!«

Sie starrte ihm eine geschlagene Minute lang ins Gesicht, bevor sie sagte: »Es ist, weil ich gesehen habe, wie Sie Ihre Frau geschlagen und zu Boden geworfen haben.«

Er trat ein paar Schritte zurück, ungläubig und mit verzerrtem Gesicht. »Sie wollen sagen, weil ich außer mir war darüber, wie sie Sie behandelt hat, Sie sogar getötet haben könnte, wenn sie mit diesem Steinmörser Ihre Schläfe voll getroffen hätte, weil ich Ihretwegen außer mir war und sie deshalb geschlagen habe, daß Sie deshalb jetzt gegen mich sind?«

»Nein, ich bin nicht gegen Sie. Aber heiraten würde ich Sie auch dann nicht, wenn Sie schon morgen frei wären.«

»Nur aufgrund dieses Zwischenfalls?« fragte er, und seine Stimme verriet, wie unglaubhaft ihm das vorkam.

»Ich weiß es nicht genau, aber ich glaube, ja. Mein Vater würde so etwas nie getan haben, das ist mir völlig klar, egal, wie sehr er provoziert worden wäre. Sicher haben Sie davon gehört, daß er mit einer Frau verheiratet gewesen ist, die trank und ihn in der Öffentlichkeit unmöglich machte und ihn finanziell völlig ruinierte. Er hat jahrelang nur dafür arbeiten müssen, sie mit Geld zu versorgen und sie sich vom Leibe zu halten. Ich glaube, er hätte mehr Grund gehabt, sie so heftig zu schlagen, wie Sie Ihre Frau geschlagen haben.«

Und als er den Kopf schüttelte und murmelte: »Mein Gott!«
fuhr sie mit erhobener Stimme fort: »Sie sagen, Sie hätten es
nur getan, weil Sie außer sich waren, weil sie mich mißhandelt
hatte. Aber das war nicht der wirkliche Grund. Sie haben es
getan, weil Sie es schon seit langem hatten tun wollen, weil sie
Sie betrogen hat, Sie zum Vater eines Kindes gemacht hat, das
nicht das Ihre war. *Das war es, nicht wahr?* Vorher haben Sie sie
noch nie geschlagen, einfach nur ignoriert. Und dadurch ist sie
zu dem bösen Geist geworden, als den ich sie kennengelernt
habe, das machte sie eifersüchtig auf jeden, den Sie auch nur
angeschaut haben.«

Er sah sie verblüfft an und machte keinen Versuch, ihren Re-
defluß zu unterbrechen, als sie fortfuhr: »Ich habe noch nie im
Leben irgendeinen Menschen gehaßt, obwohl ich Grund genug
dazu gehabt habe, besonders unter unserer Dorfbevölkerung.
Aber Ihre Frau hasse ich, weil sie meinen Bruder umgebracht
hat. Das war kein Unfall, das Pferd hat sich nicht aufgebäumt,
weil das Kind in seine Nähe gekommen ist, es hat sich aufgebäumt, weil sie die Zügel angezogen und ihre Hacken in seine
Flanken gebohrt hat. Und jetzt weiß ich auch, daß sie die Absicht hatte, das Pferd zu einem Angriff auf mich zu veranlas-
sen, nicht auf meinen Bruder. In gewisser Weise kann ich heute
ihre Wut auf mich sogar verstehen, und es tut mir leid, daß ich sie
unbeabsichtigt verursacht habe.« Jetzt senkte sie die Stimme und
fügte nur noch hinzu: »Und deshalb müssen Sie einsehen, daß es
töricht von Ihnen wäre, auf irgendeine engere Beziehung zwischen uns zu hoffen, nicht einmal auf Freundschaft. Und außerdem könnte mein Vater es nicht ertragen, wenn . . .«

»Oh, Ihr Vater!« rief er zornig. »Immer ging es Ihnen um
Ihren Vater. Ist Ihnen jemals in den Sinn gekommen, was dieser
Mann Ihnen angetan hat? Er hat Sie für Ihr ganzes Leben gezeichnet, Sie und Ihre Geschwister. Er hat Sie zum Gespött des
ganzen Dorfes gemacht. Er ist stolz darauf, daß er Sie und Ihre
Geschwister selbst unterrichtet hat, aber Sie sind bestenfalls
halbgebildet, weil sein Wissen begrenzt ist. Und die Tatsache,
daß er Sie alle zum Denken erzogen hat, so daß Ihnen völlig
klar ist, was Sie sind, macht meiner Meinung nach das Ganze
nur noch schlimmer. Sie sind sich dessen bewußt, daß ein Ma-

kel auf sie fällt. Wenn er Sie dagegen so hätte aufwachsen lassen wie die anderen Gören im Dorf, würden sie Sie akzeptieren, über Sie lachen, mit Ihnen zusammen lachen und Witze machen darüber, daß Sie Bastarde sind. Aber nein, er mußte ja unbedingt sein bißchen Wissen in Sie hineinpumpen, wodurch es Ihnen erst möglich geworden ist, sich Ihrer selbst und Ihrer Ausnahmestellung bewußt zu werden. Und dann rühmt er sich auch noch damit, das Beste für seine Kinder getan zu haben. Oh, reden Sie mir bloß nicht von Ihrem Vater!«

»Nein, ich will weder über meinen Vater mit Ihnen reden, noch über irgend etwas anderes«, erwiderte sie mit halberstickter Stimme und zog sich vorsichtig, an der Seite des Sägebocks, so weit von ihm zurück, daß sie eine gute Armlänge voneinander getrennt waren. »Sie haben Ihre Gedanken und Gefühle sehr deutlich zum Ausdruck gebracht, und ich hoffe, ich auch. Ich will Ihnen zum Schluß nur noch eines sagen: Sie würden nur zu gern genau dasselbe tun wie mein Vater und mich zu Ihrer Geliebten machen, bis Sie geschieden worden sind. Und dann wären Sie vielleicht meiner müde geworden, denn die Stärke meines Vaters besitzen Sie nicht. Auf Wiedersehen, Mr. Brodrick. Ich hoffe, daß Sie nicht wieder hierherkommen.«

Er rührte sich nicht, sondern starrte sie nur an. Er hatte die Zähne so fest zusammengebissen, daß die Muskeln weiß wurden. Dann drehte er sich plötzlich um und ging.

Sie wartete nicht, bis er das Pferd losgebunden hatte auf der anderen Seite des Holzstoßes, sondern lief rasch an den Bäumen vorüber, durch den Garten und ins Haus. Sie begegnete Maria, die sie fragte: »Was ist los? Was ist passiert, Mädchen?« Sie schüttelte den Kopf, schob ihre Mutter beiseite und lief in ihr Schlafzimmer. Dort warf sie sich aufs Bett und ließ den Tränen freien Lauf.

Maria war ins Wohnzimmer gegangen. Als Nathaniel von der Küche her eintrat, drehte sie sich um und sagte: »Sie ist sehr aufgeregt. Sie ist in ihr Zimmer gelaufen.« Und er nickte ihr zu und entgegnete: »Er war da. Ich sah ihn kommen und gehen, und ich sah, wie sie über den Hof lief. So wie sie ausgesehen hat, glaube ich nicht, daß er wiederkommen wird.«

»Gott sei Dank«, erwiderte Maria. Dann fragte sie: »Was hat

Miß Netherton gesagt wegen des Zauns? Gibt es irgend etwas Neues?«

»Ich war nicht bei ihr, meine Liebe. Laß sie doch machen, was sie wollen. Wenn wir hier eingesperrt sind, dann sind sie ausgesperrt. Es spielt keine Rolle mehr.«

Maria protestierte. »Aber was soll werden, wenn wir immer durchs Dorf gehen müssen?«

»Nun, dann machen wir das eben, Liebes. Sie können schließlich nicht mehr tun als uns umbringen.« Er lächelte matt, dann ging er zum Kamin hinüber und setzte sich in den großen Armsessel, während sie dastand und den Kopf schüttelte. Er war ein geschlagener Mann. Vielleicht glaubte er wirklich, daß Ben immer noch hier war, aber weil er ihn nicht mehr berühren konnte, war er ein geschlagener Mann.

6

Bei ihrem Besuch in der folgenden Woche kam Miß Netherton ihnen wieder zu Hilfe, und zwar in zwei Fällen. Zunächst erklärte sie, dafür sorgen zu wollen, daß das Pferdefutter und ihre Lebensmittel ihnen in ihrem eigenen Wagen hergebracht und an einer Stelle über den Zaun geworfen werden würden, wo sie alles leicht einsammeln konnten. Und in der Zwischenzeit wollte sie sich an das Gericht wenden. Dann kam sie auf ein noch wichtigeres Thema zu sprechen. Sie berührte sanft die langsam verschwindende Narbe auf Annas Wange und meinte: »Sie wird allmählich kaum noch zu sehen sein, allenfalls bleiben zwei oder drei kleine Flecke übrig. Aber das macht nichts.« Dann wandte sie sich an Maria und fragte: »Weiß sie Bescheid über die Sache mit dem Kreuz?« Als Maria den Kopf schüttelte und »Nein, keines der Kinder weiß etwas davon« erwiderte, sagte Miß Netherton: »Nun, ich denke, es ist an der Zeit, daß sie es erfahren. Kommen Sie, Nathaniel, setzen Sie sich. Wir haben etwas Geschäftliches zu besprechen.«

Als alle Platz genommen hatten, wandte Miß Netherton sich an Maria und verkündete: »Nun, ich denke, daß ich Sie nicht erinnern muß an den Vertrag, den wir abgeschlossen haben. Ich sollte das Kreuz, das ich von Ihnen erhalten hatte, für fünfhundert Pfund verkaufen, richtig?«

Nathaniel nickte, und Maria sagte: »Nur zu gut erinnern wir uns daran, Miß Netherton, nur zu gut. Wir sind Ihnen immer noch sehr dankbar . . .«

»Oh, gleich werden Sie vielleicht noch dankbarer sein. Hören Sie zu.« Aber zunächst wandte sie sich an Anna und erklärte ihr: »Ich will jetzt nicht wieder ganz beim Anfang beginnen, deine Eltern können das später nachholen.« Dann erklärte sie, an Maria gewandt: »Ich habe mir gedacht, da liegt es also, in meinem Banksafe. In meinem Testament habe ich festgelegt, was nach meinem Tode damit geschehen soll. Aber dann kam ich auf den Gedanken, daß ich ja noch einige Jahre leben kann, rüstig und eigensinnig, wie ich nun mal bin. Doch Sie brauchen jetzt Hilfe, nicht erst in einigen Jahren. Da erinnerte ich mich daran, daß ich einen Freund habe, der in Newcastle ein Juweliergeschäft führt. Er ist ein wirklicher Freund und ein ehrlicher Mann, soweit jemand das in dieser Branche überhaupt sein kann.« Sie lächelte ein wenig, bevor sie fortfuhr: »Ich erzählte ihm teilweise die Geschichte, z. B. wie ich das Kreuz gekauft habe, aber nicht von wem und wie es gefunden worden war. Er wirkte überaus interessiert und wollte es gern sehen. So holte ich es aus dem Banksafe und legte es ihm auf den Tisch. Noch nie zuvor habe ich einen Mann gesehen, der so erstarrte vor Bewunderung. Er sagte, daß er schon viele sehr schöne Meisterwerke der Juwelierkunst gesehen hätte, in allen Formen und Größen, aber noch nie etwas auch nur annähernd Vergleichbares. Ich erzählte ihm dann, daß ich es verkaufen wollte, und zwar dem Meistbietenden. Daraufhin meinte er, daß man dieses Stück nicht versteigern lassen könnte, dann würde alles an die Öffentlichkeit kommen. Es müßte einem Mann angeboten werden, der kostbare Dinge dieser Art kaufte, nur um sie zu besitzen, und davon gäbe es eine ganze Reihe, aber unglücklicherweise nicht in diesem Teil des Landes. Er würde es nach London mitnehmen müssen, wo er einen Freund hat, der den gleichen Beruf ausübt wie er und häufig nach Amsterdam fährt und in viele andere Städte der Welt, um seltene Schmuckstücke zu kaufen. Offensichtlich werden die wirklich wertvollen Stücke immer seltener und deshalb auch entsprechend teurer. Er fragte mich, ob ich ihm dieses kostbare antike Stück anvertrauen würde, und ich erklärte mich damit einverstanden. Er fuhr vorige Woche nach London, und als ich ihn gestern aufsuchte, erklärte er mir, daß er seinen Freund noch nie so außer sich vor Begeisterung gesehen habe, einen Mann, der es versteht, unter allen Umständen sein Pokergesicht zu bewahren und sich nichts anmerken zu lassen.«

Sie schaute von einem zu anderen, aber als niemand etwas sagte, fuhr sie fort: »Ich bat ihn dann, die Sache weiter zu verfolgen und mir zu sagen, wieviel es wert wäre . . . Nein, das stimmt nicht ganz. Wir werden nie den eigentlichen Wert herausbekommen. Aber ich sagte, daß ich hoffte, ein paar tausend Pfund dafür zu bekommen. Und als er daraufhin erklärte, daß sein Freund jemanden kennt, der sich brennend für solche Kostbarkeiten interessiert und wahrscheinlich sechstausend Pfund dafür zahlen würde, hat es mir die Sprache verschlagen.« Sie hob die Hand und zeigte mit dem Finger abwechselnd auf alle drei Familienmitglieder. »Er ist mein Freund, wie ich schon gesagt habe, aber wenn er als Geschäftsmann sagt, sechstausend Pfund, könnte ich wetten, daß es sich um achttausend handelt.« Sie schürzte die Lippen. »Sie sehen, ein bißchen was verstehe ich auch von Geschäften. Auf jeden Fall blieb ich völlig ruhig und meinte, gut, er solle sein Bestes tun, und er erklärte, das würde bestimmt geschehen. Ich würde noch in dieser Woche Näheres erfahren. Nun, meine Liebe«, sie legte ihre Hand auf die von Maria, »was immer dieser geheimnisvolle Mann auch geben wird, wir wollen redlich teilen. Denken Sie aber daran, mein Freund in Newcastle wird auch seinen Anteil verlangen, und ebenso sein Freund in London. Verstehen Sie?« Ohne auf eine Antwort zu warten, fügte sie hinzu: »Es können fünf oder zehn Prozent sein, die auf diese Weise abgezogen werden. Aber trotzdem sollten wir beide je zweitausend Pfund herausbekommen, mindestens.«

Maria und Anna machten große Augen und lehnten sich zurück, aber Nathaniel rührte sich nicht. Deshalb fragte Miß Netherton ihn: »Nun, Nathaniel, macht Ihnen das keinen Eindruck?«

»O doch, ich bin verblüfft, Miß Netherton, aber vor allem über Ihre Freundlichkeit und Ihre Sorge um uns.«

»Ja, ich habe mir immer Sorgen um Sie gemacht, weil ich Sie mag. Ich mag Sie alle, und was immer ich für Sie getan haben mag, dieses Mädchen«, sie zeigte über den Tisch hinweg auf Anna, »hat mich seit Jahren dafür entschädigt durch ihre Gesellschaft. Ohne sie wäre ich manchmal sehr einsam gewesen, und auch mit Geld kann man sich keine angenehme Gesellschaft kaufen. Sie können sicher sein, daß ich mich darum kümmern werde, falls diese Teufel versuchen, Ihnen den Zugang zu Ihrem eigenen Haus und Grundstück zu versperren.« Wieder wies sie mit dem Finger auf jeden einzelnen der Familie. »Machen Sie sich keine Sorgen. Ich habe bereits einen Anwalt mit der Sache beauftragt.« Sie wandte sich an Anna. »Ich weiß natürlich auch, daß Ihr Gehalt als Lehrerin jetzt ausfällt, weil Sie den Wagen nicht länger benutzen können. So habe ich mir überlegt, daß Sie alle, wenn Sie das Geld bekommen, sicher gern von hier fortziehen würden, nach all den Schikanen, denen Sie hier ausgesetzt sind. Sie könnten sich dann ein nettes kleines Haus in der Stadt kaufen oder wo es Ihnen sonst gefällt. Wenn das passieren sollte, was ich hoffe, werde ich Sie natürlich vermissen, aber immerhin habe ich ja meinen Wagen und kann häufig zu Besuch zu Ihnen kommen.«

Maria schüttelte leicht den Kopf und sagte leise: »Ich hasse den Gedanken, dieses Haus zu verlassen, Miß Netherton. Wir haben im Laufe der Jahre vieles auf uns genommen, um hier bleiben zu können. Und die Tatsache, daß Sie immer in der Nähe waren und uns beschützt haben, ist uns eine so große Hilfe gewesen, daß ich es gar nicht in Worte fassen kann. Ich weiß nicht, wie Nathaniel darüber denkt, aber seit Sie uns dieses Haus überlassen haben, habe ich mir immer vorgestellt, daß ich hier einmal sterben werde. Und dann – wir haben die Kinder hier aufgezogen, und wir sind glücklich gewesen in diesen vier Wänden und auf unserem bißchen Land.« Sie senkte den Kopf. »So ist es jedenfalls bis vor kurzem gewesen.« Sie seufzte. »Aber wir sind immer noch eine verschworene Gemeinschaft. Wie Nathaniel sagt, nur der Tod kann uns trennen.«

»Gut, meine Liebe, es liegt natürlich ganz bei Ihnen. Und ich will natürlich auch nicht, daß Sie wegziehen, ich habe dabei nur an Ihr Wohl gedacht und an diese Leute im Dorf. Aber . . . aber es besteht Hoffnung auf Besserung, sie haben Freunde, mehr, als Sie annehmen, Leute, die den Mut haben, Sie öffentlich zu verteidigen in den Bars.« Sie schüttelte leicht den Kopf. »Sie würden nicht glauben, was mir alles zu Ohren kommt. Eine arme alte Dame, die allein in ihren vier Wänden sitzt . . .« Jetzt mußten alle lächeln, auch Miß Netherton selbst. Dann erklärte sie: »Nun, jetzt muß ich aber gehen und schauen, wie Timothy vorankommt. Es ging ihm nicht gut in den letzten Tagen.« Sie nickte nachdrücklich. »Er hatte eine schwere Auseinandersetzung mit Raymond wegen dieses Zauns, kann ich Ihnen sagen. Ich verstehe es ja, wenn Raymond sagt, daß er nicht mehr allein zu bestimmen hat, aber er hat zugestimmt, soviel weiß ich. Ja, und ich muß hinzufügen, daß Sie, Nathaniel, die meiste Verantwortung dafür tragen, was sich da abspielt, weil sie die Leute aus den Gruben beherbergen.«

»Wäre es Ihnen lieber, wenn ich sie sterben ließe, die alten Leute und die Kinder auf dem Hochmoor?«

»Nein, nein, natürlich nicht. Lieber hätte ich sie selber aufgenommen. Aber ich . . .« Sie senkte den Kopf. »Ich bin nie so tapfer gewesen wie Sie, Nathaniel, und wie Sie, Maria. Ich wußte daß manchmal viele Leute auf dem Moor hausten, aber ich konnte es nicht über mich bringen, der vorherrschenden Meinung Trotz zu bieten. Ich bin besser im Reden.«

Jetzt griff Anna rasch ein. »Das ist Ihre Waffe, und Sie haben sie immer dazu benutzt, uns zu verteidigen.«

»Nun, das mag sein.« Miß Netherton stand auf und sagte: »Jetzt muß ich zurückwandern und irgendwie diese Böschung überwinden, damit ich . . .«

»Oh, Sie können doch nicht über die Böschung klettern«, wandte Maria erschrocken ein.

»Wie soll ich denn den Zaun sonst hinter mir lassen, wenn ich nicht hinüberspringen und über die Rübenfelder zur Hauptstraße stapfen will, wo Stoddart mit dem Wagen wartet? Aber machen Sie sich keine Sorgen, meine Liebe, ich nehme zwar lieber den Weg über die Böschung, aber Stoddart hat dort eine kleine Leiter, vier Sprossen hoch, für mich installiert. Sie werden uns schon nicht schlagen. Komm doch ein Stückchen mit, Anna. Die Sonne scheint, und die Maiblüte steht unmittelbar bevor. Selbst jetzt gibt es Dinge, auf die man sich freuen kann.« Sie schaute alle drei ruhig an, einen nach dem anderen, aber Nathaniel und Maria reagierten nicht darauf.

Anna aber ging zum Kleiderhaken und nahm einen Schal herunter, legte ihn sich um die Schultern und folgte Miß Netherton nach draußen.

Als sie gemeinsam den Weg zu Miß Nethertons Trittleiter zurücklegten, sagte sie: »Ist dir kalt, Mädchen?«

»Ja. Also – nicht direkt kalt. Aber ein bißchen kühl ist mir jetzt eigentlich immer.«

»Ja. Ich kenne das Gefühl, es kommt vom Herzweh. Das wird vorübergehen, meine Liebe.« Eine Weile gingen sie schweigend weiter, dann meinte Miß Netherton: »Weißt du schon, daß Timothy Manor House verlassen hat?«

»Nein. Nein, das wußte ich nicht. Ich wußte, daß er ausziehen wollte, aber er wollte sein neues Heim zuvor noch renovieren lassen, dachte ich.«

»Ja, das war seine Absicht. Aber das hätte mindestens noch drei Monate gedauert. Die Handwerker sind zwar da gewesen und haben auch schon einiges gerichtet, aber offensichtlich hat er sich so aufgeregt, daß er all seine Sachen in das neue Haus bringen ließ und zu mir kam, um mich um Hilfe zu bitten bei der Einstellung des Personals. Er braucht dort nur ein paar Leute, weil das Haus klein ist. Seit einer Woche ungefähr wohnt er nun schon dort. Er hat wieder einen sehr schweren Anfall erlitten, aber dadurch hat er sich nicht abschrecken lassen. Ich habe ihm eine Köchin besorgt, ein Küchenmädchen, ein Hausmädchen und einen Butler, der zugleich Kammerdiener ist. Und ich habe alle sehr sorgfältig überprüft, bevor ich es zuließ, daß er sie einstellte. Er mußte sich auch einen Wagen kaufen und ein Pferd, darum hat Stoddarts Cousin sich gekümmert, der auch sein Kutscher geworden ist. Stoddart hat ihm auch einen Gärtner empfohlen, und jetzt ist Timothy in dieser Hinsicht gut versorgt. Aber, meine Liebe, diese entsetzlichen Anfälle. Der arme Junge, es sieht so aus, als ob jeder Konflikt sie buchstäblich hervorruft. Andererseits kann er offenbar Monate leben, ohne daß etwas passiert, sie fast vergessen. Ich frage mich immer wieder, weshalb gerade die netten Leute auf dieser Welt so gestraft werden müssen. Ah, das sind wir ja. Da ist Stoddart mit meiner Trittleiter zum Himmel – oder führt sie etwa direkt zum entgegengesetzten Ort?« Sie kicherte leise, und als sie sich der Trittleiter näherten, zeigte die alte Dame nach links und meinte: »Wenn ich nur noch ein paar Jahre jünger wäre, würde ich bestimmt einfach die Böschung hinunterrutschen. Was ist das doch für ein dämlicher Platz für eine Trittleiter. Die Straße dort unten gibt es auch noch nicht so lange, ursprünglich war dort ein Feld. Ich glaube, man hat sie angelegt, damit man um das Dorf herumgehen kann.«

Anna half ihr auf die Trittleiter und hielt sie dann am oberen Ende fest, bis sie die Straße erreicht hatte. Von dort lachte Miß Netherton ihr zu und rief: »Es steckt noch Leben in dem alten Hund!«

Als er die Trittleiter von der Böschung entfernte, schaute Stoddart zu Anna hoch und sagte: »Sie wird sich eines Tages das Genick brechen, Miß, bei diesen Kletterkunststückchen.«

»Sie alter Narr sollten lieber auf den Bock klettern und dafür sorgen, daß dieses Pferd sich in Bewegung setzt.«

Anna schaute zu, wie die Kutsche davonrollte, bevor sie sich umwandte, um wieder nach Hause zu gehen. Als sie die kleine Pforte erreicht hatte, die durch ihren eigenen Zaun zu ihrem Grundstück führte, blieb sie stehen und schaute über das Land auf die Hügel, die sich in einiger Entfernung erhoben. Die Sonne blinkte durch die Wolken, die Schatten warfen auf die Hügel. Es sah aus, als wären sie von silberglänzenden Bächen durchzogen. Plötzlich sehnte sie sich danach, dort drüben auf diesen Hügeln zu sein und über sie hinwegzuschreiten, nur fort, fort von hier.

Sie zog die Enden des Schals fest um den Hals, bevor sie weitereilte, und sagte sich, daß sie es nicht zulassen durfte, daß dieser Wunsch die Oberhand gewann. Sie hatten Ben verloren, wie konnten sie es ertragen, wenn sie fortging und versuchte, irgendwo in der Fremde eine Stellung zu finden?

Ihre Mutter hatte zu Miß Netherton gesagt, daß sie hier sterben wollte, und in den vergangenen Wochen hatte sie oft das

Bild vor sich gesehen, wie sie selber hier Jahr für Jahr lebte, bis auch sie hier starb – nach einem vergeudeten Leben. Sie würde den Garten umgraben, Holz sägen, das Tierfutter und ihre Lebensmittel einsammeln, wo immer Stoddart sie über den Zaun werfen würde, im Winter am Feuer sitzen und am Sommer an dem Tisch und lesen. Im Laufe der Zeit würde die Familie sich mit Sicherheit auflösen. Die Jungen würden heiraten. Oswald und Olan priesen andauernd die Tugenden ihrer Arbeitgeberin und deren Tochter. Auch Jimmy würde heiraten. Ja, Jimmy ganz bestimmt. Und Cherry? Oh, Cherrys Herz war bereits vergeben. Anna hatte das bereits vor einiger Zeit bemerkt. Sie und Bobby nutzten jede Gelegenheit, um beieinander zu sein. Ihrem Vater konnte das auch nicht entgangen sein, aber er schien nichts dagegen zu haben. Nur sie allein blieb übrig.

Und wie würde ihre Zukunft aussehen? Worauf konnte sie sich freuen? War sie zu kritisch gewesen, als sie ihren Vater Simon als Beispiel entgegengehalten hatte? Sie hätte Simons Geliebte werden können. O ja, sie hätte seine Geliebte werden können. Und was hätte das schon ausgemacht? Zumindest für die Dorfbewohner und die Leute in der Umgebung war sie sowieso schon ein Bastard. Sie würde einfach nur ihre Rolle so spielen, wie ihre Mutter es getan hatte. Ein Liebstöckel war nun einmal eine verlorene Frau, genauso wie ihre Kinder, besonders die Mädchen. Hätte sie vielleicht doch Simons Bitte nachgegeben, wenn sie nicht an ihren Vater gedacht hätte? In diesem Augenblick wußte sie es nicht mehr genau, sie wußte nur noch, daß sie ganz allein war, sich einsam fühlte. Auch machte sie sich ständig Gedanken darüber, was aus Andrew geworden sein mochte. Wahrscheinlich würde er jetzt schon einen männlichen Privatlehrer haben.

Sie begegnete ihrem Vater an der Pforte. »Billy ist draußen«, sagte er. »Er hat die Reste des Kohls und die Spitzen der jungen Mohrrüben gefressen. Du hättest den Riegel nicht vorschieben sollen.«

»Oh, tut mir leid, Dada.«

»Du solltest vorsichtiger sein und aufmerksamer.«

Sie stand da und schaute ihm nach, als er fortging. Ihr Dada sagte ihr, daß sie vorsichtiger und aufmerksamer sein sollte. Sie war wieder ein kleines Mädchen, dem man sagen mußte, wie es die Tiere behandeln mußte. Den brütenden Hennen mußte man Eier aus Ton unterschieben und sie dabei so vom Nest heben, daß sie nicht anfingen umherzuflattern. Man mußte vorsichtig sein, wenn man durch das niedrige Gras bei dem kleinen Teich ging, weil dort machmal Enten lagen. Man mußte das Futter im Winter mit gekochten Kohlblättern warm anbieten, im Sommer kalt. Und man durfte die Ziegen nie zu dem untenliegenden Feld treiben, weil dort die Eiben wuchsen, und wenn sie sich mit deren Blättern den Bauch vollschlugen, konnten sie sterben.

Jetzt hatte er ihr gegenüber denselben Ton angeschlagen wie damals, als er ihr diese Dinge beigebracht hatte, denselben Ton wie beim Schulunterricht, wo er zu sagen pflegte, daß der Geist ebenso Nahrung brauchte wie der Körper.

Ihr Vater würde nie mehr der gleiche sein wie früher. Und sie auch nicht.

Sie ging ins Haus. Es sah so aus, als hätte ihre Mutter auf sie gewartet.

»Setz dich«, sagte sie. »Ich muß dir erzählen, wie die Geschichte, von der Miß Netherton gesprochen hat, anfing. Ich meine, die Sache mit dem Kreuz.«

Als Anna ihrer Mutter zuhörte, wunderte sie sich darüber, daß ihr Vater ihnen das nie in Form eines Märchens erzählt hatte, wenn sie abends um den Kamin versammelt gewesen waren. Deshalb fragte sie: »Wirst du es den anderen heute abend auch erzählen, Ma?«

Maria wandte den Blick ab und schaute in die Ferne, dann auf ihre Finger, mit denen sie auf den Tisch trommelte, und sagte: »Dein Dada und ich haben darüber gesprochen, und wir halten es für das beste, nichts zu sagen, weil man nie wissen kann, ob nicht jemand unabsichtlich eine Andeutung entschlüpft.«

»Aber wenn du das Geld bekommst, werden sie wissen wollen, woher. Du kannst es doch nicht verstecken.«

»Wir haben auch daran gedacht. Wir werden vermutlich sagen, daß es von den Leuten meiner Mutter am anderen Ende des Landes gekommen ist. Wir werden das mit Miß Netherton beraten, und sie soll das letzte Wort haben, wie wir es am besten erklären. Aber außerdem glaube ich nicht, daß es da irgendwelche

Probleme geben wird. Sie werden Dada auf jeden Fall Glauben schenken. Und wir verlassen uns darauf, daß du niemandem ein Sterbenswort verrätst, denn du weißt doch sicher, daß wir eine Menge Ärger bekommen werden, wenn irgend etwas darüber durchsickert. Und wir haben ja wirklich schon genug Ärger, meinst du nicht auch?«

Jetzt starrte ihre Mutter ihr schweigend ins Gesicht, und Anna hatte das Gefühl, daß sie hinzufügen wollte: ›Ob du es nun zugeben willst oder nicht, du bist auf jeden Fall mitschuldig. Du weißt das, ich weiß das, und dein Dada weiß das auch. O ja, dein Dada weiß das auch.‹

Fast drei Wochen später kam Timothy zu ihnen. Er war das letzte Stück zu Fuß gegangen, klopfte an die Tür und rief: »Ist jemand da?« Sie öffnete die Tür und antwortete: »O ja. Ich freue mich, Sie zu sehen.« Und das war die reine Wahrheit. In den letzten Wochen hatte sie sich oft gefragt, weshalb er nicht vorbeischaute, und es war ihr klargeworden, daß er ihr fehlte, seine Stimme, seine Worte, seine Scherze. Er schien der einzige zu sein, der sie noch zum Lächeln bringen konnte, und sei es auch nur über ihn.

»Ich sage meinem Vater Bescheid«, erklärte sie sofort. »Er ist zusammen mit meiner Mutter in der Scheune. Sie schneiden gerade Häcksel.«

»Oh, da will ich sie nicht stören im Moment. Erst muß ich Sie genau anschauen. Wie viele Jahre ist es her, seit ich Sie zum letztenmal gesehen habe?«

»Ich habe gehört, daß Sie umgezogen sind«, erwiderte sie.

»Aber ja doch. Ich habe mich schon eingerichtet dort, und ich bin gekommen, weil ich es Ihnen gern zeigen möchte. In den vergangenen Wochen haben wir in einem einzigen Chaos gelebt, jetzt stehen wenigstens die Möbel schon an Ort und Stelle, aber ich bin mir noch nicht im klaren über die Farbzusammenstellung. Die Vorhänge sollten doch zu den Möbelstoffen passen, nicht wahr? Eigentlich möchte ich am liebsten alle Vorhänge im Haus erneuern lassen. Ich bin gespannt, was Sie sagen werden. Wie ich Ihnen schon sagte, sind sie alle sehr langweilig, und ich habe mich gefragt, ob sie wohl herüberkommen würden und mir einen Rat geben könnten.«

Sie schüttelte etwas verlegen den Kopf. »Ich besitze keinerlei Erfahrung in solchen Dingen. Ich habe noch nie Stoffe und zusammenpassende Farben ausgesucht, ausgenommen für eine Bluse oder ein Kleid, die meine Mutter für mich oder für Cherry nähen wollte.«

»Oh, ich bin sicher, daß Sie einen ausgezeichneten Geschmack besitzen. Jedenfalls hat man mir aus Newcastle eine große Auswahl an Stoffen hergeschickt. Natürlich hätte ich auch Miß Netherton fragen können, aber wissen Sie«, er zwinkerte ihr zu, »Miß Netherton hat ihr Haus immer noch im Stil der fünfziger Jahre eingerichtet, und ich wünsche mir etwas Moderneres, hell und fröhlich ... Oh, was für Adjektive ich da verwende! Also, möchten Sie mir die Freude machen?«

»Sehr gern. Ich würde mich freuen, Ihr Haus besichtigen zu dürfen. Fühlen Sie sich dort wohl?«

»O ja, ja. Mir geht es schon wesentlich besser.« Mit sehr ernstem Gesicht fügte er hinzu: »Das Leben in Manor House wurde unerträglich, wirklich unerträglich. Gestern bin ich dort gewesen, um meine Schwester zu besuchen, und sie hat mir erzählt, daß es weitere Veränderungen geben wird. Sie weiß noch nicht, ob Raymond mit seiner Frau dort leben wird. Unter uns gesagt, ich kann mir nicht vorstellen, daß es der jungen Dame Spaß machen könnte, Herrin in diesem Haus zu sein. Vielleicht liegt es daran, daß sie schon mehr als genug darüber gehört hat. Auf jeden Fall ist ihr Vater Witwer, und sie besitzen ein großes Haus außerhalb von Newcastle. Meiner Meinung nach wird Raymond früher oder später dort landen. Dann bliebe natürlich Simon die Verantwortung für Manor House überlassen.« Er brach plötzlich ab, befeuchtete sich die Lippen und sagte dann: »Habe ich Ihnen schon erzählt, daß ich mir einen Wagen gekauft habe? Oh, nichts Besonderes. Nur einen Einspänner, die gefallen mir gut. Ich bin heute damit hergefahren und habe das Pferd an den Zaun gebunden, an der Westseite, ganz am Ende. Würden Sie mit mir zurückfahren und sich meine Hütte einmal ansehen?«

»Ja. O ja.« Sie stellte fest, daß sie ihm strahlend zulächelte. Im Augenblick erschien er ihr wie ein leuchtendes Licht, das ihre düstere Existenz erhellte. Aufgeregt fügte sie hinzu: »Würde es Ihnen etwas ausmachen, einen Augenblick auf mich zu warten?

Ich möchte mich nur rasch umziehen. Vielleicht möchten Sie inzwischen zu Dada und Ma in die Scheune gehen, um sie zu begrüßen?«

»Das mache ich. Ja, das mache ich.«

Sie ging schnell in ihr Schlafzimmer und blieb einen Moment vor dem kleinen Spiegel stehen, der ihr zeigte, wie schrecklich blaß sie in ihrem schwarzen Kleid aussah. Kurz entschlossen drehte sie sich um und ging zu dem Kleiderschrank in der Ecke des Zimmers. Zwei Kleider gingen darin. Sie nahm das dunkelblaue heraus, das einen weißen Kragen hatte. Als sie es angezogen hatte, schaute sie wieder in den Spiegel und steckte den weißen Kragen nach innen. Dann holte sie eine Papiertüte vom Schrank herunter und zog einen schwarzen Strohhut heraus, den sie aufsetzte. Schließlich öffnete sie die oberste Schublade der Kommode und nahm ein Paar schwarze Handschuhe und ein weißes Taschentuch heraus. Zuletzt zog sie ihren schwarzen Mantel über. Jetzt war sie fertig.

Im Hof, wo ihre Mutter und ihr Vater mit Timothy standen und sich unterhielten, merkte sie sofort, daß ihren Eltern aufgefallen war, daß sie ein anderes Kleid angezogen hatte. Die Überraschung darüber stand ihnen im Gesicht geschrieben. Aber sie verloren keine Bemerkung darüber, obwohl sie wußte, daß sie es von Herzen mißbilligten, daß sie nur nach einer Reihe von Wochen schon die äußerlichen Zeichen der Trauer abgelegt hatte.

»Ich werde sie sicher wieder heimbringen.« Timothy lächelte ihre Eltern an, aber Nathaniel antwortete nur kurz. »Fahren Sie vorsichtig.«

»Selbstverständlich.«

»Bleib nicht zu lange fort«, sagte Maria dann. »Es wird schon früh dämmerig.«

»Nein.« Anna schaute erst ihre Mutter an, dann ihren Vater, bevor sie sich umdrehte und fortging, wobei sie es Timothy überließ, sich von ihnen zu verabschieden.

Als sie wegfuhren, hob sie die Hand und winkte ihnen zu, worauf sie aber nicht reagierten.

Sie bewunderte das Pferd und den Wagen und sagte ihm das, als er ihr gegenübersaß auf dem schmalen Sitz. Und dann mußte sie lachen, als er sagte: »Vorwärts, Daisy.«

»Sie nennen sie Daisy?«

»Nun, eigentlich müßte sie Lazy* heißen, denn sie ist das faulste Tier, das mir je vorgekommen ist. Schauen Sie sich nur ihren Bauch an. Sie hat zuviel Hafer vertilgt, um noch arbeiten zu können. Edward, das ist mein neuer Kutscher, sagt, wir müssen ihre Ration halbieren und aufhören, ihr Leckerbissen zu geben. Aber ich schaffe es einfach nicht, ihr keine Leckerbissen mehr zuzustecken. Sie ist verrückt auf Zucker und Süßigkeiten.«

»Nun, dann dürfen Sie sich aber auch nicht beschweren, wenn sie nicht galoppieren will.«

»Galoppieren! Ich glaube nicht, daß sie schon jemals in ihrem Leben galoppiert ist. Sie wüßte nicht einmal, wie sie das machen sollte. Sie hat den Kindern meines Arztes gehört. Sie sind jetzt erwachsen, und er wußte nicht, was er mit dem Tier anfangen sollte. Auf diese Weise bin ich zu ihr gekommen.«

Als sie ins Dorf kamen, stellte Anna sofort fest, daß vor der Schmiede, wo gerade ein Pferd beschlagen wurde, einige Leute standen. Timothy nahm sie nur flüchtig von der Seite wahr, aber sie saß so, daß sie ihnen direkt entgegensah. Sie sah wie der Schmied den Pferdefuß auf den Boden stellte, sich aufrichtete und sie anstarrte. Sie hörte, daß er etwas rief, wahrscheinlich einen Namen, denn als sie zur Seite blickte sah sie, wie einer seiner Söhne aus der Schmiede kam. Und obwohl sie den Kopf nicht weiter in ihre Richtung drehte, wußte sie, daß beide zu ihr hinschauten.

Dann drehte eine Frau, die gerade in den Lebensmittelladen gehen wollte, sich um und starrte sie an. Ein Mann, der in diesem Augenblick aus dem Geschäft kam, blieb neben ihr stehen. Auch er starrte in ihre Richtung. Dann tauchten zwei Gesichter auf über der Linie, die die untere Hälfte des Fensters im *King's Head* von der oberen Hälfte trennte. Unten befand sich undurchsichtiges Flaschenglas, oben eine durchsichtige Scheibe. Zuletzt, dort, wo die Straße enger wurde, bevor sie das Dorf verließ, gingen zwei Landarbeiter von der Mitte der Straße auf die Bankette, damit sie vorüberfahren konnten. Einer von ihnen legte

---

* Englisches Wortspiel. Lazy = faul

die Hand an seine Stirn und sagte: »Tag, Mr. Timothy.« Und Timothy rief zurück: »Guten Tag, Roberts.« Aber der andere Mann starrte sie nur an, besonders Anna.

Als sie ein Stückchen weitergefahren waren, sagte Timothy: »Heute abend weiß es das ganze Dorf. Macht es Ihnen etwas aus?«

»Warum sollte es?«

»Ja, warum sollte es. Auf jeden Fall«, er schaute sie an, »bin ich als völlig harmlos bekannt, zumindest halten sie mich dafür ... Der arme Mr. Timothy. Ich werde wütend, na ja, nicht gerade wütend, aber ärgerlich, wenn ich das höre, weil es nicht stimmt. Ich bin kein armer Mann, nicht in dem Sinne, wie sie es meinen.«

Sie streckte die Hand aus und berührte sein Knie. »Sie sollten sich deswegen nicht ärgern«, sagte sie. »Sie sind unwissend. Ich ... wir alle haben seit Jahren unter ihrer Unwissenheit gelitten, deshalb kann ich in gewisser Weise verstehen, wie Ihnen zumute ist. Aber Ihnen würden sie nie etwas antun, uns dagegen würden sie am liebsten bei lebendigem Leibe verbrennen.«

»Sagen Sie doch nicht so etwas, Anna! Wie Sie ganz richtig erkannt haben, ist es Unwissenheit, einfach Unwissenheit. Sie sind nicht grausam, nur dumm.«

»Da kann ich Ihnen leider nicht zustimmen, Tim. Für mich sind sie unwissend, grausam *und* dumm. Wissen Sie, daß meine Mutter jahrelang, immer wenn sie aus der Stadt zurückkam, ihren Rock waschen mußte?«

Er blickte sie verständnislos an. »Ihren Rock waschen?«

»Ja, ihren Rock waschen, weil sie sie angespuckt haben. Lebte sie denn nicht in Sünde? Der Haken dabei war, daß sie auch noch unter dem Schutz von Miß Netherton lebte, einer von ihnen. Aber sie spukten nicht auf die Witwe eines gewissen Bauern, der gestorben war, vor acht Jahren schon. Der eigene Bruder seiner Frau hatte inzwischen seinen Platz eigenommen, und sie brachte jedes Jahr ein Kind zur Welt.«

»O ja.« Er nickte eifrig. »Ich weiß, wen Sie meinen. Zwei Kinder sind geisteskrank.«

»Geisteskrank oder nicht, sie werden von allen akzeptiert. Weshalb mußten wir dann all die Jahre hindurch gequält werden? Können Sie mir den Grund dafür nennen? Diese Kinder auf dem Bauernhof sind nicht nur Bastarde . . . Ja, ich kann dieses Wort wohl anwenden, zumindest Ihnen gegenüber, Tim. Sie stammen außerdem auch noch aus einem Inzest. Ich glaube, der eigentliche Grund für die Feindschaft, die uns überall entgegenschlägt, ist die Tatsache, daß mein Vater meine Mutter unterrichtet hat und daß sie dann beide uns unterrichtet haben, so gut sie es vermochten. Wir waren Ausgestoßene, und das konnten sie nicht ertragen. Sie können es immer noch nicht . . .« Sie senkte den Kopf. »Ich . . . ich habe immer noch Angst vor den Leuten im Dorf, Tim.«

»Oh, meine Liebe, das sollten Sie aber nicht. Mehr können sie wirklich nicht gegen Sie alle unternehmen. Und wie Sie schon gesagt haben, stehen Sie unter dem Schutz von Miß Netherton, und wenn ich so sagen darf, auch unter meinem – was immer er wert sein mag. Aber Schutz ist eigentlich nicht das richtige Wort. Ich habe Ihre ganze Familie einfach sehr gern, und ich weiß, daß ich in Ihnen eine sehr, sehr gute Freundin besitze. Kommen Sie, Anna, lächeln sie. Sie können nicht mit den Toten leben auf Dauer. Sie sind lebendig und jung und Ihr Leben liegt noch vor Ihnen. Ah, da sind wir ja. Schauen Sie nur.« Er zeigte auf das Pferd. »Sie kennt schon den Zaun, ebenso wie ihre Krippe, die dahinter liegt, und sie weiß genau, was sie darin vorfinden wird. Oh, sie ist ein kluges Mädchen. Komm, da ist der Eingang.«

Die Auffahrt war nur kurz, aber sie führte auf einen großen quadratischen Platz, der mit Kieseln bedeckt war. Darauf stand das Haus. Es war von Kletterpflanzen umrankt, und über die oben gelegenen Fenster hingen die großen, blauen Blütenköpfe der Wistaria herab. Er zeigte darauf, als er das Pferd zum Stehen brachte, und sagte: »Das Zeug wächst oben auf dem Dach. Fletcher, unser Gärtner, meint, daß wir es ausmerzen müssen, wenn wir nicht wollen, daß die Regenrinne verstopft wird und das Wasser in die Zimmer läuft. Du lieber Himmel, woran man nicht alles denken muß, wenn man ein Haus hat.«

Er reichte ihr die Hand und half ihr beim Aussteigen. Dann schaute er den Mann an, der plötzlich an seiner Seite stand, und sagte: »Oh, Edward, kümmern Sie sich um sie, ja? Aber ich denke, Sie sollten ihr besser heute abend weniger Futter geben.«

»Ja, Sir.« Der Mann fing an zu grinsen. »Dann können Sie ihr mehr Leckerbissen geben, Sir.«

Timothy antwortete nicht darauf, sondern wechselte nur einen vielsagenden Blick mit Anna. Dann nahm er sie am Ellbogen und führte sie zum Hauseingang. Durch ein von Säulen getragenes Vordach gelangten sie zu den weit offenstehenden Doppeltüren aus dunklem Eichenholz und dann in eine Halle. Diese war für ein verhältnismäßig kleines Haus sehr geräumig. Auch die breite Treppe, die nach oben führte, war aus Eichenholz. Die Stufen waren nicht von Teppichen belegt. Timothy erklärte: »Ich habe mir gestern fast den Hals gebrochen auf dieser Treppe. Ich muß sie mit einem Teppich versehen lassen, mag Miß Netherton auch sagen, was sie will. Sie hält es für eine Sünde, dieses alte Holz zu verdecken. Nun, meine Liebe, geben Sie mir Ihren Mantel und den Hut.«

Er führte sie zuerst in einen Raum, der am anderen Ende der Halle lag, und sagte mit einer theatralischen Geste: »Der Salon, Ma'am.« Dann fügte er hinzu: »Er ist kaum größer als das Zimmer der Haushälterin in Manor House. Aber er sieht gemütlich aus, meinen Sie nicht auch?«

Sie stand mitten im Zimmer und schaute sich um, wobei sie sich um ihre eigene Achse drehte. Dann erwiderte sie: »Ich finde es sehr hübsch, Tim, nein, mehr als das, wirklich schön. Und ich weiß nicht, warum Sie die Vorhänge erneuern wollen.«

»Wirklich nicht?«

»Nein.« Sie ging hinüber zu einem der beiden Erkerfenster und nahm ein bißchen von dem Vorhangstoff zwischen die Finger. »Es ist ein wundervoller Brokatstoff.«

»Aber völlig ausgebleicht. Ursprünglich war es mal ein dunkles Rosa. Wenn Sie ins Innere der Falten schauen, können Sie es sehen.«

»Ja. Ja, ich sehe es an den Fransen und den Blenden, aber sie passen zu diesem Zimmer. Ich glaube nicht, daß Sie irgend etwas verbessern können, wenn sie neue machen lassen.«

»Auch nicht, wenn ich neue in der gleichen Farbe machen lasse?«

»Sie wären neu, zu wenig gedämpft in der Farbe und würden sich mit allem anderen in diesem Zimmer beißen.«

Er drehte sich langsam um sich selber und schaute sich im Zimmer um, bevor er meinte: »Wissen Sie, ich glaube, Sie haben recht. Darüber habe ich mir noch keine Gedanken gemacht, daß eine Farbe sich mit der anderen beißen kann. Gut, ich bin ja so froh, daß Sie mitgekommen sind, Miß Dagshaw. Sie haben mir geholfen, Geld zu sparen.«

Sie lachten beide, dann sagte er: »Kommen Sie, schauen Sie sich das Eßzimmer an.«

Sie befanden sich bereits wieder in der Halle, als ein untersetzter Mann mittleren Alters auf sie zukam und sagte: »Möchten Sie jetzt eine Tasse Tee serviert haben, Sir?«

»Ja. Ja, ich denke, wir hätten jetzt gern den Tee, Walters. Übrigens, das ist Miß Dagshaw, eine sehr liebe Freundin von mir. Sie ist gekommen, um mir bei der Auswahl der Vorhänge zu helfen. Wenigstens war das meine Absicht, aber jetzt sagt sie mir, daß es ein Fehler wäre, die Vorhänge im Salon auszuwechseln.«

Der Mann lächelte Anna zu. Er hatte ein angenehmes, volles Gesicht. »Ich bin sicher, daß die junge Dame recht hat«, sagte er. »Es sind ganz prächtige Vorhänge, Sir.«

»Aber, wie gesagt, Walters, sie sind ausgebleicht.«

»Eine Menge ausgebleichter Sachen sind trotzdem ganz prächtig, Sir.«

»Ah, ah.« Timothy deutete mit dem Daumen auf seinen Butler und Kammerdiener. »Ich muß gut auf ihn aufpassen. Es ist mir bereits aufgefallen, daß er ein verkappter Philosoph ist.« Dann ließ er den Mann, der immer noch breit lächelte, stehen und führte Anna in das Eßzimmer. »Nun sagen Sie bloß nicht, daß Ihnen diese Vorhänge gefallen«, rief er.

Sie schaute sich um, sah den Mahagonitisch, die Stühle, das Sideboard und die beiden Glasvitrinen mit dem Porzellan. In der Mitte der Decke hing in einem bemalten Kreis ein funkelnder Kronleuchter. Dann sagte sie: »Ja, sie gefallen mir, aber dieser Raum ist nicht so hell wie Ihr Salon, deshalb könnte er weniger schwere Vorhänge vertragen.«

»Ah, in Ordnung, neue Vorhänge fürs Eßzimmer. Jetzt kommen Sie weiter, und schauen Sie sich meine sogenannte Bibliothek an, die im Grunde nichts weiter ist als ein besseres Arbeitszimmer.«

Der Raum war ungefähr fünf Meter lang und vier Meter breit. Zwei Wände wurden vom Boden bis zur Decke von Bücherregalen eingenommen, die voller Bücher waren. Auch der Tisch war bedeckt mit Büchern, in der Mitte aber lag ein großer Schreibblock. Als sie ihn anschaute, nahm er ihn beiseite und sagte:»Kritzeleien, nichts als Kritzeleien. Das kritzele ich nur so für mich auf. Sehen Sie, ich interessiere mich für die Renaissance, besonders für den Einfluß, den Florenz damals ausübte. Man könnte mit voller Berechtigung sagen, daß ich auf diese Weise viel kostbare Zeit verschwende.« Dann zeigte er auf das französische Fenster und erklärte:»Von da gelangt man in einen kleinen Wintergarten.«

Einige Minuten später stand sie unter der hohen Glaskuppel. Sie drehte sich zu ihm um und fragte:»Klein? Warum nennen Sie ihn klein? Er muß die gesamte Seitenlänge des Hauses einnehmen.«

»Ja, das stimmt. Ich glaube, daß ich zur Zeit noch alle Räume mit denen in Manor House vergleiche. Aber ich will ihn nicht kleiner machen, als er ist, schließlich gehört er mir. Der Wintergarten dort gehörte mir nicht, den besaß ich nur leihweise und das sehr gegen den Willen des Obergärtners. Wir sind uns nicht oft begegnet, aber wir kamen einfach nicht miteinander aus.«

Man konnte ihr deutlich ansehen, wie überrascht sie war, als sie erwiderte:»Ich kann mir gar nicht vorstellen, daß Sie mit jemandem nicht auskommen können.«

Er schaute sie ernst an und entgegnete:»Unter dieser Fassade, die ich mir zugelegt habe, diesem freundlichen Lächeln um jeden Preis, bin ich, wenn ich zu der Ansicht gelange, daß irgend etwas nicht in Ordnung ist, fast so wie sie. Ja, das bin ich, ich spreche es offen aus. Ich kann Ihnen ruhig sagen, daß ich bei dem Personal in Manor House nicht sehr beliebt war. Sehen Sie, zunächst betrachteten sie mich als Idioten, als einen harmlosen Narren, und ich konnte herumlaufen, wo ich wollte. Bis einige Leute feststellten, daß mir nichts entging und daß die Tatsache, daß ich epileptische Anfälle bekomme, nicht bedeutet, daß ich irre bin. Einige Leute haben eine ganze Zeit gebraucht, bis ihnen das klar wurde, aber als es soweit war, hat sich ihr Verhalten mir gegenüber geändert. Ich wußte zuviel über sie und ihre Diebereien. Und die fanden in großem Rahmen statt, in Zusammenarbeit zwischen den leitenden Angestellten im Haus selbst und denen, die für die Außenarbeiten verantwortlich waren. Und auch die Lieferanten brachten ihr Schäfchen ins trockene, ob es nun regnete oder nicht. Ich habe diese Spielchen beendet, und sie hatten Angst, daß ich sie verpfeifen würde. Und ich habe ihnen gesagt, daß ich genau das tun würde, wenn sie es noch einmal versuchen sollten. Für einige von ihnen muß es eine Goldmine gewesen sein, in der sie schon seit Jahren herumgegraben haben, selbst noch zu der Zeit, als meine Schwester noch gesund war. Ich kam natürlich erst dahinter, als sie schon krank war, und es hat mich ganz besonders verärgert, daß sie in ihrem Zustand betrogen wurde, auch von dem Gutsverwalter. Und deshalb, Anna, mögen mich keineswegs alle Leute.«

»Ich bin froh darüber.«

»Wirklich?« Er hob die Brauen.

»Ja. Das bringt uns einander irgendwie näher, auf eine Ebene, finde ich.«

»Oh, ich verstehe. Darüber sollten wir noch ein andermal ausführlicher sprechen. Aber jetzt kommen Sie erst mal nach oben.«

Die Schlafzimmer waren luftig und gut eingerichtet. Als sie zu zwei Treppenstufen kamen, die zu einem anderen Treppenabsatz führten, sagte er: »Dort liegen die Privaträume des Personals. Die Köchin hat ein Zimmer und die beiden Mädchen teilen sich eins. Walters hat sein Zimmer, unten, in der Nähe der Küche, aber ich kann oben jederzeit nach ihm läuten, falls ich ihn brauchen sollte.« Er blickte Anna kurz an und fügte hinzu: »Ich hoffe, das wird bald nicht mehr nötig sein, weil die Ruhe in diesem Haus wie ein Balsam auf mich wirkt. Kommen Sie, jetzt gehen wir nach unten und statten der Köchin und den Mädchen einen kurzen Besuch ab vor dem Tee.«

Die Köchin, Mrs. Ada Sprigman, beugte das Knie vor Anna, als sie ihr vorgestellt wurde, und Anna mußte daran denken, wie die Jungen sich damals auf dem Boden gewälzt hatten vor Lachen, als sie sich vorstellten, daß irgend jemand vor ihr das Knie beugen könnte. Aber diese Zeiten waren vorbei, nie würde es wieder so sein wie früher.

Das Küchenmädchen hieß Lena Cassidy, eine mollige, kräftige Irin. Auch sie beugte das Knie vor ihr. Das Hausmädchen hieß Mary Bowles und redete sie mit ›Ma'am‹ an.

Was für ein Unterschied zu ihrem Empfang in Manor House! Dabei mußten doch auch diese Leute wissen, wer sie war ...

Walters brachte den Tee auf einem Teewagen ins Wohnzimmer. Man konnte wählen zwischen chinesischem und indischem Tee. Außerdem wurden delikate Sandwiches und kleine Kuchen serviert. Anna griff zu, denn sie war plötzlich hungrig, ein Gefühl, das sie seit Wochen oder Monaten nicht mehr gekannt hatte.

Nach dem Tee traf sie eine Auswahl unter den Stoffen für die Vorhänge in den Schlafzimmern, und er machte sich Notizen darüber. Später, als sie am Fenster im Salon saßen, schaute er sie liebevoll an und sagte: »Ich kann mich nicht daran erinnern, jemals einen Nachmittag so genossen zu haben wie diesen.« Er beugte sich vor und ergriff ihre Hand. »Anna, versprechen Sie mir, daß Sie so freundlich sein werden und oft herkommen zu mir.«

»Die Freundlichkeit liegt ganz auf Ihrer Seite, Tim, weil ich mir nichts mehr wünschen könnte.« Sie blickte hinab auf ihre ineinander verschlungenen Hände. »Sehen Sie, ich kann mit meinem Dada nicht mehr reden. Irgend etwas ist in ihm gestorben seit Bens Tod. Ma ist gut und lieb, aber wir reden nie richtig miteinander, das hat sie schon immer nur zu gern Dada überlassen. Früher haben wir beide, er und ich, oft stundenlang miteinander geredet. Besonders gern ging er dann ausführlich auf bestimmte Epochen der Geschichte ein, wo sich neue Gedanken, neue Ideen entwickelt haben. Wenn er Gelegenheit dazu hat, ist mein Vater ein großer Redner, Tim, er drückt sich so wunderbar klar aus und versteht es, jedes Thema, über das er gerade spricht, interessant zu machen. Nie werde ich eines unserer Gespräche vergessen. Es ist schon viele Jahre her, aber damals hat es wohl meine Art zu denken grundlegend geprägt. Was heute geschieht, sagte er, geschieht nicht wirklich heute oder gestern oder vorgestern, es entstand als Gedanke in irgendeinem Menschen, wurde dann durch das Wort weitervermittelt, dann wurde das Wort niedergeschrieben, und das Geschriebene wurde gelesen. Ein anderer Mensch nahm den Gedanken auf und verarbeitete ihn. Und so ging es weiter, bis wir heute die Wirkung davon erkennen können, in dem, was heute geschieht. Es kann eine Kriegserklärung sein, es kann ein Mord sein oder ein Attentat, es kann die Verwirklichung einer großen Liebe sein – aber es geschieht nie wirklich heute, es geschah Tage zuvor, vielleicht Wochen zuvor, vielleicht schon vor Jahren, vor Hunderten von Jahren, als irgend jemand eine große Idee hatte. Alles, was sich ereignet, ist eine Idee. Was gäbe es auf der Welt ohne Ideen? Nichts, denn ohne zu denken können wir nichts aufnehmen.« Sie blinzelte, weil ihre Augen feucht geworden waren, dann murmelte sie: »Du meine Güte. Seltsam, daß ich jetzt daran denken muß. Ja, so pflegte er zu sprechen. Aber jetzt nicht mehr. Nein, jetzt nicht mehr.«

Er drückte ihre Hand und sagte: »Meine Liebe, Sie haben mir einmal erzählt, daß sie manchmal kleine Gedichte schreiben. Jetzt möchte ich Ihnen sagen, vergessen Sie die Gedichte, schreiben Sie lieber Ihre Gedanken nieder. Schreiben Sie nieder, was Sie mir gerade erzählt haben, und nehmen Sie das als Ausgangspunkt für weitere Überlegungen.«

Langsam schüttelte sie den Kopf und erwiderte: »Das würde nur bedeuten, die Dinge zu vereinfachen, wenn man so einfache Dinge niederschreibt, meine ich. Denn im Grunde denke ich einfach.«

»Oh, meine Liebe, Sie ahnen ja nicht, wie die Welt sich danach sehnt, einfache Dinge zu lesen. Das Geschwätz, das aus den Federn der sogenannten großen Geister fließt, wird nur von wenigen gelesen, und auch das widerstrebend. Da wird ein Mann als großer Autor bezeichnet, und warum? Weil er für die einfachen Menschen schwer verständlich ist. Er selber hat Freude daran gehabt, Wörter zu Papier zu bringen, Wörter, Wörter, schöne Wörter vielleicht, aber wenn man ihnen auf den Grund geht, haben sie meist wenig zu tun mit seinem eigentlichen Thema. Ich habe in meinem Leben so viele Bücher angefangen zu lesen, meine Liebe, und sie irritiert wieder weggelegt, in dem Bewußtsein, daß ich lediglich die Ergüsse eines Mannes über das gelesen habe, was er von sich selber denkt und hält, anders kann man es wirklich oft nicht nennen, und das ist besonders erfreulich, wenn er so sicher ist, daß er recht hat. Die Wissenschaft ist in Bewegung geraten, und viele Wissenschaftler verraten ihre Prinzipien, um in der Welt gehört zu werden. Viele sind schlimmer als religiöse Fanatiker.« Er legte eine Pause ein und schaute aus dem Fenster.

Dann fuhr er fort: »Sie bekämpfen einander, weil jeder recht haben will, um jeden Preis. Sie stehen in den Hörsälen und legen ihre Theorien dar, Theorien, die oft dazu verurteilt sind, schon in zehn Jahren überholt zu sein. Aber solange sie noch funkelnagelneu sind, sind ihre Vertreter so überzeugt davon, daß sie auch andere davon überzeugen können, genauso wie ein Katholik oder ein Protestant es tut, wenn er darlegt, daß es nur einen Gott gibt, und zwar den, den er vertritt. Im Namen dieses Gottes bringen sie nicht nur andere um, sondern sich gegenseitig. Und wenn sie sterben, flüstern sie seinen Namen, auf beiden Seiten. Haben Sie je daran gedacht, Anna, wie viele Menschen für Gott gestorben sind? Christus wurde für Gott gekreuzigt, und seine Anhänger haben sich im Laufe der Jahrhunderte gegenseitig gekreuzigt, verbrannt auf dem Scheiterhaufen, gehängt, in Stücke gerissen und gefoltert. Aus welchem Grund glaubt ein Mensch, daß er so etwas tun darf? Und wie kann er an einen solchen Gott glauben? Wie kann man überhaupt so sicher sein, daß es einen Gott gibt? Und haben sie je darüber nachgedacht, Anna, wie Christen, die so fest im Glauben sind, eine solche Angst vor dem Tode haben können? Und wenn einer von ihnen stirbt, trauern sie um ihn, dabei sollten sie doch eigentlich wissen, wenn sie ihrem Glauben treu bleiben, daß er in dem sogenannten Himmel ist. Warum also trauern?«

Plötzlich legte er die Hand über die Augen. »Oh, meine Liebe, es tut mir so leid. Ich bin bei meinem Lieblingsthema angelangt, dem Haß gegen alle Dogmatiker, und habe ganz vergessen, daß ich mit jemandem spreche, der vor kurzem einen schweren Verlust erlitten hat.«

»Bitte, Tim, bitte.« Sie zog ihm die Hand von den Augen. »Ich verstehe Sie vollkommen und stimme völlig mit Ihnen überein. Machen Sie sich keine Gedanken wegen meiner Gefühle für Ben. Ebenso wie Dada glaube ich nicht, daß er irgendwohin entschwunden ist. Sein Körper liegt im Grabe, aber sein Geist ist immer noch in unserem Haus.« Sie blickte zur Seite und zögerte einen Augenblick, bevor sie fortfuhr: »Aber . . . aber manchmal wünschte ich mir, daß er um Dadas Seelenfrieden willen weiterziehen möge, dorthin, wohin Geister ziehen, denn solange er bei uns bleibt oder solange Dada glaubt, daß er noch bei uns ist, befindet er sich in einem Zustand der geistigen Benommenheit. Nur so kann ich seinen gegenwärtigen Zustand beschreiben, als eine geistige Benommenheit.«

Sie warf einen Blick durchs Fenster und meinte: »Die Sonne geht schon unter, ich muß nach Hause. Aber es war wunderschön bei Ihnen, und unser Gespräch hat mir sehr viel bedeutet. Es ist wunderbar, wieder einmal so mit jemandem reden zu können und ihm zuzuhören. Sie sagen, ich solle schreiben, und ich möchte Sie deshalb gleichfalls bitten zu schreiben. Aber ich weiß ja, daß Sie es ohnehin tun, und ich würde liebend gern etwas von Ihnen lesen, vielleicht ein paar Ihrer Gedichte.«

»Ach, meine Liebe. Ich müßte schon sehr, sehr betrunken oder sehr, sehr krank sein, bevor ich irgend jemanden meine Gedichte lesen ließe.«

»Gut, dann werde ich eines Abends heimlich herkommen, wenn Sie sehr, sehr betrunken sind.«

»Tun Sie das, bitte.«

Lachend verließen sie das Haus.

Als er sie heimfuhr, dachte sie daran, was Simon gesagt hatte, als er bei ihr neben dem Sägebock gestanden hatte: »Er ist ein Mann, und einige der bedeutendsten Männer sind Epileptiker gewesen.«

Wie das auch immer sein mochte, sie konnte sich jedenfalls nicht vorstellen, daß ihr lieber Freund eine Frau bitten könnte, ihn zu heiraten. Er war sich seiner Behinderung zu sehr bewußt, schreckten die Leute doch sogar vor einem Kind zurück, das einen Anfall hatte, und überließen es sich selbst.

5. Teil

Das Kreuz

1

Es war ein seltsamer Sommer. Gegen Ende Mai wurde es sehr heiß, und am siebenten Juni glaubten die Leute, daß die Welt verrückt geworden wäre oder daß der Weltuntergang nahe bevorstünde, denn an diesem Tag setzte ein schwerer Schneefall ein, in einigen Gegenden bis zu einem Meter hoch. Unmittelbar darauf folgte schwüles Wetter, und dann wurde es wieder sehr heiß.

Es war erstaunlich, wie sehr sich die Gemüter darüber diesmal erhitzten. Es hatte auch vorher schon besonders heiße Sommer gegeben und besonders kalte Winter, aber das schien damals die Familie kaum berührt zu haben. Doch seit Bens Tod war so vieles anders geworden. Der letzte Vorfall hatte wieder zu einer grundlegenden Änderung geführt. Oswald und Olan waren eines Abends erst weit nach neun Uhr nach Hause gekommen. Beide waren sehr müde gewesen, sie hatten seit halb neun Uhr am Morgen gearbeitet. Vielen Leuten war es einfach zu heiß gewesen, selber daheim zu kochen, und deshalb war der Imbißladen den ganzen Tag über brechend voll gewesen. Und so war es schon die ganze Woche über gewesen. Und Oswald hatte seinen Eltern zaghaft einen Vorschlag unterbreitet. Mrs. Simpson hatte ihnen angeboten, daß sie in den beiden Räumen über dem angeschlossenen kleinen Restaurant wohnen und schlafen konnten, um nur noch an den Wochenenden nach Hause zu fahren. Oswald hatte erst seine Mutter angeschaut, dann seinen Vater und gesagt: »Es ist ein langer Weg, Dada, wenn man den ganzen Tag über auf den Beinen gewesen ist, in dieser Hitze und all dem Trubel. Und sie meint es so gut mit uns und ist eine so liebe Frau.«

Nathaniel hatte Maria angeblickt, und sie hatte auf den Fußboden geschaut, bevor sie gesagt hatte: »Gut, Oswald, wenn du so willst, soll es auch so sein. Ihr seid jetzt beide Männer und müßt euer eigenes Leben führen. Aber solange ihr noch an den Wochenenden zu uns kommen wollt ...«

»Oh, natürlich wollen wir das, Ma!« hatte Oswald erwidert

und beide Hände seinen Eltern entgegengestreckt. »Und wir bringen auch das Geld mit.«

Jetzt griff Nathaniel ein. »Wenn ihr nicht mehr bei uns wohnt, wollen wir auch kein Geld mehr von euch, jedenfalls nicht so viel wie jetzt. Und ich bin sicher, daß Mrs. Simpson sich um euch kümmern wird. Sie ist eine sehr achtbare und feinfühlige Frau.«

»Ja, das ist sie, Dada, und ihre Tochter auch. Und das Geschäft geht gut. Olan und ich, wir glauben beide, daß sich da Aussichten eröffnen.«

Jetzt hob Maria den Kopf und fragte: »Was für Aussichten?« Sie schaute ihren Sohn direkt an, bis er, ein wenig verlegen, antwortete: »Nun, Ma, sie wird uns am Ende des Jahres eine gute Lohnerhöhung geben, denken wir. Und als Geschäftsfrau bekommt sie alles mögliche günstiger, Kleidung zum Beispiel, und sie sagt, wenn wir irgend etwas benötigen ... Ja, und wir könnten auch eine Fahrkarte von ihr bekommen.«

»Das ist sehr freundlich von ihr, sicher«, sagte Maria und wandte sich ab ...

Aber es wurde beschlossen, daß die Zwillinge das Haus verließen, und Maria hatte jedem der Jungen ein Bündel mit Kleidungsstücken gepackt, das sie am nächsten Morgen mitnehmen sollten. Den Rest ihrer Sachen sollten sie beim nächstenmal mitnehmen.

Jetzt waren während der Woche nur noch Anna, Cherry und Jimmy zu Hause, wenigstens abends. Und Cherry schien immer sehr viel außerhalb des Hauses zu tun zu haben; ihr Vater und ihre Mutter hatten aber offenbar nichts dagegen einzuwenden.

Anna ging jetzt oft mit Jimmy spazieren. Auch er hatte sich verändert seit Bens Tod. Er war nicht mehr der Lausbub, den sie kannte, sondern wirkte über seine Jahre hinaus gereift und sprach fast wie ein Erwachsener.

Als sie an diesem Abend Seite an Seite durch den Wald schlenderten, überraschte er sie mit der Bemerkung: »Die Familie löst sich auf, nicht wahr, Anna?«

Sie blieb stehen. »Was meinst du mit auflösen, Jimmy? Die Jungen *mußten* in die Stadt ziehen.«

»Ja, das weiß ich. Das weiß ich. Aber als nächste wird Cherry uns verlassen. Sie wird Bobby heiraten.«

»Wie könnte sie? Er ist noch Lehrling, sie haben nichts, wovon sie leben könnten.«

»Oh, ich glaube nicht, daß das eine große Rolle spielen wird. Sie werden schon irgendwie durchkommen. Dada wird ihnen helfen. Auf jeden Fall wird es Ärger geben, wenn sie nicht bald heiratet.«

»O Jimmy.« Wieder machte sie plötzlich halt. Auch er blieb stehen, schaute sie an und sagte: »Sie ist reif zum Heiraten.«

So sprach ihr jüngerer Bruder, der noch nicht einmal achtzehn Jahre war. Wenn es Oswald gewesen wäre, hätte sie es verstehen können. Andererseits arbeitete Jimmy auf der Farm und kam täglich mit natürlichen Vorgängen in Kontakt. Aber trotzdem ...

Beim Weitergehen überlegte sie. Er hatte gesagt, Dada würde ihnen helfen. Wußte er irgend etwas über das Geld, das sie erwarteten und das angeblich von der Familie ihrer Mutter kommen würde? Ihre Eltern hatten die Sache nie wieder zur Sprache gebracht, und sie wußte nicht, was Miß Netherton für das Kreuz bekommen würde oder vielleicht schon bekommen hatte. Und sie hatte auch keine Frage gestellt, denn sie hatte manchmal den Eindruck, daß zwischen ihnen eine Mauer entstanden war. Allerdings befand Miß Netherton sich seit drei Wochen auf einer Ferienreise. Sie war zur Südküste gereist, an einen Ort namens Brighton.

Schweigend waren sie ein Stück weitergegangen, als Jimmy sie wieder erschreckte mit der Erklärung: »Ich möchte auch fortgehen, Anna.«

Sie blieb stehen, einen Augenblick lang wie benommen, nur noch in der Lage, ihn anzustarren. Als sie wieder sprechen konnte, klang ihre Stimme kaum lauter als ein Flüstern: »Warum? Wohin? Was meinst du damit?«

Er lächelte sie an und wiederholte ihre Fragen: »Warum? Wohin? Was meinst du damit? Weil ich hier keinerlei Aussichten habe. Oder bist du anderer Ansicht? Ich möchte zur See fahren.«

»Wirklich?«

»Ja. Ja, wirklich. Ich will zur See fahren.«

»Sie werden sehr unglücklich sein, wenn du uns verläßt.«

»Nun, sie haben ja immer noch einander, und das ist doch das wichtigste für sie, oder? Und dann haben sie natürlich immer noch dich. O Anna!« Er faßte nach ihrem Ärmel. »Warum hast du nur nicht die Gelegenheit ergriffen, die sich dir geboten hat? Dieser Bursche, Simon, hätte Kopfstand gemacht für dich.«

»*Jimmy!*«

»Oh, du kannst ruhig so entsetzt Jimmy zu mir sagen, aber wir sind doch schließlich alle Bastarde, oder nicht? Und deshalb hätte sich niemand etwas dabei gedacht, einige hätten sogar zu dir aufgeschaut.«

Sie stieß ihn so heftig beiseite, daß sie ihn fast auf den Rücken geworfen hätte, und rief: »Paß auf, laß mich dir erklären, wie ich die Sache sehe. Ich habe mir den Namen Bastard nicht selber gegeben, er wurde mir einfach verpaßt. Und ich kann dir nur soviel sagen: Ich werde nichts tun, um diesen Namen wirklich zu verdienen, um nichts auf der Welt! Ich hoffe, das ist jetzt klar.«

»Anna, es tut mir leid. Tut mir wirklich leid. Aber, Mädchen, ich mag gar nicht daran denken, daß du bis ans Ende deiner Tage hier bleibst mit den beiden. Für sie gibt es niemand anderen als sie selber. Darüber mußt du dir klarwerden, ich habe diese Phase schon lange hinter mir. Sicher, sie haben uns aufgezogen und mit Märchen vollgepumpt, wenn wir alle um den Kamin herumsaßen. Du weißt schon, eine glückliche Familie sollten wir spielen. Nie sollte sich irgend etwas ändern. Aber wir sind keine Kinder mehr, wir sind erwachsene Männer und Frauen. Und je älter wir wurden, desto mehr haben sie sich in die Vergangenheit zurückgezogen. Abend für Abend habe ich auf dieser Matte gesessen und sie beobachtet. Früher einmal hat mir das Spaß gemacht, aber jetzt nicht mehr. Sie sind im Grunde nicht zwei Menschen, sondern nur ein einziger. Und sie könnten uns alle ruhig verlieren, wenn sie nur einander behalten.«

»Jimmy! Dada ist völlig verstört wegen Bens Tod. Wirklich! Ich hätte im Traum nicht angenommen, daß du so über sie denkst.«

»Wir waren alle verstört wegen Ben. Aber von meinem Gesichtswinkel aus habe ich nicht den Eindruck, daß du an mich viele Gedanken verschwendet hast.«

»Doch, doch, Jimmy. Aber ich hätte nie geglaubt, da du so über sie denkst.«

»Nun, und wie denkst du über sie?«

Sie wandte sich ab, ohne ihm zu antworten, und ging langsam weiter bis zu dem Sägeblock. Dort blieb sie stehen, legte eine Hand auf den Block und schaute über den Zaun aufs Moor hinaus. Vor ihrem inneren Auge sah sie einen Reiter vor sich, der sie zu seiner Geliebten hatte machen wollen, und einen anderen, der sich in einem epileptischen Anfall auf dem Boden wand.

Als sie Jimmys Hand auf ihrer Schulter spürte, drehte sie sich um, schaute ihn an und fragte ihn ruhig: »Willst du schon bald fortgehen?«

»Ja, auf jeden Fall noch vor dem Winter. Aber es ist seltsam, der einzige Mensch, den ich vermissen werde, bist du. Wo ich auch immer hingehen werde, ich werde immer an dich denken und dein Gesicht vor mir sehen. Du hast ein wunderschönes Gesicht, Anna. Du bist überhaupt sehr schön.«

Sie schloß die Augen. »Oh, sag das nicht, Jimmy. Bitte.«

»Warum sollte ich es nicht sagen? Schon als ich noch ein Kind war, habe ich dich gern angeschaut, lieber noch als Cherry. Sie ist hübsch, aber du bist schön. Und wohin wird dich das führen? Willst du dein Leben in diesem großen Zimmer vergeuden und auf diesem bißchen Land, das du nicht einmal mehr mit dem Wagen verlassen kannst? O mein Gott! Es macht mich ganz krank, Anna, wenn ich daran denke.«

Sie starrte ihren Bruder an, diesen Jungen, der wie ein erwachsener Man mit ihr redete. Er dachte wie ein Mann, er war ein Mann, vielleicht mehr als die Zwillinge. Er war ein Mann, wie Ben hätte nie einer werden können. Er war sogar ein Mann, wie ihr Vater es nie gewesen war. Sie streckte die Arme nach ihm aus, und sie klammerten sich aneinander, einen Augenblick nur, dann löste er sich wieder von ihr. Und als wollte er sie und die ganze Familie in genau diesem Augenblick verlassen, sprang er über den Zaun hinter dem Holzstoß und lief hinaus ins offene Hochmoor. Sie blieb mit gesenktem Kopf bei dem Holzblock stehen und stöhnte, als hätte sie noch einen Bruder verloren oder jemanden, der ihr sogar noch näherstand als ein Bruder. Und so war es auch . . .

In der letzten Zeit war Anna zweimal zu Fuß zu Timothys Haus gegangen. Es war ein Weg von anderthalb Meilen, wenn sie den Pfad oberhalb des alten Steinbruchs benutzte und dann die Böschung hinunterkletterte, um die Landstraße zu erreichen. So brauchte sie nicht durchs Dorf zu gehen. Es war ein ausgedehnter Spaziergang, der ihr Spaß machte, und sie hatte bei zwei Wegen nur einen einzigen Menschen getroffen, einen Mann, der auf einem Bauernwagen saß.

Es war Mitte Juli, als sie eines Nachmittags gegen vier Uhr zu ihrer Mutter sagte: »Ich denke, ich mache einen Besuch bei Mr. Timothy, Ma. Ich habe hier noch Bücher von ihm, die ich gern umtauschen möchte.«

»Aber es ist noch immer so heiß.«

»Es kommt eine leichte Brise auf, und die Straße liegt größtenteils auf einer Seite im Baumschatten. Außerdem, Ma, möchte ich mir gern die Beine vertreten.«

»Morgen, wenn Miß Netherton zurückgekommen ist, wirst du dich wohler fühlen. Dann hast du wieder etwas zu tun. Stell dir vor, sie ist extra nach Holland gereist! Jetzt ist sie schon über fünf Wochen unterwegs. Ich . . . Ich denke, es dreht sich vielleicht um . . . Nun ja, um diese andere Sache.«

Es war das erstemal, daß ihre Mutter wieder eine Andeutung auf das Kreuz machte. »Glaubst du, Ma?« erwiderte Anna.

»Ja. Dada meint, daß viele derartige Geschäfte in Amsterdam abgewickelt werden.«

»Sie wird uns viel zu erzählen haben, denke ich, wenn sie zurückkommt.«

»O ja, sicherlich. Und wahrscheinlich hat sie schon alles geregelt. Aber mit oder ohne Geld, ich möchte nie von hier fortgehen. Du vielleicht?«

Sie atmete tief ein und schaute zu Boden, bevor sie erwiderte: »Manchmal fühle ich mich eingeengt.«

»Ja, das kann ja nicht anders sein, Mädchen.« Maria beeilte sich mit der Antwort. »Das kann ja nicht anders sein. Und ich verstehe das. Glaub nur nicht, daß ich es nicht verstehe. Aber irgend etwas wird sich schon ergeben, glaub mir.«

Anna fragte nicht, was sich nach Ansicht ihrer Mutter ergeben sollte, sie sagte nur: »Soll ich einen Hut aufsetzen?«

Lächelnd erwiderte Maria: »Ich wüßte nicht, warum. Wir haben uns nie nach der Mode gerichtet, oder? Geh nur so, wie du bist. Das Kleid wirkt kühl. Bestimmt wird es heute keinen Regen geben.« Nach einer kleinen Pause fügte sie hinzu: »Wir haben ihn schon ungefähr eine Woche lang nicht mehr gesehen. Vielleicht ist er anderweitig beschäftigt.«

»Oh, das glaube ich nicht. Er fährt manchmal auf einen Sprung nach Newcastle. Ich weiß, daß er dort nach einigen alten Büchern Ausschau hält in den Archiven der Literary Library, nein, der Literary *und* Philosophical Library, wie er sagt.«

»Nun, es ist ja nur gut, daß er sich mit irgend etwas beschäftigt, in seiner Lage.«

Als sie das Haus verlassen hatte und auf dem Weg zum Steinbruch war, fragte Anna sich, weshalb ihre Mutter jede Gelegenheit nutzte, um auf sein Leiden anzuspielen. Immer wieder kam sie auf diesen Punkt zu sprechen. Dabei konnte niemand gesünder und normaler sein als Timothy. Je öfter sie ihn sah, desto mehr vergaß sie, daß er Epileptiker war.

Sie kletterte auf den oberen Rand der Böschung, wo sie die beiden Bücher auf den Boden legte. Dann drehte sie sich mit dem Rücken zur Straße und suchte vorsichtig mit dem rechten Fuß nach der Stütze in der Böschung, die sie sich selber fabriziert hatte. Danach setzte sie den linken Fuß auf die andere Stütze. Im gleichen Augenblick schrie sie entsetzt auf, als sie spürte, wie eine Hand nach ihrer Wade griff, und hörte, wie eine Stimme höhnisch fragte: »Brauchen Sie Hilfe, Miß?«

Als sie endlich auf dem Boden stand, drehte sie sich blitzschnell um und fiel gegen die Böschung. Sie blickte in das Gesicht von Arthur Lennon, dem Sohn des Schmiedes. Er war ein junger Mann von etwa zwanzig. Das Haar fiel ihm lang herab über die Stirn und die Wangen, und er trug einen Schnurrbart, der über die Mundwinkel herunterhing. Er grinste breit.

Einen Augenblick konnte sie kein Wort hervorbringen. Sie schaute an ihm vorbei und sah einen anderen Mann, der hinter der Hecke hervorgekommen war, die die andere Seite der Landstraße begrenzte. Eine Lücke in der Hecke war groß genug, um einen Bauernwagen hindurchzulassen. Der Mann hielt eine große Kanne am Henkel in der Hand und in der anderen eine Stielbürste. Neben ihm stand ein kleiner Junge.

»Gehen Sie mir aus dem Weg!« Sie drückte die Handfläche gegen die Böschung, um sich aufzurichten, aber das grinsende Gesicht war jetzt direkt über ihrem. »Nicht so unhöflich«, sagte der Mann. Dann faßte er nach ihrer Brust, drehte sich halb um und rief dem anderen zu: »Nichts dran. Flache Titten für ein Liebstöckel.«

»Nehmen Sie Ihre schmutzigen Hände von mir, Sie Schandmaul«, schrie sie. »Gehen Sie mir aus dem Wege, Sie Flegel!«

»Ich ein Flegel? Wer nennt mich da einen Flegel, du Hurenbastard? Noch nicht damit zufrieden, eine Familie zu zerstören, mußt du auch noch zu dem mit den Anfällen laufen. Wie ist er denn im Bett? Bekommt er einen Anfall, wenn er auf dir liegt?«

Als sie ihr Knie in seine Weichteile knallte, sprang er zurück und hielt sich den Unterleib. Sie hatte sich gerade umgedreht, um die Bücher von dem oberen Weg zu holen, als er beide Arme um sie schlang und sie über die Straße durch die Lücke in der Hecke aufs Feld zerrte, während er ununterbrochen wüste Beschimpfungen ausstieß. Sie schrie wie am Spieß, aber es nützte ihr nichts. Als er ihr die Hand über den Mund legte, biß sie hinein; er zog sie rasch zurück und brüllte. Dann versetzte er ihr einen Schlag ins Gesicht, so hart, daß sie keine Luft mehr bekam und für einen Augenblick fast das Bewußtsein verloren hätte. In der nächsten Minute lag sie auf dem Rücken, und er kniete auf ihren Beinen und zerrte am Vorderteil ihres Kleides. Dabei rief er dem anderen Mann zu: »Laß die Kanne hier und hol unsere Betty. Sie soll ein Kissen mitbringen.«

»Ein Kissen? Du willst doch nicht etwa das Teer ...?«

»Doch genau das. Mein Vater sagt, das hätte schon längst passieren sollen. Da, paß auf, daß dieser kleine Scheißkerl nicht abhaut!«

Der Mann stellte die Kanne ab und sagte: »Mein Gott, Arthur, sie werden dich hängen.« Aber er lachte dabei, und Arthur erwiderte: »Sollen sie es doch versuchen. Ein Glücksfall, daß du gerade beim Zaunteeren warst. Paß auf, lauf ihm nach, schnell, sonst ist er im Dorf, bevor du weißt, was die Glocke geschlagen hat. Schaff ihn her zu mir, ich bring' das schon in Ordnung.«

Der Mann holte den Jungen ein und brachte ihn am Kragen zurück. Dann warf er ihn neben Anna auf den Boden. Arthur Lennon packte ihn an der Vorderseite seines Hemdes und erkärte ihm drohend: »Wenn du ein Wort sagst von dem hier, schneide ich dir die Zunge ab. Hörst du mich? Ein Wort, und du weißt, was dir bevorsteht. Und weiter unten hast du ja auch noch was, was du gern behalten möchtest, oder?«

Der Junge gab keinen Laut von sich. Er zitterte am ganzen Körper, als er sah, wie Arthur Lennon versuchte, Annas ineinander verkrallte Hände seitlich neben ihr auf den Boden zu drücken. »Mach das Seil von meinem Hosenbein ab«, befahl Lennon dem Jungen. »Bind es ihr über den Mund. Mach schon! Beeil dich!«

Mit zitternden Händen knüpfte der Junge das Seil ab, das unterhalb des Knies dazu gedient hatte, das Hosenbein hochzuhalten. Als er sich dann über sie beugte, schaut er ihr direkt in die Augen. Er schüttelte den Kopf, als wenn er sagen wollte, ich kann nichts dagegen tun. Ich kann nichts dagegen tun. Dann band er ihr das Seil über den Mund.

Der Mann nahm das Knie von ihren Beinen und stand auf. Dann beugte er sich über sie, legte einen Arm zwischen ihre Beine, den anderen um ihre Taille und drehte sie um, als wäre sie ein geschorenes Schaf, so daß sie jetzt auf dem Bauch vor ihm lag. Dann preßte er ihr die Arme zusammen und hielt sie mit einer Hand fest, während er mit der anderen das Seil abknüpfte, das er um das andere Hosenbein befestigt hatte. Damit band er ihr die Handgelenke zusammen. Darauf nahm er seinen Binder ab und fesselte damit ihre Fußgelenke aneinander. Danach drehte er sie auf die Seite und zerriß ihr mit einem einzigen Griff das Kleid von oben bis unten, danach ihren Unterrock und zuletzt ihr leichtes Hemd. Jetzt war sie nackt bis zur Taille.

Als Anna dann seine Hände an ihrem Schlüpfer spürte, bäumte ihr Körper sich verzweifelt auf. Sie stieß stumme Schreie aus und betete darum, auf der Stelle sterben zu dürfen. Sie fühlte, wie ihr die Ärmel von den Schultern gerissen wurden und zuletzt, wie das Kleid an der Rückseite zerfetzt wurde. Aber vorher schon war der Geruch des Teers ihr in die Nase gedrungen. Die erste Bürste voll Teer wurde ihr auf die Brüste geklatscht und über ihren Leib nach unten gezogen. Dann wurde sie ohnmächtig. Sie hörte nicht mehr, wie Lennon den Jungen anbrüllte: »Hör auf zu winseln, oder ich zieh dich auch aus und lege dich neben sie.«

Er hatte sie von oben bis unten mit Teer eingeschmiert, als der andere Mann mit seiner Schwester Betty Carter zurückkam. Sie trug ein Kissen im Arm und blieb vor dem schwarzverfärbten nackten Körper stehen, der von den Kleiderfetzen umgeben war. »Du hast es also gemacht, Arthur«, sagte sie. »Onkel Rob hat immer gesagt, du solltest und würdest es eines Tages tun. Sie hat nur das bekommen, was sie verdient, die Hexe.«

Und ihr Bruder meinte, während er auf den nackten Körper schaute: »Hast du sie vorher ausprobiert?‹

»Reiß das Kissen auf!«

Betty Carter versuchte es, aber das Linnen war zu fest. »Gib mir dein Messer«, sagte sie. Damit schlitzte sie das Kissen in der Mitte auf und keuchte, als ihr die Federn entgegenflogen. Aber sie gab es nicht an Lennon weiter, sondern sagte: »Laß mich das machen.«

Und dann stand sie vor der reglos ausgestreckten Gestalt und schüttete die Federn auf den feuchten Teerüberzug.

»Dreh sie auf die andere Seite«, sagte sie. Die beiden Männer stießen mit den Füßen die kaum noch erkennbare menschliche Figur herum, und Betty Carter leerte die restlichen Federn aus dem Kissen aus. Dann rief sie: »Du hast nichts auf ihr Haar getan! Ist noch was übrig?« Sie nahm die Bürste aus der Kanne heraus. »Nur noch ein kleiner Rest«, meinte sie. »Aber das reicht schon.« Mehrmals fuhr sie mit der Bürste über das dunkle, glänzende Haar, dann hob sie ein paar lose Federn auf, die herumlagen, und streute sie darüber. Und dann drehten alle drei sich um und schauten zu dem Jungen hinüber, der sich übergab.

»Er wird uns verpfeifen«, sagte Betty Carter.

»Mein Gott, nein.«

Lennon zog den Jungen am Haarschopf hoch und schlug ihm mit der geballten Faust in den Unterleib. »Nur ein einziges Wort von dir, eins nur, und ich mach's mit dir so wie mit den Kälbern. Verstanden?«

Der Junge keuchte und machte eine vage Bewegung mit dem Kopf.

»Wer wird sie hier finden?« fragte Betty Carter.

»Oh, sie finden sie noch früh genug. Sie ist wahrscheinlich auf dem Weg gewesen zu dem mit den Anfällen, und er hat sie wahrscheinlich erwartet. Ja, das hat er bestimmt. Ich frage mich, wieviel er ihr wohl zahlt. Keine Angst, sie finden sie schon noch früh genug. Bevor es Nacht wird, gibt es hier noch eine Menge Geschrei und Geheule.«

»Und was ist, wenn sie wieder zu sich kommt?«

»Nun, dann haben wir schon unseren Drink gehabt und die Leute in der Bar ein bißchen aufgemöbelt. Danach hauen wir ab. Das hatten wir sowieso vor. Ich muß morgen verschwunden sein von hier, denn dann wird der alte Peterson feststellen, daß ihm ein Schwein fehlt. Und Davey hier, der hat sowieso genug. Wir haben unsere Pläne fertig. Es war nichts als Glück, daß wir ihr noch begegnet sind. Oh, schon seit Jahren wollte ich das machen mit dieser stinkenden Hure. Sie wird nie wieder die Nase so hoch tragen.«

»Und was wird mit mir? Er weiß, daß ich dabei war.« Sie zeigte auf den Jungen.

»Mach dir deshalb keine Sorgen.« Lennon packte den Jungen am Kragen und zog ihn zu Betty Carter hin. Als ihre Gesichter fast aneinander stießen, sagte er zu ihm: »Schau genau hin! Du hast sie noch nie in deinem Leben gesehen, außer im Dorf. Verstanden? Wenn du nicht parierst, bekommen wir dich schon zu fassen. Ich bekomme dich schon. Wir gehen nicht so sehr weit fort von hier, wir ziehen uns nur für eine Weile zurück. Aber wenn du quatschst, dann werde ich dich eines schönen Abends zu packen kriegen und genau das mit dir machen, was ich dir schon gesagt habe. Oh, und mir macht das großen Spaß. Hast du kapiert?«

Der Junge war so erledigt, daß er nichts mehr sagen und sich kaum noch bewegen konnte. Aber Lennon sagte zu Betty Carter: »Er hat mich genau verstanden. Mach dir keine Sorgen, Betty, mach dir keine Sorgen. Kommt jetzt, aber holt vorher ihre

Bücher herunter. Vielleicht möchte sie gern ein bißchen lesen.«
Er lachte.

Eine Minute später warf er die Bücher in die Hecke und schob
Anna mit dem Fuß hinterher, wobei er sagte: »Auf Wiedersehen, Miß Liebstöckel.« Dann gesellte er sich zu den anderen und
schlug die Richtung zum Dorf ein. Sie folgten ihm.

Immer noch schien die Sonne, und immer noch zwitscherten
die Vögel im Gebüsch.

3

Mrs. Bella Lennon stand am Fenster des Schlafzimmers und
schaute auf die Dorfstraße hinunter, wo es ungewöhnlich lebhaft zuging. Irgend etwas mußte passiert sien.

Sie eilte die Treppe hinunter und ging in die Schmiede, wo ihr
Mann vor der Tür stand und sich mit Jack unterhielt, ihrem ältesten Sohn.

»Was ist los?« fragte sie. »Was soll dieser ganze Trubel?«

Ihr Sohn drehte sich zu ihr um und entgegnete lachend: »Eine
von den Liebstöckeln ist verschwunden, das Flittchen, weißt du.
Anscheinend hat Mr. Timothy sich bei ihrem lieben Papa nach
ihr erkundigt, das war so gegen sechs Uhr, heißt es. Seitdem laufen die verdammten Narren herum wie aufgescheuchte Hühner. Ich könnte wetten, daß sie bei irgendeinem anderen liegt.«

»Es wird doch nicht unser Arthur sein«, sagte der Schmied
und lachte brüllend über seinen eigenen Witz. »Wo steckt er eigentlich?«

»Er ist mit Davey nach Fellburn gegangen.«

»Nach Fellburn? Wozu?«

»Nun, anscheinend hatte er genug von allem hier und wollte
mal einen Abend richtig ausgehen. So hat er jedenfalls gesagt.
Hast du ihn nicht gesehen, als er wegging? Hat er nicht bei dir
vorbeigeschaut?«

»Nein, nichts dergleichen. Wann war denn das?‹

Sie zuckte mit den Schultern. »Na ja, vor einiger Zeit. Er kam
durch die Hintertür in den Hof und hat sich unter der Pumpe

abgespritzt. Er war mit Davey unterwegs gewesen, der den neuen Zaun für Dobson geteert hat. Dann hat er sich umgezogen und ist gegangen, wie immer mit den Worten: ›Ich bin wieder da, wenn du mich siehst.‹«

Jetzt schaute der Schmied seinen Sohn an. »Du hast ihn auch nicht hier vorbeikommen sehen, oder?«

»Nein, und ich war fast immer hier draußen. Ah, schaut mal!« Er zeigte auf einen Wagen, der vorüberkam. »Die haben es aber höllisch eilig.«

Als der Wagen weitergefahren war, sagte Mrs. Lennon: »Mr. Timothy hat dringesessen und noch jemand.« Dann drehte sie sich wieder zu ihrem Sohn um und schaute ihn fest an. »Du mußt Arthur gesehen haben, als er aus dem Haus kam«, sagte sie.

»Ma, ich bin weder betrunken noch doof, und ich sage dir, ich habe ihn nicht gesehen.«

»Aber er ist doch sicher nicht durch den Garten gegangen und über die Mauer gesprungen.«

Die drei schauten einander ratlos an. Dann wandte Mrs. Lennon sich um und lief rasch die Treppe hinauf bis zu einer Tür, die auf einen schmalen Treppenabsatz mündete. Sie öffnete sie und schaute in das Zimmer ihres Sohnes. Es sah genauso aus wie immer. Aber als sie den Kleiderschrank öffnete, sah sie, daß seine Arbeitskleidung und seine Stiefel zusammengeknüllt in einer Ecke auf dem Boden lagen. Nun, das war nichts Neues. Aber auf dem Bord oben fehlte etwas. Und als sie die oberste Schublade einer alten Kommode öffnete, biß sie sich auf die Lippen. Die beiden Hemden, die sie gestern gewaschen und heute gebügelt hatte, waren verschwunden, ebenso seine lange Unterhose und zwei Paar Socken. Dann riß sie den Deckel der Holztruhe auf, die neben der Kommode an der Wand stand, und stellte fest, daß sie leer war. Die beiden Wollpullover waren verschwunden, seine zweite Mütze, die gute Sonntagsweste und ein Schal.

Im Eiltempo raste sie die Treppe hinunter in die Schmiede, wo ihr Mann und ihr Sohn jetzt bei der Arbeit waren. »Hört auf!« rief sie. »Hört auf! Er ist weg.«

Das Hämmern verstummte. Ihr Mann schaute sie an und fragte: »Was meinst du damit?«

»Getürmt ist er. Er hat seinen Rucksack mitgenommen und

seine Sachen. Er muß alles in den Rucksack gestopft haben und den dann aus dem Hinterfenster ins Freie befördert haben. Er kann nur diesen Weg genommen haben.«

Die beiden Männer blickten einander an, dann sagte der Schmied zu seinem Sohn: »Mach das hier fertig. Wir müssen es heute noch abliefern, sie warten darauf, sonst bekommen wir Schwierigkeiten mit den Leuten.«

Dann schob er seine Frau vor sich her, und am Fuß der Treppe fragte er sie: »Und die Kiste?«

»Die Kiste? Was für eine Kiste?«

»Sei nicht so verdammt dämlich, Frau! Die Kiste unter dem Bett natürlich. Hast du nachgeschaut?«

»Nein, nein. Aber das würde er nicht tun, Arthur doch nicht.«

Ohne ein weiteres Wort sprang er die Treppen hinauf und eilte in ihr Schlafzimmer, zog einen Metallkoffer unter dem großen Bett hervor, hob den Deckel hoch und suchte mit den Fingern zwischen den Kleidungsstücken darin nach der kleinen Zinnkiste. Schließlich hatte er sie gefunden, zog sie heraus und schaute sie mit großer Erleichterung an. Dann öffnete er sie, und sein Ausdruck veränderte sich schlagartig. Entsetzt starrten sie beide in die leere Kiste. »Dieser Lump!« brüllte er. »Den kaufe ich mir. Den bekomme ich schon noch. Alle siebenundzwanzig Pfund!«

»Du hättest das Geld auf die Bank bringen sollen. Ich hab's dir immer wieder gesagt.«

»Ja, damit die Scheißkerle erfahren, wieviel wir zurücklegen konnten. Sie wissen so schon viel zuviel über uns hier. Goldmine nennen sie meine Schmiede schon. Mein Gott!« Er stand auf und knirschte mit den Zähnen. »Ich bekomme ihn schon. Ich finde ihn schon.«

»Nichts dergleichen wirst du tun.« Sie stieß ihn mit dem Ellbogen an. »Und du sagst besser auch Jack nichts davon. Du machst immer ein langes Gesicht wegen der nicht bezahlten Rechnungen. Er weiß nichts von dem Geld hier, und wenn seine Lena davon erfährt, haben wir keine ruhige Minute mehr. Und du erwartest von ihm, daß er bis in die Nacht hinein arbeitet. Also schluck's lieber und sei still.« Sie stieß mit dem Fuß gegen die Kiste.

»Bei Gott«, sagte Lennon, »wenn ich ihn jetzt hier hätte, dann könnte er was erleben. Warum eigentlich diese Eile? Heute abend wollte er das Dominospiel beenden. Er hätte Willie Melton besiegen und ein nettes kleines Sümmchen einstecken können nach vierzehn Spielen für Sixpence.«

»Denk nicht mehr dran. Geh runter und sag irgend etwas Beruhigendes zu Jack. Aber das wird dir eine Lehre sein, bei Gott! Siebenundzwanzig Pfund in der Tasche dieses wilden Teufels.«

Sie schwieg einen Augenblick, dann fragte sie: »Glaubst du, daß er sich auf irgendeinem Schiff anheuern läßt?«

»Wahrscheinlich. Und Davey auch, denn der Dummkopf tut alles, was Arthur will. Stell dir nur vor, Frau, was passiert, wenn seine Mutter das herausbekommt. Im Handumdrehen wird sie hier aufkreuzen und wie üblich behaupten, daß unser Arthur ihren lieben Jungen vom rechten Wege abbringt.«

»Mein Gott! Der ist schon vom rechten Wege abgekommen, als er geboren wurde.«

Etwa zwei Stunden später herrschte immer noch Unruhe auf der Dorfstraße. Überall standen Menschen in kleinen Gruppen herum und schwatzten. Dan Wallace kam zur Schmiede, öffnete die Tür und fragte: »Habt ihr irgend etwas von unserem Art gesehen, Rob?«

»Den kleinen Art? Nein. Ist er verschwunden?«

»Nun, er ist nicht heimgekommen zum Tee. Und jetzt geht es auf acht Uhr zu. Seine Mutter ist schon ganz außer sich.«

»Vielleicht ist er mit dem Liebstöckel abgehauen.«

»Red keinen Quatsch. Er hat Davey Carter tagsüber geholfen, und von dem ist auch nirgends was zu sehen.«

Der Schmied, der jetzt seinen zweitbesten Anzug trug, kam aus der Schmiede heraus und schloß die Tür hinter sich. Während er Dan Wallace noch den Rücken zuwandte, sagte er: »Der ist nicht da. Er . . . Er ist mit unserem Arthur nach Fellburn, sie wollen dort den Abend verbringen.«

»Ich verstehe. Ich frage mich nur, wo der Junge sich herumtreibt.«

Der Junge schlüpfte gerade in diesem Augenblick durch die Hintertür ins Haus. Als seine Mutter ihn sah, sagte sie wütend: »Wo hast du so lange gesteckt?« Aber dann hielt sie inne und fügte hinzu: »Mein Gott! Was ist mit dir los, mein Junge? Bist du krank?«

Der Junge öffnete den Mund, holte tief Luft und sagte: »Dad. Wo ist Dad?«

»Draußen natürlich. Er sucht dich überall. Nach acht ist es schon. Wo warst du?«

»Hol Dad. Hol Dad, Mam.«

»Geht's dir schlecht? Hast du dir irgend etwas eingefangen?«

»Hol Dad, Mam! Hol endlich Dad.«

Die Frau drückte den Jungen auf einen Stuhl, dann drehte sie sich um und lief aus dem Haus, die Dorfstraße hinauf, vorbei am King's Head und vorbei an den Hütten. Sie rief jedem, den sie sah, zu: »Haben Sie Dan gesehen?« Und eine Frau, die vor dem Haus auf einem Stuhl saß, um frische Luft zu schnappen, stand auf und erwiderte: »Er ist gerade in diese Gasse gegangen.«

Die Gasse führte zu dem Stall, in dem Willie Melton seine Schweine hielt, und da stand ihr Mann und redete mit Willie, der in der einen Hand einen Eimer trug. Eine Gruppe von Schweinen umgab ihn. Sie rief: »Dan! Dan! Er ist da, Dan. Komm!«

Als ihr Mann auf sie zukam, sagte sie: »Es geht ihm schlecht. Irgend was stimmt nicht mit ihm, er kann kaum sprechen.«

Als sie ins Haus kamen, sprang der Junge auf, lief direkt auf seinen Vater zu, packte ihn an der Hand und sagte: »Dad, Dad, sie haben mir gesagt, was sie ... Was sie mit mir machen würden. Arthur Lennon. Aber ... Aber du läßt es doch nicht zu, Dad? Du läßt sie doch nicht ...«

»Wovon sprichst du, um Himmels willen, Junge? Was haben sie gesagt?«

Der Junge schaute seine Mutter kurz an, dann legte er die Hand zwischen seine Beine und sagte: »Abschneiden. Abschneiden.« Der Mann und die Frau wechselten einen Blick, dann sagte der Vater mit freundlicher Stimme: »Setz dich, Junge. Setz dich und erzähl mir alles.«

»Nein, Dad, nein. Du mußt hingehen und sie holen.«

»Wen?«

»Die junge Frau. Sie liegt in der Hecke.«

»O mein Gott! Mein Gott!« Seine Mutter fuhr sich mit der Hand durchs Haar und schrie auf.

»Sei still!« sagte ihr Mann. Und dann wandte er sich wieder an den Jungen. »Erzähl's mir. Erzähl's mir. Wo ist das Mädchen? Was haben sie mit ihr gemacht?«

»Geteert . . . Geteert und gefedert. Er hat es gemacht. Er. Er hat sie gefesselt. Und mir gesagt, was . . . Was sie mit mir machen würden. Und sie tun es, Dad. Er macht es.«

»Der?« Dan Wallace stand auf. »Der wird hängen, wenn ich ihn zu fassen bekomme. Komm jetzt, Junge, zeig mir, wo sie ist, ja?«

»Nein, Dad, nein. Ich kann nicht . . . Ich kann nicht. Sie ist beim Steinbruch.«

»Komm schon, komm. Sei ein tapferer Junge. Niemand wird dir irgend etwas antun.«

»Doch, doch, bestimmt. Sie machen es. Ich war da. Ich war da. Und Davey Carter und seine Schwester. Sie war schrecklich. Betty. Schrecklich war sie.«

»Komm, Junge, komm.« Dan Wallace führte seinen Sohn auf die Straße. Er mußte fest den Arm um ihn legen und ihn fast zu jedem Schritt zwingen. Plötzlich drehte seine Frau, die auf der anderen Seite des Jungen war, sich um und sagte: »Da kommt ein Wagen. Das ist Mr. Timothy. Halt ihn an! Halt ihn an! Erzähl's ihm.«

Dan Wallace winkte, und als Edward den Wagen zum Stehen gebracht hatte, steckte Timothy den Kopf aus dem Fenster. »Mein Junge hier, Sir, mein Junge sagt, er wüßte, wo das Mädchen ist«, erklärte Dan. Dann schaute er von Timothy zu dem Vater des Mädchens, der rief: »Wirklich? Wirklich? Wo ist sie?«

»Sir, ich denke, Sie beide . . . Sie sollten sich besser auf einiges vorbereiten. Ich weiß nichts Genaues, aber mein Junge hier scheint alles zu wissen. Sie haben ihm gedroht.«

»Wer, Mann? Wer?«

»Ich erzähl's Ihnen später, Sir, aber ich denke, jetzt sollten wir schnell hingehen, wo es auch sein mag. Kommen Sie, Sir.«

Er nahm seinen Sohn am Arm und rannte mit ihm die Straße hinauf. Der Wagen folgte ihnen. Die Leute strömten aus den

Häusern, den Gärten und den beiden Gasthäusern. Jeder stellte Fragen, niemand konnte sie beantworten.

Als sie das Dorf hinter sich gelassen hatten und zu der Lücke in der Hecke kamen, schreckte der Junge zurück und drängte sich an seinen Vater. Dan Wallace aber zog ihn aufs Feld und murmelte, als der Junge ihm die Stelle gezeigt hatte: »Allmächtiger Gott! Oh, allmächtiger Gott!«

Eine Minute später standen Nathaniel und Timothy vor dem geteerten und gefederten nackten Körper und den ringsum verstreuten Kleiderfetzen. Einen Augenblick lang mußten sie sich aneinander festhalten, sich gegenseitig stützen. Dann kniete Nathaniel auf der einen Seite neben ihr und Timothy auf der anderen. Timothy nahm ihr verschmiertes Gesicht in seine Hände. Er brachte kein Wort hervor. In seinem Inneren aber tobte ein Aufruhr. Wie hatte man diesem unschuldigen Mädchen, seiner geliebten Anna, so grausam und gemein mitspielen können?

Nathaniel hob den Kopf und schaute ihn an. »Sie . . . Sie atmet«, flüsterte er.

Die beiden standen auf und blickten sich um. Eine Menschenmenge hatte sich bereits angesammelt. Schweigend standen die Menschen da. Sie schienen den Atem anzuhalten.

Dan Wallace sagte: »Sie müßte auf einen Wagen oder so was geschafft werden.«

Aber Timothys Kutscher wandte ein: »Ich . . . ich würde sie lieber nicht anrühren, Sir, bevor ein Arzt da ist und die Polizei.«

Nathaniel sah den Mann an, dann Timothy, und Timothy sagte nach kurzem Zögern: »Fahr mit höchster Geschwindigkeit nach Fellburn und bring beide her.«

Nathaniel kniete bereits wieder neben Anna. »Wir . . . Wir können sie nicht so liegen lassen!« sagte er. »Wir müssen sie wenigstens von den Fesseln befreien.«

Auch Timothy kniete sich wieder hin und zog an den Knoten, aber vergeblich. Er schaute sich um und fragte: »Ein Messer? Hat irgend jemand ein Messer bei sich?«

Man hielt ihm mindestens ein Dutzend verschiedene Messer hin. Als er den Strick um Annas Handgelenke aufgeschnitten hatte, meinte Dan Wallace: »An Ihrer Stelle würde ich ihre Arme lieber nicht bewegen, Sir, kein bißchen. Sie könnte einen Krampf haben.«

Als Timothy sie von allen Fesseln befreit hatte, stachen von seinen teerverschmierten Händen nach allen Seiten Federn ab. Irgend jemand reichte ihm ein Taschentuch, dann folgte ein anderer seinem Beispiel.

Die Menschenmenge war größer geworden, aber es blieb totenstill. Es war offensichtlich, daß alle erfüllt waren von Angst und Schrecken, denn sie konnten unschwer die Folgen dieser furchtbaren Untat auf sich zukommen sehen.

Der Junge hatte sich an seine Mutter geklammert und weinte laut. Und als eine dünne Stimme neben ihr die Frage stellte: »Hat er das gemacht?« erschreckte Mrs. Wallace alle, als sie schrie: »Nein, er nicht. Deine Busenfreunde waren es, Arthur Lennon und Davey Carter. Und wo steckt eigentlich seine Schwester? Wo ist seine Schwester, die liebe kleine Betty?«

Ihr Mann drehte sich ärgerlich zu ihr um und befahl ihr: »Sei still! Halt den Mund, Frau! Das hat Zeit bis später.«

Es fiel auf, daß daraufhin sich hier und dort eine Gestalt aus der Menge löste und still davonging. Einer darunter war der Schmied . . .

Es war genau fünfundzwanzig Minuten später, als der Arzt und der Polizist in Timothys Wagen ankamen. Sie drängten sich durch die Menge, standen beide da und blickten auf das geteerte und gefederte Mädchen hinunter, zuerst verblüfft und ungläubig, dann mit wachsendem Entsetzen.

Der Arzt zog seinen Mantel aus und rollte die Ärmel hoch, bevor er sich auf den Boden kniete. Er legte das Ohr auf den verfärbten Mund. Dann versuchte er, die Federn ein wenig beiseite zu wischen und legte die Hand unter ihre Brust. Als er aufstand, sagte er: »Wir müssen sie ins Krankenhaus bringen.«

»Ins Krankenhaus?« flüsterte Nathaniel.

»Ja«, antwortete der Arzt. »Es ist unmöglich, sie nur mit Wasser und Seife wieder zu säubern, und ich fürchte, daß sie einige Zeitlang krank sein wird, allein schon durch den Schock, den sie erlitten hat.«

Dann wandte der Arzt sich dem Polizisten zu, der schon sein

Notizbuch gezückt hatte, und sagte grimmig: »Ich hoffe, Sie bekommen alle nötigen Einzelheiten heraus.« Und der Polizist erwiderte: »Bestimmt, Sir, bestimmt. Nie in meinem Leben habe ich so etwas gesehen. Wer immer es getan hat, er sollte gehängt werden.«

In Timothys Brust schien eine Stimme zu schreien: »Ja, das sollten sie. Ja, das sollten sie. O Anna, o meine liebe, liebe Anna.«

Dann erklärte der Arzt: »Es ist die Frage, wie wir sie transportieren können. Sie sollte flach liegen dabei.«

»Kann man sie in meinen Wagen legen?«

Der Arzt schaute Timothy an und meinte: »Das dürfte schwierig sein, Sir, besonders in dem Zustand, in dem sie sich jetzt befindet.«

Da rief jemand aus der Menge: »Mein Wagen steht auf der Straße, Sir. Er ist mit Heu beladen, aber das kann man rasch runterwerfen. Ich mach's gern.«

»Danke«, antwortete der Arzt. »Können Sie rückwärts hierherfahren damit?«

»Ja. Wenn die Leute Platz machen.«

Die Menge teilte sich, und der Wagen fuhr fast bis zu der Stelle hin, wo Anna lag. Nathaniel und Timothy hoben sie vorsichtig auf das flache Gefährt. Dann sagte Timothy: »Ich werde bei ihr sitzen, Nathaniel.«

Aber Nathaniel hob die Hand und entgegnete ruhig: »Nein, Sir, Sie nehmen den Wagen. Ich sitze neben ihr.«

Timothy erkannte schweigend das Vorrecht des Vaters an und ging mit dem Arzt und dem Polizisten zu seinem Wagen hinüber, mit dem sie dem flachen Bauernwagen folgten auf seinem Weg ins Krankenhaus von Fellburn. Zurück blieb ein zutiefst aufgewühltes und verängstigtes Dorf.

4

Am nächsten Tag verhaftete die Polizei Arthur Lennon und Davey Carter, als sie gerade an Bord eines Schiffes gehen wollten, für das sie sich in South Shields hatten anheuern lassen. Das Schiff wollte nach Bergen fahren.

Später kam ein Wagen mit zwei Polizisten und einem Inspektor ins Dorf, um Betty Carter abzuholen, weil sie in einen äußerst grauenhaften Überall auf ein junges Mädchen verwickelt war.

Im Dorf war es auffallend still, alle redeten nur mit gedämpfter Stimme. Abends war es im *King's Head* voll, *The Swan* aber blieb praktisch leer. Der Schmied und sein Sohn, der Maler Willie Melton und sein Sohn sowie einige andere machten sich verdächtig, weil sie dem Gasthaus fernblieben. Überall im Dorf redete man von dem Gespräch, das eines Abends in *The Swan* geführt worden war über Federn und Teeren, und man erinnerte sich genau an diejenigen, die darüber gelacht hatten.

Im *King's Head* sprach man ruhig über die Ereignisse des vergangenen Tages. Es wurde berichtet, daß die ganze Familie des Mädchens den größten Teil der Nacht im Krankenhaus verbracht hatte und ebenso Mr. Timothy. Das jüngere Mädchen war heute nicht zur Arbeit erschienen und ebensowenig der Junge. Auch Mr. Simon von Manor House war im Krankenhaus gesehen worden. Für das Mädchen schien es auf der Kippe zu stehen. Ihr Leben hing nur noch an einem seidenen Faden. Wenn sie nicht durchkommen sollte, würden zwei Burschen aus dem Dorf gehängt werden, soviel stand fest. Und im Fall von Betty Carter? Nun, sie hat schließlich nur die Federn auf sie gestreut, vielleicht würde sie mit einer langen Haftstrafe davonkommen. Aber wie die Sache auch immer ausgehen mochte, hier im Dorf würde es nie wieder so sein wie zuvor. Warum konnten sie sie nicht in Ruhe unter sich lassen? Sie hatten niemandem etwas Böses getan, im Gegenteil, in einigen Fällen hatten sie sogar Gutes getan. Wenn man daran denkt, daß sie diese Familien vom Moor zu sich genommen haben . . . Es war erst vier Jahre her, da waren zwei alte Leute und einige Kinder dort draußen gestorben. Und glaubte denn irgend jemand im Ernst, daß dieses Mädchen die Ehe im Manor House zerstört hatte? Es war doch schon lange so bekannt gewesen, als hätten die Zeitungen es mit riesigen Schlagzeilen verkündet, daß die beiden sich bei jeder Gelegenheit an die Gurgel fuhren, seit sie von der Hochzeitsreise zurückgekehrt waren. Betty Carter selber hatte doch immer das Neueste über die beiden berichtet, als sie dort noch in Stellung war. Und daß das Mädchen sich mit Mr. Timothy eingelassen haben sollte, war das wirklich wahrscheinlich? Sie wußte doch, daß er diese Anfälle hatte. Jedermann wußte schließlich, daß er ein gelehrter Mann war und viel las. Nun, und sie war eine Lehrerin, genau wie ihr Vater – da hatten sie doch etwas Geminsames, oder? Der junge Lennon ist schon immer ein brutaler Kerl gewesen. Sein Vater und Jack . . . Nun, ja, sie redeten so manches daher, aber gewalttätig waren sie nicht, das konnte niemand behaupten. Nein, hatte ein anderer eingeworfen, sie lieferten nur den Zunder, der das Feuer in Brand setzte. Und wer hatte ihre Scheune damals angezündet, wer? Ja, ja, meinten alle, das stimmt schon, das stimmt schon.

Und so ging es weiter, Tag für Tag, während alle in atemloser Spannung warteten.

Und dann kam die Neuigkeit, daß das Mädchen aufgewacht war und daß man glaubte, sie würde am Leben bleiben. Die Mehrheit atmete erleichtert auf und sagte: »Wir danken Gott dafür. Was sonst auch geschehen mag, wenigstens muß niemand gehängt werden.« Ein Dorf geriet sofort in Verruf, wenn jemand von seinen Bewohnern gehängt wurde. Und in ihrem Dorf gab es Familien, die schon im vorigen Jahrhundert hier angesiedelt gewesen waren, wie beispielsweise die Familie Watts. Aber wenn so etwas passierte, mußten sie natürlich wegziehen. Die Familie von Miß Penelope Smythe ließ sich sogar noch weiter zurückverfolgen, ebenso die von Dan Wallace. Und dann die des Lebensmittelhändlers John Fenton. O ja, der Lebensmittelhändler. Seine Frau Gladys prahlte ja ständig mit ihren Vorfahren. Man könnte meinen, sie hätten das Dorf erbaut. Aber etwas hatten sie tatsächlich gemacht, sie hatten das ganze Dorf geneppt mit ihren Waren. Einige davon konnte man in Fellburn für den halben Preis kaufen. Gladys war gewitzt, sie wußte nur zu gut, daß man erst einmal nach Fellburn gelangen mußte und dann auch wieder zurück, und wenn man keine eigene Fahrmöglichkeit besaß, mußte man dafür zahlen und auf der Rückfahrt noch etwas drauflegen, wenn man lebende Tiere erstanden hatte. Oh, die Fentons wußten genau, welche Sonderstellung sie hatten. Aber wie auch immer, alle Gäste im *King's Head* waren froh, daß das Mädchen im Krankenhaus aufgewacht war.

Timothy fuhr in seinem Wagen vor sein Haus, Simon folgte ihm auf dem Pferd. Als sie zusammen ins Haus gingen, fragte der Butler als erstes: »Wie geht es ihr, Sir?«

»Sie ist noch sehr schwach, aber sie wird durchkommen.«

»Das ist eine gute Nachricht, Sir.« Dann schaute er von einem zum anderen und fragte: »Möchten Sie etwas Heißes trinken oder lieber ein Glas Wein, Sir?«

Timothy schaute Simon fragend an. »Ein Brandy wäre mir jetzt willkommen«, sagte Simon.

»Für mich bitte auch einen.«

Etwas später, als sie im Wohnzimmer saßen, schien es beiden schwerzufallen, miteinander zu sprechen. Nach einem längeren Schweigen sprang Simon plötzlich auf, ging ans Fenster und sagte: »Ich weiß, wie du darauf reagieren wirst, aber ich muß es trotzdem sagen: Sie hat diese Demütigung erleiden müssen für etwas, das sie nicht getan hat. Wenn sie es wirklich getan hätte, wäre ihr Leiden nicht entsetzlicher gewesen. Tatsächlich wäre dann überhaupt nichts dergleichen geschehen.«

»Du meinst, wenn sie deinem Wunsch stattgegeben hätte und deine Geliebte geworden wäre?«

Simon drehte sich mit einem Ruck um und erwiderte: »Ja. Ja, genau das meine ich, Tim. Genau das.«

»Nun, sie hat dich zurückgewiesen, nicht wahr? Und sie wird es wieder tun.«

»Das werden wir noch sehen.«

»O nein, Simon, nein.«

»Wer will mich daran hindern? Du etwa?«

»Ja, das kann ich.«

»Willst du sie bitten, dich zu heiraten?«

Timothy preßte die Lippen zusammen, als er den anderen

Mann fest anblickte. »Nein«, sagte er. »Ich würde keine Frau bitten, mich zu heiraten. Aber sie hat Vertrauen zu mir. Ich bin ihr Freund. Sie hört auf mich. Und ich werde alles tun, was ich kann, um zu verhindern, daß sie in die Fußstapfen ihrer Mutter tritt. Aber das wird gar nicht notwendig sein, sie will dich nicht. Früher einmal mag sie etwas für dich empfunden haben, und du denkst vielleicht, es ist immer noch so, aber ich bin ganz sicher, daß das nicht der Fall ist. Was geschehen ist, um dieses Gefühl in ihr zu töten, weiß ich nicht. Aber es muß sich irgend etwas ereignet haben, etwas Schwerwiegendes, das nichts damit zu tun hat, daß du verheiratet bist, denn das wußte sie ja von Anfang an. Vielleicht weißt du, wie es dazu gekommen sein kann?«

Simon drehte sich langsam um und schaute wieder aus dem Fenster. Nach einer Weile fragte Timothy: »Hast du etwas von Penella gehört?«

»Nein. Ich weiß nur, daß sie in Newcastle wohnt, so nahe bei Raymond wie möglich. Niemand kann behaupten, daß das gut für sie wäre.«

»Ich habe mir schon immer gedacht, daß du dich da in einem Irrtum befindest, Simon. Wenn sie wirklich so eingenommen wäre von Raymond, dann hätte sie doch ihn geheiratet, als sie ein Kind von ihm erwartete. Aber in Wirklichkeit wollte sie dich und hat dich immer gewollt. Ihre Affäre mit Raymond war nur dazu bestimmt, dich eifersüchtig zu machen. Das ist ja auch geschehen, aber leider nicht so, wie sie es sich vorgestellt hat. Darauf war sie nicht vorbereitet. Und ich muß eines sagen: Wenn du fähig gewesen wärest, ihr zu verzeihen, dann wäre euer gemeinsames Leben völlig anders verlaufen und hätte nicht diese fatale Wendung genommen. Einfach die Tatsache, daß du ihr verziehen hättest, würde für sie Beweis genug gewesen sein für deine Liebe zu ihr.«

»Hör auf damit!« Simon nahm sein halbgeleertes Glas vom Tisch, trank den Rest Brandy rasch aus und sagte: »Ich muß jetzt gehen. Aber ich danke dir, lieber Onkel, für die freundlichen Ratschläge.«

»Es war mir eine Freude, lieber Neffe«, erwiderte Timothy im gleichen Tonfall. Dann fügte er hinzu: »Du findest wohl selber die Haustür.«

Aber bevor er den Raum verlassen hatte, drehte Simon sich noch einmal um, schaute erst Timothy an und blickte sich dann im Zimmer um. »Ich beneide dich um dieses Haus«, sagte er.

»Ich weiß, daß du das tust. Und du beneidest mich nicht nur um das Haus, sondern auch um meine Freiheit.«

»Ha. Du bist ein schlauer alter Fuchs, nicht wahr?«

»O ja. Vielleicht weniger schlau als alt, immerhin neun Jahre älter als du.«

Simon lachte bitter, und Timothy ging ans Fenster, um zu beobachten, wie er das Haus verließ und auf sein Pferd stieg. Der Anblick der eleganten, geschmeidigen Gestalt, die davonritt, fegte die Selbstsicherheit, die er noch vor wenigen Minuten demonstriert hatte, fort. Wird sie es tun? fragte er sich. Und antwortete sich selber, ja, es wäre möglich. Jetzt, wo sie diese Demütigung erlitten hat, diese entsetzliche Demütigung, sagt sie sich vielleicht, jetzt kommt es nicht mehr drauf an. Aber wie immer sie sich auch entscheiden mochte, das Leben würde für sie nie mehr so sein wie vorher.

Anna blieb drei Wochen im Krankenhaus. Anschließend verbrachte sie zwei Wochen in einem Erholungsheim, wofür Miß Netherton Sorge getragen hatte. Als sie dann heimgebracht wurde, kam sie in ein Haus voller Blumen. Der große Tisch war bedeckt von Geschenken. In der Mitte stand ein hübscher, großer Geschenkkorb voller Früchte.

Maria erklärte ihr, daß sogar einige Dorfbewohner Geschenke geschickt hatten, Ingwerkuchen, Eingemachtes, einen Kasten mit selbstgemachten Toffees. Mr. Simon und Mr. Timothy, die Zwillinge und Miß Netherton hatten ihr große Pralinenkästen geschickt, die schön verpackt und mit Seidenband verschnürt waren. Und dazwischen standen viele bunte Postkarten mit den besten Wünschen für sie.

Anna bedankte sich mit einigen wenigen Worten.

Das war es, was der Familie die meisten Sorgen bereitete: Sie sprach kaum noch, ganz im Gegensatz zu früher. Jetzt waren mehr als fünf Wochen vergangen seit jenem schrecklichen Vorfall, aber der Arzt sagte, es könnten noch Wochen, vielleicht sogar Monate verstreichen, bevor sie wieder sie selbst war. Und er wiederholte immer wieder, was für ein Glück sie gehabt hatte, überhaupt noch am Leben zu sein. Wenn man sie nicht umgehend ins Krankenhaus gebracht und dort behandelt hätte, würde sie nicht überlebt haben.

Unglücklicherweise hatte man ihr etwas von ihren Haaren abschneiden müssen, weil es sich als unmöglich erwiesen hatte, das Teerzeug herauszuwaschen. Jetzt reichte es ihr nur noch bis zu den Schultern. Aber immerhin schien der neue Schnitt ihre Schönheit noch zu steigern. Allerdings auf eine merkwürdige Weise, denn er machte sie nicht jünger, wie es bei kurzem Haar meistens der Fall ist, sie schien im Gegenteil stark gealtert zu sein. Sie hätte ohne weiteres eine Frau in den Dreißigern sein können.

Sie lauschte zwar den Summen der Stimmen um sie herum, aber sie schien gar nicht wahrzunehmen, was im einzelnen gesagt wurde. Ihr Geist schien nicht mehr in der Gegenwart zu weilen. Er kehrte immer öfter in die Vergangenheit zurück, als sie noch ein kleines Mädchen gewesen war, das im Sommer in der Scheune gesessen und seine Aufgaben gelernt und im Winter eilig den großen Tisch abgeräumt hatte nach dem Frühstück, um dann die Bücher darauf auszubreiten. Fröhlich hatte sie ihren Vater angeschaut, der den Unterricht meist lachend mit der Formel begonnen hatte: »Jetzt werden alle aufgerufen. Benjamin Dagshaw.«

»Da, Sir.«

Und ihr Vater hatte darauf geantwortet: »Wie ich dir schon erklärt habe, Benjamin Dagshaw, bist du nicht da oder dort, sondern hier, an diesem Tisch.« Und dann lachten sie alle.

»James Dagshaw«, rief ihr Vater dann.

»Hier bin ich Sir, ganz und gar.«

Weiteres Gelächter ertönte.

»Cherry Dagshaw.«

»Ich bin nicht ganz hier, Sir, mein Herz ist in den Highlands.«

»Ihr Herz wird gleich zurückkehren, Madam, warten Sie nur noch einen Moment.«

»Annabel Dagshaw.«

»Ich stehe ganz zu Ihrer Verfügung, Sir.«

All diese Bemerkungen wurden von hellem Lachen begleitet.

»Worüber lächelst du, Liebes?«

Sie schaute zu Maria auf. »Habe ich gelächelt, Ma?«

»Ja. Du mußt an irgend etwas Schönes gedacht haben. Was war es?«

»Oh, ich weiß nicht mehr . . . Ma?«

»Ja, Liebes?«

»Ich möchte gern ins Bett gehen.«

»Dann sollst du ins Bett gehen. Es ist ein sehr anstrengender Tag gewesen für dich.«

Timothy war früh wieder gegangen, weil er das Gefühl hatte, daß sie allein bleiben wollte mit ihrer Familie. Und Miß Netherton hatte sich ihm angeschlossen. Beim Abschied hatte sie Maria beiseite genommen und ihr gesagt: »Ich komme morgen vormittag vorbei. Ich habe Neuigkeiten für Sie.«

Nun waren nur noch Cherry, Jimmy und Olan da. Oswald hatte in der Imbißstube bleiben müssen, wie er durch Olan hatte ausrichten lassen, weil irgend jemand sich schließlich ums Geschäft kümmern mußte. Aber er hatte Anna ein Buch des Dichters Tennyson mitgeschickt, mit dem Titel *Balladen und Gedichte*.

Maria und Cherry hatten ihr beim Auskleiden geholfen und sie ins Bett gesteckt. Und danach hatte Nathaniel noch bei ihr hereingeschaut. Er hatte an ihrem Bett gestanden und ihre schlaffe Hand in die seine genommen. »Du bist wieder zu Hause, mein Liebes«, hatte er gesagt, »und zwar, um es nie wieder zu verlassen, wie ich hoffe.«

Da hatte Anna die Augen geschlossen und nicht mehr von ihrer Kindheit geträumt, sondern an die endlose Zukunft gedacht, in der sie dieses Haus nie wieder verlassen würde . . .

5

Ende August wurden Arthur Lennon und David Carter sowie Beatrice Carter in Newcastle vor Gericht gestellt wegen des schändlichen Verbrechens, das Arthur an einem jungen Mädchen verübt hatte. Wenn das Opfer nicht überlebt hätte, wäre er zum Tode verurteilt worden.

Seine Lordschaft John Makepeace Preston verurteilte Arthur Lennon zu fünf Jahren Zwangsarbeit, David Carter, der Beihilfe geleistet hatte, bekam vier Jahre. Beatrice Carter, die als letzte Hand angelegt hatte bei diesem ungeheuerlichen Verbrechen, wurde zu drei Jahren Gefängnis verurteilt. Arthur John Wallace, der Junge, dem Arthur so furchtbar gedroht hatte, mußte vor Gericht detailliert darüber aussagen, was er gesehen und gehört hatte, während die drei Beschuldigten die schreckliche Untat verübten. Der Schrecken, den der Gefangene, Arthur Lennon, ihm eingeflößt hatte, wirkte noch immer nach. Der Junge konnte nur mühsam sprechen, er schien ein Stotterer geworden zu sein.

Als das Urteil gegen Lennon verkündet wurde, war kein Laut zu hören im Gerichtssaal, aber als David Carter und seine Schwester an der Reihe waren, war ihre Mutter aufgesprungen und hatte geschrien: »Sie haben es nicht getan! Sie haben es nicht getan! Er war es. Sie können sie nicht verurteilen!«

Als man sie aus dem Gerichtssaal entfernt hatte, stand ihr Sohn mit gebeugtem Kopf da. Arthur Lennon hielt sich zwar aufrecht, mit kreideweißem Gesicht und funkelnden Augen, aber er zitterte am ganzen Körper, als stünde er unter Schock. Jedermann hatte erwartet, daß Betty Carter die Tränen übers Gesicht fließen würden, aber ihre Augen blieben trocken. Sie preßte lediglich die Lippen fest zusammen. Und als die Wärterin ihr die Hand auf die Schulter legte, sahen alle, wie sie versuchte, sie unwirsch abzuschütteln.

All diese Vorgänge wurden Maria in verschiedener Weise von Miß Netherton, Timothy und Oswald erzählt. Es fiel ihr auf, daß Nathaniel kaum etwas sagte, außer: »Es ist Gerechtigkeit geübt worden. Immerhin ist Gerechtigkeit geübt worden.«

Miß Netherton kam am folgenden Morgen nicht zu ihnen, wie sie es versprochen hatte, weil ihr Haus regelrecht gestürmt worden war von dem Schmied und seinem Sohn, von Mr. und Mrs. Carter sowie von Willie Melton und seinem Sohn Dirk und Reg Morgan, dem Wirt des Gasthauses *The Swan*, mit seiner Frau Lily. Sie alle hatten am gleichen Tag die Kündigung ihrer Mietverträge erhalten. »Warum«, hatten Reg Morgan und Willie Melton gefragt, »sollen wir dafür leiden, was die Lennons und die Carters angerichtet haben?«

Das hatte zu einem Streit zwischen den beiden Gruppierungen geführt, der sich lautstark außerhalb des Hauses abspielte. Und als Miß Netherton auf der Türschwelle erschienen war, an einer Seite flankiert von Stoddart, an der anderen von Peter Tollis, erklärte sie den Meltons, daß sie aus zuverlässiger Quelle erfahren hatte, daß auch sie in die Untat verwickelt seien. Sie waren zusammen mit dem Gastwirt und seiner Frau diejenigen gewesen, die die anderen aufgestachelt hatten. Daraufhin schrie Reg Morgan: »Sie können uns nicht hinauswerfen! Wir haben einen Vertrag mit der Brauerei!«

»Dann soll die Brauerei Ihnen einen Schankraum verschaffen. Dieses Gasthaus jedenfalls gehört mir, ebenso wie die anderen Häuser. Wenn Sie der Meinung sind, daß Ihnen Unrecht geschieht, können Sie sich jederzeit ans Gericht wenden. Versuchen Sie es ruhig, und sehen Sie, wie weit Sie damit kommen.«

Als Willie Melton anfing zu jammern und sagte, es täte ihm leid, daß er den Mund aufgerissen hatte, starrte sie ihn nur an, dann trat sie zurück und sagte zu Stoddart: »Kommen Sie herein und schließen Sie die Tür.«

Wieder war das Dorf in Aufruhr, wenigstens teilweise. Die vier betroffenen Familien mußten feststellen, daß ihnen vom Rest der Bevölkerung wenig Sympathien entgegengebracht wurden. Aber das hielt den Schmied nicht davon ab, am Abend ins Gasthaus zu gehen und zu erklären, daß er sich davon nicht unterkriegen lassen würde. Er wollte sich an eine der Zeitungen wenden und ihnen darlegen, wie alles gekommen sei, damit sie es drucken konnten. Und warum war es soweit gekommen? Weil diese beiden, wie der Pfarrer immer wieder gesagt hatte, in Sünde gelebt und ihre Kinder in Sünde aufgezogen hatten. Und eine der Töchter war in die Fußstapfen ihrer Mutter getreten und hatte Unglück über das Dorf gebracht mit ihren Mätzchen.

Wieder war es Dan Wallace, der ihm mutig widersprach. Wer war es denn gewesen, der vor Jahren die Scheune in Brand gesteckt hatte? Wer hatte die Ziege verkrüppelt? Wer hatte den Mob aufgehetzt, der sie in Todesangst versetzen sollte? Und wer hatte die Menschenfalle aufgestellt? Seiner Meinung nach hatten die Zeitungen schon ihren großen Tag gehabt, was diesen Fall anbelangte. Was hatten die Schlagzeilen gesagt? »Unschuldiges Mädchen dem Tode nahe wegen der Gehässigkeit der Dörfler. Zum erstenmal wurde in diesem Teil des Landes eine Frau geteert und gefedert.« Und was haben sie vorausgesagt? Daß die Schuldigen gehängt werden würden, wenn sie sterben sollte. Er und die beiden anderen hatten Glück gehabt, daß sie am Leben geblieben war. Und seiner Meinung nach hatte der Richter milde Urteile gegen sie ausgesprochen.

Als der Schmied, statt Unterstützung zu finden, diesen Gegenangriff über sich hatte ergehen lassen müssen, war er aus dem Gasthaus gestürmt und zur Pfarrei gelaufen. Aber auch dort war er kühl empfangen worden, und das versetzte ihn erneut in Wut. Er erinnerte den Pfarrer daran, daß er noch am letzten Sonntag in der Predigt gesagt hatte, daß die Sünden der Väter auf die Kinder zurückfallen würden, bis ins dritte und vierte Glied ...

Erst zehn Tage später kam Miß Netherton am Nachmittag zu Besuch. Das Wetter hatte sich geändert. Böiger Wind hatte Regenschauer gebracht, und es war kalt geworden. Als sie das Zimmer betrat, in dem Anna in dem großen Armstuhl vor dem flackernden Feuer saß, sagte sie: »Oh, was für ein schöner, friedlicher Anblick.« Dann nahm sie Annas Hand in die ihre und fragte: »Wie fühlst du dich heute, meine Liebe?«

»Gut, danke. Viel besser jedenfalls.«

»Das ist gut. Das ist gut.« Dann drehte sie sich um zu Maria und Nathaniel, die in der Nähe des Fensters standen, und bat sie: »Setzen Sie sich. Bitte, setzen Sie sich. Ich werde hier neben Anna Platz nehmen und Ihnen meine Neuigkeiten unterbreiten.« Als alle ihre Plätze eingenommen hatten, fuhr sie fort: »Also, es ist alles geregelt, und zwar schon seit einiger Zeit. Aber ich gehe lieber auf Nummer Sicher und warte bei jedem größeren Geschäft ab, bis alles schriftlich festgelegt worden ist, mit einem roten Siegel versehen, oder bis das Geld auf meinem Konto ist. Und jetzt befindet sich das Geld auf dem Konto, jedenfalls so gut wie.« Sie öffnete ihre bauchige Handtasche und nahm einen Umschlag heraus, aus dem sie einen Brief und einen Scheck holte, den sie Maria gab und sagte: »Schauen Sie sich das an.« Als Maria gelesen hatte, sagte sie: »O du meine Güte! Oh, Miß Netherton«, bevor sie es weitergab an Nathaniel. Der warf einen Blick darauf, schaute dann ihre gepflegte, gutgekleidete Wohltäterin an und murmelte überwältigt: »Ich kann es nicht glauben.« Dann beugte er sich vor und sagte zu Anna: »Sieh dir das an, Liebes.« Als Anna die Summe gelesen hatte, hob sie langsam die Augenlider, blickte Miß Netherton an und sagte fast flüsternd: »Siebentausendzweihundertundfünfzig Pfund! Oh, Miß Netherton.«

Diese nahm ihr den Scheck aus der Hand, steckte ihn wieder in den Umschlag, klopfte mit den Fingern darauf und erklärte: »Genau diese Summe ist übriggeblieben nach Abzug all ihrer Provisionen und Anteile. Ich habe Ihnen ja gesagt, daß jeder, der an dem Geschäft beteiligt war, auch daran verdienen wollte.« Wieder schaute sie Maria an und fügte hinzu: »Das Kreuz wurde für zehntausend Pfund an einen Händler in Amsterdam verkauft, wie man mir berichtet hat. Sie können sich vorstellen, was es in Wirklichkeit wert sein muß.«

»Ich kann es nicht glauben. Ich kann es einfach nicht glauben.«

»Doch, meine Liebe, doch. Wir haben vereinbart, den Erlös zu teilen. Das bedeutet, daß jede von uns dreitausendsechshundertundfünfundzwanzig Pfund bekommen würde. Nun habe ich Ihnen aber im voraus schon fünfhundert Pfund gegeben. Wenn wir diese Summe von Ihrem Anteil abziehen, bleiben für Sie dreitausendeinhundertundfünfundzwanzig Pfund. Ist das richtig? Oh, Maria, hören Sie auf zu weinen. Heute ist ein fröhlicher Tag für uns alle.«

»Ich kann es nicht glauben . . . Und – Sie sind so gut. Sie hätten sich doch wirklich gar nicht mehr um diese Sache kümmern müssen. Wir hätten uns gar nichts dabei gedacht, wenn wir nie wieder ein Sterbenswort davon gehört hätten. Aber statt dessen haben Sie sich soviel Mühe deswegen gemacht.«

»Es war keine Mühe für mich. Sie haben ja keine Ahnung, wieviel Spaß mir diese Transaktion gemacht hat. Als ich in Holland war, bin ich viel unterwegs gewesen und habe Leute gesehen und getroffen, denen ich im Leben nie begegnet wäre, und sie waren alle Gentlemen. O ja, die Niederländer sind sehr höflich und außerordentlich interessant. Und, was auch nicht schlecht ist, sie sprechen fast alle unsere Sprache. Ich habe Ihnen also viel zu verdanken, denn schließlich habe ja nicht ich dieses kostbare Stück gefunden, oder?« Dann drohte sie Maria, die sich das Gesicht mit dem Zipfel ihrer weißen Schürze abwischte, scherzhaft. »Ich bin noch nie in dieses Haus gekommen, ohne daß mir spätestens fünf Minuten nach meiner Ankunft irgendein Drink angeboten worden wäre, meistens eine Tasse Tee. Und heute bringe ich ein solches Geschenk mit – und kein Tropfen wird mir angeboten.« Sie hatte im breitesten irischen Slang gesprochen und eine Grimasse gezogen. Maria sprang hastig auf und sagte: »Miß Netherton. Oh, Miß Netherton!« Dann beugte sie sich schnell zu ihr hinunter und küßte sie auf die Wange. Die ältere Frau mußte schlucken und wartete einen Augenblick, bevor sie sagte: »Nun aber fort mit Ihnen. Gehen Sie. Ich möchte eine Tasse schönen, starken Tee.«

Als Maria das Zimmer verlassen hatte, wandte sie sich an Nathaniel. »Machen Sie nicht so ein finsteres Gesicht. Lächeln Sie. Wir haben in letzter Zeit viel Kummer gehabt, aber jetzt haben wir einmal wirklich Glück. Und das wollen wir auch genießen. Schauen Sie, es regnet, und nicht zu knapp. Würde es Ihnen etwas ausmachen, Stoddart zu bitten, den Wagen in der Scheune unterzustellen und ihm in der Küche einen Drink zu geben?«

Als sie allein waren, nahm Miß Netherton Annas Hand in ihre und sagte: »Ich wünschte mir, meine Neuigkeiten hätten den Blick in deinen Augen verändern können, meine Liebe. Aber das wird kein Geld in der Welt schaffen. Der einzige Mensch, der das bewirken kann, bist du selber. Und ich möchte, daß du mir versprichst, es zu versuchen, die Vergangenheit hinter dir zu lassen, denn du wirst nie wieder so behandelt werden, wie du es leider erleben mußtest. Das kann ich dir versichern. Du solltest jetzt an deine Zukunft denken. Gibt es irgend etwas, das du gern tun würdest?«

Anna schüttelte nur langsam den Kopf, dann sagte sie: »Ich kann nicht daran denken. Ich scheine überhaupt nicht mehr in der Lage zu sein zu denken.«

»O meine Liebe, dieses Gefühl wird vorübergehen. Aber wir müssen irgend etwas finden, was du tun könntest. Timothy hat gesagt, daß du vielleicht gern in irgendeinem College für Ladys studieren möchtest?«

Der Anflug eines Lächelns zeigte sich auf Annas Gesicht, als sie erwiderte: »Das hat er gesagt?«

»Ja, und noch vieles mehr. Er macht sich in der Tat große Sorgen um dich. Du bist ihm so lieb, Anna . . .« Sie drückte fest die Hand des jungen Mädchens, schaute ihr ins Gesicht und sagte: »Tim ist ein ganz besonderer Mensch. Weißt du das? Hast du das auch schon herausgefunden?«

Nach einer Weile erwiderte Anna: »Ja. Ja, das habe ich. Ich bin in meinem Leben noch nie einem so freundlichen Menschen begegnet, außer Ihnen . . .«

Die Antwort schien Miß Netherton einen Augenblick lang ungeduldig zu machen. Sie ließ Annas Hand los, lehnte sich zurück und sagte: »O du meine Güte.« Und Anna fragte: »Warum sagen Sie das so seltsam?«

»Das spielt im Moment keine Rolle. Ich werde es dir später erklären, wenn du dich wieder besser fühlst. Aber du weißt doch, daß du nicht wieder kräftiger werden kannst, wenn du immer nur im Sessel dasitzt. Ich weiß, zur Zeit ist das Wetter recht unfreundlich, aber es werden auch wieder schönere Tage kommen. Dann mußt du unbedingt spazierengehen.«

Statt darauf einzugehen, sagte Anna nachdenklich: »Ich habe Timothy nach meiner Heimkehr nur einmal kurz gesehen.«

»Nun, das liegt daran, daß er nach London gefahren ist.«

»London? Davon hat er gar nichts gesagt.«

»Nun, er hat es dir nur deshalb nicht erzählt, weil du damals nicht in der Lage warst, ihm oder irgend jemandem sonst aufmerksam zuzuhören. Aber weißt du, sein Buch ist angenommen worden.«

»*Sein Buch?*« Anna richtete sich auf. »Ich habe gar nicht gewußt, daß er ein Buch geschrieben hat. Er hat immer nur gesagt, daß er ein wenig kritzelt.«

»Ja, das sagt er immer. Aber in Wirklichkeit hat er ein Buch über die Renaissance geschrieben. Er interessiert sich besonders für diesen geschichtlichen Abschnitt, und es soll jetzt veröffentlicht werden.«

»Wirklich?« Anna drehte den Kopf zur Seite und sagte: »Er hat mir nie etwas davon erzählt.«

»Er ist ein sehr bescheidener Mensch, unser Tim, zu bescheiden oft. Und zu rücksichtsvoll. Er wertet sich selber ab, nur auf Grund dieses kleinen Leidens, das er sich zugezogen hat. Mein Gott, es ist doch wirklich nicht mehr als ein kleines Handicap. Unangenehm dabei ist nur, daß er nie im voraus weiß, wann er einen Anfall bekommen wird. Aber sonst ist es meiner Meinung nach im Grunde bedeutungslos. Doch, doch, meine Liebe, sein Buch wird tatsächlich veröffentlicht werden. Er wird dir bestimmt alles erzählen, wenn er zurückkommt. Der Verleger hat es schon seit einigen Wochen vorliegen und scheint eine hohe Meinung davon zu haben, wenn ich nach dem gehe, was ich zwischen den Zeilen lesen konnte. Er hat mir natürlich nicht viel darüber erzählen wollen.«

Wie im Traum sagte Anna: »Seltsam, daß er nie mit mir darüber gesprochen hat. Wir haben soviel geredet über Bücher und über Schriftsteller und über die Renaissance. Er hat oft von Dante gesprochen und über den Einfluß von Machiavelli und die Rückkehr zu den klassischen Wissenschaften. Seltsam.«

»Ah, da kommt eine Tasse Tee.« Miß Netherton wandte sich Maria zu, die ein Tablett hereinbrachte, auf dem vier Tassen Tee standen. Als sie es absetzte, erklärte sie: »Nathaniel hat Stoddart eine Tasse nach draußen gebracht, Miß Netherton. Er wollte lieber dort bleiben, bei dem Pferd. Er befürchtet, daß es in der fremden Umgebung unruhig werden könnte.«

Als sie an ihrer Tasse genippt hatte, meinte Miß Netherton: »Ich habe schon immer gesagt, daß Sie einen sehr guten Tee zubereiten, Maria.« Dann fügte sie hinzu: »Ah, da sind Sie ja, Nathaniel«, als dieser ins Zimmer trat. »Ich weiß, was ich Ihnen beiden noch sagen wollte. Ich weiß zwar nicht, was Sie mit dem Geld anfangen wollen, aber ich möchte Ihnen vorschlagen, sich als erstes ein Pferd und einen Wagen zu kaufen, jetzt, wo die Zäune wieder abgerissen werden mußten. Übrigens kann ich Ihnen sagen, daß Raymond Brodrick und sein zukünftiger Schwiegervater Albert Morgansen sich einiges anhören mußten, weil sie damit gegen das Gesetz verstoßen haben. John Preston hat sich aus den Archiven alte Gesetzesbücher bringen lassen, und die beiden mußten schnell klein beigeben, als er sie damit konfrontierte. Es gibt eine ganze Reihe von Gesetzen über die Einzäunung von Land, und die beiden hatten offensichtlich ihre Hausaufgaben nicht gemacht. Natürlich steckte vor allem dieser Praggett dahinter, glaube ich. Aber was meinen Sie, wie wär's mit Pferd und Wagen?«

Nathaniel schaute Maria an, sie schaute ihn an, dann lächelten beide, und Nathaniel sagte: »Ja, das ist ein großartiger Vorschlag. Das wird das nächste sein, was wir tun.«

»Und danach? Wie wär's denn, wenn Sie beide mal eine Reise machten, ganz allein? Ich kann mich inzwischen um diese junge Dame hier kümmern, und die übrige Familie ist in der Lage, ohne Schwierigkeiten für sich selber zu sorgen. Ich weiß natürlich, daß Sie erst einmal darüber nachdenken müssen, machen Sie das. Ach ja, und wonach ich Sie noch fragen muß: Möchten Sie Ihr Geld zu einer besonderen Bank bringen? Wenn Sie damit einverstanden sind, daß es meine Bank sein kann, dann bringe ich Sie gern morgen früh dorthin und mache Sie mit dem Direktor bekannt. Er wird Ihnen erklären, wo Sie am besten investieren können, falls Sie mit einem Teil davon einen kleinen Nebenverdienst erzielen wollen. Wäre es Ihnen morgen recht?«

»O Miß Netherton, jederzeit, jederzeit, wann immer es Ihnen paßt«, antwortete Nathaniel. »Und eins muß ich Ihnen noch sagen, keiner von uns wird lange genug leben, um Ihnen all den Dank abzustatten, den wir Ihnen schulden.«

Miß Netherton schaute erst zur Seite, dann nach oben, als sie sagte: »Es ist seltsam, was Geld alles bewirken kann. Welche Schlösser es ölt, welche Türen es öffnet. Wenn es nur jeder zum Guten nutzen würde. Aber jetzt ist keine Zeit für eine Predigt, ich muß aufbrechen.« Sie stand rasch auf, wandte sich Anna zu und sagte: »Denk daran, was ich dir gesagt habe. Geh an die frische Luft, sobald das Wetter sich gebessert hat, und mach Spaziergänge. Komm doch einfach jeden Tag zu mir herüber. Ja, das ist eine gute Idee. Ich erwarte dich jeden Tag.«

»Das mache ich. Das mache ich bald.«

Anna stand nicht auf, sondern beobachtete nur, wie ihre Eltern ihre liebe Freundin zur Tür begleiteten. Dann ließ sie den Kopf zurücksinken, schloß die Augen und dachte: »Draußen spazierengehen. Draußen spazierengehen.« Es würde ihr überhaupt nichts ausmachen, wenn sie nie wieder spazierengehen würde. Sie wollte nur ruhig hier sitzen in diesem seltsamen Zustand zwischen Schlafen und Wachen, in den man sie versetzt hatte. Sie konnte sich nicht vorstellen, daß irgendein Ereignis in der Zukunft je wieder ihr Interesse erwecken könnte. Sie war innerlich tot. Sie war gestorben, als der Teerpinsel über ihren Leib gefahren war, und als er ihn ihr zwischen die Beine gestoßen hatte.

6

Tagelang hatte es geregnet, dann setzte eine schwüle, drückende Wetterperiode ein. Am Morgen herrschte Nebel, tagsüber versuchte die Sonne, den Dunstschleier zu durchbrechen, die Nächte waren feucht und kalt. Anna hatte nicht oft die Gelegenheit, Spaziergänge zu unternehmen, aber sie verbrachte jetzt einen Teil ihrer Zeit in der Scheune, dem Nebenraum oder dem für das neun Jahre alte Pferd, das sie gekauft hatten, neu errichteten Stall. Die arme Neddy sah neben diesem gepflegten Pferd wirklich aus wie eine notleidende Verwandte. Anna polierte das Pferdegeschirr, vorwiegend, weil sie bei dieser Arbeit allein sein konnte.

Timothy hatte sie in der letzten Zeit zweimal im Wagen abgeholt und zu sich nach Hause mitgenommen. Sie hatte diese Unterbrechungen der monotonen Routine daheim genossen. Trotzdem mußte hauptsächlich er das Gespräch bestreiten. Er hatte ihr viel von London erzählt und von seinem Verleger und sich schon im voraus darüber amüsiert, wie die Kritiker wohl auf sein Buch reagieren würden, das im Frühling erscheinen sollte.

Beim letztenmal hatte er sie nach Hause gebracht und ihre Hand ergriffen, als sie gerade aussteigen wollte. »O Anna, Anna, komm zurück«, hatte er flehentlich gebeten. Sie fragte nicht, woher sie zurückkommen sollte, sie wußte genau, was er meinte.

Heute saß sie in dem Nebenraum der Scheune und rieb eine Wachsmischung in das Pferdegurtzeug, als sich plötzlich die Tür öffnete und Jimmy erschien. »Du bist früh dran«, sagte sie sofort. »Ist irgend etwas nicht in Ordnung?«

»Ich . . . Ich habe darum gebeten, schon jetzt gehen zu dürfen.

Ich . . . Ich habe schon den ganzen Tag Durchfall, und ich fühle mich nicht besonders wohl . . . Du solltest das nicht machen, das ist schwere Arbeit.«

»Ein bißchen schwere Arbeit wird mir nicht schaden.«

»Das haben doch Dada oder Ma immer gemacht.«

»Ja, aber sie haben anderweitig zu tun.«

Er setzte sich auf eine umgedrehte Kiste, dann fragte er sie ruhig: »Haben sie dir etwas von dem Geld abgegeben, das von unserer unbekannten Großmutter stammen soll? Ich dachte, sie wäre schon vor Jahren gestorben, und dann hat unser Großvater wieder geheiratet, weshalb Ma keinen Anspruch auf Low Meadow erheben konnte nach seinem Tode.«

Sie schaute ihn überrascht an. »Nein, nein«, sagte sie. »Warum fragst du?«

»Es war nur so ein Gedanke. Wir sind über viele Dinge im dunkeln gelassen worden, während man uns die Umstände unserer Herkunft eingebleut hat. Und jetzt plötzlich dieser Geldsegen, über den sie nicht reden wollen.«

»Nun, du hast deinen Lohn, und jetzt brauchst du nur noch die Hälfte davon abzugeben.«

»Ja, das ist richtig. Aber ich muß dir erzählen, Anna, daß ich mit Sicherheit weggehen werde.«

»O Jimmy! Bitte.«

»Ich muß gehen, Anna. Ich halte es hier nicht mehr aus, alles in mir drängt fort. Auf jeden Fall habe ich bereits gekündigt. Ich habe ihm gesagt, daß ich vertraglich nicht gebunden bin. Einen Monat noch, habe ich gesagt. Er glaubt mir nicht, daß ich Bauchschmerzen habe, er denkt, es war nur eine Ausrede, damit ich früher wegkomme.«

»Das wird sie sehr mitnehmen.« Anna zeigte mit der Hand auf die Tür.

»Da bin ich nicht so sicher. Ich weiß, daß ich einmal zu dir gesagt habe, daß sie glücklich und zufrieden sein werden, solange sie einander haben. Das ist alles, was sie brauchen. Und ich bin davon heute mehr überzeugt als je. Du hättest sterben können. Jeder von uns hätte sterben können, und sie hätten uns vermißt und betrauert, aber wenn einer von ihnen abberufen würde, geht der andere auch.«

»Warum denkst du das, Jimmy?«

»Denkst du es nicht auch?«

Sie senkte den Blick und schaute auf das Pferdegeschirr, dann sagte sie: »Du bist wegen irgend etwas verbittert. Das warst du früher nicht.«

»Ja, vielleicht bin ich das, aber vor allem kann ich hier keinerlei Aussichten für mich sehen. Ich will fort, fliehen. Und da ist noch jemand, der bald schon entfliehen wird, und das ist Oswald. Er ist in die Tochter verliebt.« Er lachte, dann aber preßte er die Hand auf den Bauch und sagte: »Es geht schon wieder los.« Er drehte sich um, aber Anna fragte schnell: »Wie lange geht es dir schon so schlecht?«

»Oh, seit vorgestern, denke ich.«

»Du könntest dich auf dem Markt mit irgend etwas angesteckt haben.«

Er blieb an der Tür stehen, drehte sich noch einmal um und schaute sie an. »Was ist es?« fragte sie. Aber er schüttelte nur den Kopf und ging hinaus.

Am nächsten Tag konnte Jimmy nicht zur Arbeit gehen. Er litt unter schwerem Durchfall und Kopfschmerzen. Am Nachmittag sagte Anna zu ihrer Mutter: »Du solltest den Arzt rufen.« Aber Maria meinte: »Es ist nur Durchfall. Er wird unreife Äpfel gegessen haben.«

»Ma, ich glaube wirklich, daß Jimmy einen Arzt braucht. Es geht ihm sehr schlecht.«

»In Ordnung, in Ordnung, Mädchen. Ihr habt alle schon mal Durchfall gehabt in dieser Jahreszeit.«

»Ich dachte, diese Krankheit tritt vorwiegend im Frühling auf.«

»Oh, sie kann zu jeder Jahreszeit auftreten, es hängt ganz davon ab, was einer gegessen hat. Aber wenn es dich beruhigt, Liebes, bitte ich deinen Dada, den Arzt zu holen.«

Nathaniel hatte Glück. Er traf den Arzt, als dieser gerade aus einem Haus im Dorf kam. Als er ihm sagte, daß sein Junge Durchfall hätte, schaute der Arzt ihn scharf an und sagte: »Gut, ich komme.«

Jetzt stand er in der Küche. Beide Hände hatte er auf seine schwarze Tasche gelegt, die er auf den Küchentisch gestellt hatte. »Es tut mir leid, aber ich muß Ihnen sagen, daß es Cholera ist«, erklärte er. »Es gibt noch einen weiteren Fall im Dorf und mehrere in der Stadt. Und weitere in Gateshead Fell. Es liegt am Wasser. Sie haben dort ein schönes Krankenhaus gebaut für diese Fälle, aber sie sollten lieber Vorsorge betreiben, damit niemand hineingehen muß. Sauberes Wasser, das ist es, was jeder braucht. Sie holen sich Ihr Wasser an der Pumpe, ja?«

Niemand antwortete.

»Also, kochen Sie jeden Tropfen ab, jeden Tropfen. Und hoffen wir, daß der Junge ein leichter Fall ist. Wen erwarten Sie heute abend noch zurück?«

»Meine Tochter«, erwiderte Nathaniel. »Sie arbeitet bei den Praggetts.«

»Benachrichtigen Sie sie. Sie soll dortbleiben.«

»Und morgen kommen meine beiden ältesten Söhne von Gateshead. Und ein junger Mann schläft bei uns in der Scheune.«

»Oh, keiner von ihnen darf jetzt herkommen. Lassen Sie ihnen eine Nachricht zukommen.« Er dachte einen Augenblick nach und biß sich auf die Unterlippe. »Es ist besser, wenn Sie alle hierbleiben. Ich gebe den Praggetts selber Bescheid auf dem Rückweg. Wo arbeiten Ihr Söhne?«

Als Nathaniel es ihm erklärte, warf Anna ein: »Mr. Barrington weiß, wo sich der Imbißladen befindet. Er würde sie bestimmt benachrichtigen, wenn Sie ihn darum bitten.«

»Das mache ich. Ich komme sowieso an seinem Haus vorbei auf dem Heimweg. Also, halten Sie es so, wie ich gesagt habe: Kochen Sie das Wasser, und waschen Sie alles sofort ab, was er benutzt hat. Sie brauchen sich nicht zu beunruhigen, er ist ein kräftiger junger Mann. Die kommen in der Regel besser durch als andere. Also, ich muß gehen. Wir scheinen wieder mal eine Pechsträhne zu haben hier. Ich glaube, die letzten Cholerafälle liegen schon einige Jahre zurück. Aber dafür haben wir die Pokken gerade erst überstanden, und jetzt das. Also, ich muß gehen. Ich komme morgen wieder vorbei, wenn ich es schaffe. Sie können nicht sehr viel für ihn tun, nur das, was ich Ihnen gesagt habe.« Als er schon auf der Türschwelle stand, fragte er: »Wo vergraben Sie den Unrat?«

»In der Senkgrube am äußersten Ende unseres Grundstücks.«

»Befindet sich fließendes Wasser in der Nähe?«

Nathaniel und Maria schauten einander an, dann sagte er: »Ein kleines Rinnsal fließt dort vorüber. Es kommt aus dem Felsen.«

»Benutzen Sie dieses Wasser?«

Maria erwiderte: »Ja, zum Waschen der Kleider. Das mache ich oft, es scheint frisch zu sein.«

»An welcher Stelle schöpfen Sie es? Dort, wo sich das Rinnsal schon gebildet hat? Oder dort, wo das Wasser aus dem Felsen kommt?«

Sie schwieg einen Moment, dann sagte sie: »Nun ja, in einiger Entfernung von dem Felsen, wo es etwa einen Meter breit ist und manchmal einen halben tief.«

»Nehmen Sie es von jetzt an direkt beim Felsen ab. Aber kochen Sie es, kochen Sie es immer ab. Wahrscheinlich trägt es weniger Infektionskeime direkt an der Quelle in sich als in der Nähe der Senkgrube.«

»Oh, so nah daran ist es nicht.«

»Das spielt keine Rolle, gehen Sie lieber auf Nummer Sicher. Einen guten Tag noch. Und viel Glück für den Jungen.«

Sie waren alle völlig benommen, Anna aber fragte sich: »Warum?« Sie hatte erraten, was mit Jimmy los war, als er sich auf der Schwelle des Nebenraums der Scheune zu ihr umgedreht und sie angeschaut hatte.

»Cholera. Cholera, das hat uns gerade noch gefehlt. Ein weiterer Schlag. Warum?«

Anna und Maria schauten Nathaniel an, und er sagte, während er Anna ansah: »Das Unheil nimmt kein Ende.«

Vier Tage später sah es so aus, als ob Jimmys Befinden sich zum Besseren wenden würde. Der Durchfall hatte nachgelassen, er war den ganzen Tag über nicht mehr aufgetreten. Jetzt war es ein Uhr nachts.

Anna saß an seinem Bett. Eine Kerze brannte unter einem roten Glassturz und verbreitete ein warmes Licht in dem Zimmer, in dem sonst sie und Cherry schliefen. Auch in den vergangenen drei Nächten hatte sie hier gesessen und nur am Tage ein

wenig geschlafen, wenn Nathaniel und Maria die Pflege übernommen hatten. Aber man konnte ihnen allen die Anstrengungen bereits ansehen, ganz besonders Maria. Sie hatten Jimmy
ungefähr alle zwei Stunden umziehen und die Bettwäsche
wechseln und waschen müssen. Im Wohnzimmer roch es beständig nach feuchter Wäsche. Dort hingen sie die Laken und
Nachthemden vor dem Kamin auf. Nathaniel sorgte dafür, daß
ständig ein Feuer brannte.

Der einzige Mensch, der wenigstens aus einiger Entfernung
Kontakt mit ihnen gehalten hatte, war Timothy. Er brachte ihnen Nahrungsmittel, Arzneimittel und frische Bettwäsche. Das
alles warf er über den Zaun. Als er am ersten Abend, nachdem
er die Schreckensbotschaft von dem Arzt erhalten hatte, zu Besuch gekommen war, hatte Anna zum erstenmal seit langer Zeit
wieder ihre Stimme erhoben und ihm zugerufen: »Bleiben Sie,
wo Sie sind. Kommen Sie nicht herein. Bitte! Bitte!« Und so war
er jeden Tag an den Zaun gekommen und hatte ihnen frische
Milch gebracht, ein gekochtes Huhn, Brot, eingelegten Kalbsfuß
in Gelee und ähnliches.

Als Jimmy sich bewegte, nahm Anna ein feuchtes Tuch von
einem Teller, der neben ihr stand, und legte es ihm auf die
schweißnasse Stirn. Als er die Augen aufschlug und sie anschaute, sagte sie: »Versuch zu schlafen, mein Lieber. Morgen
wird es dir bessergehen. Es ist bald vorüber.«

»Ja, Anna, es ist bald vorbei.«

»Komm, Jimmy, komm.«

»Anna.«

»Ja, mein Lieber?«

»Bald . . . Bald bin ich frei.«

Sie sagte nichts, sondern starrte nur hinunter auf dieses bleiche Gesicht, das einem alten Mann zu gehören schien.

»Ich bin schon frei.«

»Komm, Jimmy, komm. Sei ganz ruhig.«

Er keuchte, bevor er sagte: »Keine Zeit, Anna.« Dann wiederholte er ihren Namen: »Anna?«

»Ja? Ja, mein Lieber?«

»Flieh. Flieh bald, sonst . . . Sonst lassen sie dich – nicht mehr
fort. Sie . . . Sie hängen sich – an – dich.«

»O Jimmy, Jimmy.«

»Geh fort ... Flieh ... Sie wollen jemanden – der – sich um sie – kümmert. Das wirst du sein. Selbstsüchtig, ja ... Ja, selbstsüchtig. Geh fort, Anna.«

»Jimmy, bitte. Du weißt ja nicht, was du sagst, Lieber. Schlaf jetzt.«

»Ich lieb dich, Anna. Lieb dich.«

»Ja, und ich liebe dich auch, Jimmy. Morgen wird es dir bessergehen. Der Arzt hat gesagt, jetzt kommt die Wende.«

Er schloß die Augen und seufzte leicht. Dann sagte er: »Ja, so ist es. Die Wende ...«

»Schlaf jetzt«, sagte sie. »Schlaf.«

Sanft streichelte sie seine große Hand, diese Hand, die noch vor ein paar Tagen rauh und hart gewesen war und jetzt so weich wirkte wie die eines Kindes. Sie lag schlaff in ihrer, und sie schaute sie aufmerksam an, während ihre andere Hand nicht aufhörte, sie zu streicheln. Sie konnte sich später nicht mehr daran erinnern, wie lange sie so dagesessen hatte, aber irgendwie schien die Hand sich plötzlich zu ändern. Sie schaute ihrem Bruder ins Gesicht. Es wirkte unverändert, so, als schliefe er. Doch nein, das stimmte nicht, die Augen standen halb offen.

Sie stöhnte leise. »O Jimmy, Jimmy. *Nein! Nein! Nein!* Der Arzt hat doch gesagt, du ... O mein Gott!«

Sie nahm sein Gesicht in ihre Hände, und als sie den Griff löste, rollte der Kopf auf die Seite. Sie bedeckte die Augen, dann warf sie sich über den dünnen, ausgezehrten Körper unter der Decke und flüsterte unentwegt: »O Jimmy, Jimmy.«

Als sie schließlich aufstand, war sie verwundert darüber, wie ruhig sie jetzt war. Sie blickte auf ihn hinunter und sagte: »Du hast es getan. Du hast es getan. Du hast das gemacht, was du tun wolltest, du bist geflohen. O mein Lieber.«

Dann drehte sie sich um, nahm die Kerze unter dem roten Glassturz auf und verließ das Zimmer, um zu ihren Eltern hinüberzugehen. Sie klopfte nicht an. Sie ging einfach direkt in ihr Schlafzimmer, hielt die Kerze hoch und schaute auf die beiden hinab. Sie hatten sich die Gesichter zugewendet, und ihr Vater hatte die Hand auf die Schulter ihrer Mutter gelegt. Sie sagte ruhig: »Dada.«

Dreimal mußte sie seinen Namen wiederholen, bevor er sich auf den Rücken drehte, sie anschaute, sich aufrichtete und sagte: »Ja? Was ist los? Was ist los?«

»Jimmy ist tot«, erwiderte sie nur.

Als sie diese wenigen Worte hörten, sprangen ihre Eltern aus dem Bett, Maria zuerst, und liefen aus dem Schlafzimmer. Anna beobachtete sie und folgte ihnen langsam. Sie stellte die Kerze auf eine Kommode neben der Tür und sah, daß beide sich über ihren toten Sohn geworfen hatten.

Sie drehte sich um und ging ins Wohnzimmer, wo sie das Feuer erneut anblies.

»Geh fort«, hatte er gesagt. »Flieh. Oder sie werden dich hierbehalten, damit du dich um sie kümmerst.« Wäre das denn so schlimm?

Ja. Ja. Der Aufschrei in ihrem Inneren erschreckte sie. Als sie sich umwandte, sah sie ihren Vater, der mit unsicheren Schritten den Raum betrat. Er trug immer noch sein Nachthemd, und auch er sah aus wie ein alter Mann. Sie sah, wie er sich auf einen Stuhl am Tisch fallen ließ und den Kopf in die Hände legte. Und dann sagt er: »Die Sünden der Väter rächen sich tatsächlich an den Kindern und Kindeskindern bis ins dritte und vierte Glied.« Dann drehte er ihr langsam den Kopf zu und erklärte: »Ich habe es immer gewußt, daß wir zahlen müssen. Wen wird Gott als nächsten holen?«

7

Jimmy bekam nicht einmal ein ordentliches Begräbnis. Sie fuhren mit einem schwarzen Leichenwagen vor und nahmen ihn mit, ebenso wie Stan Cole, den Sohn des Dorfschlachters.

Zwei Tage später mußte Maria sich hinlegen, die Krankheit hatte auch sie ergriffen. Nathaniel schien in dieser Zeit halb verrückt zu sein. Vier Tage und Nächte lang wich er kaum von ihrer Seite. Und Anna mußte ununterbrochen hin und her laufen zwischen dem Schlafzimmer und dem Rinnsal am Ende des Grundstücks. »Ruh dich aus, Mädchen, ruh dich aus«, sagte der

Arzt zu ihr. Seine Stimme klang ziemlich barsch, als er sich dann an Nathaniel wandte: »Es gibt noch eine Reihe anderer Dinge zu tun, als nur neben dem Bett herumzusitzen. Ihre Tochter wird die nächste sein, wenn sie keine Hilfe bekommt.« Und Nathaniel, der ganz offensichtlich aus seiner Traumwelt hochschreckte, erwiderte: »Es tut mir leid. Es tut mir leid, aber ich kann nicht leben ohne Maria. Ich kann es nicht.«

Und daraufhin meinte der Arzt: »Wenn Sie nicht aufpassen, werden Sie sie beide verlieren und wahrscheinlich auch Ihr eigenes Leben einbüßen.«

»Das macht keinen Unterschied. Wenn sie geht, gehe ich auch.«

Am Abend des vierten Tages verließ er das Schlafzimmer und ging in den Wohnraum. Er setzte sich an seinen kleinen Schreibtisch und fing an zu schreiben.

Als Anna wieder einmal an ihm vorbeikam, den geleerten Eimer in der Hand, hielt er sie an und sagte: »Ich hatte kein Testament gemacht, aber jetzt habe ich hier alles aufgezeichnet. Wenn wir abberufen werden sollten . . .« Er sagte nicht, wenn deine Mutter abberufen werden sollte oder wenn ich abberufen werden sollte, sondern wenn ›wir‹ abberufen werden sollten. »Das Geld und das Haus bekommen Oswald und Olan. Sie werden sich um dich kümmern. Cherry ist in guten Händen, Bobby wird für sie sorgen.«

Sie stellte den Eimer auf den Boden und starrte ihn fassungslos an. Er drehte sich zu ihr um und fragte: »Was ist los?«

Sie konnte es ihm nicht erklären. Sie konnte nicht zu ihm sagen: ›Für mich triffst du keine Vorsorge. Du überläßt mich der Fürsorge der Jungen. Du sagst nicht, daß ich fünfzig Pfund bekomme oder hundert oder zweihundert, du überläßt mich einfach den Jungen. Ich werde alt werden hier in diesem Haus. Die Jungen werden vielleicht heiraten und herkommen, um hier zu wohnen. Du hast doch auch an die Zukunft von Cherry gedacht. Bobby wird für sie sorgen, sagst du. Du weißt also genau, wie der Hase läuft. Aber mich, deine geliebte Tochter, wie ich immer geglaubt habe, überläßt du der Fürsorge der Jungen.‹ Sie bückte sich, ergriff den Eimer und lief von ihm fort. Und er ging ihr nach und hielt sie fest, als sie gerade die Tür zum Schlafzimmer erreicht hatte. »Ich kann nicht leben ohne deine Mutter. Verstehst du das?« fragte er.

Ja. Ja, sie verstand das. Sie begriff plötzlich, daß der intelligente, liebevoll besorgte Vater, den sie immer in ihm gesehen hatte, noch eine ganz andere Seite hatte. Intelligent war er natürlich wirklich, aber liebevoll besorgt war er nur gewesen, weil er sie alle um sich haben wollte als Schutz vor der Außenwelt und ihrer Verachtung. Als er sie alle aufgezogen hatte, hatte er keine Gedanken an ihre Zukunft verschwendet, sondern nur an seine eigenen Bedürfnisse des Augenblicks gedacht. Sie hatte geglaubt, daß er fortschrittlich dächte, so wie Timothy, aber nein. Für ihn waren Frauen ein für allemal den Männern untergeordnet. Sie ging an ihm vorbei zu ihrer Mutter. Diesmal folgte er ihr nicht, sondern ging wieder zurück ins Wohnzimmer.

Als sie sich ans Bett gesetzt hatte, drehte Maria sich um und schaute sie an. »Kümmer dich um deinen Vater«, sagte sie. »Versprich mir, daß du dich um deinen Vater kümmern wirst. Er braucht dich. Bleib bei ihm.«

Als Anna darauf nichts erwiderte, fragte sie: »Versprichst du es mir?«

Noch immer antwortete Anna ihr nicht. Da streckte Maria ihre Hand aus und ergriff die ihrer Tochter. Von Keuchen unterbrochen, sagte sie: »Heirate ... Heirate nicht – diesen Mann. Bürde dir – das nicht auf. Nimm lieber ... Nimm lieber das – was – der andere – dir bietet.«

Anna wagte nicht, ihren Ohren zu trauen. Sie zog ihre Hand zurück und stand mit einem Ruck auf. Ihre eigene Mutter gab ihr den Rat: »Tu das, was ich getan habe. Heirate einen guten, wertvollen Mann nicht, weil er Anfälle hat.« Am liebsten hätte sie laut geschrien: ›Ich würde ihn morgen schon heiraten, wenn er mich darum bitten würde. Aber das wird er nie tun, und ich weiß das. Und ich will dir noch etwas sagen, ich liebe ihn, und wenn er mich bitten würde, mit ihm zusammenzuleben, würde ich es bedenkenlos tun. Aber nicht mit dem anderen. Niemals!‹

In diesem Augenblick kam Nathaniel ins Zimmer. Er schaute sie an und fragte: »Was ist los? Geht es ihr schlechter?«

Anna trat wortlos beiseite. Maria streckte Nathaniel ihre Hand entgegen, und er ergriff sie sofort und setzte sich neben sie. Anna verließ leise das Zimmer und ging hinaus in die frische Morgenluft. Der Nebel war verschwunden. In der Nacht hatte starker Frost eingesetzt. In tiefen Zügen sog sie die kühle Luft ein. Sie wußte, daß sie noch eine Weile durchhalten mußte, denn in ihrem Kopf hatte sich eine Idee gebildet, vage noch, aber bald würde sie sich deutlich abzeichnen. Und dann würde sie sie in die Tat umsetzen, dazu war sie fest entschlossen.

8

Maria starb nicht. Seit jener Nacht fing sie an, sich langsam zu erholen. Vielleicht deshalb, dachte Anna später, weil sie sich geweigert hatte, dem Wunsch ihrer Mutter zu entsprechen, und weil Maria den Gedanken nicht ertragen konnte, daß sie ihren geliebten Mann allein zurücklassen würde, ohne jemanden, der für ihn sorgte. Obwohl ihr Vater sehr geschickt darin war, seltsame Dinge aus Holz zu schnitzen, hatte er die lästigen Alltagsarbeiten immer anderen überlassen. Er hatte sich noch nie selber eine Mahlzeit zubereitet oder einen Topf ausgewaschen oder den Fußboden gefegt. Und sie hatte auch noch nie gesehen, daß er Feuer angezündet hätte. Das hatte immer ihre Mutter getan oder sie oder einer der Jungen.

Den ersten Tag, an dem die Ansteckungsgefahr vorüber war und die anderen wieder nach Hause kommen durften, versuchte sie so rasch wie möglich wieder zu vergessen. Die Jungen weinten, Cherry weinte, Bobby Crane weinte, ihre Mutter weinte und ihr Vater weinte – alle, weil Jimmy gestorben war. Nur sie weinte nicht, weil sie die ganze Zeit über, als sie beobachtete, wie sie sich gegenseitig umarmten, hörte, wie Jimmy zu ihr sagte: »Geh fort. Fliehe.« Seltsam, dachte sie, Jimmy hatte seine Eltern genau gekannt, auch die andere Seite von ihnen, die selbstsüchtige Seite, von der sie selber nicht die geringste Ahnung gehabt hatte. Sie versuchte sich klarzumachen, daß auch sie zum menschlichen Wesen gehörte. Trotzdem mußte sie sich dazu zwingen, freundliche Gefühle ihnen gegenüber aufzubringen.

Und als sie dann gefragt wurde, wie es ihr ginge, wußte sie, daß die anderen meinten, ob sie sich von den Folgen des brutalen Überfalls auf sie erholt hätte, und gar nicht daran dachten, daß sie dazu kaum Gelegenheit gehabt hatte in den vergangenen Wochen, wo sie fast ununterbrochen schwer hatte schuften müssen.

Ihrer Mutter ging es besser, ihr Vater war von der Krankheit verschont geblieben. Oswald und Olan waren, weit ab von jeder Gefahr, ihrer Arbeit nachgegangen, ebenso wie Bobby Crane, der in dem kleinen Zimmer über dem Bootshaus gewohnt hatte, und Cherry natürlich, die im Hause der Praggetts übernachtet hatte. Einen Vorfall bei der Wiedervereinigung der Familie allerdings behielt sie für immer im Gedächtnis. Ihr Vater war in die offene Haustür getreten, hatte zuerst nach oben geschaut, auf den Himmel, und dann in die Ferne. Schließlich hatte er theatralisch ausgerufen: »Warum mußte mir auch noch der zweite Sohn genommen werden, während diese Frau, die meinen ersten auf dem Gewissen hat, gerettet wurde?«

»Was heißt das, Dada?« hatte Oswald gefragt. »Hat sie sich auch angesteckt?«

»Soviel ich weiß, ja, und zwar so schlimm, daß sie im Cholera-Krankenhaus von Gateshead gelandet ist. Aber sie wurde gerettet und lebt schon wieder zu Hause in ihrem gewohnten Luxus. Es gibt keine Gerechtigkeit.«

Das war Anna völlig neu gewesen und rief ihr erneut die Tatsache in Erinnerung, daß es kaum noch ein Gespräch zwischen ihr und ihrem Vater gegeben hatte, abgesehen von dem Allernotwendigsten, seit jener Nacht, in der er seinen Letzten Willen schriftlich niedergelegt hatte. Es war, als ob er aufgrund ihrer Reaktion gespürt hätte, daß er ihr gegenüber in irgendeiner Weise versagt hatte.

Der nächste Gast war Miß Netherton. Sie hatte Nathaniel und Maria ihr Mitgefühl ausgesprochen zu Jimmys Tod, und als sie wieder aufbrechen wollte, sagte sie zu Anna: »Komm, begleite mich zum Wagen. Er steht draußen am Zaun.« Als sie das Haus verlassen hatten, sagte sie: »Was um alles in der Welt ist mit dir los, Mädchen? Du siehst aus wie ein Geist. Tim sagte mir, daß er zu Tode erschrocken ist bei deinem Anblick. Er ist wieder in London, wie du weißt.«

»Ja. Ja, das weiß ich.«

»Er . . . Er war einfach großartig in dieser entsetzlichen Zeit, nicht nur, weil er dich unterstützt hat, wie ich weiß, sondern auch, weil er sich um Penella gekümmert hat.«

»Penella? Mrs. Brodrick?«

»Ja. Offenbar hat sie ihm von Newcastle aus geschrieben und ihm mitgeteilt, daß sie ihn gern sehen würde. Und als er dort eintraf, sagte man ihm, daß sie schon in das Cholera-Krankenhaus von Gateshead gebracht worden sei. Nun, er ging dorthin und stellte fest, daß sie ein Zimmer für sich allein hatte, aber man erlaubte ihm nicht hineinzugehen. Er konnte sie nur durch die Glastür sehen. Zufällig erblickte sie ihn dort, wie er mir erzählte, und streckte die Hände nach ihm aus. Ich habe kurz danach mit ihm gesprochen, und er war sehr beunruhigt. Er erklärte mir, daß von der großen, herrischen Dame nichts mehr übriggeblieben sei. Sie war nur noch eine sehr kranke Frau und offensichtlich voller Angst. Und was tat er? Er ging zu Simon und erzählte ihm alles. Ich weiß nicht, wie dieses Gespräch verlaufen ist, aber ich nehme an, daß es dabei sehr temperamentvoll zuging. Ich weiß dagegen genau, von Tim, daß der Arzt ihr keine große Chance zum Überleben mehr eingeräumt hat. Anscheinend hatte sie schon zu lange Zeit krank dagelegen, ohne daß jemand sich um sie gekümmert hätte. Also ging Simon zu ihr. Das ist jetzt mehr als vierzehn Tage her, und sie ist tatsächlich entgegen allen Erwartungen nicht gestorben. Sie hat allerdings, wie Tim meint, den Schrecken ihres Lebens davongetragen und sich sehr stark geändert. Oh, übrigens muß ich dir erzählen, daß das Kind einen Lehrer erhalten hat, der sehr von ihm eingenommen zu sein scheint. Es ist ein jüngerer Mann, und Simon erzählte mir, daß das Kind ihn immer als erstes fragt: »Wann bringst du mir Missanna wieder her?« Offensichtlich hat Simon zu ihm gesagt, als niemand ihn über deinen Verlust hinwegtrösten konnte, du würdest dich um Onkel Tim kümmern.«

»Das finde ich ausgesprochen unpassend.«

»Nun, nicht ganz so unpassend, wenn man etwas darüber nachdenkt. Der Junge liebt Tim sehr, und deshalb war es wahrscheinlich für ihn eher erträglich, wenn Tim der Grund dafür war, daß du nicht mehr zu ihm kommst. Auf jeden Fall sollten wir nicht immer nur an andere Leute denken, sondern uns auf uns selber konzentrieren. Ich möchte dir vorschlagen, für eine Woche oder so zu mir zu ziehen, damit Ethel dich aufpäppeln kann.«

Anna lächelte der älteren Frau freundlich zu und antwortete mit leiser Stimme: »Sie sind immer so nett zu mir, so gut und fürsorglich, aber . . . Würde es Ihnen etwas ausmachen, wenn ich Ihrer Einladung nicht sofort nachkomme? Mir geht da eine Idee im Kopf herum, mit der ich erst noch klarkommen muß.«

»Was für eine Idee?«

»Oh, darüber kann ich jetzt noch nicht sprechen.«

»Du könntest schon, wenn du es wolltest.«

»Ja, sicher, aber ich möchte erst mit mir selber abklären, ob ich das wirklich machen kann.«

»Du denkst daran, in ein College zu gehen?«

»Nein. Nein, das nicht.«

»Was dann?«

Anna lächelte, als sie erwiderte: »Wenn ich es wirklich durchführen will, werden Sie die erste sein, der ich es erzähle. Das versichere ich Ihnen.«

»Ah, es handelt sich um ein Geheimnis. Ich liebe Geheimnisse. Ohne Geheimnisse kann das Leben sehr eintönig sein. Ich erinnere mich daran, wie ganz anders das Leben sein kann, als ich in Holland war – die innere Erregung, die Begegnungen mit ganz anderen Menschen . . . Oh, ich weiß. Immer wieder denke ich an Holland. Aber laß mich raten. Sag mir, ob ich recht habe oder mich irre. Du brauchst nur zu nicken. Dein Vater will dir genügend Geld geben, damit du eine eigene Schule eröffnen kannst. Ist es das, ja?«

Das Lächeln verschwand von Annas Gesicht, und ihre Stimme klang eher kühl, als sie erwiderte: »Nein, Miß Netherton. Mein Vater hat nicht einmal gedacht an so etwas, in gar keiner Weise.«

»Was meinst du damit? Was heißt das, in gar keiner Weise? Hat er nicht irgendwelche Regelungen für dich getroffen?«

»Nein. Nein, ich bekomme nicht einen Penny. Zu Ihnen kann ich ehrlich darüber reden, weil Sie meine Freundin sind. Als er glaubte, daß meine Mutter sterben würde, wußte er, daß er auch abgehen würde. Und ich bin sicher, daß es so gekommen wäre, selbst wenn es bedeutet hätte, daß er sich selber das Leben hätte nehmen müssen, weil er ohne sie nicht leben könnte. Er hat in groben Zügen seinen Letzten Willen niedergeschrieben.« Sie wandte den Kopf ab. »Ich kann ihn jetzt noch sehen, wie er dasaß. Ich kam mit einem geleerten Eimer durch das Zimmer. Zu dieser Zeit scheine ich mein Leben damit verbracht zu haben, Eimer zu reinigen; er wandte sich mir zu und sagte: ›Ich hinterlasse das Haus und das Geld den Jungen. Sie werden sich um dich kümmern. Cherrys Zukunft ist geregelt, Bobby wird für sie sorgen.‹«

Stille herrschte zwischen ihnen. Anna sah, wie die ältere Frau den Mantelkragen höher zog und sich auf die Unterlippe biß, bevor sie sagte: »Ich muß sagen, daß ich sehr enttäuscht von Nathaniel bin und auch von Maria. Die Jungen haben eine gute Stellung, nach allem, was man hört. Dieses Haus sollte dir gehören, und du solltest genügend Geld bekommen, damit du es unterhalten kannst.« Sie wandte sich ab, blickte zur Seite und murmelte: »Männer! Männer! Nichts gehört wirklich den Frauen. Das Kreuz gehörte ursprünglich Maria. Und auch das Geld, das ich ihnen zuerst gegeben habe. Damals gehörte alles, was eine Frau besaß, ihrem Mann, aber jetzt wollen sie ein Gesetz durchbringen, soviel ich weiß, das es auch einer verheirateten Frau erlaubt, selber über ihr Geld und ihren Besitz zu verfügen. Trotzdem bin ich der Meinung, daß er sie hätte fragen müssen, wem es hinterlassen werden sollte, wenn ihnen irgend etwas zustoßen sollte. Aber andererseits möchte natürlich niemand hoffen, daß eine Zeit kommt, in der sie alles brauchen werden, was sie besitzen.« Sie zuckte mit den Schultern. »Es sieht ganz so aus, als ob der Tod einen Bogen um sie macht.« Sie streckte beide Hände aus und ergriff Annas Handgelenke. »Mach dir keine Sorgen, meine Liebe. Ich werde dafür sorgen, daß du nicht der Fürsorge der Jungen überlassen bleibst, das weißt du.«

»Ich danke Ihnen, das ist sehr tröstlich. Und ich werde immer an dieses Angebot zurückdenken, immer, an erster Stelle all dessen, was Sie im Laufe der Jahre für mich getan haben. Ich frage mich oft, was ich ohne Sie gemacht hätte.«

»Meine Liebe, wie ich immer schon gesagt habe, ist das eine

Sache, die uns beiden Nutzen gebracht hat: Immer profitiert der, der Gutes tut, letztlich davon genauso wie der, der es empfängt. Aber jetzt muß ich wirklich gehen.« Sie schaute sich lebhaft nach allen Seiten um. »Ich werde mir den Kopf zerbrechen, um herauszubekommen, was du im Schilde führst.« Sie gab Anna einen freundschaftlichen Klaps. »Und ich werde nicht eher ruhen, bis ich es erkundet habe. Du kennst mich ja.« Lächelnd trennten sie sich voneinander.

Anna kehrte nicht sofort ins Haus zurück. Sie schlenderte durch das Wäldchen, bis hin zu seinem äußersten Ende, wo der Sägeblock stand. Dort blieb sie stehen und blickte, wie so oft, über das Hochmoor. »Mal sehen, was geschieht, wenn Oswald mit seiner großen Neuigkeit herausplatzt«, sagte sie laut zu sich selber. »Das wird nicht mehr lange dauern. Jimmy hat recht gehabt. Auf Anstand und Sitte wird niemand Rücksicht nehmen. Er wird nicht ein Jahr lang warten, dem Toten zu Ehren. Er ist ebenso bereit zur Heirat wie Cherry.« Dann drehte sie sich rasch um, legte die Hände auf den Holzblock und neigte den Kopf, als schämte sie sich ihrer Gedanken. In diesen Tagen wurde sie immer wieder mit neuen Tatsachen konfrontiert, und Tatsachen, das hatte sie in diesem Jahr nur allzugut erkannt, konnten sehr störend sein.

Sie hatte Timothy am Ende der Woche zurückerwartet, aber statt dessen kam ein Brief von ihm, in dem er ihr mitteilte, daß er noch einiges zu erledigen hatte. In der Zwischenzeit genoß er, was die Großstadt ihm bieten konnte, und es hatte sich herausgestellt, daß Walters ein sehr gescheiter Begleiter war. Er hatte fünf Jahre lang in London gelebt und erwies sich als ein ausgezeichneter Führer, besonders im Hinblick auf die Theater. Nur eines fehlte ihm, um vollkommen glücklich und zufrieden zu sein, und das war ihre Gesellschaft. Er hoffte, sie bald wiederzusehen und unterzeichnete als ›Ihr Freund für immer, Tim‹.

Als ihre Mutter sie gefragt hatte, von wem der Brief sei, hätte sie am liebsten scharf geantwortet: »Das weißt du doch ganz genau.« Aber statt dessen sagte sie nur: »Von Mr. Barrington.« Nicht von Mr. Tim oder Mr. Timothy, wie sie ihn sonst immer nannte zu Hause, sondern von Mr. Barrington, und sie betonte den Namen auch noch.

Es war bezeichnend, daß ihr Vater keine Fragen hinsichtlich des Briefes stellte, obwohl er es war, der ihn ihr aushändigte, nachdem er ihn von dem Briefboten übergeben bekommen hatte ... Es wurde jetzt früh dunkel. Der Winter war gekommen, und die langen Abende wurden für Anna zur Qual. Nach dem Abendessen, das oft schweigend eingenommen wurde, versammelte die zusammengeschrumpfte Familie sich um den Kamin: Nathaniel, Maria, Cherry und sie selber. Oft kam auch Bobby dazu, und es fiel ihr auf, daß ihr Vater Bobbys Anwesenheit mehr und mehr begrüßte und sich mehr mit ihm unterhielt als mit irgend jemandem anderen. Bobby war sehr mitteilsam. Der Bootsbauer war anscheinend zufrieden mit seiner Arbeit und hatte ihm versprochen, ihn als Mitarbeiter zu behalten, wenn er seine zweijährige Lehrzeit beendet hatte. Er hatte auch angedeutet, daß er für die Zukunft gute Aussichten hätte, aber nicht gesagt, worin sie bestehen sollten. Bobby aber schien zu ahnen, worum es ging.

Wenn Anna so dasaß und von einem zum anderen blickte, versuchte sie, sich an die Zeiten zu erinnern, als der größte Teil der Familie sich lachend auf der Matte herumgewälzt hatte, während Cherry Mr. Praggett imitiert oder Jimmy erzählt hatte, was sich auf der Farm abgespielt hatte, wie etwa an dem Tage, als der Bulle den Hirten eingesperrt hatte und Jimmy das Tier beruhigen und an seinen Platz führen mußte. Und sie dachte daran, wie sie selber den anderen einige ihrer lustigen Verse vorgetragen hatte, und daran, wie ihr Vater ihnen laut etwas vorgelesen hatte.

Wo war diese schöne Zeit geblieben? Was war geschehen? Jetzt herrschte drückender Kummer in diesem Haus.

Eines Abends hatte sie das Gefühl, es nicht länger aushalten zu können. Sie stand auf und fragte ihre Mutter: »Hast du etwas dagegen, wenn ich zu Bett gehe?« Und Maria antwortete: »Nein. Nein, überhaupt nicht, wenn dir danach ist.« Und Nathaniel schaute sie an und meinte: »Geh nur, Liebes. Du brauchst Ruhe.«

Sie nickte Bobby zu und sagte: »Gute Nacht.« Und er erwiderte: »Gute Nacht, Anna.«

Eine gute Stunde später kam Cherry in ihr gemeinsames Schlafzimmer. Sie zitterte und fragte: »Schläfst du schon Anna?«

Und sie antwortete: »Nein, Cherry.«

»Sind diese Abende hier nicht schrecklich?«

»Ja. Ja, das sind sie.«

»Ich habe Angst davor, nach Hause zu kommen.«

»Ich bin den ganzen Tag zu Hause, Cherry.«

»O ja, ich weiß, Anna. Ich weiß das. Und du hast eine schwere Zeit hinter dir. Ich habe das auch zu Bobby gesagt, und er meinte, er wüßte nicht, wie du das durchgestanden hast, als du alle pflegen und dich um alles kümmern mußtest. Erst Jimmy und dann Ma, denn Dada war sicher keine große Hilfe. Ich meine, die ganze Wäsche und alles.«

Anna schwieg, und so lagen sie eine Zeitlang ruhig nebeneinander, bis Cherry sagte: »Du sprichst nicht mehr mit mir so wie früher, Anna. Meistens bist du meilenweit entfernt, und . . .« Sie schluchzte. »Und ich möchte so gern mit dir reden. Ich muß mit dir reden, Anna. Anna?«

»Ja? Was ist los?«

Als Anna sich im Bett umdrehte, schlang Cherry die Arme um sie, legte den Kopf auf ihre Schulter und murmelte irgend etwas, das Anna nicht verstehen konnte.

»Was hast du gesagt?« fragte sie.

Als Cherry ihre Worte wiederholt hatte, spürte Anna, wie sich alles in ihr einen Augenblick lang versteifte, aber andererseits war sie nicht sonderlich überrascht. Deshalb sagte sie nur: »Wann ist es passiert?« Und Cherry antwortete: »An einem Sonntag, als ich ihn besucht habe. Er hat ein nettes Zimmer über dem . . .«

Anna riß sich von ihrer Schwester los und zischte: »Ich will keine Einzelheiten wissen. Ich habe gemeint; wie lange ist es schon her?«

»Fast drei Monate.«

»O mein Gott! Und sie haben keine Ahnung davon, ich meine, Ma?«

»Nein, nein. Ich wollte es dir erzählen. Gut, es ist nicht mehr so zwischen uns wie früher, ich verstehe das ja, ich verstehe es, nach allem, was du durchgemacht hast. Aber . . . Aber ich liebe Bobby, und er liebt mich.«

»Er ist noch so jung.«

»Das spielt keine Rolle. Zwischen uns liegt nur ungefähr ein

Jahr. Und er kommt voran, er will vorankommen, und das schafft er auch. Und ich kann mitarbeiten.«

»Mit einem Kind? Wer soll sich um das Kind kümmern?«

Anna schloß fest die Augen. Die Dunkelheit des Raumes wurde einen Augenblick lang erhellt von einem strahlenden Licht, in dem sie sich selber vor sich sah mit Cherrys Baby. Cherry mußte arbeiten, weil sie von dem, was Bobby verdiente, nicht leben konnte. Und deshalb blieb es ihr überlassen, für Cherrys Baby zu sorgen. Und dann hörte sie wieder Jimmys Stimme: »Flieh! Flieh!«

»Was soll ich machen, Anna?«

»Du weißt genau, was du tun mußt. Du mußt es ihnen sagen, und zwar bald, und es ihnen überlassen, wie sie sich dazu stellen. Jetzt hör auf zu weinen und versuch zu schlafen. Einen Trost hast du, Dada ist sehr angetan von Bobby und Ma auch. Das wird alles leichter machen.«

»Anna?«

»Ja, Liebes?«

»Du . . . Du wirst es ihnen doch nicht verraten?«

»Nein, bestimmt nicht.«

»O Anna, ich . . . Ich habe Angst. Ich bin die einzige, die . . . Nun, die vom rechten Wege abgekommen ist. Sie werden sich meinetwegen schämen.«

»Das können sie wohl kaum, du hast ja nichts anderes getan als sie selber. Betrachte es mal von dieser Seite.«

»Aber die Leute im Dorf . . .«

»Vergiß die Leute im Dorf. Ich habe für alle von uns bezahlt. Die Demütigung, die man mir angetan hat, war nicht für mich allein bestimmt, sie richtet sich genauso gegen Ma und Dada, weil sie es gewagt haben, die gesellschaftlichen Spielregeln zu sprengen, und das auch noch in einem kleinen Dorf, voll von engstirnigen Leuten. Dada hat immer damit geprahlt, daß wir die glücklichste Familie in der ganzen Grafschaft wären. Er fühlte sich wohl, weil er uns alle beisammen hatte in diesem kleinen Nest und weil er wußte, daß wir auf Grund des Makels, den er uns auferlegt hatte, nie imstande sein würden, weit fortzufliegen.«

»Wie seltsam, daß du so darüber denkst, Anna. Ich habe es nie für möglich gehalten, daß du dich gegen Dada wendest. Sie haben das, was sie getan haben, gemacht, weil sie sich lieben, und ich verstehe jetzt genau, was sie empfanden.«

»Sei still! Sei still! Sie kennen nur eine einzige Art von Liebe. Dieselbe, die du kennst. Aber es gibt andere Arten von Liebe, Liebe, die Opfer bringt, Liebe, die zum Untergang verurteilt ist aufgrund der herrschenden Sitte und der schmutzigen Tricks des Schicksals und . . .« Sie hielt plötzlich inne und murmelte: »Es tut mir leid. Es tut mir leid.« Dann drehte sie sich auf die Seite, wandte sich aber sofort wieder um, als Cherry sagte: »Es ist eine Schande. Ich weiß, daß du zu Mr. Simon gehen wolltest. Du hättest es tun sollen. Du hättest dir damit nichts vergeben.«

Anna konnte nur noch flüstern: »Cherry, wenn du nicht augenblicklich still bist, weißt du, was ich dann tue? Ich schlag' dich ins Gesicht. Ich wäre nicht mehr imdstande, mich zurückzuhalten. Ich habe nie die geringste Neigung gehabt, Simon Brodricks Geliebte zu werden. Niemals! Niemals! Hörst du? Auch wenn ich ihn leidenschaftlich geliebt hätte, wäre ich niemals seine Geliebte geworden.«

»Ist ja gut, ist ja gut, aber trotzdem verstehe ich nicht, warum du Dada und Ma für das tadelst, was sie getan haben. Wenn du es genau wissen willst, die Leute behaupten dasselbe von dir und Mr. Timothy. Da hast du es! Und ob es nun stimmt oder nicht . . .«

Anna sprang aus dem Bett und schrie mit lauter Stimme: »Ich schlafe nicht mit Mr. Timothy! Und auch nicht mit irgend jemand anderem. Hörst du? Hörst du?«

In der tiefen Stille, die darauf folgte, hörte sie schnelle Schritte, die sich näherten. Ihre Eltern schienen wie üblich noch eine Weile am Kamin gesessen zu haben, Hand in Hand, bevor auch sie zu Bett gingen. Und dann wurde die Tür aufgerissen, und ihr Vater, der mit hocherhobener Lampe vor ihrer Mutter stand, fragte: »Was ist los?«

Cherry saß jetzt mit verschränkten Armen im Bett und schaukelte sich vor und zurück, ganz so, als ob sie schon ein Baby in den Armen hielt.

»Warum hast du geschrien? Was ist passiert?«

Diese Fragen hatte ihre Mutter an Anna gerichtet. Immer noch mit erhobener Stimme rief sie: »Ich schlafe nicht mit Mr. Timothy.

Hörst du, Ma? Ich schlafe nicht mit Mr. Timothy. Ich bin nicht seine Geliebte.«

»Das behauptet doch auch niemand, meine Tochter. Das behauptet doch niemand.« Marias Stimme klang ganz ruhig. Aber Nathaniel schien Annas Ausbruch zu ignorieren. Er stellte die Lampe auf dem Waschständer ab, legte den Arm um Cherrys Schulter und fragte: »Was ist los, Liebes? Was ist los?«

Als Cherry nur stumm den Kopf schüttelte, rief Anna: »Erzähl's ihnen. Das ist die beste Gelegenheit. Erzähl's ihnen.«

»Was soll sie uns erzählen?«

Da Cherry immer noch schwieg und den Kopf schüttelte, trat Maria an Annas Seite und fragte: »Was ist geschehen? Was hat sie uns zu erzählen?«

»Nur, daß sie ein Kind erwartet. Überrascht dich das, Ma?« Anna beobachtete, wie ihr Vater sich aufrichtete und wie ihre Mutter langsam auf ihn zuging. Als sie an seiner Seite stand, fragte sie: »Ist das wahr, Mädchen?«

Cherry ließ sich in die Kissen zurückfallen und sagte leise: »Ja, Ma. Ja, es ist wahr.«

»Nun ja.« Nathaniel schaute Maria an und sie schaute ihn an. Dann streckte Maria die Hand aus und sagte: »Komm. Steh auf und erzähl uns alles.«

Die Reaktion ihrer Eltern auf diese Neuigkeit schien Anna vollständig zu ernüchtern. Sie setzte sich auf den Holzstuhl neben dem Bett, und ihre Mutter drehte sich zu ihr um und sagte: »Zieh dir einen Mantel über, Liebes, und komm mit, wir müssen darüber sprechen.«

Ein paar Minuten später saßen sie alle vier wieder um den Kamin versammelt, aber jetzt lag Cherrys Kopf auf der Schulter ihres Vaters. Er hatte den Arm um sie gelegt und sagte: »Mach dir keine Sorgen, Liebes. Zu allererst müssen wir dafür sorgen, daß ihr heiraten könnt. Es ist nur ein Problem dabei zu berücksichtigen. Er ist ein guter Junge, und ich mag ihn. Aber du kannst nicht, wie du meinst, zu ihm gehen und in dem Zimmerchen über dem Bootshaus leben. Du solltest lieber nach Hause kommen. Schließlich ist hier auch für ihn monatelang sein Zuhause gewesen. Das solltest du meiner Ansicht nach tun. Meinst du nicht auch, Maria?«

Und Maria stimmte sofort zu. »Ja, Lieber, ja.« Und nach einer kurzen Weile fügte sie hinzu: »Es wird uns guttun, wieder ein Kind im Hause zu haben.«

Anna schloß die Augen, und wieder erschien dieses weiße Licht, in dem sie sich deutlich sehen konnte, während sie das Kind versorgte. Aber jetzt tauchte auch noch ihre Mutter auf, die sich mit Cherry unterhielt, und dann ihr Vater, tief versunken in ein Gespräch mit Bobby. Und plötzlich war sie so müde, daß sie nicht einmal mehr Jimmys Stimme hören konnte, die ihr zurief: »Flieh. Flieh.«

Aber am Samstag abend, als die Jungen nach Hause kamen, hörte sie Jimmys Stimme laut und deutlich. Auf den ersten Blick sah sie, wie aufgeregt die beiden waren. Und dann rückte Oswald mit der Sprache heraus: »Ich weiß, Ma und Dada, daß es noch nicht lange her ist, seit wir Jimmy verloren haben. Aber seht, ich wollte euch schon vorher erzählen, was sich ereignet hat. Nun, es geht um folgendes: Ich bin mit Carrie verlobt, der Tochter von Mrs. Simpson, wißt ihr. Und stellt euch vor, Mrs. Simpson hat mich zu ihrem Partner gemacht und Olan auch.«

Maria reagierte als erste. »Aber . . . Aber ich denke, sie ist viel älter als du«, sagte sie.

»Ja, Ma, sie . . . Sie ist ungefähr fünf Jahre älter. Aber ich habe sie sehr gern und sie mich auch. Und sie sieht jünger aus, und auf ihre Weise ist sie tatsächlich noch jung. Auf jeden Fall, so stehen die Dinge. Was meint ihr dazu?«

Jetzt antwortete sein Vater ihm: »Ich denke, das sind sehr gute Neuigkeiten, ausgezeichnete Neuigkeiten, Oswald, und ich freue mich für dich. Und ich glaube, daß sich dir da eine großartige Chance eröffnet, denn soweit ich es beurteilen kann, wirkt der Laden so, als könne er sich entwickeln.«

»Das tut er, Dada, er entwickelt sich bereits, aber da ist noch viel mehr drin. Wir können einen zweiten Laden eröffnen, wir haben schon Pläne gemacht.«

Nathaniel schaute der Reihe nach von einem zum anderen, als er sagte: »Das Sprichwort sagt, daß sich nie eine Tür schließt, ohne daß sich eine andere öffnet. In diesem Fall stimmt das. Wieder wird es in unserem Haus eine richtige Familie geben

und Kinder. Cherrys und Bobbys werden hier aufwachsen und
deine, Oswald, werden uns am Wochenende Freude bereiten.
Darauf können wir uns freuen. Meinst du nicht auch, Maria?«

»Ja, ja, Nathaniel. Darauf können wir uns freuen.«

»Nun, wir wollen darauf anstoßen. Hol uns den Holunderbeerwein, Anna.«

Anna ging in die Küche und holte eine Flasche Wein aus der
Vorratskammer. Sie stellte sie aufs Küchenbord neben eine
hohe Kerze in einem Zinnhalter. Lange starrte sie sie schweigend an, dann sagte sie: »Ich höre dich, Jimmy, lieber Jimmy.
Ich höre dich. Ich warte nur noch bis Montag.«

9

Die Sonne schien zwar, kam aber nur schwach durch einen
Wolkenschleier hervor. In der Nacht hatte strenger Frost ge-
herrscht, und es lag Schnee in der Luft. Sie hatte die Ziegen
gemolken, dann den Ziegen- und den Hühnerstall gereinigt,
sie hatte die Heuballen in der Scheune ordentlich aufgestellt
und Neddy gestriegelt, und zum Schluß hatte sie den Hof gefegt.

Als sie sich um zwölf Uhr zu ihren Eltern gesetzt hatte zu
einem kleinen Imbiß, hatte ihr Vater gesagt: »Ich wäre nicht
überrascht, wenn es heute noch anfängt zu schneien, deshalb
denke ich, sollten noch mehr Holzscheite bereit liegen, nicht
wahr?« Er hatte sie angeschaut, und sie hatte seinen Blick erwidert und erklärt: »Es tut mir leid, Dada, aber ich mache heute
nachmittag einen Besuch.«

Maria lauschte aufmerksam, sagte aber nichts. Ihr Vater aber
fragte sie: »Er ist also zurückgekommen?«

»Ja, er wurde gestern zurückerwartet.«

Jetzt schaltete Maria sich ein. Mit gesenktem Kopf sagte sie:
»Wäre es nicht besser, wenn du wartest, bis er sich meldet?«

»Nicht in diesem Fall, Ma.«

»Was für ein Fall, Tochter?« Nathaniel schaute sie scharf an,
und seine Stimme klang barsch. Nach kurzem Schweigen ant-

wortete sie: »Es geht mir etwas im Kopf herum. Ich muß ihm eine Frage stellen.«

»Nun, bis jetzt habe ich immer all deine Fragen beantwortet. Kannst du nicht mich fragen?«

»Nein.« Sie lächelte ein wenig. »In diesem Fall geht das nicht, Dada.« Als sie sich von der Bank am Ende des Tisches erhob, hatte Nathaniel gesagt, so als ob er niemanden direkt damit meinte: »Die Holzscheite halten nicht lange. So ist es immer bei solchem Wetter, und es ist angenehm für sie, wenn sie heimkommen von der Arbeit, ein großes Feuer vorzufinden.«

»Ja, das ist es.« Sie nickte ihm zu und konnte sich gerade noch zurückhalten hinzuzufügen: »Deshalb solltest du mehr Zeit oben beim Holzhacken verbringen als hier beim Lesen.«

In ihrem Zimmer lehnte sie sich einen Augenblick lang an die geschlossene Tür und flüsterte: »Wie blind man doch sein kann!« Es war ihr in all den Jahren nie klargeworden, daß ihr Vater faul war und sich vor körperlicher Arbeit drückte, wo es nur ging. Wenn es um Arbeit mit Büchern ging, war das natürlich ganz anders, denn das war wichtig für ihn.

Zwanzig Minuten später kam sie wieder aus ihrem Zimmer. Maria begrüßte sie mit einem entsetzten kleinen Aufschrei und sagte: »O nein! Anna, du kannst jetzt unmöglich schon in Grau gehen.«

»Mein Mantel ist dunkel, Ma.«

»Dein Mantel reicht dir gerade übers Knie, Mädchen.«

»Ma.« Sie ging zu ihrer Mutter hin, blieb kurz vor ihr stehen und schaute ihr direkt ins Gesicht, während sie erklärte: »Ist es dir jemals in den Sinn gekommen, daß ich vor einiger Zeit schon aufgehört habe, ein Mädchen zu sein, und daß ich erst vor einigen Tagen in mein einundzwanzigstes Lebensjahr getreten bin?«

»Du bist zwanzig, nicht einundzwanzig.«

»Ich habe gesagt, daß ich in mein einundzwanzigstes Lebensjahr getreten bin, Ma. Und mit zwanzig gilt man nicht mehr als Mädchen. Ich habe gedacht, daß dir das, vor allen anderen Leuten, klar wäre.«

»Was ist über dich gekommen?«

»Es ist nichts über mich gekommen, was nicht auch über dich und Dada gekommen wäre.«

»O Mädchen, es war immer so angenehm, dich im Hause zu haben, aber jetzt nicht mehr. Wir wollen nur hoffen, daß du anders denkst, wenn das Baby da ist.«

Anna verzog das Gesicht, dann fing sie an zu lachen, drehte sich um und sagte: »Das werde ich sicherlich.« Damit verließ sie das Haus.

Sie vermied den Weg am Steinbruch entlang, denn sie hatte das Gefühl, daß sie diesen Weg nie im Leben mehr zurücklegen könnte. Statt dessen ging sie ein Stück über das Hochmoor und folgte dann dem Saumpfad, der zur Landstraße führte. Dieser Weg war fast eine Meile länger, aber das machte ihr nichts aus. Außerdem war die Gefahr, hier irgend jemandem zu begegnen, noch geringer, besonders zu dieser Tageszeit.

Als sie endlich in die Einfahrt eingebogen war, sah sie, daß Timothys Wagen vor dem Haus stand. Sie läutete, und als Walters ihr öffnete, rief er: »O Miß! Wie geht es Ihnen? Sie kommen gerade zur rechten Zeit, der Master wollte soeben auf einen Besuch zu Ihnen fahren.«

»Anna, Anna.«

Sie wandte sich rasch der Treppe zu und sah, daß Timothy herunterkam, mit ausgestreckten Händen. »Ich wollte gerade zu Ihnen kommen. Treten Sie ein. Treten Sie ein.« Dann wandte er sich an Walters. »Bitte bringen Sie meinen Handkoffer aus dem Wagen herein, ja?« Dann half er Anna aus dem Mantel und sagte: »Es ist wundervoll, Sie wiederzusehen. Es kommt mir vor, als wären Jahre vergangen seit unserer letzten Begegnung, dabei sind es nur etwas über zwei Wochen gewesen. Geben Sie mir Ihren Hut.«

Er nahm ihr den Hut ab, als sie gerade die Haarnadel hineingesteckt hatte, und fragte: »Wo stecken Sie das Ding hinein?«

»Was glauben Sie wohl?« Sie mußte über ihn lachen. »In den Hut natürlich.«

»Ja, ja ich weiß, aber es ist ein Filzhut, Madam, und er wird ganz durchlöchert werden mit der Zeit. Ist das hier die Rück- oder die Vorderseite? Die Rückseite, nicht wahr?«

Dann wandte er sich an das Hausmädchen, das herbeikam, und sagte: »O Mary, geh zur Köchin und frage sie, ob sie uns bitte den Tee bereitet und auch ein oder zwei Kuchen dazu legt.«

Das Mädchen lachte, als er um Kuchen bat, machte einen klei-

nen Knicks vor Anna und verschwand. Und Walters, der gerade
ins Haus zurückkam, zeigte auf den Handkoffer, den er trug,
und meinte: »Ich bringe ihn ins Wohnzimmer, Sir.«

Als Timothy Anna ins Wohnzimmer führte, fragte sie Walters: »Sind Sie froh, wieder zu Hause zu sein?« Und er erwiderte: »O ja, Miß, obwohl ich zugeben muß, daß ich den Ausflug
nach London genossen habe.«

»Er hätte mich am liebsten bis Weihnachten dabehalten und
noch länger«, sagte Timothy und zeigte auf seinen Kammerdiener. Dann wandte er sich wieder an Anna. »Ich habe Ihnen so
viel zu erzählen. Kommen Sie, setzen Sie sich, meine Liebe.« Er
drückte sie in einen Polstersessel neben dem Kamin, dann zog
er sich eine Fußbank heran, setzte sich darauf und nahm ihre
Hand in die seine. Er schaute ihr ins Gesicht und meinte: »Du
meine Güte. Sie . . . Sie sehen immer noch so blaß aus. Aber ist
ein Wunder? Wissen Sie, was ich denke?«

»Nein. Erzählen Sie es mir.«

»Ich denke, daß es einfach ein Wunder ist, daß Sie überlebt
haben. In Ihrer Verfassung mußten Sie ausgerechnet noch diese
schreckliche Seuche ins Haus bekommen und nicht nur einen
Kranken pflegen, sondern sogar zwei. Ich weiß, Ihr Vater war
da, aber Männer sind in solchen Fällen ziemlich nutzlos, es sei
denn, sie wären Ärzte, und auch die tun nicht viel mehr als reden. Aber ich habe in dieser furchtbaren Zeit hier und da mit
eigenen Augen gesehen, was man alles *tun* muß für diese armen
Kranken, und ich habe gestaunt über die Tapferkeit mancher
Helfer, vor allem aber über Sie.«

»Da war keine Tapferkeit im Spiel bei meiner Tätigkeit, Tim,
es war bloße Notwendigkeit.«

»Haben Sie . . . Haben Sie jemals daran gedacht, daß Sie sich
anstecken könnten?«

»Ja. Ja, jeden Tag.«

»Dann sind Sie um so mehr zu loben. O meine Liebe. Als ich
Sie von diesem Zaun aus gesehen habe, tat mir das Herz weh. In
den Zeitungen schreiben sie, daß es nur eine leichte Epidemie
war. Als ob es überhaupt eine leichte Epidemie geben könnte!
Ich nehme an, sie meinen leicht im Vergleich zu der Seuche von
1853, als ich noch ein Kind war.«

Sie lehnte den Kopf an die Rücklehne des Sessels, atmete tief aus und schaute ihn ein paar Sekunden lang an, bevor sie sagte: »Erzählen Sie mir, was Sie in London gemacht haben.«

»Oh, ich sollte ein Buch schreiben über all das, was wir in London gemacht haben. Hinsichtlich meines Buches hätte alles in zwei Tagen geregelt sein können, nun, in etwas mehr als zwei Tagen vielleicht. Ich hätte schon vor einer Woche zurückkommen können, aber Walters führte mich ins Theater, und anschließend empfahl er mir ein anderes und noch eines. Und dann waren wir in den Galerien. Er ist ein sehr intelligenter Bursche, dieser Walters. Ich bin sehr froh, ihn zu haben. Und was noch mehr heißen will, er hat einen angenehmen, freundlichen Charakter. Ich wußte immer, daß er seine Sache bewundernswert gemacht hätte, wenn ich je wirklich seine Hilfe gebraucht hätte. Aber wissen Sie was, Anna? Immer und immer wieder, wenn ich durch die Galerien streifte und auch sonst, habe ich an Sie gedacht und daran, wie gern ich Sie bei mir gehabt hätte. Sie müssen London unbedingt kennenlernen. Oh, kommen Sie nach London, ich werde Sie dorthin mitnehmen. Ja, das werde ich.«

Er schüttelte ihre Hand kräftig hin und her, als hätte sie seine Einladung abgelehnt. Und sie lachte und sagte: »In Ordnung, in Ordnung. Ja, ich werde mit Ihnen nach London fahren, Sir, jederzeit, jederzeit.«

»Jetzt lachen Sie über mich.«

»Ja. Ja, ich lache über Sie und mit Ihnen, und das ist ein so gutes Gefühl. Ich habe lange nicht mehr gelacht. Ich . . . Ich habe Sie vermißt.«

Er starrte sie eindringlich an, bevor er fragte: »Wirklich, Anna?«

»Ja. Ja, sehr. Besonders in letzter Zeit. Haben Sie je darüber nachgedacht, Tim, wie wechselhaft der Mensch ist? Glauben Sie, daß jemand sich verändern kann, wirklich verändern?«

Als er darauf antwortete, war seine Stimme leise und nachdenklich. »Nicht grundsätzlich«, sagte er. »Schauen Sie, wir alle haben Gutes und Böses in uns, und natürlich auch Mittelmäßiges, und es hängt von den Umständen ab, was davon an die Oberfläche kommt und dominiert. Ja, dafür sind vor allem die

Umstände des Lebens verantwortlich. Wenn das Leben in ruhigen Bahnen verläuft, bleibt unser Charakter unverändert, glaube ich. Ich meine, die hervorstechenden Charaktereigenschaften bleiben dann dieselben. Aber oft werden wir von den Umständen bedrängt. Da ist es wieder, dasselbe Wort, Umstände. Ich will Ihnen ein Beispiel geben. Sie haben gelitten unter Penella, nicht wahr?«

Als sie darauf keine Antwort gab, fuhr er fort: »Ich nehme an, daß Sie gehört haben, daß sie an Cholera erkrankt war. Nun, es ist ein großes Wunder, daß sie nicht daran gestorben ist. Sie war sehr krank, so krank, daß ich wirklich geglaubt habe, sie würde sterben. Und alle im Krankenhaus waren der gleichen Meinung. Das veranlaßte mich, zu Simon zu fahren. Nun, was sich zwischen uns abgespielt hat, war nicht sehr angenehm, übrigens nicht zum erstenmal. Auf jeden Fall habe ich ihm gesagt, daß es seine Pflicht sei, sich um sie zu kümmern. Nun, und als er sie besuchte, war eine leichte Besserung in ihrem Befinden eingetreten. Ich weiß natürlich nicht, was zwischen ihnen vorgegangen ist, aber ich weiß, daß sie, als ich sie das nächstemal sah, ein völlig anderer Mensch war als der, den ich gekannt hatte und der eine ziemlich geringe Meinung von mir gehabt hatte. Sie war nie in der Lage gewesen, irgendeine Art von Krankheit in ihrer Umgebung zu ertragen. Und da lag sie nun, zweifellos zu Tode erschreckt von dem, was ihr zugestoßen war. Aber diese Erfahrung muß auf sie gewirkt haben wie ein heilender Balsam, denn sie sagte zu mir: ›Glaubst du, daß er mir je wird verzeihen können?‹«

Er schwieg einen Augenblick lang nachdenklich. »Wissen Sie, Anna«, sagte er dann, »ihre Einstellung zu allem und jedem, was ihr begegnete, wurde davon bestimmt, daß sie ihn immer noch liebte. Und ich weiß, daß auch er sie im Grunde seines Herzens immer noch liebte, obwohl er natürlich tief verletzt und wütend auf sie war und auf seinen Bruder, weil sie ihn betrogen hatten. Auf jeden Fall hat es mich nicht überrascht, daß er sie wieder nach Hause geholt hat, als sie entlassen wurde. Ich muß allerdings sagen, daß meine Schwester nicht sehr begeistert davon war, ebensowenig wie die anderen Hausbewohner. Und sie hat das gemerkt. Ja, das hat sie mir deutlich zu verstehen geben, als ich sie kurz vor meiner Abreise nach London besucht habe. Sie hat sogar Sie erwähnt.«

»Tatsächlich?«

»Ja. Und bitte, meine Liebe, sagen Sie das nicht in diesem Ton. ›Dieses Mädchen muß schon meinen Namen hassen‹, sagte sie. Natürlich können Sie sich nicht vorstellen, daß sie eine derartige Äußerung machte. Und ich selber hätte es mir vor kurzem auch noch nicht vorstellen können, aber ich habe gehört, wie sie es sagte. Und sie fügte hinzu: ›Ich bin wahnsinnig gewesen, Tim, nicht wahr?‹ Und ihre folgenden Worte beweisen mir, daß sie mehr darüber nachgedacht hat, als ich erwartet hatte. Sie sagte nämlich: ›Liebe ist eine Spielart des Wahnsinns, weißt du, Tim. In dieser Hinsicht bin ich immer noch wahnsinnig, aber ich bin jetzt harmlos verrückt. Cholera ist ein sehr wirksames Heilmittel.‹«

Ruhig, wenn auch nicht ganz überzeugt, fragte Anna: »Werden sie zusammenbleiben?«

»Ja. Ja, ich denke schon. Nachdem er sie zum erstenmal nur besucht hatte, um seine Pflicht zu erfüllen, hat er sie bei den folgenden Malen aus Mitleid besucht, glaube ich. Und, wie Sie wissen, ist das eine andere Form der Liebe. Mitleid ist der Liebe verwandt, verstärkt sie ... Ah, da sind ja Mary und Walters mit dem Tee. Schauen Sie nur! Biskuitkuchen mit Creme und eingelegten Kirschen obendrauf. O Mary, sagen Sie der Köchin, daß ich sie liebe, ja?«

»Ja, Sir. Ja, das tue ich.« Das Mädchen grinste über das ganze Gesicht, knickste und verschwand. Walters hatte den Teewagen neben das Ende der Couch gerollt, schaute Anna an und fragte: »Darf ich alles Weitere Ihnen überlassen, Miß?«

»Ja, natürlich.«

Als die Tür sich hinter ihm geschlossen hatte, sagte Timothy lachend: »Darf ich alles Weitere Ihnen überlassen? Immer korrekt, dieser Walters. Würden Sie also freundlicherweise den Tee einschenken, Madam?«

Sie goß den Tee ein, dann reichte sie ihm die dünn geschnittenen Brotscheibchen und Butter. Es folgten die saftigen Sandwiches mit Gurken, und zuletzt schnitt sie den Biskuitkuchen an. Er beugte sich zu ihr hin, um ein Stück davon entgegenzunehmen, und meinte: »Es ist gefährlich, irgend jemandem zu sagen, besonders einer Köchin, daß man begeistert ist von einer ihrer Spezialitäten. Als sie mir zum erstenmal einen Biskuitkuchen gebacken hat, habe ich ihn in den Himmel gelobt, weil er wirklich ausgezeichnet war. Aber jetzt macht sie immer wieder Biskuitkuchen, immer wenn ich Gäste habe, gleich welcher Art, und auch dann, wenn sie mich in Versuchung bringen will, nicht soviel zu arbeiten. Ich weiß von Walters, daß sie glaubt, ich würde davon trübsinnig. Und das ist nicht gut für die schlanke Linie. Aber immerhin macht es sie glücklich. Wissen Sie, ich habe vor Jahren von meiner Mutter gelernt, daß ein zufriedener Haushalt in der Küche beginnt, beim Herd. Ich glaube, sie hat recht gehabt.«

»Ja, das denke ich auch.«

Nach dem Tee stieß er den Teewagen beiseite und wollte wieder seinen Platz auf der Fußbank neben ihr einnehmen. Aber sie meinte: »Hätten Sie es nicht bequemer auf der Couch?«

»Ja. Ja, sicher«, erwiderte er. »Wenn Sie sich zu mir setzen möchten?«

Sie nahm in der Ecke der Couch Platz und lehnte sich mit dem Rücken an die Polster. Er setzte sich neben sie und nahm ihre Hand, schwieg aber eine Zeitlang. Er starrte nur ins Feuer, und als er schließlich das Wort ergriff, schien er sich gewaltsam aus seinen Träumereien zu reißen. »Es ist seltsam, welche Bilder man heraufbeschwört, wenn man in die Flammen blickt. Ich sehe die Bilder dort, aber sie entstehen in meinem Kopf.« Und nach einer Pause fügte er hinzu: »Bei Ihnen daheim brennt auch immer ein schönes Feuerchen.«

Da sie keine Antwort darauf gab, drehte er sich zu ihr um, schaute sie aufmerksam an und fragte: »Ist es nicht so?«

»Wie Sie eben gesagt haben«, erwiderte sie langsam, »entstehen die Bilder in unserem Kopf. Feuer sind nur dann schön, wenn die Bilder schön sind, und die Bilder sind nur dann schön, wenn es auch die Menschen sind, in übertragener Weise natürlich. Sonst können die Flammen Zorn erregen.«

»O Anna!« Er drehte sich um, schaute ihr ins Gesicht und fragte: »Was ist los? Sie sind unglücklich. Ich weiß, Sie sind es schon seit einiger Zeit, aber das war etwas anderes. Was ist passiert?«

»Die einfachste Antwort, Tim, wäre die, daß ich allein gelassen wurde draußen in der Kälte und daß ich mich dabei sehr unwohl fühle. Aber es ist noch mehr, eine große Unrast ist in mir, und das nicht erst seit heute. Ich bin vor kurzem sehr verletzt worden, Tim, soviel ist sicher.«

Sie senkte den Kopf, unfähig weiterzusprechen. »Erzählen Sie es mir«, bat er. »Wir sind Freunde, enge Freunde. Sie können mir alles erzählen.«

Sie schaute hoch in seine freundlich blickenden Augen und fing an, zögernd zuerst, ihm alles zu erzählen, was sie in den vergangenen zwei Jahren empfunden hatte. Sie erwähnte sogar die Tatsache, daß sie eine Zeitlang geglaubt hatte, in Simon verliebt zu sein, bis sie herausfand, daß das nicht stimmte. Dann kam sie auf Jimmy zu sprechen und seine Ansichten über die Familie, die sie sosehr überrascht hatten, und sie erzählte ihrem Freund, daß Jimmy die Absicht gehabt hatte, zur See zu gehen, um dem häuslichen Dunstkreis zu entkommen, und wie er sie fast angefleht hatte zu fliehen. Er schien ihre Eltern besser durchschaut zu haben als irgend jemand anders, sagte sie, und als sie seine letzten Worte wiederholte, brach ihr die Stimme. Dann berichtete sie davon, wie sehr ihr Vater sich ihr gegenüber verändert hatte seit Bens Tod und daß er sie in gewisser Weise verantwortlich dafür zu machen schien wegen ihrer Verbindung zu Manor House.

Was dann folgte, durfte sie ihm nur auszugsweise erzählen, daß nämlich ihre Mutter eine ansehnliche Summe Geld geerbt hatte. Bei diesem Punkt hob er die Brauen, und jetzt fragte auch er ein wenig ungläubig: »Tatsächlich?«

Ja, sagte sie, etwa dreitausend Pfund, und das war schon vor einiger Zeit geschehen. Aber sie hatten ihr auch nicht einen roten Heller davon in Aussicht gestellt. Und als sie dann zu der Nacht kam, in der ihr Vater seinen Letzten Willen niedergelegt hatte, rief er: »O Anna! Ich muß Ihnen sagen, wie gern ich Ihren Vater habe, ich habe ihn immer bewundert wegen seiner geistigen Fähigkeiten, aber diese Kurzsichtigkeit im Hinblick auf Sie ist unverzeihlich. Doch wie hat Ihre Mutter sich verhalten?«

Daraufhin berichtete sie ihm, was ihre Mutter gesagt hatte, als sie geglaubt hatte, sterben zu müssen, welches Versprechen sie ihr abverlangt hatte, womit sie an das Haus und an ihren Vater gebunden gewesen wäre, bis auch er eines Tages starb. Dann erzählte sie von Cherrys Dilemma. Sie schaute ihn jetzt voll an und konnte es nicht verhindern, daß der Kummer in ihrer Stimme deutlich wurde, als sie sagte: »Sie begrüßen das, Tim. Sie begrüßen es, weil es für sie bedeutet, daß wieder eine richtige Familie im Haus leben wird. Heute noch hat meine Mutter zu mir gesagt, daß sie nicht verstehen könne, was in letzter Zeit über mich gekommen sei, aber ich würde mich bestimmt besser fühlen, wenn das Baby da wäre. Sehen sie, ich soll das Dienstmädchen im Haus sein, und das Kindermädchen, während Cherry weiter zur Arbeit geht. Sie und Bobby werden natürlich dort wohnen, und da es unten nur zwei Schlafzimmer gibt, werden sie meins für sich in Anspruch nehmen, und ich werde mit einem der Betten auf dem Dachboden vorliebnehmen müssen, wo früher die Jungen geschlafen haben. Das klingt alles so, als wäre ich voller Selbstmitleid, aber das stimmt nicht. Ich stelle lediglich Tatsachen fest. Und diese Tatsachen sind, eine nach der anderen, in der letzten Zeit auf mich zugekommen. Die letzte ist die, daß mein Vater auch Oswalds Verlobung mit der Tochter seiner Arbeitgeberin begrüßt, die fünf Jahre älter ist als er. Aber er ist auch damit freudig einverstanden, weil er auf noch mehr Enkelkinder hofft, die, wie er sagt, am Wochenende zu Besuch kommen werden. Er sieht schon vor sich, wie es wieder lebendig wird im Haus und wie er wieder unterrichten kann. Unterrichten . . . Oh, ich weiß genau, was in seinem Kopf vor sich geht. Und was vielleicht noch wichtiger ist, meinen beiden Brüdern wurde angeboten, Partner des Ladens zu werden. Es ist also für alle gesorgt, nur für mich nicht. Tim, ich folge Jimmys Rat, ich fliehe.«

»Was wollen Sie damit sagen, meine Liebe?«

»Ich habe mich entschlossen, fortzugehen.«

»Du meine Güte. Haben Sie . . . Haben Sie schon mit Miß Netherton darüber gesprochen?«

»Nein. Miß Netherton möchte, daß ich zu ihr komme, damit sie mich aufpäppeln kann. Aber ich habe andere Pläne.«

Er wandte sich von ihr ab und beugte sich vor, die Ellbogen auf die Knie gestützt und die Hände zusammengelegt. Wieder schien er in Träumerei versunken zu sein. Schließlich fragte sie: »Wollen Sie nicht wissen, was ich vorhabe?«

»O ja, meine Liebe, natürlich.« Er hatte sich wieder zu ihr umgedreht. »Geht es darum, in ein College einzutreten? Miß Netherton und ich haben vor einiger Zeit über diese Möglichkeit gesprochen.«

»Nein, damit hat es nichts zu tun.«

»Nein?«

»Nein, ich will nicht in irgendein College gehen. Ich will nicht mehr lernen, abgesehen von dem, was ich selber lese, und dem, was ich bei Gesprächen mit . . .«

Sie beendete den Satz nicht, sondern schüttelte nur den Kopf. Dann sprang sie mit einem Ruck auf und ging zum Teewagen hinüber, wo sie anfing, die gebrachten Tassen und Teller so anzuordnen, als hätte sie eine Käseplatte vor sich. Er beobachtete sie schweigend. Aber als die Teller und Tassen anfingen zu klappern, stand er auf, ging zu ihr und fragte: »Was haben Sie vor, Anna? Mir können Sie es erzählen.«

Daraufhin gab sie dem Teewagen einen Stoß, der ihn quer durchs Zimmer befördert hätte, wenn er ihn nicht rasch festgehalten hätte. Dann ergriff er ihre Hand und zog sie auf den Teppich vor dem Kamin herunter. Jetzt waren ihre Gesichter einander zugewandt, und sie sagte: »Ich möchte . . . Ich möchte Ihnen einen Vorschlag machen.«

»Ja? Gut, tun Sie es.«

»Nun . . .« Sie zögerte, dann sagte sie: »Zuallererst muß ich Ihnen etwas sagen, wovon ich sehr, sehr fest überzeugt bin, und zwar schon seit langem, ob Sie es nun gemerkt haben oder nicht – und es hat nichts mit Freundschaft zu tun . . . Ich liebe Sie.«

Sie sah, wie alle Farbe aus seinem Gesicht wich. Sie sah, wie seine Lippen zitterten und ihren Namen formten, aber ohne, daß der geringste Laut zu vernehmen war. Und dann fuhr sie fort: »Der Vorschlag lautet also: Sie können mich entweder heiraten oder ich kann Ihre Geliebte werden.«

Als er zurückfiel, mit dem Rücken an die Couch, die Ellbogen auf den Knien, und sein Gesicht mit beiden Händen bedeckte, dachte sie entsetzt: O mein Gott! Sie hatte ihn in unverzeihlicher Weise in Verlegenheit gebracht. Sie hatte gedacht ... Was hatte sie sich eigentlich gedacht? Sie war verrückt gewesen, jetzt hatte sie auch seine Freundschaft verloren. Was hatte sie nur getan? Sie wollte gerade sagen, daß es ihr leid tue, als er blitzartig die Arme ausstreckte und um ihre Hüften legte und seinen Kopf an ihren Leib preßte. In der nächsten Minute hatte er sie herumgewirbelt, so daß sie gegen die Couch fiel. Jetzt lagen sie Seite an Seite auf dem Boden und blickten einander an. »O Anna, meine große Liebe! Was hast du gesagt?« sagte er. »Nichts anderes als das, wonach ich mich gesehnt habe, jahrelang schon. Wie habe ich mich danach gesehnt, diese Worte zu hören: Ich liebe dich. Denn ich konnte es dir ja nicht sagen in meinem Zustand. Ich habe immer gedacht, das wäre nicht fair. Die meisten Frauen fallen schon fast in Ohnmacht, wenn ein Anfall in ihrer Gegenwart auch nur erwähnt wird. Ich wußte natürlich, daß du nicht so bist, aber trotzdem konnte ich es doch nicht wagen, dir anzubieten, dein Leben mit meinem für immer zu verbinden ... Und du sagst ...« Jetzt mußte er lachen. »Du sagst, du würdest meine Geliebte werden. O Anna, Anna, in gewisser Weise ist das ein großes Kompliment für mich, aber ich will keine Geliebte, ich will eine Frau. Ich habe mir immer eine Frau gewünscht, und du als meine Frau ... Weine nicht, Liebste. Weine nicht. Schau!« Er zeigte auf die Flammen im Kamin. »Du hast ja keine Ahnung von den Bildern, die ich in diesen Flammen erblickt habe. Komm, meine liebe, liebste Anna, ich will deine Tränen trocknen. Und das hier, das habe ich immer wieder in den Flammen vor mir gesehen.«

Jetzt schlang er beide Arme um sie und drückte seine Lippen auf ihren Mund. Es war ein langer, sanfter, zärtlicher Kuß. Als ihre Lippen sich trennten, lagen sie schweigend da und schauten einander an, bis er sagte: »Vielleicht werden noch glücklichere Tage für uns kommen, aber keiner, an den ich mich so erinnern werde wie an diesen, an diese letzten Augenblicke. O Anna. Ich möchte am liebsten singen. Ich möchte dich an der Hand nehmen und irgendwohin laufen mit dir. Ich weiß selber nicht, was ich alles tun möchte. Ich denke an Byrons Worte: ›Die Freude soll grenzenlos sein.‹ Sie drücken genau das aus, was ich empfinde.« Wieder lachte er. »Obwohl Byron das ja im Zusammenhang mit der Schlacht von Waterloo gesagt hat, oder?« Auch sie mußte lachen, als sie erwiderte: »Der Tanz beginnt, die Freude sei grenzenlos.« Einen Augenblick lang berührten ihre Stirnen einander, dann nahm er ihr Gesicht in seine Hände und fragte ruhig: »Wann können wir heiraten?«

»Sobald du willst, Lieber.«

»Also gut, sobald ich will«, erwiderte er. Und sie flüsterte: »Oder noch ein bißchen früher.« Sie umarmten sich, lachten und schaukelten sich gegenseitig hin und her, bis er plötzlich rief: »Oh, das habe ich ja ganz vergessen. Ich habe dir ein Geschenk mitgebracht. Es ist im Handkoffer.«

Er brachte das Köfferchen zur Couch, nahm ein schmales, langes Kästchen heraus, das mit einer Goldkordel verschnürt war, und sagte: »Das soll das erste Geschenk sein von vielen, mein Liebes, denn jetzt habe ich das Recht, dir alles zu kaufen, was ich will.«

In dem Kästchen befand sich eine dreireihige Goldkette. Sie mußte nach Luft schnappen bei dem prachtvollen Anblick. Dann rief sie: »O wie schön, wie wunderschön!«

»Steh auf, mein Liebling.«

Sie stand auf, er legte ihr die Kette um und sagte: »Komm und schau in den Spiegel.« Dann führte er sie zu einem in die Wand eingelassenen Spiegel. Benommen betrachtete sie ihr Spiegelbild mit der dreireihigen Goldkette. Dann hob sie die Lider und schaute ihn im Spiegel an. »O mein Lieber, ich weiß nicht, was ich sagen soll.«

Er drehte sie zu sich um und erklärte lachend: »Sag einfach noch einmal diese drei Worte, die mir fast einen Anfall eingebracht hätten.«

»O Tim. Mein lieber, lieber Tim, es war die Wahrheit. Ich liebe dich wirklich, und das schon seit langer, langer Zeit. Wenn ich zurückdenke, glaube ich, es begann schon an jenem Tag, an dem du mich von der Matte vor unserem Kamin aus angeschaut und nur ein Wort gesagt hast: Engel.«

»Und seither habe ich dich immer als einen Engel betrachtet, mein Liebling.« Er hob ihre Hand hoch. »Aber jetzt solltest du einen Ring bekommen. Ich habe ein paar Schmuckstücke im

Safe, aber unglücklicherweise ist kein Ring dabei. Wir wollen morgen in die Stadt fahren, und du bekommst den Ring mit dem größten Stein, den ich finden kann.«

»Nein, das will ich nicht. Ich möchte natürlich einen Ring haben, aber nicht den mit dem größten Stein, den du finden kannst. Ich lege keinen Wert auf protzigen Schmuck.«

»Madam, Sie werden den Ring mit dem größten Stein bekommen, den ich finden kann, oder . . .«

»Was heißt – oder? Oder gar keinen?«

»So ist es, oder gar keinen.« Er beugte sich vor und küßte sie liebevoll, dann meinte er lachend: »Ich möchte diese Neuigkeit irgend jemandem mitteilen. Sollen wir es dem Personal erzählen?«

»Möchtest du das?«

»Du nicht? Würde es dir Unbehagen bereiten?«

»Unbehagen? Nein, gewiß nicht. Du erweist mir eine Ehre damit, und ich bin mir dessen sehr bewußt, weil du meinen Hintergrund kennst. Nicht jeder würde . . .«

Er legte ihr die Hand auf den Mund und sagte: »Sprich nie wieder davon. Du bist die Liebe eines jeden Mannes wert, eines jeden, egal, wie bedeutend er sein mag, und du erweist *mir* eine Ehre. Ich fühle mich geehrt und so sehr dankbar. O Anna, du weißt ja nicht, wie dankbar ich bin. Du sagst, du hast dich zurückgestoßen gefühlt, nun, auch ich habe mich immer zurückgestoßen gefühlt, seit jene verdammte Krankheit mich befallen hat. Ich habe gelacht und geredet und geschwatzt und bin mir dabei stets im klaren gewesen darüber, daß die anderen Angst hatten, sich in meiner Gesellschaft zu befinden, weil ich ja einen dieser Anfälle bekommen könnte.« Er nickte nachdrücklich. »Sie hatten sogar Angst davor, das Wort Anfall zu verwenden. Oft habe ich eine Gesellschaft verlassen, um nicht vor allen Leuten in Tränen auszubrechen, weil ich wußte, daß sie nicht unterscheiden konnten zwischen einem Menschen, der Anfälle bekommt, und einem Geisteskranken oder einem Idioten. Nein, mein Liebes, bis zum Tage meines Todes werde ich mich in deiner Schuld fühlen. Und bevor wir dieses wenig erfreuliche Thema verlassen, will ich dir noch etwas erzählen. Als ich in London war, habe ich einen Spezialisten für diese Krankheit aufgesucht. Er hat zwar erklärt, daß er mich nicht heilen könnte, hat mir aber eine Tablette verschrieben, die diese Anfälle mildern, wenn auch nicht verhindern kann. Nun, so weit, so gut.« Er streckte ihr die Hand entgegen. »Und jetzt wollen wir gehen und es ihnen erzählen.«

Er führte sie in die Halle hinaus, wo er Walters erblickte, der gerade die Treppe hinaufsteigen wollte. »Würden Sie so freundlich sein, Walters, Edward und Fletcher zu holen?« rief er ihm zu. »Ich habe eine Neuigkeit für Sie alle.«

»Ja. Ja, natürlich, Sir.« Er schaute erst Tim an, dann Anna und setzte ein breites Lächeln auf, bevor er davoneilte. Dann führte Tim sie, immer noch ihre Hand festhaltend, in die Küche und fragte: »Wo ist diese Frau, die mich immer mit Biskuitkuchen vollstopft? Ah, da sind Sie ja.«

Mrs. Ada Sprigman, die am Tisch stand, drehte sich um. Ihr Gesicht glänzte. »O Sir, Sie müssen mich immer necken«, sagte sie. Und das Küchenmädchen, Lena Cassidy, knickste kichernd vor ihnen, auf dem Gesicht ein breites Grinsen. Mary Bowles wischte sich rasch den Mund ab, anscheinend hatte auch sie einen Biskuitkuchen bekommen, und fragte: »Haben Sie irgendeinen Wunsch, Sir?«

»Ja, ich bitte um Ihrer aller Aufmerksamkeit. Walters holt gerade Edward und Fletcher. Ich habe eine Neuigkeit für Sie alle.«

Die drei Frauen hatten sich jetzt Seite an Seite vor dem Tisch aufgereiht. »Es scheint eine gute Neuigkeit zu sein, Sir, sonst würden Sie nicht so strahlen.«

»Sie sind nicht nur eine sehr gute Köchin, Mrs. Sprigman, sondern auch eine gute Beobachterin.« Die drei Frauen lachten. Dann öffnete sich die Hintertür, und der Gärtner und der Kutscher traten ein; beide zogen ihre Mützen. Walters kam nicht durch die Hintertür herein, sondern von der Halle her, und zwar gerade in dem Augenblick, in dem Timothy sagte: »Mit dem allergrößten Vergnügen kann ich Ihnen mitteilen, daß Miß Dagshaw eingewilligt hat, meine Frau zu werden.«

»Wir gratulieren, Sir. Wir gratulieren, Miß. Wir wünschen Ihnen alles Glück der Erde, Sir!« erklang es im Chor.

»Wenn irgend jemand es verdient hat, glücklich zu werden, dann Sie, Sir.«

»Und Sie, Miß. O ja, und Sie, Miß.«

»Wann soll die Hochzeit sein, Sir?«

Edward war es, der diese Frage gestellt hatte, und Timothy erwiderte:»Wenn es nach mir ginge, noch heute abend, aber mit Hilfe einer besonderen Lizenz wird es irgendwann in der nächsten Woche soweit sein, denke ich.«

»Oh, ich werde ein Festessen für Sie bereiten, wie Sie es noch nie zuvor gesehen haben, Sir, wenn Sie hier im Haus feiern wollen.«

Timothy wandte sich an Anna und meinte:»Nun, darüber müssen wir noch sprechen.« Anna schaute die Köchin an und sagte:»Das wäre sehr schön, Mrs. Sprigman, hier im Hause zu feiern.« Sie nickte Timothy zu. »Ja, wir werden hier im Hause feiern.« Und auch er nickte und sagte:»Gut, Madam.« Darüber mußten, in Anbetracht der Situation, alle lachen. Dann schlug er vor:»Jetzt sollten wir darauf anstoßen, denke ich. Was meinen Sie, Walters?«

»Ich denke, Sie haben recht, Sir. Was darf ich servieren?«

»Nun, Toasts bringt man im allgemeinen mit Champagner aus, aber ich glaube nicht, daß wir welchen im Keller haben.«

»Nein, Sir, aber da ist ein sehr guter Claret, Portwein und Sherry, falls die Damen ihn vorziehen.«

»Gut. Bringen Sie bitte alle drei Sorten ins Wohnzimmer, wir wollen dort anstoßen.«

Er löste seinen Griff um Annas Arm erst, als alle im Wohnzimmer waren, ein Glas in der Hand hielten und auf ihre Gesundheit anstießen. Und als Tim mit seinem Glas Claret an das von Anna stieß und sagte:»Mögest du von jetzt an nichts anderes mehr kennenlernen als Glück, mein Liebes«, ertönte es im Chor:»Bravo, Sir, bravo!«

Kurz bevor das Personal das Wohnzimmer wieder verließ, blickte die Köchin Timothy an und fragte:»Möchten Sie, daß ich Ihnen beiden ein schönes Abendessen zubereite, Sir?«

Timothy wandte sich an Anna. »Du kannst doch zum Abendessen hierbleiben?« fragte er. Und sie antwortete, ohne zu zögern:»Ja. Ja, ich freue mich darauf.«

»Gut, Ma'am, das geht in Ordnung, das geht in Ordnung.«

Als Mrs. Sprigman vor ihr knickste, stellte Anna fest, daß sie plötzlich zur ›Ma'am‹ geworden war, und ein warmes Gefühl durchströmte sie. Sie hatte eine neue Welt betreten, und darin würde sie frei sein. Oh, so wundervoll frei . . .

Als sie ihr Abendmahl im Eßzimmer beendet hatten, war es schon nach sieben Uhr.

Noch nie zuvor hatte Anna an einer solchen Tafel gesessen, noch nie hatte sie ein solches Essen gekostet oder so viel Wein getrunken.

»Es schneit stark, Sir«, sagte Walters zu Timothy. Und er antwortete: »Du meine Güte. Wir brauchen ja noch den Wagen. Bleibt der Schnee schon liegen?«

»Ja, über einen Zentimeter, Sir, und es ist ein heftiger Wind aufgekommen. Wahrscheinlich gibt es schon einige Schneeverwehungen.«

»Bitte fragen Sie Edwards, was er meint«, bat Timothy. »Danach wollen wir uns richten.«

Als sie wieder allein waren, murmelte er: »Nun, Mylady, was soll geschehen, wenn Sie nicht heimfahren können?«

Sie lächelte ihm über den Tisch hinweg zu und sagte: »Es wäre mir ein Vergnügen, die Nacht hier zu verbringen, Sir.« Daraufhin lachte er und sagte mit lauter Stimme: »Ist das Ihr Ernst, Madam?« Und sie erwiderte im gleichen Ton: »Gewiß, Sir, wenn es Ihnen recht ist.«

»O Anna, was für ein Tag! Was für ein schöner, wundervoller Tag! Und wie hübsch du bist! Was für ein Gedanke, daß ich dich für den Rest meines Lebens jeden Tag sehen werde, wie du mir gegenübersitzt an unserem Tisch! Aber im Ernst, würdest du wirklich hierbleiben über Nacht?«

»Warum nicht?«

Er mußte wieder lachen, als er sagte: »Wirklich, warum eigentlich nicht? Ich werde Mary sagen, daß sie eine Wärmflasche in das Bett im Gästezimmer legen soll. Aber ich denke, wir sollten deine Familie benachrichtigen, Edward kann zu ihnen hinüberreiten. Wenn der Schnee wirklich nur einen Zentimeter hoch liegt, ist es für das Pferd kein Problem, während der Wagen . . . Nun, das ist eine andere Sache. Entschuldige mich einen Augenblick, mein Liebes.«

Als er das Zimmer verlassen hatte, lehnte sie sich zurück,

schloß die Augen und sagte zu sich selber: »O Jimmy, Jimmy, was für eine wunderbare Flucht! Und was werden sie sagen, wenn sie hören, daß ich die Nacht hier verbringe, daß ich zuletzt doch noch, wie Cherry, ihrem Vorbild gefolgt bin? Denn das werden sie natürlich annehmen. Und in gewisser Weise werden sie froh darüber sein, daß ich jetzt den Kopf nicht mehr so hoch tragen kann wie früher. Und sie werden sagen: Warum er? Warum hat sie diesen Schritt nicht mit dem anderen machen können? Seht, was sie sich da aufgebürdet hat, einen Mann, der Anfälle bekommt . . .« Sie lachte. »Nein, einen wunderbaren Mann, einen Mann, der selbständig denken kann, einen freundlichen und großzügigen Mann, einen großartigen Mann. O ja, einen großartigen Mann . . .«

Da kehrte Timothy zurück und erklärte: »Es ist alles geregelt.« Dann nahm er ihre Hand und sagte: »Komm, mein Liebling, wir werden den Kaffee im Salon nehmen.«

Als sie durch die Halle gingen, blieb er plötzlich stehen und rief: »Weihnachten! Wir werden einen großen Baum in die Ecke dort stellen, überall behangen mit Süßigkeiten und Stechpalmen, mit Mistelzweigen und Blumen.«

»Wie alt bist du eigentlich?« fragte sie, als sie in den Salon kamen. Und er erwiderte: »Du hast mir meine zweite Kindheit beschert, Liebes.«

Einen Augenblick später standen sie auf dem Teppich vor dem Kamin. Er legte ihr die Hände auf die Schultern, schaute sie an und fragte ruhig: »Möchtest du Kinder haben?« Und sie antwortete ebenso ruhig: »Sehr gern, Tim. Und du?«

»O ja, Anna, ja.«

»Wie viele möchtest du?« fragte sie lächelnd. Und er rollte mit den Augen, bevor er erwiderte: »Laß mich nachdenken. Nun, zehn ist eine runde Zahl. Ich liebe runde Zahlen. Aber, in Ordnung, mit fünf wäre ich auch zufrieden. Was meinst du?«

»O Tim!« Sie schlang die Arme um ihn, und diesmal küßten sie sich nicht sanft und zärtlich, sondern so leidenschaftlich, daß, als ihre Lippen sich endlich trennten, beide taumelten. »Es muß bald sein«, flüsterte er. Und sie erwiderte: »Ja, es muß bald sein.«

Miß Netherton schloß Anna impulsiv in die Arme, als sie die große Neuigkeit erfuhr. »Das freut mich«, sagte sie. »Das freut mich wirklich, mein Kind, für dich und für Timothy. Ihr paßt großartig zusammen, und er ist ein so wunderbarer Mensch. Ihr werdet sehr glücklich werden, das weiß ich jetzt schon.« Sie schob das Mädchen ein Stück von sich weg und schaute es prüfend an.

Anna spürte, daß sie noch etwas auf dem Herzen hatte. »Ja?« fragte sie lächelnd.

»Er liebt dich schon so lange, das weiß ich, und ich frage mich, warum er so lange gewartet hat mit seinem Antrag. Ach ja, natürlich, wegen seines kleinen Leidens. Bei seiner Feinfühligkeit . . .«

»O nein«, entgegnete Anna lachend. »Ganz so, wie Sie es sich vorstellen, war es nicht. Ich fürchte, er hätte es auch in zehn Jahren noch nicht gewagt, mir diesen Vorschlag zu machen.«

»Ja, aber . . .« Miß Netherton schüttelte ratlos den Kopf. »Ihr wollt doch heiraten, so bald wie möglich, wenn ich es richtig verstanden habe und . . .«

Anna nickte. »Ja, weil *ich* ihm einen Heiratsantrag gemacht habe.«

»O Anna! Das ist ja . . . Fabelhaft finde ich das. Das also war die Idee, die dir durch den Kopf ging und die du mir um keinen Preis verraten wolltest. Jetzt verstehe ich alles. Ich kann dich nur bewundern und dir gratulieren.«

Nathaniel und Maria hatten zurückhaltender reagiert. »Hoffentlich verschlimmert seine Krankheit sich nicht im Laufe der Jahre«, hatte Maria gesagt. »Dann wirst du mehr seine Pflegerin sein als seine Frau.«

»Sein Arzt meint, sie bessert sich eher im Laufe der Zeit«, hatte Anna ruhig erwidert. »Und wenn er tatsächlich einmal eine Pflegerin brauchen sollte, wird er eine engagieren.«

Ihre Mutter biß sich auf die Lippen und schaute auf den Boden. Nathaniel aber sagte: »Du wirst uns fehlen, Anna.« Ja, dachte sie, zum Holzhacken, zum Viehfüttern und zur Betreuung von Cherrys Kind. Wie recht du gehabt hast, Jimmy. Sie lächelte.

»Ihr habt ja noch Cherry«, sagte sie. »Und Bobby. Und bald wird auch das Kind dasein.«

Cherrys Reaktion überraschte sie. Ihre Schwester fiel ihr um den Hals und rief: »O Anna, ich freue mich ja so für dich! Du hast es wirklich verdient, glücklich zu werden.« Übermütig wirbelte sie sie herum. »Du hast so viel durchgemacht, aber jetzt wirst du eine feine Lady, und all deine Wünsche sind Befehl.« Lachend tänzelte sie um Anna herum. »Mir ist ein wenig kühl, bringen Sie mir bitte meinen Schal, Helen. Und schließen Sie das Fenster.«

»Ja, Ma'am, sofort, Ma'am.«

Nathaniel und Maria saßen schweigend da und warfen sich einen vielsagenden Blick zu. Anna aber war gerührt. Wenn ihr Kind zur Welt kam, will ich ihr ein schönes Geschenk machen, dachte sie, etwas, woran sie lange Freude hat.

Auch Oswald und Olan gratulierten ihr herzlich und unbefangen. »Ich hab' mir ja schon so was gedacht«, meinte Oswald. »Neulich noch hab' ich zu Olan gesagt, wart nur, unsere Anna, die wird noch mal eine richtige Ma'am, vor der die Mädchen knicksen müssen.« Und Olan nickte bestätigend. »Ja, das hat er gesagt.« Dann fügte er hinzu: »Und Fellburn ist ja nicht aus der Welt. Da kannst du uns doch oft besuchen.«

Ich weiß gar nicht, ob ich das will, dachte Anna, aber sie nickte den beiden freundlich zu.

Neun Tage später wurden sie von Pfarrer Mason in der kleinen Kirche von Fellburn getraut. Ihre ganze Familie war gekommen und natürlich auch Miß Netherton sowie Timothys Personal. Seine beiden Neffen aber glänzten durch Abwesenheit und hatten ihnen auch keine Hochzeitsgeschenke geschickt. Außerdem waren Dan Wallace mit seiner Frau und Art in die Kirche gekommen, Miß Penelope Smythe, die Schneiderin, und Roland Watts, der Tischler, der früher im Dorf gewohnt hatte, mit seiner Frau.

Es sah so auf, als ob die Dorfbewohner ihr mit dieser Delegation Glück wünschen wollten. Aber das Dorf blieb das Dorf. Im King's Head erinnerten einige daran, daß ihretwegen zwei Männer und ein Mädchen im Gefängnis schmachten mußten und vier Familien das Dach über dem Kopf verloren hatten. Auf jeden Fall hatte sie sich immer ihrem Namen entsprechend aufgeführt, beide Mädchen hatten das getan, denn die eine hatte schon einen dicken Bauch und war bis jetzt immer noch nicht verheiratet. Und die andere hatte die Nacht bei ihm verbracht, oder etwa nicht? Angeblich, weil zuviel Schnee gefallen war und sie deshalb nicht im Wagen nach Hause fahren konnte. Aber einen Boten auf dem Pferd hatten sie trotzdem schicken können, oder? Oh, einmal ein Liebstöckel, immer ein Liebstökkel. Und sie hatten die Feier im Haus abgehalten und gingen nicht auf Hochzeitsreise. Aber man kann ja auch kaum annehmen, daß sie jetzt erst ihre Flitterwochen feiern, oder? Nun, man braucht ja nur abzuwarten, bis sie das nächste kleine Liebstöckel zur Welt bringt. Dann läßt es sich nicht länger verbergen. Warten wir bis August oder September, dann wissen wir Bescheid.

Und noch etwas: Er muß sie schon längere Zeit heimlich bezahlt haben, woher sonst sollten ihre Alten das Geld haben für ein neues Pferd und einen neuen Wagen? Außerdem geht das Gerücht um, daß sie den jungen Grubenarbeiter in den Bootshausbetrieb einkaufen wollen, damit er nicht noch ein weiteres Jahr Lehrling bleiben muß. Wer will da noch behaupten, daß das Böse nicht gedeiht, besonders wenn der Teufel selber seine Hand im Spiel hat? Schaut nur, wie die neue Mrs. Barrington im Zweispänner spazierenfährt. Ach, und all der Ärger, den diese Person ausgelöst hat!

Es war gewiß wahr, was Pfarrer Fawcett gesagt hatte: »Das Böse, das Männer verüben, überlebt sie. Aber das Böse, das Frauen verüben, lebt weiter in ihren Kindern von einer Generation zur anderen.«

Epilog

Unter der Rubrik ›Geburten‹ erschien in *The Times* und in den Lokalblättern folgende Anzeige:

Am 1. Dezember 1884 eine Tochter für Mr. und Mrs. Timothy Barrington von Briar Close, Maple Road, Fellburn. Unsere Freude ist grenzenlos.

HEYNE
BÜCHER

Drei Namen, eine Autorin:

Victoria Holt – Jean Plaidy – Philippa Carr
Geheimnisvoll. Dramatisch. Hinreißend leidenschaftlich.

Victoria Holt:

Das Schloß im Moor
01/5006

**Das Haus der
tausend Laternen**
01/5404

**Die Braut von
Pendorric**
01/5729

**Das Zimmer des
roten Traums**
01/6461

**Die Dame und der
Dandy**
01/6557

Die geheime Frau
04/16

Der Fluch der Opale
04/35

**Die Rache der
Pharaonen**
04/66

Jean Plaidy:

**Der scharlachrote
Mantel**
01/7702

**Die Schöne des
Hofes**
01/7863

**Im Schatten der
Krone**
01/8069

**Die Gefangene des
Throns**
01/8198

**Königreich des
Herzens**
01/8264

Krone der Liebe
01/8356

Philippa Carr:

**Die Erbin und der
Lord**
01/6623

**Die venezianische
Tochter**
01/6683

Im Sturmwind
01/6803

Die Halbschwestern
01/6851

**Im Schatten des
Zweifels**
01/7628

**Der Zigeuner und
das Mädchen**
01/7812

Sommermond
01/7996

**Das Licht und die
Finsternis**
01/8450

**Das Geheimnis im
alten Park**
01/8608

Wilhelm Heyne Verlag
München

Utta Danella

Romane und Erzählungen der beliebten deutschen Bestseller-Autorin bei Heyne im Taschenbuch: ein garantierter Lesegenuß!

Wilhelm Heyne Verlag
München